I O N
von
hi Ibrahim
Tashqurghan
Haibak
Pul-e-Khumri
Salang-Paß
BADAKHSHAN
HINDUKUSCH
NURISTAN
WAKHAN
CHIN
Indus
Bamiyan
KABUL
Jalalabad
Khyber-Paß
Ghazni
Mukur
Ab-e-Istada Salzsee
PAKISTAN
Afghanistan
STÄDTE, OASEN
ASPHALTIERTE STRASSEN
PISTEN, KARAWANENWEGE
LANDESGRENZEN
PÄSSE
MASSTAB
0 25 50 100 km

Anton Vogl: Wenn die Mondblume singt

Wenn die Mondblume singt

AFGHANISCHER TRAUM

ROMAN

Anton Vogl

Sattva Kunst Verlag

Liedertexte »Wo Liebe ist«
und »Vor dir liegt ein Land«:
Oliver Serano

Illustrationen und graphische Gestaltung:
Alfons Bauernfeind

Landkarte nach historischer Vorlage
und authentischen Berichten:
Sonja Wiesbeck

Herzog-Wilhelm-Straße 7
8000 München 2

ISBN 3-925035-00-1

Satz: Jürgen Mayer KG · 8311 Haunwang 1 · Tel.: 08709/2200
Druck: Georg Schmerbeck · 8311 Tiefenbach
Bindearbeit: Conzella, Urban Meister · 8340 Pfarrkirchen

Dieses Buch
Widme ich Mutter und Vater
Stets des Ursprungs eingedenk
Ewiger Bestimmung entgegen

In Dankbarkeit

All jenen in Ost und West
Die diese Schau ermöglichten

Viechtach / Bay. Wald
den 22. Mai 1984

Anton Vogl

DIESE GESCHICHTE
BERUHT AUF WAHREN BEGEBENHEITEN UND BEGEGNUNGEN

»Die Geschichte meines Lebens wäre nicht wert, aufgeschrieben zu werden, wäre sie nicht verwoben mit der Geschichte eines Landes, dessen eigenartige Lebensformen heute dabei sind zu verschwinden, gezwungen in die Normen einer Welt, die sich anmaßt, das Heil der Menschen mit ihrer kurzen Richtschnur zu ermessen.

Doch wie die Luft im Frühling unsichtbar durchdrungen ist von Fruchtbarkeit und Kraft, die schließlich die spröde Kruste der Erde sprengt und neuem Leben die Tore öffnet, so ist unsere alte Welt mit all ihren Normen und Richtlinien heute schon durchsetzt und durchwachsen von Keimen, in denen ein neues Leben schlummert; durchdrungen von Keimen, die die harten Schalen der alten Formen sprengen und durchbrechen werden, um neuen Möglichkeiten Raum zu geben.

Im Süden meiner Heimat wandern die Sanddünen großer Wüsten über Ruinen, Zeugen einst blühender Kulturen, die heute tot in eine gelbe, tödliche Hitze starren. Doch die Legende weiß von blühenden Gärten, von lächelnden Feldern, kunstvoll bewässert am Fluß der tausend Zweige, den schon Zarathustra besang. In leuchtenden Städten verherrlichten Künstler die Lieblichkeit und Fruchtbarkeit des Landes und die Weisheit seiner Herrscher.

Doch die Leidenschaft menschlicher Machtgier plünderte das Land und zerstörte die kunstvollen Kanäle, die tausend Zweige des Flusses, die einst einen paradiesischen Garten tränkten mit süßem Wasser, mit der Essenz des Lebens. Dort, wo einst Adam auf der Suche nach Eva die Kerne von Granatäpfeln in den Boden senkte, und von wo die Taube Noahs einen Ölzweig zur Arche brachte, zum Zeichen eines neuen Anfangs, dort ist heute die brennende Hölle der Dasht-e-Margo, der Wüste des Todes, deren Hitze gefährlicher ist als das Schwert deines schrecklichsten Feindes, ein verdorrtes Land, in dem Schlangen und Skorpione regieren.

Der Wüstenwind jedoch singt sein Lied in den Ruinen, die vom Glanz vergangener Tage träumen. Wer aber hört auf das Lied des Windes, der die Geheimnisse von Himmel und Erde kennt, der zur Einkehr und Besinnung mahnt? Nicht die Mächtigen der Welt! Gedankenlos würden sie wieder und wieder ihre Macht mißbrauchen — aber: wie weit reicht ihre Macht? Das bescheidene Wasser ist es, das stets den tiefsten Platz sucht, aber in seiner verborgenen Macht den harten Stein besiegt. Der sanfte, stetige Wind ist es, der mit feinen Sandkörnchen die Wüstengebirge allmählich zu Staub zermahlt. Unscheinbar wirken die Kräfte im Stillen und bereiten neues Leben vor, ja es ist das Leben selbst, das sich seinen Weg sucht durch die Zeitalter, fernen und hohen Zielen entgegen, und der Macht dieses Lebens widersteht nichts. Beugst du dich dieser Macht, so nimmt sie dich mit und führt dich deiner Bestimmung zu, trägt dich, ihren Günstling, auf Händen. Streubst du dich, so wirst du zerbrochen, zermalmt im Räderwerk eines erbarmungslosen Schicksals.

Der Wind kennt alle Geheimnisse, und er singt sein Lied. Er verließ die Wüste und flog überall hin, von den Bergen bis zur Sonne, in die dunklen Wälder und in die Wohnungen der Menschen. Doch nur der Liebende in seiner Weisheit hat die Macht, mit dem Wind zu reisen. Seine Seele ist entbrannt und läßt ihn alle Furcht vergessen, läßt ihn sich aufschwingen in ungeahnte Höhen und Weiten, durchweht von Gottes Liebeshauch.

Der Wind, oft brüllt er laut und drohend, greift zu den Waffen, wühlt den Sand der Wüsten auf, peitscht Schnee und Blitz und Hagel. Ja, manchmal wird er zornig über der Menschen Unverstand und reißt dann nieder, was sie mühsam sich errichteten. Versteht ihr dann sein Brüllen?

Es gibt Menschen, die sich die Reinheit ihrer Herzen bewahrten, und sie verstehen die Botschaft des Windes. Im Herzen hören sie auf sein Rauschen in den Blättern und lauschen den Geheimnissen, die er weiß, von der Mondblume, von alten Legenden und von einer neuen Zeit, die kommt, die schon da ist...

Darum widme ich die Geschichte meines Lebens dir, mein Sohn, und all jenen, die trotz allem die Hoffnung nicht aufgeben auf den Sieg der Liebe und auf Frieden zwischen den Völkern, auf eine Welt ohne Waffen und mit genügend Brot für alle. Ich schreibe sie für jene, die angesichts von täglichem Blutvergießen, von Hunger und Elend nicht mehr in Selbstzufriedenheit ihren Kontostand überprüfen und Pläne schmieden können für ihr kleines privates Glück; für jene, die die Illusion ihrer kleinen heilen Welt erkannt haben, die den bitteren Nachgeschmack kennen; für jene, die bereit sind, das alte zurückzulassen und aufzubrechen in ein neues Zeitalter. Euch allen rufe ich die Worte des Sehers zu, die Worte Sayed Gilanis:

„Was suchst du, Wanderer,
auf deinen fernen Wegen?
Wonach, oh Liebender,
verzehrt in Sehnsucht sich dein Herz?
Seht ihr die Karawane ziehen?
Hoffnung ist ihr Name,
und ihr Weg führt zur Gewißheit.
Verlaßt die Täler der Verzweiflung!
Kommt, nehmt selig Abschied,
kommt!"

Wie Worte aus einer fernen Welt, aber trotzdem ganz vertraut, wirkten diese Zeilen auf Frank Allmann. Bis hierher hatte Professor Malek Hamadani nun jenes Manuskript übersetzt, mit dem Frank zu ihm gekommen war. Dies war also die Widmung, mit der Nisam Mohamadi seinem Sohn Frank ein geheimnisvolles Erbe hinterließ, ein Erbe, dessen Geheimnis der Professor nun zu enträtseln half. — Jenes geheimnisvolle Erbe, das aus einem Stoß unscheinbaren Papieres bestand, einem Stoß Seiten, die eng mit fremdartigen Schriftzeichen übersät waren, und die in einer grünen Mappe lagen, auf der in sorgfältiger Handschrift geschrieben stand:

AUTOBIOGRAPHIE DES NISAM MOHAMADI
geboren 1942 zu Balch in Afghanistan

Doch der Inhalt dieser Mappe war in fremder Schrift und Sprache abgefaßt, und Frank hatte lange gesucht, bis er in dem persischen Professor endlich jemanden fand, der in der Lage war, diese Handschrift zu entziffern.

Gedankenverloren spielte Frank mit der gelben Gebetsschnur, die er zusammen mit dieser Mappe gefunden hatte... Welcher Zusammenhang mochte wohl zwischen dieser Kette, jenen kleinen blauen Figuren aus edlem Stein, dem unscheinbaren Kachelsplitter und dem Manuskript bestehen?

Frank war erfüllt von brennender Neugier. Welche Botschaft barg seines Vaters Erbe?

„Wie lange werden Sie nun für die Übersetzung brauchen, Professor?" fragte er ungeduldig.

„Das ist noch nicht abzusehen, junger Mann. Es braucht alles seine Zeit, und diese Übersetzung ist nicht meine einzige Arbeit."

Frank Allmann hatte seinen Vater nicht gekannt, bis eines Tages ein Mann sein Zimmer betrat, ihn in gebrochenem Deutsch begrüßte und sagte:

„Komm her, mein Sohn, ich bin dein Vater."

Dabei hatte sich Frank längst schon damit abgefunden, keinen Vater zu haben. Er kam zur Welt, nachdem seine Mutter von einer Orientreise zurückgekehrt war.

Schon als Kind hatte Frank gefühlt, daß seine Heimat woanders lag, daß er hier ein Fremder war. Seine unbestimmte Sehnsucht hatte ihn in jungen Jahren an den Rand der Gesellschaft getrieben. An den Rand jener gefährlichen Klippen, auf denen viele lebten, die in der Welt nicht heimisch werden konnten, und von denen so mancher abstürzte in dunkle Tiefen, unbeweint, vergessen.

Von dort hatte sein Vater ihn zurückgeholt, ihn an sich gelockt, wie ein scheues verängstigtes Tier. Frank hatte Vertrauen zu ihm gefaßt, zu ihm, der auch ein Fremder war, und folgte ihm. So fand sein Leben wieder einen sicheren Grund.

Frank, der Sohn des Fremden, war ein Fremder geblieben, doch ein Fremder, der stolz ist auf seine ferne Heimat und erhobenen Hauptes durch die Fremde zieht. Das hatte ihn sein Vater gelehrt.

Vieles mehr noch hatte ihn sein Vater gelehrt, und vieles war Frank unverständlich geblieben von dem, was sein Vater ihm gesagt hatte in den kurzen Jahren ihres Zusammenseins. Vielleicht lag die Antwort auf manche Frage, die Nisam Mohamadi seinem Sohn nicht beantwortet hatte, in den Zeilen jener Handschrift, auf deren Übersetzung nun Frank voller Ungeduld wartete.

Zusammen mit Emil, der Jahre seines erfahrungsreichen Lebens in Indien verbracht hatte, gründete Nisam Mohamadi schon bald nach seinem Auftauchen in dieser Stadt eine Gemeinschaft von Menschen, der sich auch Frank anschloß. Wenige Jahre nur währte die Zeit, die Nisam in jener Gemeinschaft verbrachte, und allzuschnell war die Zeit verflogen, die Frank an seiner Seite lebte; viel zu schnell, als daß er all das hätte begreifen können, was sein Herz von seinem Vater empfing. Von Anfang an spürte Frank eine große Macht in den Worten Nisams. Woher kam sie, und was war ihr Ziel? Am meisten aber beschäftigte ihn das Rätsel des Landes Ghiyan, in dem Nisam nun offenbar weilte. Würde auch dieses Rätsel eine Antwort finden im

Erbe, das er hinterlassen hatte, im Manuskript seiner Lebensbeschreibung?

Wenige Monate war es her, seit Nisam fortgegangen war. Frank konnte damals nicht verhindern, daß Tränen über seine Wangen liefen, als sein Vater ihn zum letzten Mal umarmte. Doch diese Tränen kühlten sein Herz und linderten den Schmerz des Abschieds.

„Salam aleikum, Friede sei mit dir!" waren Nisams letzte Worte an seinen Sohn, bevor er in die Nacht hinausging, an jenem Winterabend... Wohin?

„Valeikum Salam, mit dir sei Friede!"

Und wirklich hatte ein tiefes, stilles und starkes Gefühl Frank durchdrungen, für das es kein anderes Wort als *Frieden* gab, als er dem Wanderer nachblickte. Fein, wie eine Haarnadel, so zart, stand damals der neue Mond am Himmel.

Am anderen Morgen hatte frischer weißer Schnee die Fußspuren Nisams zugedeckt.

Nisam ist nicht tot, das stand fest, wenngleich nicht zu erwarten ist, daß er lebt wie wir. Sein Verschwinden ließ sich bisher nicht aufklären, was sonderbar erscheint in dieser Stadt, die wie eine Insel von peinlich kontrollierten Grenzen umschlossen ist.

Offensichtlich aber hatte Nisam Mohamadi Grenzen überschritten, die sich der Kontrolle sämtlicher Behörden entzogen und war in ein Land gereist, das nur wenige kennen.

Wie sehr hatte sich doch Franks Leben durch Nisam verändert! Aus dunklen und verhängnisvollen Niederungen hatte er wieder den Weg in ein Dasein gefunden, das ihn einen Sinn ahnen ließ in seinem Leben. Und er war stark geworden mit den Jahren, stark genug, nicht nur seine eigene Last zu tragen, sondern auch für andere Hilfe und Stütze zu sein.

„Sei stark, mein Sohn, und kümmere dich um deine Mutter!" hatte Nisam damals gesagt, „sie wird dich brauchen, wenn ich nicht mehr da bin."

„Aber warum gehst du fort? Wo willst du hin? Wir alle brauchen dich!"

„Ich habe alles getan, was notwendig war. Meine Aufgaben sind erfüllt, und ich sehne mich nach einer Ruhe, die ich in meinem geschundenen Körper nicht finden kann. Ich kam hierher aus einem Land, das heute nur noch dem Namen nach existiert, weil die Mächtigen es vernichteten, um es ihrer Gewalt einzuverleiben. Und jetzt gehe ich in ein Land, das hier noch nicht Wirklichkeit geworden ist, weil die Menschen viel zu laut und eitel sind, um die Wirklichkeit ihrer innersten Träume zu erkennen. Doch ich werde euch nie verlassen."

„Wovon sprichst du, Vater? Meinen deine seltsamen Worte den Tod? Jetzt, wo du gerade erst deine Familie gefunden hast?"

„Es gibt für mich keinen Tod. Es gibt nur ein Weiterziehen und meine Karawane ist bereit."

Und dann sagte er noch:

„Wenn du weiter auf dem Weg bleibst und stark bist, werden wir uns bald wiedersehen; sobald du bereit bist."

Tage und Wochen waren vergangen, ohne daß von irgendwoher ein Lebenszeichen Nisams gekommen wäre, und nichts außergewöhnliches geschah, bis zu jenem Erlebnis, das Frank so sehr erschüttert hatte:

Am Abend eines arbeitsreichen Tages streckte er sich entspannt in seinem Zimmer aus. Durchs offene Fenster wehte eine laue Frühlingsluft. Da, zwischen Schlaf und Wachen, war es ihm, als hätte er von Nisam, seinem Vater, geträumt, und er begann nachzusinnen über die Jahre mit ihm. So vergegenwärtigte er sich gemeinsame Erlebnisse und dachte nach über Worte und Gespräche, bis er einschlief...

Er erwachte, als ein fremdartiges Geräusch ihn erschreckte. Immer noch lag er entspannt auf dem Rücken, und da er ganz alleine im Zimmer war, erschien es ihm, als ob die fremden Laute von draußen her durchs geöffnete Fenster drangen. Doch als er sich aufrichten wollte, um nachzusehen, war es, als würde er festgehalten. Plötzlich war er vollkommen bewegungsunfähig — wie gelähmt. Verzweifelt strengte er sich an... aber er konnte sich nicht mehr bewegen. Panik befiel ihn, und er wollte laut um Hilfe schreien. Doch zu seinem Entsetzen war er auch seiner Stimme nicht mehr mächtig. Kein Laut kam über seine Lippen. Wie scheintot lag er da, starr und unbeweglich. Angst und Grauen beschlichen ihn, und er nahm alle Kräfte zusammen, um in höchster Verzweiflung gegen diese Lähmung anzukämpfen. Dann versuchte er, alle Energie auf seine Kehle zu konzentrieren, um so die Stummheit zu überwinden, doch mußte er feststellen, daß er nicht mehr die geringste Macht über seinen Körper hatte. Erschöpft ließen seine Anstrengungen nach, resigniert gab er den Kampf auf.

Erst jetzt erinnerte er sich wieder an jenes seltsame Geräusch, mit dem alles begonnen hatte. Ja, es war immer noch da, wie das mächtige Rauschen eines Stromes. Stand es etwa in Zusammenhang mit der Lähmung und Stummheit seines Körpers? Möglicherweise lag hier der Ansatzpunkt zur Lösung dieses Rätsels.

War es nicht wie eine Stimme, die ruhig und klar, ganz kontinuierlich sprach? Er konnte sogar einzelne Worte unterscheiden, wenn er genau versuchte hinzuhören. Doch es war eine fremde Sprache, in der diese tiefe Stimme ruhig sprach. Eine fremde Sprache, deren Laute, deren Worte und Sätze gleichwohl bekannt klangen und vertraut. Ja, diese Stimme klang in Wirklichkeit sehr angenehm, keinesfalls angsterregend oder schrecklich. Sie war mächtig und klar, fest, ja eindringlich, aber dabei ruhig und vertrauenserweckend; in ihrem klaren Auf und Ab fast wie Gesang anmutend. Es war gut, den Klang dieser Stimme zu hören, sich dieser Schwingung hinzugeben, die wohltuend zu Herzen ging.

In dem Moment aber, in dem Frank sich nun gänzlich und ohne Widerstand in seine Lage fügte, ergriff ein Gedanke von ihm Besitz, der ihn freudig erschauern ließ: diese Stimme, die ihm so vertraut erschien, war es nicht die Stimme Nisams, seines Vaters, wie er in einer fremden Sprache redete?

Kaum hatte er diesen Gedanken gefaßt, da verstand er die Worte, und die Stimme sprach zu ihm:

„Ja, mein Sohn. Ich freue mich, daß du mich doch noch erkannt hast, denn ohne dein Entgegenkommen hätte ich diese Brücke nicht schlagen können. Nun mußt du nur noch lernen, mit mir zu sprechen."

Innerlich aufjauchzend sagte Frank ganz laut und deutlich ein festes: „Ja!" Und verwundert fragte er: „Aber wo bist du?"

„Hier", antwortete die Stimme.

Da begann Frank an der Decke flimmernde, weiße Lichtpunkte wahrzunehmen, die auftauchten, verschwanden, um einander kreisende Bahnen zogen.

"Wie Schneeflocken in der Nacht", dachte Frank und sah ihrem Treiben zu, das sich immer mehr verstärkte, bis sich alles — die Bilder an den Wänden, das ganze Zimmer — in diesen schimmernden Lichtpünktchen auflöste. Ein blendend weißes Licht erstrahlte. Aus diesem Licht nun bauten sich feine Strukturen auf, wie architektonische Formen von Kathedralen oder Moscheen: hochgeschwungene Bögen, leuchtende Hallen... und an den Wänden begannen sich aus farbigem Licht geometrische Muster auszubilden, wie leuchtende Mosaikfenster teils und teils wie die Muster orientalischer Miniaturen.

Es ist mit Worten nicht zu beschreiben, in welcher Herrlichkeit sich Frank nun wiederfand. Nicht nur, daß er seine Sprache wiedergefunden hatte! Staunend stand er auf und bewunderte die Pracht, die ihn umgab. An einer Seite des leuchtenden Bauwerkes stand ein hohes Tor weit offen, durch das helles Licht strömte. Die Säulen, die den Torbogen stützten, waren umrankt von wunderschönen Rosen.

Da schritt Nisam in strahlend weißem Gewand durch dieses Tor. Frank lief ihm entgegen und fiel ihm selig in die Arme.

„Wo sind wir?" wollte er schließlich wissen.

„Im Lande Ghiyan," antwortete Nisam, „und dieses Haus hier ist der Tempel deines Herzens, den du selbst errichtet hast."

„Wie soll ich diesen herrlichen Tempel errichtet haben, da ich doch noch niemals hier war?"

„Dies ist nicht so leicht zu verstehen, mein Sohn, und nicht jede deiner Fragen wird heute eine Antwort finden. Doch wisse, eine jede Seele kann sich im Lande Ghiyan einen Herzenstempel erbauen, um sich zurückzuziehen und in Stille zu verweilen. In diesen innersten Raum deines Herzens dringt nichts und niemand gegen deinen eigenen Willen ein.

Doch bevor der Mensch auf Erden geboren wird, trinkt er vom Becher des Vergessens, da es eine Prüfung ist, die er in der Dunkelheit zu bestehen hat. So sind viele dieser Geheimnisse den Menschen nicht bekannt, und es ist nicht leicht, von dort hierher zu gelangen. Auch du wirst einst den Weg hierher, zurück in diese Herrlichkeit, der oft sehr steil und steinig ist, erst wieder suchen müssen. Doch wenn du diesen Tag nie vergißt und stets daran denkst, daß ich von hier aus auf dich schaue, wirst du das Ziel erreichen."

Da erinnerte Frank sich an seinen Zustand vor dem Erwachen in diese Wirklichkeit, an seine Ängste und Befürchtungen...

„Was du jetzt erleben darfst," erklärte Nisam, „wird selten einem Sterblichen gewährt. Für einen Menschen ist es nicht leicht, sich vom engen Gefängnis des Körpers loszulösen, und in rein geistige Welten zu wandern. So fühltest du Angst und Schrecken, als ich dich aus deinem Körper rief."

„So ist dies nicht mein Körper?" fragte Frank verwundert und sah an sich herab.

„Nein, dies ist ein feiner Körper aus Licht, der jetzt dein Wesen umkleidet, während dein Leib in deinem Zimmer liegt, entspannt, als würde er schlafen."

Noch viele Fragen stellte Frank, und Nisam gab Antworten, die sein Geist verstehen konnte.

Doch irgendwann ereilten Frank Zweifel, ob es nicht seine lebhafte Phantasie war, die ihm Trugbilder vorgaukelte und er sprach:

„Ist es Traum, oder ist es Wirklichkeit, was ich jetzt erlebe?"

„Dir ein Zeichen zu geben für die Wirklichkeit des Landes Ghiyan ist einer der Gründe, weshalb ich dich rief. Die Wirklichkeit des täglichen Lebens soll den Beweis dir dafür liefern: bei deiner Mutter steht eine Truhe. Dort findest du, was ich als Erbe dir hinterlassen habe: einen Beutel mit sieben kleinen Figuren aus blauem Stein, eine Gebetsschnur aus gelbem Bernstein, einen kleinen Kachelsplitter, der mit arabischen Schriftzeichen verziert ist und eine grüne Mappe, die ein Manuskript enthält. Dieses Manuskript beschreibt meinen ganzen Lebensweg, wie ich ihn mit eigener Hand niederschrieb. Diesen Schatz meiner Erfahrungen schenke ich dir. Hier, im Lande Ghiyan liegt deine Heimat, und den Weg hierher durch Freude und

Leid der Welt zu finden, das ist deine Aufgabe. Das Geheimnis der Mondblume aber wird dir diesen Weg weisen."

„Das Geheimnis der Mondblume?"

„In meiner Handschrift wirst du darüber mehr erfahren."

Frank fand das Manuskript, die steinernen Figuren, den Kachelsplitter und die Gebetskette aus Bernstein, genau wie Nisam es beschrieben hatte. Doch bis der Professor die Übersetzung des Manuskripts abgeschlossen hatte, verging mehr als ein halbes Jahr. Solange mußte Frank Allmann sich gedulden, bis er endlich anfangen konnte zu lesen, bis er eintauchte in das Geschehen der Geschichte und von ihr entführt wurde in ein fernes Land... sich verlor auf verschlungenen Schicksalspfaden und schließlich sich selber wiederfand.

Autobiographie des Nisam Mohamadi

geboren 1942 zu Balch in Afghanistan

... bis 1949

Das erste Bild, das auftaucht, wenn ich an meine frühe Kindheit denke, läßt mich am Rand der Straße sitzen, die von unserer Oase hinausführt in die Steppe, hinaus zur alten Seidenstraße, die unser Land durchquerte und die Welt einst mit China verband. Ich sehe mich in der Hitze des sommerlichen Nachmittages am Wegrand sitzen und betrachten, wie der Wind eine kleine Miniaturwüste am Boden gestaltet: hinter jedem Stein hat er eine kleine Düne aus Staub aufgetürmt, auf deren Kamm eine feine Staubfahne weht. Die Luft ist trocken und dick vor Staub, den der heiße Wind mit sich führt; feiner Staub, so fein, daß er überall eindringt, so fein, daß er nicht einmal zwischen den Zähnen knirscht. Die Blätter der Bäume, alles ist mit einer Staubschicht matt überzogen.

Heute weiß ich, daß dieser feine Staub in Verbindung mit Wasser das Leben unserer Oase ermöglicht. Es ist Löß aus den Wüsten. Durch die Verwitterung der Gebirge entsteht ständig dieser feine Staub, den der Wind über den Steppengürtel, der die Wüsten hier im Norden umschließt, hinausträgt. Durch Wasser gebunden wird der Staub der sterbenden Wüstengebirge zu fruchtbarem Boden und ermöglicht blühendes Leben: die Oasen.

Ich mochte etwa vier Jahre alt sein, als ich da saß und mit dem Finger die Formen der winzigen Staubdünen nachzeichnete, die sichelförmig am Boden ausliefen. Durch die ständige Bewegung des Staubes schien es bei längerem Hinsehen, als würden die Steine gegen den Strom des Staubes ankämpfen und mühsam gegen eine sich aufbäumende Strömung schwimmen.

Meine Gedanken waren bei dem Traum, der mich letzte Nacht hatte aufschrecken lassen, schluchzend, verzweifelt, tränennaß. Prüfend tastete ich nach den Taschen meines Chelwar*. Ja, sie waren da, meine Kostbarkeiten. Mein Vater hatte mir diesen Beutel mitgebracht aus Nuristan, dem *Land des Lichts* im Osten, wo es noch versteckte Heiden geben sollte, die bösen Götzen dienten und dunklen Ritualen frönten, die nachts gläubigen Moslems nach Gut und Leben trachteten, und die die bösen Kinder mit sich fort nahmen. Aus diesem gefährlichen Land dunkler Geheimnisse stammte der Beutel voller kleiner Figuren; starre, einfache Formen aus edlem Gestein geschnitten: Pferde, Kühe, Reiter, eine Echse und ein Elefant, schimmernd in tiefem Blau von Lapislazuli. Meine kindliche Phantasie war in der Lage, den steifen Formen Leben einzuhauchen, und die Figuren in spannende Abenteuer zu verwickeln. Sie waren mein Lieblings-, ja eigentlich mein einziges Spielzeug.

Für eine Weile hatte ich diesen Schatz fast vergessen; den ganzen Winter hindurch, den der tragische Verlust des Vaters verdunkelte: Rasula Hakim Bey, wie mein Oheim, der Bruder meiner Mutter genannt wurde, hatte einen der ersten Lorries gekauft, die es in unserer Gegend überhaupt gab; ein lärmendes, stinkendes Ungetüm von Lastwagen, das aus einem fernen Land stammte, das der Onkel "Amerika" nannte. Es konnte viele Kamelladungen auf einmal tragen und war noch dazu viel schneller, wenn es rauchend und vollbepackt davonschaukelte. Über und über war es herrlich bemalt mit fremden Landschaften, einem Palmenstrand und Segelschiffen, einer dampfenden Eisenbahn, wie sie es in den fremden Ländern geben sollte. Wenn es nachts fuhr, brannten viele bunte Lichter. Vorne hatte es zwei Augen und ringsum bannten Segens- und Zaubersprüche den bösen Blick, die Wüstendämonen, alle Gefahren und unterstellten das Gefährt, seine Last und seine Passagiere dem Schutz Allahs. Einmal durfte ich vorne drin sitzen und von der Karawanserai bis zum Rande der Oase mitfahren in diesem schaurigschönen Gefährt, dessen gefährliches Brummen kaum von

* Chelwar = weite Hose der landesüblichen Tracht Afghanistans

dem Klingeln und Läuten unzähliger Kamelglöckchen übertönt wurde. Vor jeder Fahrt ging der Fakir murmelnd um den Wagen, besprengte ihn von allen Seiten mit Wasser, verbrannte Zauberkraut in einem Kübel und beräucherte auch jeden Passagier — zur Sicherheit. Selbstverständlich wurde er für diese wichtige Maßnahme bezahlt. Auch damals, vor der Fahrt, von der Vater nicht mehr zurückkam; vor jener schicksalsschweren Fahrt, bei der der Wagen in den Bergen abgestürzt war. Vater sei tot, so hieß es. Der Fahrer kam nach Wochen zurück und humpelt seitdem. Mutter weinte oft lange, seufzte ständig und konnte mir nicht sagen, was das sei — tot.

„Sehen wir Vater dann wieder, wenn wir auch tot sind?"

Anstatt mir zu antworten, wurde sie von einem Weinkrampf geschüttelt.

Seitdem war ich viel mit dem Oheim zusammen; aber auch mit den anderen Kindern, oder ich lungerte in der Karawanserai herum. Doch oft saß ich ganz allein, spielte mit meinen Figuren und hing Tagträumen nach.

Letzte Nacht nun hatte ich geträumt, Torealai, der um zwei Jahre älter war als ich und viel größer und stärker, hätte mir den Beutel im Streit weggenommen und sei damit verschwunden. Nie wieder wollte er mir die herrlichen Steine zurückgeben. Der Verlust der Steine traf mich so hart, als hätte ich mein kostbarstes Gut verloren. Die Steine waren meine eigene Welt gewesen, zu der sonst niemand Zugang hatte, hier war ich der unumschränkte Herrscher, hier wurden meine Träume wahr. Das alles sollte jetzt vorbei sein, unwiederbringlich? Für immer? In meiner Verzweiflung fing ich an zu heulen. Ich schrie den Trennungsschmerz in die erbarmungslose Welt hinein und wurde von ohnmächtiger Wut und sinnloser Trauer in Weinkrämpfen geschüttelt, bis ich davon erwachte.

Sobald ich mich einigermaßen wiedergefunden hatte, gab es natürlich nichts eiligeres zu tun, als meine Steine zu suchen, mich an einen schwachen Hoffnungsschimmer klammernd. Wie groß waren meine Überraschung und meine Erleichterung schließlich, als ich die Steine ganz genau da vorfand, wo sie auch hingehörten: in ihrem Beutel in meiner Hosentasche. So schlief ich auch wieder beruhigt ein, meine Schätze zur Sicherheit mit beiden Händen fest umklammernd und wachte am Morgen in derselben Haltung auf.

Doch jetzt erschien mir der ganze Vorfall äußerst rätselhaft und seltsam: hatte ich doch mit Sicherheit den Diebstahl der Steine nur geträumt, sie also nicht wirklich verloren. Aber trotzdem hatte ich wirklich geweint, und zwar so stark, daß Schluchzen und Weinen mich noch schüttelten, als ich längst schon wieder wach war. Mein Gesicht, das Kissen waren naß von wirklichen Tränen; wirklichen Tränen über den unwirklichen Verlust. Ja sogar jetzt noch, Stunden später am staubigen Wegrand, verkrampfte sich mein Bauch, wenn ich daran dachte, so daß ich unwillkürlich in kurzen Zügen einatmete.

Meine Logik kaute auf dem unbegreiflichen, unlösbaren Phänomen herum, daß ich echte Tränen vergossen hatte, für den unechten, nur geträumten Verlust meines Spielzeugs. Warum hatte ich die Tränen nicht auch nur geträumt? Warum war ich nicht sorglos erwacht wie sonst? Irgendwie wurde ich den Verdacht nicht los, daß hier etwas nicht stimmte, obwohl ich die Steine ganz handgreiflich in meiner Tasche hatte. Schließlich hatte ich wirklich geweint, was ich doch nicht getan hätte, wären die Steine nicht auch wirklich weggewesen. Traum... Wirklichkeit... Wer konnte mir garantieren, daß ich jetzt im Moment auch wirklich wach war? Vielleicht träumte ich jetzt! Die Miniaturdünen, der staubgetränkte heiße Wind, die Steppe vor mir, die Oase... Alles ein Traum? Und was geschah dann, wenn ich mich schlafen legte? Nannte ich fälschlich Traum, was Wirklichkeit war? Schlief ich gerade jetzt und war erst wirklich wach, wenn ich träumte? Vielleicht waren die Steinfiguren, die jetzt in meiner Hand aneinander knirschten in Wirklichkeit doch von Torealai gestohlen und für immer verloren? Narrte mich nur der Traum, ich hätte sie noch fest in meinen Händen?

Wir neigen dazu, die Kindheit mit einem goldenen Schimmer von Unbeschwertheit und Sorglosigkeit zu umgeben. In meiner Erinnerung aber spüre ich eine Tragik, ja eine Verzweiflung aus jenen Kindheitstagen herüberwehen, die oft schmerzlich mein ganzes Wesen durchdrang. Und ich war allein in meiner Dunkelheit, unfähig, mich irgendjemandem anzuvertrauen. Es war bestimmt tröstlich, in den Schoß der liebenden Mutter zu fliehen, doch war es nicht die Lösung, und ich war nicht imstande, ihr mitzuteilen, was ich so dumpf und drängend im Innersten empfand.

Gewiß, meine Kindheit war frei von materieller Not. Innerhalb der Mauern, die Haus und Garten umgaben, war Geborgenheit, Wärme und Liebe. Selbst in der Karawanserai, im Basar, auf den Gassen und Straßen umgab mich stets das hohe Ansehen unseres Hauses und der Respekt, den man meinem Onkel entgegenbrachte, wie eine schützende, unsichtbare Aura, so daß ich vor einer Welt, die in unserem Land oft feindlich und gefährlich erscheint, behütet und sicher war; ein Glück, dessen sich bei weitem nicht alle Kinder erfreuten, und in diesem Schutz hätte ich die besten Voraussetzungen gehabt, unbeschwert 'Kind zu sein'.

Und doch waren diese sonnigen Tage meiner Kindheit durchzogen von Traurigkeit. Ungestüm drängten Kräfte in mir zu ihrer Verwirklichung, die schon an den äußeren Beschränkungen der Natur des Kindseins scheiterten. In brennender Ungeduld und mit dem nagenden Gefühl des Neides blickte ich auf die Erwachsenen in ihrer Stärke und Freiheit, die diese Kräfte und Möglichkeiten nur zu oft ungenützt ließen oder sie gar mißbrauchten, wie mir schien. Ja, wenn ich erst einmal groß wäre, würde ich alles besser machen! Ich würde es ihnen schon zeigen!

Aber es gab einen Menschen, der aus der Menge der anderen Erwachsenen herausragte und den ich vorbehaltslos bewunderte, meinen Onkel Rasula Hakim Bey, den ältesten Bruder meiner Mutter, der auch schon vor dem Tod meines Vaters das unumschränkte Familienoberhaupt war, wie eine starke Säule, die ein ganzes Gewölbe stützt und trägt.

Ich sehe ihn vor mir, hoch zu Roß, eine prächtige Gestalt, gekrönt von einem schneeweißen Turban, aus dem die Spitze einer bunten, goldverbrämten Kappe ragt, gekleidet in der gewichtigen Tracht der Turkmenen: über der Pluderhose und dem weiten, langen Hemd ein Tschapan, ein farbiggestreifter, wattierter Mantel, der durch einen Gürtel aus gedrehtem Seidentuch zusammengehalten war. Die geschulterte, perlmutterbeschlagene Flinte sah gefährlich aus, war jedoch ein Vorderlader, ein ehrwürdiges Erbstück und wurde nie zum Schießen verwendet, denn Rasula war sehr friedliebend und bedacht — Eigenschaften, die man bei Turkmenen selten antrifft. Das Gewehr diente sozusagen als Zepter des großen, geachteten Bey, als Zeichen seiner Macht und Würde.

Ich liebte ihn über alles, und meine Sehnsucht war groß, wenn er verreiste und oft wochenlang nicht nach Hause kam. Sobald er das Haus betrat, war es erfüllt und durchpulst von Leben, doch wenn er es verließ, schien alles nur auf seine Rückkehr zu warten. Kaum war er nach Hause zurückgekehrt, befand ich mich stets in seiner Nähe, und er nahm mich überall mit hin. Mutter empfand deswegen oft eine Art heimlicher Eifersucht. — Doch, um mit den Karawanen zu ziehen und ihn auf seinen Geschäftsreisen zu begleiten, war ich angeblich noch zu klein.

So hockte ich am Wegrand und starrte grübelnd zu Boden. Auch diesmal war der Oheim verreist und hatte mich trotz Bitten und Betteln nicht mitgenommen. Vielleicht war das der Grund dafür, daß ich mich jetzt genauso rückhaltslos in melancholische Gedanken und Grübeleien fallen ließ, wie ich mich zu Zeiten der Ausgelassenheit und Fröhlichkeit dem Spiel überließ oder mich ein andermal wieder in leidenschaftliche Traurigkeit stürzte und darin förmlich schwelgte.

Das kindliche Grübeln über die Frage nach der Natur von Traum und Wirklichkeit aber erweckte in mir Gefühle qualvoller Ratlosigkeit und eine brennende Sehnsucht nach Klarheit, nach einer Klarheit, die ich oft ganz nah, fast greifbar fühlte. Doch trotzdem schien sie unerreichbar fern, gleichsam hinter einer hauchdünnen, aber undurchdringlichen Wand verborgen.

Hatte Onkel Rasula Zugang zu dieser lichten Verheißung, die ich jenseits dieser Wand erahnte? Hatte er die Kraft, diese Schranken niederzureissen?

Als Kind war ich nicht in der Lage auszudrücken, was ich so drängend empfand, doch in den klaren Gesichtszügen des Oheim, die von den weiten Steppen Zentralasiens geprägt waren, ahnte ich die Antwort auf viele Fragen, denn im festen Blick seiner dunklen Augen lag das Wissen um tiefe Geheimnisse.

Bedeutet 'Kindsein' etwa gerade dieses bedingungslos Sichfallenlassen in Freude genauso wie in Leid, solange, bis die Belange des täglichen Lebens uns gefangennehmen und uns so vieles vergessen lassen? Oder bis wir uns fest vor allem verschließen, was aus der unbekannten Tiefe unseres Wesens emporsteigt und schließlich unser Bewußtsein ganz dem zuwenden, was man im allgemeinen die Wirklichkeit nennt?

Und dort ist wenig Platz für Träume . . .

Vielleicht müssen wir die Welt und die Träume unserer Kindheit erst bewußt wiederfinden, bevor wir von hier aus weiterwandern können zu den hohen Gefilden der Wissenschaften, zur philosophischen Durchdringung der Wirklichkeit, zur Deutung unserer Träume.

Träume sollten in meinem späteren Leben noch oft eine wichtige Rolle spielen und tiefe Wirklichkeit annehmen, wenngleich es Zeiten gab, in denen ich mit aller Kraft versuchte, nur das als Realität anzuerkennen, was Verstand und Logik eindeutig dazu erklärten. Doch immer wieder entriß mich ein geheimnisvoller Sog in Welten, von denen aus die sogenannte Realität spröde und abgegriffen wirkte, wie ein altes Hemd aus brüchigem Stoff, und wo Kräfte herrschten, die ich mir nicht erklären konnte . . .

Ich sehe mich in der dicken, staubigen Hitze sitzen, im heißen durchdringenden Wüstenwind, der abflaut und dann wieder in starken Böen den penetranten Staub aufwirbelt zu Formen, die sich gleich darauf wieder auflösen in der heißen Sommerluft. Das Geheimnis von Traum und Wirklichkeit, das Geheimnis meiner Existenz als scheinbar unlösbares Rätsel läßt meine Gedanken wie Mühlsteine in dem kleinen Gehirn kreisen, so, daß mein Kopf zu schmerzen beginnt, während ich auf die winzigen Staubdünen starre, die Miniaturwüste, die der Wind spielerisch am Boden der heißen, graugelben Straße schuf.

Zärtlich streiche ich mit der Hand über die Oberfläche der kleinen Dünen. Ihre Beschaffenheit ist so fein, daß sich ihre Form sofort verändert, obwohl die Berührung an der Hand nur als Wärme spürbar ist. Ich lasse meine flache Hand mitten auf einen der Staubhügel klatschen. Herrlich wallt eine graugelbe Staubwolke auf, und ich verfolge ihre verschwindenden Formen, wie sie in der heissen Luft verwehen. Der Abdruck meiner kleinen Kinderhand zeichnet sich auf dem Boden ab.

Ich nehme Steinchen und werfe sie auf die kleinen Dünen. Hier und dort spritzen Staubwölkchen auf, runde, pilzförmige, senken sich und werden vom Wind zu länglichen Fahnen zerweht, ehe sie wieder verschwinden. Das Spiel belustigt mich. Ich fahre mit den Händen in den Staub, werfe haufenweise Steinchen um mich, stampfe mit den Füßen und erzeuge so die herrlichsten Staubwolken, die man sich nur denken kann. Schließlich gerate ich förmlich in Staub-Extase, tanze, schreie, schwelge in einem Inferno aus Staub, bis mir schwindelig wird und ich mich taumelnd hinhocke. Außer Atem sehe ich zu, wie die Luft sich wieder klärt.

Zuvor hatte der Boden um mich herum ein ebenmäßiges Gesicht gezeigt, Schriftzeichen gleich hatte der Wind den Boden mit Staubwellen bedeckt, deren Anordnung eine unregelmäßige Gesetzmäßigkeit zu Grunde zu liegen schien; so, als sei eine Botschaft darin verschlüsselt. Doch nun sind die wilden Spuren des kindlichen Zerstörungstanzes an die Stelle der sanften, ebenmäßigen Miniaturlandschaft getreten. Dem Rausch des Staubtanzes folgen Erschöpfung und Enttäuschung. Meine Kehle ist rauh und trocken, ich fühle mich heiß, staubig und durstig.

Da trägt der Wind Geräusche an mein Ohr: das ferne Läuten von Schellen wie die Kamele sie am Halfter tragen, ein verirrter Ruf, ein fernes Rauschen. Ich beschatte meine Augen mit den Händen und sehe am flimmernden Horizont der Steppe undeutlich die Umrisse einer nahenden Karawane. Doch was sonst meine Aufmerksamkeit fesselte, reizt heute meine Neugierde nicht. Ich wende der endlosen Steppe den Rücken zu und schlendere nach Hause. Die Straße zur Oase führt durch ein Feld uralter Ruinen, die graubraun in der mittäglichen Sonne brüten. Ich höre meine Schritte auf dem heißen Weg, den Ruf eines Hirten, dessen Ziegen zwischen den Trümmern des Ruinenhügels an dornigem Gestrüpp knabbern und spärliche Kräuter aufspüren. Stille und Frieden, wo einst Menschen lebten, wo der Lärm der Markttage toste. In alten Zeiten war diese Stadt bis ins ferne Arabien bekannt als 'Kubbet-el-Ilm', die Kuppel der Wissenschaft, als 'Balkh-oul-Hassana', Balch, die Schöne, die geheimnisvolle Mutter der Städte, umgeben von uneinnehmbaren Mauern mit sieben mächtigen Toren.

Wie mit Geisterhand erfaßt ein Wirbelwind vor mir den Staub des Weges, reißt ihn spiralig hoch und jagt den Staubkreisel über die Trümmer der toten Stadt. Da — ein zweiter Wirbel; sie scheinen sich im Spiel zu jagen, verschwinden wie ein Spuk, der sich in Luft auflöst. Ich denke an mein wildes Spiel im Staub und beneide den Wind um seine Geschicklichkeit, Staubwirbel tanzen zu lassen.

Die folgenden Jahre verbrachte ich in der Erforschung meiner Welt, der Oase mit ihren Gärten und Feldern, den schmalen Gassen zwischen fensterlosen Lehmmauern, den weiten Ruinenfeldern und Mauern der untergegangenen Stadt mit ihren Höhlen, Torbögen und verfallenen Kuppeln. Die Mutter und der Oheim lehrten mich manches im Umgang mit Menschen und wußten Geschichten zu erzählen von längst vergangenen Zeiten und märchenhaften Ländern.

Das aufregendste aber war stets die Karawanserai des Rasula Hakim Bey, das Kommen und Gehen der Händler, der wegekundigen Führer, die derben Sprüche der Treiber und Stallburschen. Angehörige der verschiedenen Stämme und Bewohner der entlegensten Gegenden des Landes kamen hier zusammen. Ungewohnte Dialekte und fremde Sprachen spornten meine Phantasie zu abenteuerlichen Träumereien über ferne Länder und fremde Menschen mit seltsamen Gebräuchen an.

Geheimnisvoll verschnürte Ballen wurden verladen und verbreiteten seltsame Gerüche. Große Mengen Schaf- und Ziegenfelle, glasierte Kacheln aus den nahen Brennereien, Holz und Gewürze wurden unter Rufen und Lärm gewogen, gefeilscht und verladen. Täglich verließen schwerbepackte Karawanen den Ort, und ich starrte ihnen sehnsüchtig nach, bis sie in der flimmernden Ferne verschwanden.

Oft war ich abends eingeschlafen, gespannt den Männern lauschend, die am Feuer oder am Samowar rauchten und erzählten, was sie in der weiten Welt erlebt, erlitten und erhandelt hatten. Stolz zeigten sie wertvolle Kostbarkeiten, mit denen sie eine Erinnerung verband. So geschah es häufig, daß meine besorgte Mutter nachts suchend durch die Lager und Höfe des Serail irrte, bis sie mich schließlich irgendwo zwischen Säcke gekauert oder auf einem Stoffballen eingerollt schlafend fand und heimtrug.

An langen Wintertagen, wenn Schnee und Frost das Land bedeckten, wurde in einem prächtig mit Teppichen und Kissen ausgestatteten Raum unseres Hauses ein Kohlebecken entfacht, das in der Mitte des Zimmers in einer Versenkung des Bodens untergebracht war. Hassan, der humpelnde Lastwagenfahrer von einst, hatte den Oheim gebeten, ihn als Hausdiener anzunehmen, da er nie wieder so ein Ungetüm steuern wollte. So war Hassan im Hause des Bey Kalipha* geworden, der alle Besorgungen machte, die Instandhaltung der Gebäude besorgte und überhaupt stets zu Diensten war.

An kalten Wintertagen nun füllte Hassan mit wichtiger Miene das Kohlebecken, entzündete es unter Pusten und Wedeln, und wenn es durch und durch rauchlos glühte, stellte er über diesen Manghal ein Sandali, eine Art Tischchen, über welches schließlich ringsum riesige Decken gebreitet wurden. Unter diese schlüpfte man bis zum Hals, steckte die Füße dem heißen

* *Kalipha:* wörtlich: Nachfolger, Stellvertreter.
Hier: Hausdiener, 'Mädchen für alles'.
Im Sinne des Islam ist der Mensch der Kalipha Gottes auf Erden.
Abu Bakr, Othman, Omar und Ali sind die vier "rechtgeleiteten" Kalipha des Propheten Mohammed.

Manghal entgegen, stopfte sich Kissen unter den Rücken und verbrachte so die kalten Tage.

Nur die nächsten Verwandten und besonders vertraute Freunde und Gäste hatten Teil an dieser Runde. Während die Frauen Handarbeiten verrichteten, kam es vor, daß der Oheim stundenlang erzählte: Erinnerungen aus seinem Leben und aus der Zeit seiner Kindheit; jener Zeit, als sie noch als Nomaden durch die endlosen Weiten jenseits des Amu Darja zogen.

So hatten wir es uns an einem jener Winterabende — draußen erhellte der Vollmond eine klare, klirrende kalte Nacht — in diesem Raum unter unseren Decken gemütlich gemacht. Rasula, die Mutter, ihre alte Dienerin, der Kalipha, der die Öllampen am Brennen hielt, mein Großvater Hadschi Ibrahim Hakim Khan, der schweigend vor sich hinbrütete, und vor dem ich stets eine gewisse Scheu hatte, mein Freund Torealai, der wie mein Bruder war, und noch andere Angehörige der Verwandtschaft meines verstorbenen Vaters. Den ganzen Abend schon bettelte ich Onkel Rasula, wieder einmal aus seiner Kindheit zu erzählen, bis dieser schließlich bedächtig nickend zustimmte.

Hassan, der Kalipha, servierte Tee, zerrieb sorgfältig erlesene Kräuter, die er dem Tabak beimengte, und brachte die große Wasserpfeife in Gang. Das leise Blubbern der Nagila und der würzige, süße Duft der dicken Rauchschwaden verbreitete ein wohliges, heimeliges Gefühl.

„Schließ die Augen, Nisam! Vom Dach unseres Hauses aus siehst du im Süden die blaudunstigen Ketten der Berge und im Osten die funkelnden Kuppeln von Mazar-i-Sharif; doch dort oben nach Norden hin ist nichts als die Weite des Landes. Jenseits des großen Stromes Amu Darja zieht sich die Steppe viele tausend Kuruh weit hin, und du kannst tagelang reisen, ohne daß das Auge einen Halt fände. Dort lebten unsere Väter und durchzogen mit ihren Herden das weite Land.

In sanften Wogen bewegt der Frühlingswind das blühende Steppengras. Siehst du dort das Dorf aus flachen Lehmhäusern? Schau, die Gebäude sind um einen freien Platz angeordnet, und viele Menschen sind emsig beschäftigt. Zottige zweihökerige Kamele werden mit großen Ballen, Stangen und

Hausrat beladen. Teppiche werden eingerollt und verschnürt, Kessel und Vorräte verstaut. Es ist ein Rufen und Lärmen in der Morgendämmerung. Einige Männer hocken am Feuer und wärmen sich die Hände; andere satteln die Pferde und bepacken die Trampeltiere; Esel verscheuchen Fliegen mit zuckenden Ohren; kräftige Pferde sind an kurzen Pfählen angepflockt und scharren ungeduldig mit den Hufen.

Und mittendrin, siehst du dort den verwegenen Reiter, diese mächtige Gestalt im Pelzmantel mit der Wolfsfellmütze über dem wettergegerbten Gesicht? Seine Augen sind zu schmalen Schlitzen zusammengezogen und übersehen das ganze Lager. Das ist Hadschi Ibrahim Hakim Khan, dein Großvater, das Oberhaupt dieser Sippe und der Führer eines ganzen Volksstammes; ihm gehören das Dorf, die Kamele, die Esel und Pferde. Doch sein kostbarster Besitz sind tausende von Karakul-Schafen. Siehst du dort draußen die riesigen Herden, umkreist von Reitern und Hunden?

Dein Großvater war ein mächtiger, reicher Herr, er war ein großer Khan des Stammes der Turkmenen. In den Wintermonaten hatten die Frauen viele kostbare Teppiche geknüpft, und nun verläßt die ganze Sippe das Winterdorf, um wieder einen Sommer lang auf Wanderschaft zu gehen.

Schau, dort, nahe beim Feuer, steht ein kleines Mädchen, noch kleiner als du. Ihre Mutter, deine Großmutter, packt sie in einen dicken Schafpelzmantel und setzt sie in die Satteltasche eines liegenden Kamels. Dieses putzige Mädchen ist Nabila, deine Mutter. Zwischen Teppichen, eingerollten Filzjurten-Planen und Ballen mit Kleidern und Hausrat ist gerade noch ihr Kopf zu erkennen. Und hier, der Junge, der dort auf einem mit Stangen und Seilen bepackten Esel sitzt, ist dein Onkel Rasula.

Schau, der Großvater umreitet das Lager. Nun nimmt er die Flinte von seiner Schulter, umfaßt sie mit einer Hand und feuert mit ausgestrecktem Arm einen Schuß in die Luft. Selbst die Hirten, die ihre Herden bereits weit hinaus getrieben haben, horchen auf und blicken zurück zum Dorf.

Der Schuß war das Zeichen zum Aufbruch.

"Allah hu akbar — groß ist Allah!" schallt es durch das Lager, und die bewaffneten Männer schwingen sich in die Sättel ihrer Pferde. Die Kamele werden angetrieben; manche sträuben sich, mit ihrer schweren Last aufzustehen und werden widerstrebend und unwillig schnaubend auf die Beine gezerrt. Am Ortsausgang formiert sich die Karawane. Großvater reitet die ganze Länge auf und ab, verweilt hier und da, gibt kurze Anweisungen und Befehle, setzt sich schließlich an die Spitze und führt die Karawane in die weite Ebene hinein.

Leise klirren bei jedem Tritt die silbernen, feinziselierten und edelsteinbesetzen Beschläge des Zaumzeuges seines schwarzen Hengstes. Die Schritte der Tiere und Menschen, das Klingen der Glöckchen an den Halftern der Kamele, Rufe und Hundegebell vereinigen sich zu einem Rauschen ähnlich dem eintönigen Lied, das Wind und Wellen an den Gestaden des großen Aralsee erzählen . . .

Als ich noch ganz klein war, hob mich dein Großvater an diesen Ufern einmal zu sich in den Sattel, zeigte hinaus auf die endlose Wasserfläche und sprach: 'Und noch viel weiter und gewaltiger ist das große Meer . . .'

Die ersten Strahlen der Morgensonne vergolden die Silhouette der Karawane, die Schritt für Schritt weiterzieht, umwogt von einem Meer aus Steppengras, sanftwellend unter dem leisen Atem des Windes; der Karawane, der die ewigen Gestirne den Weg weisen."

Onkel Rasula hat aufgehört zu erzählen. Leise schnurrend blubbert die Nagila, und ich sehe die Karawane des Großvaters in unendliche Weiten ziehen . . .

„Das war eine schöne Geschichte, Onkel Rasula."

Ich kuschle mich an ihn, und er nimmt mich zärtlich in den Arm.

„Warum habt ihr die Karawane verlassen? Warum wohnen wir jetzt hier?", frage ich.

„Das ist eine traurige Sache, mein Sohn. Es kam ein Krieg, und wir mußten fliehen."

„Warum?"

„Soldaten kamen und besetzten unsere Heimat. Sie wollten den Glauben an Allah verbieten, genauso wie sie die Verehrer Buddhas und die Lamas in der Mongolei verfolgten. Unseren Stämmen wollten sie ihre Herden stehlen und den Karawanen vorschreiben, wann und wohin sie wanderten. Wer sich ihren Befehlen widersetzte, wurde geschlagen, gefangengenommen und verschleppt oder gar getötet. Darum floh der Großvater hierher in das Land der stolzen Nomaden, in das freie Afghanistan."

„Aber wo ist die Karawane geblieben? Warum wandern nicht auch wir?"

Rasula blickte lange zum Großvater hinüber, bevor er antwortete:

„Einige aus unserem Volk waren nicht auf der Seite des Großvaters, sondern ließen sich durch Geschenke und Versprechungen betören. Großvater rief sein Volk zum Widerstand auf, und die Türkei hatte uns für den Fall eines Aufstandes ihre Hilfe zugesichert. Da er ein großer und bekannter Mann war in jenem Land, das Oberhaupt eines Volksstammes, da er seine Jugend in Moskau verbracht hatte, wo er Schulen besuchte und studierte, ehe er wieder zu seinem Stamm und zum freien Leben in der Steppe zurückkehrte, da er also wohlbekannt war, hatte man stets ein wachsames Auge auf ihn. Angehörige des eigenen Stammes verrieten ihn wegen seiner Gesinnung an die fremde Macht, und so kam es, daß wir mit nur wenigen Getreuen bei Nacht und Nebel flohen, um unser nacktes Leben zu retten. Ein Bruder deiner Großmutter brachte später einen Großteil unserer kostbaren Schafherden über die Grenze, doch unser Stamm ist zerfallen. Hier und da, übers ganze Land zerstreut, findest du heute Angehörige unseres Volkes, doch viele von ihnen haben auf der Flucht ihre Herden, ihr kostbarstes Gut verloren und leben jetzt in bitterer Not und Armut."

„Warum ist Großvater immer so still? Ist er traurig, weil sein Volk jetzt so arm ist? Hat er Sehnsucht nach seiner Karawane in der Steppe? Immer sitzt er nur so da und sagt nie etwas."

Etwas ängstlich blickte ich auf den Großvater, immer noch eine mächtige, breitschultrige Gestalt, und versuchte in den harten Zügen seines Gesichtes zu lesen, das wie eine bronzefarbene Maske wirkte; tiefe Furchen hat das Leben hineingegraben. Auf dem wuchtigen Schädel mit den kräftigen Backenknochen saß eine breite Kalpak, eine kostbare turkmenische Fellmütze, die er nur zum Schlafen ablegte und dann als Kopfkissen benutzte. Das einzige lebendige in diesem Gesicht schienen die in schmalen Schlitzen liegenden schwarzen Augen zu sein, die meist in weite Ferne gerichtet waren, mich aber jetzt durchdringend musterten.

Da! Zuckten nicht die Fältchen eines schalkhaften Lächelns um diese blitzenden Schlitzaugen? Doch das Gesicht blieb regungslos. Ob dieser harte Mund unter dem hängenden Schnurrbart je herzlich gelacht hatte?

Meistens wirkte der Großvater grimmig und finster. Nur selten, wenn zum Beispiel ein Buzkashi* bevorstand, an dem seine Reiter teilnahmen, oder wenn Gäste das Gespräch auf dieses wilde Spiel lenkten, schien Leben in sein Gesicht zu kommen, und die zusammengekniffenen Schlitze seiner Augen weiteten sich.

Onkel Rasula erklärte mir, daß der Großvater deshalb so traurig sei, weil bald nach der Flucht Großmutter gestorben war, doch meiner wachen Beobachtungsgabe konnte es nicht lange entgehen, daß auch noch ganz andere Gründe Anlaß zu seinem Grimm und zu seiner Verbitterung gaben: Als ich in meiner kindlichen Wißbegierde wieder einmal nach dem Verbleib der großen Karakulschafherden meines Großvaters gefragt hatte, erklärte mir der Oheim, daß die meisten der putzigen neugeborenen Lämmchen dieser kostbaren Zucht — rührend beschrieb er ihre linkischen Bewegungen, ihre rosafarbenen Näschen und ihre großen, glänzenden Augen — daß diese Lämmer gleich nach der Geburt ans Messer geliefert werden, kaum daß sie das Licht der Welt erblickt hatten. Denn das Fell dieser Tierkinder werde äußerst hoch gehandelt. Hierzulande macht man die Kullas, die wertvollen Fellmützen — ein Zeichen von Reichtum und Wohlstand — aus den Pelzen dieser Tierbabies, und in den fernen, reichen Ländern des Westens verarbeitet man sie unter der Bezeichnung 'Persianer' zu Mänteln und Jacken. Doch, so meinte Onkel Rasula, sei es grausam, diese kleinen Tiere wegen ihres zarten Pelzes umzubringen, sie den Mutterschafen wegzunehmen, denen doch sicher dabei das Herz vor Traurigkeit bricht.

* Buzkashi: Reiterspiel, bei dem zwei gegnerische Parteien um den Kadaver einer Ziege oder eines Kalbes kämpfen, der durch eine Art Tor gebracht werden muß. Nationalsport Afghanistans. Ein wildes Spiel, das oft nicht ohne Verletzungen abgeht. — Kampfspiele sind sehr beliebt in Afghanistan. So werden auch Wachteln, Hähne und andere Tiere bis hin zum Kamelbullen zu grausamen Tierkämpfen abgerichtet.

Ich pflichtete ihm bei. Der Großvater hatte anscheinend unbemerkt unser Gespräch mitangehört und schaltete sich nun lautstark ein. Es war, als bräche ein lange angestauter Groll den Bann und überflutete nun unaufhaltsam sein ganzes Wesen. Bebend vor Zorn, der plötzlich den Körper des Greises durchglühte und ihn sich noch einmal zu seiner ganzen Größe aufrichten ließ — als seien plötzlich Leiden und Schwächen des Alters verschwunden — gleichsam belebt durch diese Wut schrie der sonst so schweigsame alte Mann mit funkelnden Augen und gerötetem Gesicht auf seinen Sohn ein:

„Wärst du doch nie geboren, Weichling! Nicht genug, daß das Schicksal uns schlug, nein, der eigene Sohn verrät die Tradition seiner Väter! Du gibst unserem sterbenden Volk noch den letzten Stoß, schickst es in die Vergessenheit. Wir waren es, die in riesigen Herden die Karakulschafe züchteten. Von uns kauften die Paschtun, die Tadschiken, ja alle Afghanen seit Generationen die kostbaren Felle. Wir waren es, die schließlich durch unsere Flucht hundert- und aberhunderttausende von Schafen ins Land brachten, und ich, Hadschi Ibrahim Hakim Khan, schloß damals den Vertrag mit der deutschen Firma und der Bank e Melli, den Vertrag, der den Export meiner Felle nach Deutschland garantierte! Deutschland, das Land der Zukunft! Die stolzen Deutschen werden Rußland noch ausradieren. Ja, da ist das letzte Wort noch lange nicht gesprochen!"

Erregt ruderte der Großvater mit den Armen:

„Bei Allah", fuhr er fort, „erst als ich dir all meinen Besitz anvertraut hatte, dir all meine Geschäfte übergeben hatte, kamen Reklamationen wegen der Qualität der Felle. Erst dann gingen die Exporte zurück! Wegen dem Krieg, wie du behauptet hast? Daß ich nicht lache! Deutschland den Krieg verloren? Du Kindskopf! Nur eine schlaue Taktik von Hitler, um sich in Ruhe auf den Endsieg vorzubereiten, den Endsieg, der die ganze Welt befreien wird! Aber du, du brichst diesen lebenswichtigen Kontakt! Verkaufst alle Herden! Trittst den Stolz unseres Stammes mit Füßen! Und, was das schlimmste ist, du erziehst meinen Enkel zur Memme! Wenn doch sein Vater noch lebte! Der hat zwar auch mit der Tradition seines Volkes gebrochen und seine Sippe zu seßhaften Bauern gemacht, aber er ist doch ein Paschtun geblieben, ein wahrer Afghane, der die Kampfspiele liebte. Allah sei ihm gnädig!"

Als erinnere er sich beim Andenken des Toten an sein greises Alter, wich plötzlich die ganze Kraft aus ihm. Tief aufseufzend schien er in sich zusammenzusinken. Gebückt, mit einer wegwerfenden Handbewegung, die Verachtung und Hilflosigkeit zugleich ausdrückte, ging er ins Haus und hüllte sich wieder in sein grimmiges Schweigen. Es war die Hilflosigkeit des unausweichlichen Alters, gegen die er sich noch einmal mit aller Kraft aufgebäumt hatte. Die Hilflosigkeit, Gedanken und Vorstellungen einer neuen Generation und einer neuen Zeit gegenüber, die sich gegen seinen Willen durchsetzten und verwirklichten. Empfand er sein Leben als sinnlos? Gescheitert? — Sein Volk, dem er als Führer gedient hatte — zerstreut, aus der Heimat vertrieben; und sein einziger Sohn mißachtete seinen Willen und ging eigene Wege . . .

Rasula Hakim Bey hatte tatsächlich die riesigen Herden seines Vaters alle veräußert und aus dem Gewinn eine Karawanserai im nahen Mazar-i-Sharif aufgebaut, die nicht nur Reisende und durchziehende Karawanen beherbergte und einen Umschlagplatz für alle Arten von Gütern darstellte, sondern auch Stallungen für hunderte von zweihöckerigen Lastkamelen umfaßte, die zum Besitz des Bey gehörten und rund um die Uhr, zwischen Mazar-i-Sharif und dem Grenzfluß im Norden unterwegs waren. Diese Karawanserai war sozusagen ein Import-Export-Karawanen-Bahnhof für offiziell eingeführte Waren, als auch für Güter, die nach wie vor in großen Mengen über die schwerkontrollierbare grüne Grenze kamen und gingen. Darüber, daß der Erlös aus dem Verkauf seiner Herden auch noch für den Handel mit den verhaßten Russen hatte herhalten müssen, darüber war Hadschi Hakim Khan nie hinweg gekommen.

Aus früheren Gewinnen des Fellhandels und mit Hilfe des Brautpreises, den die Familie meines Vaters, eines Großgrundbesitzers, für meine Mutter zahlte, hatte Rasula Hakim Bey hier in Balch eine etwas kleinere Karawanserai aufgebaut.

Für eine Frau aus angesehenem und begütertem Hause wurde in unserem Land ein hoher Preis bezahlt. Meine Mutter war nicht nur sehr gebildet und konnte lesen und schreiben, was eigentlich im allgemeinen hierzulande bei Frauen eher unerwünscht ist und bei einer breiten Schicht der Bevölkerung, die auf die Mullahs* hört, schon als Bruch mit der heiligen Tradition angesehen wird — sie war auch in der Lage, wunderschöne Teppiche zu knüpfen von der Qualität und Art, wie sie als Mauri gehandelt werden.

Die Gebäude unserer Karawanserai in Balch umschlossen einen geräumigen Innenhof, hinter dessen schattigen Arkaden Stallungen lagen. In den Räumen der oberen Stockwerke waren Wohnräume zur Beherbergung von Reisenden und Lagerräume untergebracht. Neben dem großen Eingangstorbogen, durch den man den Innenhof betrat, lag eine gemütliche, mit Teppichen reich ausgestattete Teestube. Die rückwärtigen Mauern der Karawanserai grenzten an unseren Hof und unsere Wohngebäude, die von einem großen, mit einer hoher Mauer umfriedeten Garten umgeben waren.

Wie gerne versetzte ich mich in Gedanken noch heute in diesen Garten! Was wäre unser Land ohne seine Gärten? Nicht umsonst nennt der Prophet das Paradies einen Garten. Die Idylle, die sich oft in Afghanistan hinter düsteren Mauern verbirgt, ist schwer beschreiblich. Mühen, Not und Gefahren des Alltags, der unerbärmliche Wind und der alles durchdringende Staub, schienen hier Halt zu machen, um einem zauberhaften Frieden Raum zu geben. Nicht umsonst sagt der Dichter:

„Welche Kostbarkeiten bietet uns die Welt der Vergänglichkeiten? Einen Becher süßen Wein — das Saitenspiel zum Tanz schlankbeiniger Mädchen — einen Garten, einen stillen Garten."

In diesem Garten nun gediehen unter liebevoller und geduldiger Pflege die prächtigsten Rosen und andere Blumen zwischen Aprikosenbäumen und Nußsträuchern. Die sorgfältige Bewässerung ließ sogar einen dichten, kühlen Rasen gedeihen. Vom flachen Dach unseres Hauses konnte man mit Hilfe einer Leiter auf die Dächer der Karawanserai gelangen, auf denen nachts stets bewaffnete Wächter patroullierten.

* Mullah = islamischer Geistlicher, Moscheevorsteher

Neben der Karawanserai hatte der Oheim ein öffentliches Gästehaus errichten lassen, eine Art Nachrichtenzentrale des Dorfes, wo man sich gerne traf, Neuigkeiten austauschte, die politische Lage, Steuerforderungen oder geplante Reformen der Regierung diskutierte. Hier konnte man erfahren, "was man im Bazar sagte", denn, was man im Bazar sagte, war von großer Wichtigkeit in Balch, wie auch überall sonst in Afghanistan. Und im Bazar war man sich trotz der gegensätzlichen Meinung des Hadschi Ibrahim Hakim Khan einig, daß sein Sohn Rasula Hakim Bey ein großartiger Mann war, denn dank seiner Geschäftstüchtigkeit hatte er es zu solchem Wohlstand gebracht, daß er Häuser sein eigen nannte, die zu den größten Gebäuden in ganz Balch gehörten. Hier und in Mazar-i-Sharif arbeiteten viele Menschen unter ihm und aßen gerne das Brot ihres großzügigen Herrn. Das, obwohl wir 'Mohadscher', Flüchtlinge, waren, im Gegensatz zu den 'Watani', den einheimischen Turkmenen. Dieser 'Schönheitsfehler' unserer sozialen Stellung wurde durch die Verbindung mit dem Haus meines Vaters, eines Paschtun, zu dessen Verwandtschaft auch Torealais Familie gehörte, vollständig wettgemacht.

„Hätten wir viele vom Schlag eines Rasula Hakim Bey im Lande, Afghanistan würde es wirtschaftlich bald besser gehen", war die allgemeine Meinung im Bazar.

Oft verreiste der Oheim für mehrere Wochen und überließ den Gang der heimatlichen Geschäfte treuen Verwaltern, meist Verwandten meines Vaters. Er zog dann mit Handelskarawanen durchs Land, kaufte Waren auf, verkaufte andere, leitete selbst Transporte von Gütern in die Hauptstadt und brachte Dinge aus allen Teilen des Landes mit in die Provinzen des Nordens.

Eine der letzten heftigen Auseinandersetzungen des Großvaters mit dem Oheim fand statt, als Onkel Rasula einmal versuchte, mir im Alter von etwa sieben Jahren zu erklären, wie ein Dieselmotor bald das Wasser aus dem Brunnen im Hof der Karawanserai in einen Tank auf dem Dach pumpen wird, von wo aus es durch Eisenrohre in verschiedene Gebäude geleitet und über sogenannte Wasserhähne dort abgezapft werden könne.

Die Tatsache, daß Onkel Rasula den Motor, einen Vorrat an Treibstoff, Pumpe, Rohre und Hähne aus Rußland bestellt hatte, machte den Großvater rasend. Doch diesmal beruhigte er sich erstaunlich schnell, wie unter einer plötzlichen Eingebung, und verbrauchte seine Kraft nicht wie sonst in einem Tobsuchtsanfall. Er bat uns, ganz aufmerksam zuzuhören, da er eine Geschichte erzählen werde, die in den Ländern des Westens jedem Kind geläufig sei: die Legende vom Trojanischen Pferd, einer riesenhaften Figur, in deren hohlem Bauch schwerbewaffnete Krieger versteckt waren. Dieses Pferd wurde dem ahnungslosen König der uneinnehmbaren Stadt Troja zum Geschenk gemacht. Erfreut ließ er die Stadtmauer schleifen, da die gewaltige Statue nicht durch das Tor paßte, um sie zu seinem Palast bringen zu lassen. Alsbald jedoch sprangen die feindlichen Krieger aus dem Bauch des Pferdes und eroberten die Stadt.

Eben diese Taktik, versuchte er klarzumachen, würde Rußland anwenden, indem es uns mit Maschinen und Technik zu blenden und zu verführen suche. Die russischen Berater in Afghanistan seien ausnahmslos Agenten, die nur zur Tarnung fromme Reden führten und die landesübliche Tracht Afghanistans trügen. Wir seien freie Menschen, und seit Jahrhunderten haben freie Menschen aus diesem Brunnen Wasser geschöpft. Es bringe nur Unglück, wenn sich freie Menschen den Errungenschaften der Technik unterwerfen; wir mögen nur an meinen Vater denken, der in einem Lastwagen tödlich verunglückt sei. Den Einwand, daß dies ein amerikanischer Wagen gewesen sei, der nichts mit Rußland zu tun hatte, winkte er unwirsch ab. Maschinen brächten unserem Land, und er gebrauchte den alten Namen Khorasan — Land der aufgehenden Sonne —, kein Glück; sie brächten nur Tod und Untergang.

Jeden Montag und Donnerstag, an den Markttagen, kam Bewegung in das verschlafene Leben des Dorfes. Die Bazarhändler in ihren Buden, Dukan genannt und aus einfachen Bretterverschlägen an den Häuserwänden am Straßenrand bestehend, die Bazarhändler, die sonst den ganzen Tag nur vor sich hinzudösen schienen und es offensichtlich kaum der Mühe wert erachteten, die lästigen Fliegen zu verjagen, überboten sich am Markttag schon vom frühen Morgen an in emsiger Geschäftigkeit: die Waren wurden möglichst dekorativ und verführerisch ausgebreitet, die Gassen vor jedem Dukan sorgfältig gefegt und mit Wasser besprengt. Es ist ein frischer, klarer Frühlingsmorgen. Im Serail des Onkels ist eine Karawane zweihökeriger Kamele eingetroffen, deren Holzgestelle über und über bepackt sind mit Kanistern, Kisten, Wasserrohren und Maschinenteilen. Kyrillische Aufschriften verraten die Herkunft dieser Waren von jenseits des Amu Darja.

Während Onkel Rasula die Karawane in Empfang nimmt, um die Ladung zu überprüfen, laufe ich zum Bazar, wo Torealai bereits auf mich wartet. Wir durchforschen die Gassen und bestaunen, was fahrende Händler und reisende Kaufleute alles feilbieten. Schon bald herrscht ein buntes Gedränge in den Gassen. Von weither kommen Bauern aus entlegenen Dörfern. Stolze Kotschi, Nomaden, mit ihren buntbekleideten, silberbehangenen Frauen und Mädchen, sieht man an den Markttagen Waren anbieten oder als mögliche Kunden von den Händlern umworben. Lautstark preisen die Kaufleute ihre Güter an, behalten aber gleichzeitig doppelt wachsam die Waren ihres Dukan im Auge, denn die Kotschi stehen im Rufe, sehr schlau und flink zu sein, wenn es gilt, ein besonders verführerisches Angebot unauffällig an sich zu nehmen.

Plötzlich packt Torealai mich bei der Hand und kämpft sich ungestüm durch das Gedränge, bis wir außer Atem am freien Platz vor der Grünen Moschee angelangen. Weithin leuchtet die jadegrüne Kuppel in der Morgensonne. Funkelnd bricht sich das Licht in den verschiedenen Blautönen der reichverzierten Wände. Das erste Mal im Leben wird mir die Pracht dieses halbverfallenen Mausoleums bewußt und atemlos verfolge ich mit meinen Augen die Arabesken weißer Blumenmuster und die schwarzen, geheimnisvoll geschwungenen Schriftbänder. Der Eivan, die hohe Eingangsarkade des Bauwerks, ist links und rechts von mächtigen spiralartigen Säulen flankiert.

Torealai zeigt auf einen alten, weißbärtigen Mann, um den sich bereits eine Menge Neugieriger andächtig versammelt hat. Es sei der Weise Sayed Gilani von Bagdad, den jeder im Lande kennt; kaum ein Dorf, in dem er nicht schon gesehen ward, kein noch so abgelegener Flecken im unzugänglichen Gebirge, den er nicht durchstreift hätte. Man erzählte sich, dieser bescheidene Alte sei ein großer Sufi*, der zwar von Bagdad herkomme, wo er lange Zeit an der Medresa, der großen islamischen Universität, gelehrt habe, stamme aber in Wirklichkeit aus dem sagenhaften, geheimnisumwitterten Lande Ghiyan und verfüge über ein unendlich weites Wissen und über große Macht. Ihm zu begegnen sei ein großes Glück, und das Land sei gesegnet durch die Berührung seiner Füße. Die Mullahs jedoch sahen mit Mißtrauen auf seine Beliebtheit beim Volk.

Auf einen langen, am oberen Ende gebogenen Hirtenstab gestützt, lehnt der Alte an dem reichverzierten Gemäuer, bildet eine malerische Einheit mit dieser halbverfallenen Pracht. Wir laufen nach vorne, und lassen uns direkt vor dem Alten nieder, dessen Gesicht trotz der Falten nicht verwelkt wirkt, sondern voll strahlenden Lebens, jung und beweglich, bereit jede Stimmung, jedes Gefühl auszudrücken; — nicht so starr und maskenhaft wie das Gesicht des alten Großvaters, in dessen Nähe ich oft eine seltsame Beklemmung spürte.

Bauern, Handwerker, Händler, Kotschis, Landbesitzer und Kinder sitzen einträchtig, ehrfürchtig und voller Erwartung vor dem Alten, vor dem Wissenden. Aus den Chaikhanas, den Teehäusern, waren sie gekommen, aus dem Dukan, aus der Werkstatt. Sie ließen ihre Arbeit liegen und vergaßen ihre Verhandlungen, verschoben einen Kauf und ließen ihren Tee kalt werden, denn den Sayed Gilani zu sehen und seinen Worten zu lau-

* Sufi: Islamischer Mystiker; wörtlich: in Wolle Gekleideter.

schen, das durfte man nicht versäumen. Er konnte viele Sprachen; die Sprachen des Landes — Paschtu, Dari und die vielen Dialekte, — mongolisch, türkisch und arabisch. Doch er verstand auch die Sprache der Tiere, so hieß es, die Sprache des Windes, der Berge, Flüsse und Bäume; die Sprache der Dschinne, der Ruinen und der alten Bauwerke; und, öffnete er den Mund, so konnte er kraft seines Wortes die Menschen entführen in längst vergessene Zeiten und an weit entfernte Orte.

Eine Gruppe verwegen aussehender, schlitzäugiger Kerle mit breiten mongolischen Gesichtern, in Reiterstiefeln und in Fuchspelz verbrämten Kappen, Tschapanduz*, Reiter, die Onkel Rasula dem Großvater zuliebe am Buzkashi, dem wilden Reiterkampfspiel teilnehmen ließ, hockten sich zu uns. In das andächtige Schweigen der Menschen, die sich hier versammelt hatten, drang das geschäftige Lärmen aus dem Bazar wie ein fernes Rauschen und Brausen. Da kann Torealai seine Spannung und Neugierde nicht mehr verbergen und ruft:

„Ehrwürdiger, bitte erzähle uns doch eine Geschichte, so wie letztes Mal als du hier warst. Es ist schon so lange her, und niemand kann erzählen wie du. Sieh, wir alle warten gespannt auf deine Worte!"

„Ja, ja", echot es aus der Menge. Ernsthaft nicken die Turbane der Erwachsenen, zu deren Sprecher sich ein Kind gemacht hatte. Vor der Würde dieses Weisen waren sie alle nun selber zu Kindern geworden.

Da huscht ein Lächeln über das Gesicht des Alten, als wäre Torealais Stimme an sein Ohr gedrungen, hätte ihn, in einer geheimnisvollen Ferne weilend, erreicht und zurückgerufen in den Bereich unserer Gegenwart. Sein Blick streicht über die erwartungsvolle Menge und ruht schließlich wohlwollend auf uns Kindern.

Da spricht der Alte zu den Menschen aus Balch. Er nennt sie "Meine Kinder", so wie er sie alle nennt, wohin er auch kommt, und er beginnt über längstvergangene Zeiten zu sprechen, in denen unser Land unter der Herrschaft großer Fürsten blühte — der Welt ein leuchtendes Vorbild an Reich-

* Tschapanduz: Buzkashi-Reiter.

tum, Gelehrtheit und Macht. Seine Stimme, seine Gesten, seine Worte haben die Zuhörer bald verzaubert und sie völlig in ihren Bann genommen. Da sah niemand mehr die gelben und grauen Ruinen rings um die Stadt, die geduckten Häuser mit ihren fensterlosen Mauern zur Straße hin, die Bretterverschläge der Dukane im Bazar; all das existierte jetzt nicht mehr. Statt dessen sind aus den Trümmern des großen Ruinenhügels wieder die prachtvollen Gebäude von einst erstanden, errichtet von Iskander, dem ruhmreichen griechischen Eroberer, Säulenhallen, Gärten, Bibliotheken, Theater, Bäder und Paläste.

Iskander hatte hier in Bhaktrien ein fruchtbares, blühendes Land vorgefunden. Zu diesem Land und seinen Bewohnern entbrannte seine große Liebe, und so tat er alles, um Bhaktra, die Hauptstadt, zu einer Perle unter den Städten zu machen. Kunst und Wissenschaft brachte er zum Blühen. Kaufleute, Gelehrte und Fürsten aus der ganzen Welt, trafen sich hier, um die Pracht der 'Mutter der Städte' zu bewundern.

Handelskarawanen kommen auf der Seidenstraße, dem goldenen Handelsweg zwischen Ost und West, durch 'Bhalaca', den 'Ort der Begrüßung', wo wir ein buntes Völkergemisch friedlich vereint sehen: Inder, Chinesen, Mongolen, Araber, Perser, Afghanen und Griechen.

Mit märchenhaftem Gefolge hält der König von Samarkand seinen Einzug. Wir erleben die prächtige Hochzeit seiner zauberhaften Tochter, vor deren Schönheit der Vollmond verblaßt, mit Iskander, dem Herrn der Welt. Wir sehen ihr Kind heranwachsen zu einer wunderschönen Frau, der sagenumwobenen Königin Roxana, während ihr Vater weiterzieht, der aufgehenden Sonne entgegen, von wo er nie zurückkehrt.

Die Zeiten vergehen, und Mönche in safranfarbenen Roben kommen aus Tibet, Indien und China, errichten weitläufige Klöster und geheimnisvolle Tempel. Dort lauschen wir den Klängen silberner Glocken, großer bronzener Gongs und dem Rezitieren langer Gebetsformeln. Schwaden duftenden Weihrauchs steigen vor goldenen Standbildern zum Himmel. So herrscht der Geist des Erleuchteten, Gautama Buddha, nun über dieses Land und führt es einer neuen Blüte entgegen, einer neuen Einzigartigkeit.

Und während Generationen kommen und gehen, verstreichen die Jahrhunderte, bis plötzlich waffenstarrende machthungrige Eroberer aus Arabien die sieben Tore der mächtigen Stadtmauer erstürmen. Doch nun halten sie erschrocken ein und verharren voller Ehrfurcht und Verwunderung vor der Pracht und Schönheit dieser Stadt, die so der Zerstörung entgeht.

Da fällt ein Name:

„Dschinghis Khan".

Ein erschrecktes Aufseufzen geht durch die Menge, und ein Schaudern durchrieselt die Zuhörer, wie immer, wenn sie diesen Namen hören. Doch heute werden die Greuel und Schrecken, die dieser Mensch verbreitete durch die Worte des Gilani so zur Wirklichkeit, daß die Schar der Zuhörer unwillkürlich näher zusammenrückt, wie schutzsuchend, Entsetzen in den Gesichtern.

Schließlich blicken wir auf ein verwüstetes, blutgetränktes Land, als Dschinghis Khan es mit seinen wilden Horden wieder verläßt, und in den Weiten der mongolischen Steppe verschwindet, wie ein schrecklicher Spuk.

Neues Leben beginnt sich unter den Trümmern zu regen. Neue Herrscher richten das Land wieder auf, diesmal unter dem Banner des Islam. Ein Heer von Baumeistern, Künstlern und Arbeitern läßt die Grüne Moschee entstehen, in all ihrer Pracht, zum ehrenvollen Andenken an den Weisen Khawaja Abu Nasr Parsar. Staunend bewundern wir das herrliche Bauwerk.

Der Alte hat aufgehört zu sprechen. Nach und nach erst kehren einige der Zuhörer in die Wirklichkeit der Gegenwart zurück.

„Allah . . .", seufzen sie, „Groß ist Allah . . ."

Die meisten aber sind noch ganz im Banne der Worte des Weisen, dessen Alter niemand kennt, und sehen statt der Ruine, vor der sie sitzen, immer noch die eben erst fertiggestellte Moschee im Glanz der Sonne funkeln. Woher kommt diese Macht in den Worten des Alten?

Mit halbgeschlossenen Augen lehnt er an der Wand des Mausoleums, läßt langsam den Blick über die Versammelten gleiten. Da plötzlich strafft sich sein Körper. Er springt vor, hebt die Arme und ruft so laut, daß alle Träumer erschrocken aufwachen und ihn entgeistert anstarren:

„Ja! Macht die Augen auf und seht euch um! Was seht ihr jetzt? Armselige Hütten! Ein Provinzdorf! Die Grüne Moschee vom Verfall gezeichnet!"

Verwundert und erschrocken, mit offenen Mündern blicken die Leute um sich, als sähen sie ihre Heimat zum ersten Mal, als könnten sie noch immer nicht recht unterscheiden, was ist Traum und was ist Wirklichkeit? Die eben noch geschaute Herrlichkeit? Oder der graue, mühevolle, armselige Alltag. Doch bevor sie ihre Gedanken ordnen, zieht sie schon wieder die Stimme des Alten in ihren Bann:

„Völker sind entstanden, Länder voller Leben, Städte voller Menschen, große Herrscher errichteten Paläste und bestiegen den Thron; und sie vergingen, und nichts ist davon geblieben. Und so werdet auch ihr vergehen, und jedes Volk und jede Stadt. Was müht ihr euch ab, ihr Menschen von Balch? Worum streitet ihr? Womit vertut ihr eure Zeit? Die Formen wechseln ständig, das Wesen bleibt. Staub im Wind nur seid ihr, wenn ihr das Wesen vergeßt und nur den Formen nachjagt. Staub im Wind!"

Seufzend geht ein Raunen der Zustimmung durch die Schar, einsichtig nicken ihre Turbane. Da bückt sich Sayed Gilani, hebt eine Hand voll Staub vom Boden auf und bläst hinein.

„Der Wind ist es, der den toten Staub zum Leben erweckt. Der Hauch Gottes! Der Wind, der von der Sonne kommt, fährt in den Staub und gibt ihm Leben. Doch wenn der Wind weiterzieht, dann sinkt der Staub in sich zusammen und senkt sich leblos zu Boden. Verliert euch nicht an den Staub, sondern folgt dem Wind! Ist der Staub es denn wert, zu betrügen oder gar zu töten? Ein ganzes Leben lang den vergänglichen Formen des Staubes nachzujagen? Erkennt! Fliegt mit dem Wind! He, ihr wilden Reiter! Tschapanduz! Wie lange wohl verdunkelt der Staub, den die Hufe euerer Pferde aufwühlen, die Sonne? Kaum hört ihr auf zu kämpfen, kaum ist das Spiel vorbei, verweht der Wind die dunklen Wolkengebilde aus Staub. Ihr Menschen in Balch, wie lange denkt ihr kann der Staub, den ihr aufwirbelt durch euer Handeln und Tun der Welt die Wichtigkeit euerer Sorgen und Wünsche vorgaukeln?"

Nach einer Weile fügt er hinzu:

„Nur Allah ist groß"; bückt sich noch einmal und wirft eine Handvoll Staub in die Luft. Das erinnert mich an ein Spiel, damals, am Rande der Oase; es mögen drei Jahre seitdem vergangen sein. Lachend werfe ich ein paar Hände Staub in die Luft. Durch die verwehenden Wolken sehe ich das lachende Gesicht des Sayed Gilani. Es ist das fröhliche Gesicht eines ausgelassen spielenden Kindes. Ich laufe zu ihm, drücke mich fest an seine Beine und blicke an ihm hoch. Zärtlich streichelt Sayed Gilani mein Haar.

Stunden müssen vergangen sein, seit der Alte begonnen hat zu sprechen, denn die Sonne steht bereits hoch am Firmament und beleuchtet aus einem dunkelblauen, wolkenlosen Himmel die vertrauten Lehmbauten des Dorfes und die alte Moschee, die trotz aller Schäden noch Majestät und Glanz einer großen Kulturblüte vermittelt. Doch im Vergleich zu den Bildern, die Gilani in den vergangenen Stunden entstehen ließ, wirkt all das bunte Treiben des Markttages, das mich am Morgen noch so sehr in seinen Bann gezogen hatte, öde und grau . . .

Die Worte des Sayed Gilani haben eine Saite in meinem Innersten zum Schwingen gebracht, eine tiefe Sehnsucht in mir wachgerufen. Ein Gefühl von Verwandtschaft, innerer Verbundenheit und schicksalshafter, sehnsuchtsvoller Liebe durchpulst mein junges Blut.

„Salem aleikum, ehrwürdiger Vater", höre ich die vertraute Stimme des Oheim, der sich ehrfürchtig vor dem Alten verbeugt, zu mir gewandt:

„Benimm dich anständig vor dem ehrwürdigen Herrn, Nisam!"

Sayed Gilani:

„Friede sei mit dir", und indem er mit der Hand über meinen Scheitel streicht:

„Laß ihn nur, ein guter Junge. Ist er dein Sohn?"

„Er ist der Sohn meiner Schwester."

Nachdem die beiden Männer dann, die Formen der Höflichkeit

wahrend, sich gegenseitig in einem Spiel von Rede und Antwort mit guten Wünschen bedacht haben, fragt Onkel Rasula schließlich:

„Darf ich es mir zur Ehre anrechnen, den Sayed Gilani von Bagdad meinen Gast zu nennen, solange er an diesem Ort zu verweilen beliebt?"

Freundlich gibt der Alte seine Zustimmung, und Hand in Hand folgen wir dem Oheim zum Hudschra*, unserem Gästehaus, wo bereits ein Ehrenplatz aus grünen, goldbestickten Samtkissen vorbereitet ist.

Torealai und ich dürfen bei Gilani sitzen, der uns aus freudestrahlenden Augen anblitzt. Trotz seines weißen Bartes hatte ich nicht das Gefühl, daß er ein alter Mann war, denn er war ein Freund, mit dem ich mich prächtig verstand. Einer, mit dem man sicherlich durch dick und dünn hätte gehen können. Er war gar nicht so wie die Erwachsenen, die oft vor Sorgen und Ernsthaftigkeit so wenig Zeit hatten, die wichtigsten Dinge des Lebens zu betrachten, wie beispielsweise das Spiel des Staubes im Wind . . .

Bald schon waren viele aus dem Dorf im Hudschra versammelt, doch war es trotzdem — ganz anders als sonst, wenn oft das ganze Haus von lautem Lachen und Reden erfüllt war — sehr ruhig, fast wie in der Moschee. Die meisten saßen da und achteten auf den Gilani. Und außer den Würdenträgern des Ortes wagte es kaum jemand, den Weisen anzusprechen. Gilani, Torealai und ich machten uns augenzwinkernd über ihre Scheu lustig, wo sie doch sonst stets ihre Klugheit und Stärke so selbstsicher zur Schau zu tragen wußten.

Den ganzen Tag verbrachte ich mit meinem weisen Freund, der auf mich alles andere als unnahbar wirkte, dessen natürliche Würde voller Charme die Menschen bezauberte und ihnen dabei die größte Hochachtung abverlangte. Ein tiefes, bisher nicht gekanntes Gefühl von Liebe und Zusammengehörigkeit ließ mich nicht mehr von seiner Seite weichen. Sayed Gilani nahm an jedem Gespräch, an allem, was um ihn herum geschah, regen

* Hudschra = öffentliches Gästehaus, errichtet von Guts- oder Landbesitzern. Der Besuch des Hudschra zum geselligen Beisammensein ist gleichzeitig eine Anerkennung der Vorrangstellung des Bey (= Herrn), der es errichtete.

Anteil, verfügte auf allen Gebieten über ein enormes Fachwissen und wußte oft so überraschende Antworten auf Fragen, oder Lösungen für Probleme, daß seine Zuhörer in überraschte Ausrufe ausbrachen oder vor Staunen verstummten.

Viele aus dem Dorf brachten Geschenke, Blumen, Früchte, Joghurt und andere Speisen, und Sayed Gilani schien es Spaß zu machen, die Gaben wieder großzügig auszuteilen. Er beschenkte Kinder, speiste Arme, und so währte drei Tage lang ein regelrechtes Fest im Gästehaus. Sayed Gilani von Bagdad wußte zudem so viele lustige Geschichten, daß er die Leute stundenlang zum Lachen bringen konnte, bis sie sich vor Schmerz die Bäuche hielten, und Tränen über ihre Wangen rollten. Selbst den Großvater, der in den letzten Tagen krank geworden war, und ständig hustete, konnte er aufheitern.

Zwischen Rasula und dem Weisen herrschte ein stillschweigendes Übereinkommen, und an den Abenden, wenn die Gäste uns verlassen hatten, saßen sie sich oft lange schweigend gegenüber und schienen wortlos eine innige Zwiesprache zu halten. Zwischen ihren Blicken entstand eine so eigenartige Stimmung, voller Liebe und doch bis zum Zerreißen gespannt, daß die leisesten Geräusche im Raum mir wie tosender Lärm erschienen.

Ein Geheimnis umgab die beiden Männer, ein Geheimnis, das Sayed Gilani in sich trug und in das auch Rasula Hakim eingeweiht schien. War es das Geheimnis um das Land Ghiyan, das in alten Legenden und Erzählungen auftauchte als die Heimat von Engeln und lichten Geistern, das Land, wo der Herr des Lichts seinen Thron hat, unerreichbar für böse Ränkeschmiede, ein Land, das nur betreten durfte, wer ein reines Herz hat und schwere Prüfungen bestand? Dieses Land war angeblich die Heimat von Sayed Gilani aus Bagdad. Gab es dieses Land wirklich, oder war es nur märchenhafte Phantasie?

Als ich diese Frage eines Abends an den Weisen aus Bagdad richtete, blickte er mich lange an, so, als würde er tief in mich hineinsehen. Ich war gefesselt von dem Blick seiner wunderschönen Augen und konnte mein Gesicht selbst dann nicht abwenden, als meine Augen vom ungewohnten konzentrierten Schauen zu schmerzen, und die Konturen meines Gegenüber zu verschwimmen und zu flimmern begannen. Tiefe verbindende Liebe strömte mir aus diesem Gesicht entgegen; so stark, daß ich seinen Blick fast wie eine körperliche Umarmung spürte. Ich hatte das Gefühl, Sayed Gilani wollte mir etwas mitteilen, etwas sagen, jetzt . . ., jetzt zu sprechen beginnen. Doch stattdessen schwieg er beharrlich. Nur einen feinen, hellen, schwingenden Ton, wie aus weiter Ferne kommend glaubte ich immer deutlicher wahrzunehmen. Da war es, als würde meine Sehkraft vor Anspannung zusammenbrechen, und die Züge von Sayed Gilanis Gesicht verschmolzen zu einer runden weißen Scheibe; weiß und leuchtend wie der Vollmond. Da war plötzlich die Anspannung vorüber; das angestrengte Schauen machte der entspannten Wahrnehmung dieses lichten Kreises Platz, außer dem nichts anderes mehr zu existieren schien: da war nur noch dieser lichte Kreis, weit entfernt von Tagen und Nächten, von Namen und Gestalten.

Das Zentrum des Kreises begann zu pulsieren, wellenförmig Kreise nach außen zu senden, wie ein Stein, den man in einen stillen Teich wirft. Aus dem Mittelpunkt aber begannen sich Muster zu kristallisieren. Facetten farbigen Lichts formten Blumen, sich ständig wandelnd in geometrischen Formen. Sterne entfalteten sich zu Mustern, wie sie die gekachelten Wände der Moscheen überziehen, weiteten sich zu mächtigen Kuppeln, erblühten in einer unablässigen Flut, sich stets erneuernd aus dem Zentrum des Kreises; in einer Flut, die mein ganzes Bewußtsein aufsog, so daß ich aufging in diesem Spiel der Farben und Formen — bis ich plötzlich erschrak.

Wie ein Kind, das sich — völlig ins Spiel vertieft — ohne es zu merken, aus der gewohnten Umgebung der Heimat entfernte und dann erschreckt erwacht und feststellt, die Orientierung verloren zu haben, so durchfuhr es mich plötzlich, und ich hielt beide Hände vor mein Gesicht — Dunkelheit. Da spüre ich die zärtlichen Arme Gilanis mich umfassen und höre seine wohlklingende Stimme:

„Komm her, mein Kind."

Benommen sehe ich sein liebevolles Gesicht, schaue hinüber zu Rasula, der mild und verstehend lächelt, spüre Hände mein Haar streicheln.

„Was hast du jetzt gesehen?"

Ich richte mich auf und denke nach.

„Blüten. Muster, viele bunte Blüten."

„Das waren die Blüten der Mondblume, die im Lande Ghiyan wächst", sagte Sayed Gilani.

„Ja, erst sah ich einen Mond . . .", stimmte ich nachdenklich zu. Hatte ich nun eine Antwort auf meine Frage erhalten oder waren mir nur neue Rätsel aufgegeben? Ich beschloß, vorerst nicht weiter darüber nachzudenken, sondern die harmonische Ruhe des Augenblicks zu genießen, ließ mich in die liebevollen Arme des Weisen von Bagdad sinken, lauschte dem hellen, fernen Klingen, das ich noch immer leise zu vernehmen glaubte und schlief ein, während sich die Männer unterhielten.

Die Tage mit Sayed Gilani von Bagdad waren im Fluge vergangen. Er hatte mir die Tränen des Abschieds ersparen wollen und war früh am Morgen weitergezogen, als ich noch fest schlief. Nachdem ich ihn im Hause vermißte, rannte ich zur Grünen Moschee, durch den Bazar, dann zu Torealai, und fragte ihn, ob er den Alten gesehen hätte, doch er blieb unauffindbar. Im ersten Moment wurde ich zornig darüber, daß er mir das antun hatte können, einfach wegzugehen, ohne ein Wort, ohne Kuß. Aber er hatte davon gesprochen, daß er weiterziehen müsse, wir uns jedoch bestimmt wiedersehen werden, denn seine Liebe zu mir sei groß, und er werde mich bestimmt nicht vergessen.

Geheimnisvolle Worte hatte er über das Land Ghiyan gesprochen, über den Weg dorthin, durch ein Tor, das tief im eigenen Herzen verborgen sei; doch müsse man oft weit reisen, durch die ganze Welt, bis man dieses verborgene Tor entdeckte. Es werde auch für mich die Zeit kommen, so meinte er, Haus und Hof zu verlassen, dunkle Täler und wilde Gebirge zu durchziehen, Städte und Länder zu durchwandern als ein Fremder, doch er verhieß mir, daß ich sicherlich nach all den Abenteuern das Ziel meiner Sehnsucht erreichen werde; und daß ich auch ihn wiederfinden werde;

denn Liebe findet immer ihren Weg, mag er auch lang und beschwerlich sein.

Das Ziel meiner Sehnsucht . . . Sayed Gilani von Bagdad hatte damals ein Sehnen und Drängen in mir entfacht, das Zeit meines Lebens nie mehr verlosch, wenngleich es damals noch dunkel und unbewußt in mir glühte, wie ein Funke, der unsichtbar unter der grauen Asche glimmt, aber doch die Möglichkeit in sich trägt, einen ungeheueren Feuersturm auszulösen.

Tage verbrachte ich in sehnsuchtsvollen Träumereien, doch schließlich gelang es Torealai, meinem besten Freund und Bruder, meine Aufmerksamkeit wieder auf andere Dinge zu lenken. — Wenngleich ich Sayed Gilani nicht vergaß und ständig versuchte, in der Karawanserai von Reisenden aus allen Richtungen des Landes über seinen Aufenthalt, über seinen Weg und sein Befinden Aufschluß zu erhalten. Endlich fand ich einen Fremden, der mit ihm von Mazar-i-Sharif aus durch die Berge bis zum Tal von Bamiyan in derselben Karawane gewandert war.

„Er hat von seinem geliebten kleinen Freund gesprochen, ja er hat ihn die 'kleine Rose seines Herzens' genannt", nickte der Unbekannte mit einem gütigen Lächeln, „warte, bist du Nisam, der Neffe von Rasula Hakim Bey aus Balch? — Ja? Er hat mir von dir erzählt."

Unwillkürlich fiel ich dem Fremden um den Hals und drückte ihn fest an mein Herz. Er hatte Sayed Gilani gesehen und er wußte von ihm sogar meinen Namen! Sayed Gilani hatte mich nicht vergessen!

Wenn die Steppe sich in die allzuschnell verblühende Pracht des Frühlings kleidet, feiert man in den Ebenen um Balch und Mazar-i-Sharif das Fest der roten Tulpen.

Gespannt verfolgte ich mit Torealai, wie die Arbeiter in unserer Karawanserai Wasserrohre verlegten, Motor und Pumpe zusammenbauten. Mit einer barschen Strenge trieb der Oheim die Arbeiten voran, denn zum Fest sollte wieder Ruhe ins Haus eingekehrt sein.

In meiner Erinnerung sehe ich mich, wie ich an jenem Festtag verwundert dem Oheim folge, der mich mit einer seltsamen Ernsthaftigkeit bei der Hand nimmt und ins Wohngebäude führt. Meine Ratlosigkeit beim Anblick der schluchzenden Mutter, die Stärke, die ich in der festen Hand des Oheim verspüre, wie er mich in das Zimmer führte, wo Großvater lag. Zuerst sah ich nur den Fuß, der — wie aus Marmor gemeißelt — fein und weiß unter seiner Decke hervorragte. Ich kannte die kräftigen Füße des Großvaters, die ihn oft schmerzten und massiert werden mußten. Fremd und starr lag der weiße Fuß jetzt da, wie eine Skulptur. Rasula bedeckte ihn, als er meinen Blick bemerkte und führte mich weiter zum Kopfende des Lagers, wo wächsern das Haupt des Großvaters ruhte.

„Großvater ist heute nacht gestorben", hörte ich die Stimme des Oheim und empfand weder Trauer noch Schmerz, sondern nur Verwunderung. Großvater war der erste Tote, den ich in meinem Leben sah.

„Großvater, Großvater!" rief ich, wie um die Behauptung des Oheim zu prüfen. Doch die reglose Gestalt blieb still.

„Tot?" fragte ich zum Oheim aufblickend. Der nickte und sah mir fest in die Augen.

„Du bist jetzt mit mir der zweite Mann im Haus, Nisam. Du mußt stark sein, denn vor dir liegt ein Leben, eine Aufgabe und ein Ziel, das es zu erreichen gilt."

Ein Ziel . . . ? Unwillkürlich dachte ich an Sayed Gilani und seine Erzählungen von jenem geheimnisvollen Lande Ghiyan, und schmerzhaft spürte ich in meinem Herzen die Flamme einer süßen Sehnsucht.

„Wir beide müssen nun gleich aufbrechen", rief mich die Stimme des Oheim aus meinen Gedanken, „um Großvaters Grabstätte zu bereiten."

Die Aussicht auf eine bevorstehende Reise — seinem Wunsch gemäß sollte Großvater an der Nordgrenze des Landes begraben werden, dort, wo er auf der Flucht den Amu Darja überquert und Afghanistan betreten hatte — die Aussicht auf diese erste Reise meines Lebens ließ mich den Anlaß dazu, den ich ohnehin kaum begreifen konnte, fast vergessen, und schon bald fand ich mich auf dem Rücken des Pferdes wieder, das Onkel Rasula und mich in fliegender Eile durch die blühende Ebene trug. In gestrecktem Galopp näherten wir uns Mazar-i-Sharif. Schon von weitem leuchteten uns die mächtigen jadegrünen Kuppeldächer mit ihren blitzenden goldenen Spitzen entgegen: der Schrein des Kaliphen Ali, Ziel frommer Pilger aus allen Teilen des Landes. Das Grab des Edlen hat dieser Stadt den Namen gegeben: Mazar-i-Sharif.

Schwärme weißer Tauben stoben auf, als wir durch die Gassen ritten; weiße Tauben überall: auf den Dächern und auf dem großen freien Platz vor der Moschee, wo sich zur abendlichen Gebetsstunde hunderte von Gläubigen einfanden, um in einträchtiger Frömmigkeit ihr Haupt vor Allah zu beugen. Nie zuvor hatte ich so viele Menschen auf einmal gesehen, so viele verschiedene Menschen, die alle gleich waren vor Gott. Eine Ergriffenheit bemächtigte sich meiner Seele, als der Ruf des Muezzin verklang und die mächtigen Kuppeln still in der Abendsonne glühten. Scheu und voller Bewunderung betastete ich die prächtig glasierten Wände des herrlichen Bauwerks: türkis- und kobaltblaue Schattierungen, durchwunden von Gold und zartem Rosa weben Kaskaden von Mustern und Blüten, aufflammend in den Strahlen der Sonne, verblassend im abendlichen Schatten. Kannten die Künstler und Bauherren das Geheimnis der Mondblume? Haben sie es hineingelegt in die Pracht ihres Schaffens? Wieder eilen meine Gedanken zu Sayed Gilani. Sicher hatte auch er schon hier gestanden und dieses Heiligtum bewundert. Bestimmt hat er hier auf diesem weiten Platz inmitten von weißen Tauben die Menschen bezaubert durch die Macht seiner Worte und sie entführt in ferne Zeiten und Länder . . ., von wo vielleicht mancher als ein anderer wieder kam.

Zu Fuß schlenderten wir durch Gassen und Straßen, überall wurden wir ehrerbietig gegrüßt. Rasula Hakim Bey schien auch hier in Mazar-i-Sharif ein angesehener und wohlbekannter Mann zu sein. Schließlich gelangten wir zur großen Karawanserai, wo schon ein Mahl für uns bereitet war. In dem von Fackeln erhellten Hof wurde gerade ein Lastwagen mit grünen und schwarzen Fahnen geschmückt. Bald traf auch eine Gruppe Reiter ein, die den Leichnam des Großvaters mit sich führten. Torealai und sein Vater Halid waren unter ihnen. Mit Mühe gelang es mir, meine große Freude darüber einigermaßen zu verbergen, denn der Todestag des Großvaters war schließlich nicht der rechte Zeitpunkt für Freudentänze.

Der in Decken gehüllte Leichnam wurde auf den Lastwagen geladen, und noch in derselben Nacht brachen wir auf. Torealai und ich bekamen unsere Plätze auf einer Bank hinter dem Fahrer. Nach mehrmaligem Kurbeln sprang das Gefährt endlich hustend und rauchend an, und wir schaukelten in die Nacht hinaus. Das eintönige Brummen des Motors tat nach diesem ereignisreichen Tag das Seinige dazu, uns schnell ins Reich der Träume entgleiten zu lassen. Ich erwachte erst, als der Wagen bei Morgengrauen anhielt, und die Männer ihre Gebete verrichteten. Wir stärkten uns mit Wasser, Brot und Salz, bevor wir weiterfuhren. Das Steppengras war inzwischen einem vegetationslosen Wüstenstreifen gewichen. Der Weg führte über eine holperige Schotterpiste, auf der unser Wagen nur langsam vorwärtskam, so daß einige in der frischen Morgenluft zu Fuß mit dem Wagen Schritt hielten. Wir begegneten den ersten Lastenkarawanen.

„Menda nabaschet — Werde nie müde!"

„Zenda baschet — Bleib gesund!" grüßten sich die Wanderer mit Worten, die man sich seit eh und je auf den Wegen Afghanistans zurief, wenn man sich begegnete auf den weiten Strecken zwischen den spärlichen menschlichen Siedlungen.

Langsam veränderte sich wieder die Umgebung. Zartes Grün belebt — erst spärlich, dann immer kräftiger — den kargen Boden, und die Piste wird eben, so daß wieder alle auf den Wagen klettern, der nun schnell und zügig weiterfährt. Wir überholen Wanderer, Reiter, Karawanen, und bald schon umgibt uns das junge Grün des Steppengrases, und die Frühlingsblütenpracht der wilden Tulpen schimmert im Morgentau, den die Sonne glitzernd trinkt. Wir fahren an menschlichen Behausungen vorüber, Lehmburgen, umgeben von weiten Getreidefeldern, und in regelmäßigen Abständen Rasthäuser und Karawanseraien. Vor uns am Horizont ein tiefgrüner Streifen: die Schilf- und Pappel-bestandenen Ufer des Amu Darja. Gegen Mittag erreichen wir Hairatan, die Stadt am Ufer des breiten Stromes, dessen graubraune Fluten die nördliche Grenze Afghanistans bilden - seit es der mächtige Nachbar so bestimmt hat. Fährschiffe und Motorkähne — wie ich sie bislang nur von Bildern kannte, die die Wände der Teehäuser oder das Äußere der buntbemalten Lastwagen schmücken — pendeln im Warenaustausch zwischen Hairatan und dem mit Wehrtürmen besetzten jenseitigen Ufer.

Hier in Hairatan ließen wir den Lastwagen zurück. Eine kleine Karawane wurde zusammengestellt. Ausgerüstet mit Zelten, Lebensmitteln, Trinkwasser und Werkzeugen, brachen wir auf, flußaufwärts am Ufer entlang. Am Abend kamen wir endlich an die Stelle, wo der Fluß eine Breite von mehreren Kuruh erreicht und eine weite Schleife nach Süden zieht. Hier an der Innenseite der Biegung, war ein Hügel aus behauenen Steinen aufgeschichtet: schon zu Lebzeiten hatte der Großvater für seine Grabstätte Sorge getragen.

Wenn ich heute an die Bestattung des Großvaters zurückdenke, taucht ein Bild vor meinen Augen auf: zusammen mit Rasula sitze ich am Ufer des Stromes. Die untergehende Sonne zaubert ein ekstatisches Farbenspiel am Himmel. Ein warmer Wind hat die Wolken zu langgezogenen Formen gedehnt, die nun auf den Zeilen der abendgoldenen Sonnenstrahlen wie mächtige Schriftzeichen aufflammen; geheimnisvolle Botschaften der mächtigen Schönheit der Naturgewalten. Flammendes Gold auf Rot und Purpur, Violett und tiefem Blau — während von den Rändern her schon das Schwarz der Nacht schimmert. Ein Gruß des Himmels an den Entschlafenen, auf dessen Grabstätte nun die Djanda, die grüne Fahne des Glaubens, weht?

Hinter uns, vom Schilfgürtel verborgen, steht das Grab, das die sterbliche Hülle des Großvaters aufgenommen hat und unweit davon unser Zeltlager. Zwei Männer stehen in Waffen vor dem Grabmal, welches wir während der letzten Tage aus den dafür bestimmten Steinen errichtet haben.

„Sie verehren deinen Großvater als Helden", erzählt Rasula, „der bis zuletzt für die Freiheit seines Volkes gekämpft hat. Mit türkischer Hilfe hatte er geglaubt, der sowjetischen Übermacht widerstehen zu können und ein freies Turkestan zu wahren. Doch dann blieb uns nur noch die Flucht über den Amu Darja, hier an dieser Stelle. Sein Herz brach, als er zusehen mußte, daß man seine Heimat mit Waffengewalt zerriß und Grenzen zog, welche die uralten Wanderwege der Karawanen durchschnitten. Er liebte die Freiheit wie die wilden Pferde der Steppe; daß man sein Volk der Freiheit beraubte, daß er das Schicksal nicht hatte anhalten können, machte ihn schließlich zu einem verbitterten Greis, der das Lachen verlernte. Einst war er ein Mann voller Kraft und Freude, doch in seiner Verbitterung wurde er zum 'ewig Gestrigen', der stets einer unwiederbringlichen Vergangenheit nachtrauerte und jeglichem Fortschritt abhold war. Er weigerte sich, den Wandel der Zeit anzuerkennen. So wurde seine Stärke schließlich zur Schwäche. Er verlor seinen klaren Blick und seine Macht. Anstatt ein geliebter Herr und Vater im Hause zu sein, war er zum grimmigen Tyrannen geworden, dessen Launen man zwar fürchtete, aber oft insgeheim belächelte."

Dann sprach der Oheim vom Weisen aus Bagdad, der womöglich noch älter als Großvater, dabei aber nicht schwach geworden war.

„Seine Würde flößt den Menschen Ehrfurcht ein, und seine Worte haben die Macht, sie zu verändern, während Großvaters Zornesausbrüche oft kaum mehr erreichten, als eine Verschlechterung seines eigenen Gesundheits-Zustandes. Möge er die Freiheit und das Glück, das er hier nicht fand, in den Gefilden des Paradieses erlangen. Mögen die Engel seine Seele ins Reich des Lichtes geleiten, denn sein Leben ruhte auf den fünf Pfeilern des Islam: er bekannte sich zum Glauben an Gott, verrichtete täglich seine Gebete, ließ den Armen nicht ohne Almosen ziehen, hielt streng die Fastenzeiten, und er hatte die Pilgerfahrt nach Mekka unternommen.

„Doch trotzdem, mein Sohn", fuhr Rasula nach einer Weile eindringlich fort, „reicht dies nicht aus für den, der den Weg des Geistes beschreiten will, für den, der sich das ferne Land Ghiyan zum Ziel gesetzt hat. Buchstabentreue kann nur zu leicht zu geistlosem Fanatismus führen. Doch Religion ist nicht Blindheit gegenüber der Wirklichkeit. Wieviele Mullahs kennen die Schriften auswendig, ohne ein Wort verstanden zu haben! So streichen sie gewichtig ihre heiligen Bärte, während ihr kaltes Herz voller Machtgier ist, und sie versuchen, unser Volk im Dunkeln zu halten."

Bis lang in die Nacht hinein erzählte Onkel Rasula vom Leben, vom Tod, von Gott und der Welt, und seine Worte wurden begleitet vom Rauschen des Stromes, der nun schwarz vor uns funkelte. Tausend Sterne leuchteten am Firmament. Am jenseitigen Ufer spiegelten sich Lichter im Fluß.

„Dort drüben, Nisam, brennt elektrisches Licht. Jedes Dorf wird mit elektrischem Strom versorgt, der Licht gibt und Maschinen betreibt. Auf großen Straßen überwinden schnelle Autos weite Strecken in kurzer Zeit, und das kann große Vorteile haben. In vielen Ländern der Erde ist das so, und die Menschen dort kennen kaum Hunger und Not. Aber Afghanistan wehrt sich gegen alles Fremde. Die Mullahs fürchten um ihre Macht, und in ihrer Angst verhindern sie jeden Fortschritt und unterdrücken die Entwicklung unseres Volkes. Doch wenn unser Land den Schritt in eine neue Zeit nicht aus eigener Kraft schaffen wird, dann besteht die Gefahr, daß es schwach wird und eines Tages einem Mächtigen in die Hände fällt, der es dann zwingen kann, ganz andere Wege zu gehen. Denn wer sich von der Zeit nicht führen läßt, wird von ihr geschleift und gestoßen."

Viele seiner Worte verstand ich damals nicht, doch prägte sich ihr Sinn, den ich in jener Nacht erahnte, meinem Bewußtsein tief ein, um oft nach Jahren in meinen Gedanken wieder aufzutauchen.

Ringsum stimmten die Zikaden ihr Lied an. Immer noch wehte ein wohlig warmer Wind, und da wir noch keine Müdigkeit verspürten, schlenderten wir eine Weile am Ufer entlang, bevor wir zu den Zelten unseres Lagers zurückkehrten. Auch hier saßen die Männer noch immer in Gespräche vertieft am Feuer. Während der Oheim sich zu ihnen setzte, verschwand ich in unserem Zelt und rollte mich in meine Decke. Der flackernde Schein des Feuers ließ verspielte Muster durch die weiße Zeltwand schimmern.

Ich dachte über die vergangenen Tage nach: die Stimmung während der Beisetzung des Leichnams war so ernst und feierlich gewesen, daß ich mich einer gewissen Beklemmung nicht erwehren konnte, die mir die Kehle zuschnürte und sich drückend auf meine Brust legte. War es Traurigkeit über den Tod des Großvaters, der mir doch zeitlebens meist unnahbar und fern gewesen war? Woher kam dieser Schmerz? Ich fand damals nicht die Antwort, doch denke ich, es war Mitleid, das mich mit den Tränen hatte kämpfen lassen. Mitleid mit der Tragik seines einsamen Lebens, mit der Hilflosigkeit seiner Verbitterung, nachdem sich die ganze Welt anscheinend seinem Willen wiedersetzte. Er, Hadschi Ibrahim Hakim Khan, dessen Wort einst über hunderte und tausende Befehlsgewalt hatte, er, dessen Wink Karawanen folgten, er war gescheitert; so hatte er, einsam und leiderfüllt, Mitleid entfacht in meinem kindlichen Herzen.

Doch, was wäre der Schritt gewesen, den zu tun er versäumt hatte? Warum ist er nicht weise geworden und kraftvoll wie Sayed Gilani? Sicher waren doch seine Motive gut und ehrenhaft! Bestimmt hatte er einen aufrechten Charakter! Aber wo lag diese feine Grenze zwischen richtig und falsch, zwischen gut und böse, die er übersehen hatte? So kreisten meine Gedanken und versuchten meine Gefühle und Empfindungen zu ergründen , während das Rauschen des Flusses und der Gesang der Zikaden sich mit den leisen Stimmen der Männer vermischte. Das Knacken und Zischen des Feuers, das Knattern einer Zeltbahn im Wind — ich höre es nur noch wie aus weiter Ferne und sinke in einen tiefen, traumlosen Schlaf. Am nächsten Morgen brechen wir das Lager ab und ziehen wieder heimwärts.

1949 bis 1956

„Es gibt eine Zeit für alles", versuchten Onkel Rasula und die Mutter mich mit den weisen Worten des Koran über meine Ungeduld hinwegzutrösten. Sie wollten damit sagen, daß für mich die Zeit, in die Welt hinauszuziehen, noch nicht gekommen sei. Ja er hatte gut reden, der Oheim, der selbst ständig auf Reisen war, monatelang unterwegs mit den Handelskarawanen, bevor er einmal für Tage oder Wochen zuhause blieb. Warum durfte ich nicht mit ihm ziehen? Hatte ich nicht bewiesen, daß ich reisetauglich war, groß und stark genug, um den Männern zur Hand zu gehen und mich nützlich zu machen? Die Reise zum Amu Darja hatte das Nomadenblut in meinen Adern, zur Wallung gebracht, und so war mir das Dorf und die Karawanserai öde und fad geworden. Wie ein junges Pferd, das ungeduldig schnaubend stampft und scharrt, dem die Koppel plötzlich zu eng erscheint, wenn der Frühlingswind seine Mähne zaust, so drängte es mich, auszubrechen aus der Enge des staubigen Alltags. Alles, was mir bisher interessant erschienen war, hatte Glanz und Faszination verloren. Nur die Liebe zur Mutter war noch stärker als Fernweh und Sehnsucht. Ich hätte es nicht übers Herz gebracht, sie zu verletzen; sonst wäre ich vielleicht heimlich mit irgendeiner Karawane gezogen, durstig nach Abenteuer und Veränderung. Doch so blieb ich schweren Herzens, und nur meine Gedanken schwärmten aus, um im Reich der Phantasie zu ergründen, was wohl jenseits des fernen Horizonts lag.

Einer teilte mein Leid: Torealai. Er empfand wie ich, und so wurde unsere Freundschaft noch enger zusammengeschweißt durch das Brennen dieser gemeinsamen Sehnsucht. Arm in Arm träumten wir von der großen weiten Welt, von der Fremde, die wir einst erforschen würden. Vielleicht war diese seelische Verfassung eine ideale Voraussetzung, zu lernen und das Wissen aufzunehmen, das uns in diesen Jahren geboten wurde: Rasula Hakim Bey und Halid, Torealais Vater, waren übereingekommen, uns nicht in die Koranschule der Moschee zu schicken, sondern fähige Privatlehrer zu bestellen und uns eine möglichst gute Ausbildung in Sprachen und Wissenschaften zuteil werden zu lassen; eine Gepflogenheit, die bei angesehenen und vermögenden Familien unseres Landes durchaus üblich war, während viele aus ärmeren Verhältnissen Zeit ihres Lebens Analphabeten blieben. — Die allgemeine Schulpflicht existierte zwar schon laut Gesetz; aber nur in verstaubten Büchern in Kabul. Diese private Schulung sollte uns später einmal die Zulassung zum Studium an der Pahuntan, der neuen Universität in Kabul, ermöglichen. So verwandelte sich denn unser Fernweh schnell in einen ungeheueren Lerneifer. Bald schon konnten wir in den Landessprachen Dari und Paschtu schreiben und lesen. Onkel Rasula ließ aus der Hauptstadt fähige Gelehrte kommen und versorgte uns reichlich mit Büchern, die uns immer neue Welten erschlossen.

Aus Torealais Sippe stammte mein verstorbener Vater; doch nicht nur Verwandtschaftsbande verknüpften unsere Familien. So, wie Torealai und ich unzertrennliche Freunde waren, so verband auch seinen Vater und meinen Oheim eine tiefe Freundschaft, die auf einem gemeinsamen Verständnis vieler Dinge des Lebens beruhte. Die beiden Männer hatten gleichsam einen Bund geschlossen, denn das Leben hatte ihnen auf verschiedenen Wegen ähnliche Erkenntnisse beschert. Beide waren sie beseelt von einer tiefen Liebe für ihre Heimat, und der Zustand Afghanistans bereitete ihnen große Sorgen. Sehr wohl wußten sie über die Gefahren materiellen Fortschritts, sehr wohl hielten sie große Stücke auf die Wahrung von Kultur und Tradition. Bitter jedoch klagten sie die Haltung geistiger Rückständigkeit an, die sich der Evolution in den Weg stellt und eine gesunde Entwicklung behindert.

„Gebirge lassen sich durchbrechen und Ozeane können überwunden werden", hörte ich Hakim Bey einmal sagen, „jedoch ist es unmöglich, mit Menschen zusammenzuarbeiten, die sich verbohrt an festgefahrene Gedanken klammern und deren Meinung und Urteil schon von vorneherein festgelegt ist. Denn nur ein offenes Bewußtsein kann erkennen, und ein Leben reicht oft gar nicht aus, um all das zu lernen, was die Erde uns zu sagen hat."

So war er stets bemüht, Lehrer mit offenen Ansichten und einem weiten Blickfeld für die Geschehnisse und ihre Zusammenhänge für uns zu bekommen.

Als unter der Aufsicht von ausländischen Ingenieuren ein Aggregat in unserer Karawanserai aufgebaut wurde, das mit Hilfe eines Motors Strom erzeugen sollte, reisten wir zum Wasserkraftwerk nach Pul-e-Khumri, wo unser Lehrer uns die Entstehung des elektrischen Stromes erklärte. Unterwegs sahen wir viele Baustellen: die Straße wurde modernisiert und verbreitert, um den motorisierten Güter- und Personenverkehr zu erleichtern, und wir spürten das Erwachen der Neuzeit, wie ein Knistern in der Atmosphäre des urtümlichen Landes.

Bald schon brannte in einigen Häusern von Balch elektrisches Licht, und nicht lange, da dröhnte Musik aus dem Rundfunkempfänger des Teehauses und erfüllte den Hof der Karawanserai — was den Mullah so sehr verärgerte, daß es beinahe zu einer offenen Feindschaft mit Rasula Hakim Bey gekommen wäre. Das schlimmste konnte gerade noch durch eine großzügige Spende zur Erhaltung der Moschee verhindert werden, und da sich auch sonst der Oheim als tadelloser Moslem gab, beruhigte sich die hochwürdige Geistlichkeit schließlich, zumal die Aussicht auf eine moderne Lautsprecheranlage gestellt wurde, die den Gebetsruf zur Ehre Allahs elektrisch verstärkt über den Häuptern der Gläubigen erklingen lassen sollte.

Torealais Vater Halid, der Oheim und andere treue, verläßliche Freunde und Familienmitglieder trafen sich oft in vertrautem Kreise zu langen Gesprächen. Mehr und mehr fanden Torealai und ich Aufnahme in diesem Kreis, und so manche lange Nacht lauschten wir den Worten und Gedanken dieser Männer, ihren Ansichten und Meinungen, die sich oft so sehr von der landläufigen Weltsicht der Bevölkerung oder von der strengen und engen Lehre der Geistlichen unterschied. Wir erlebten, wie im Verborgenen Pläne geschmiedet wurden, die dem Geist der Zukunft im Gewand der Tradition wirkungsvoll den Weg ebnen sollten. Voller Ehrerbietung wurde mancher Fremde, Durchreisende oder Gast in diesen Kreis von Denkern und Philosophen aufgenommen, und es erschien mir rätselhaft, nach welchen Gesichtspunkten die Auswahl dieser Menschen getroffen wurde. Helle Vollmondnächte verbrachten wir auf dem flachen Dach unseres Hauses und lauschten den Worten der Männer, wenn sie bedächtig an der Wasserpfeife zogen, von der blaue Rauchwölkchen aufstiegen, um in der Tiefe des nächtlichen Firmaments zu verlöschen.

Als eines Abends Sayed Gilani vor mir stand, war ich wie gelähmt und außerstande, meiner Freude über dieses unerwartete Wiedersehen Ausdruck zu verleihen. Jahre waren vergangen, seit er eines Morgens so still verschwand. Und im Laufe der Jahre hatte ich ihn fast vergessen; vergessen über all den Informationen aus den Büchern, über dem vielseitigen Wissen, das mir meine Lehrer enthüllten: mathematische Formeln, physikalische Gesetze, Geographie, Geschichte, fremde Sprachen und so vieles mehr. Fast mahnend stand er vor mir an diesem Abend, doch als er die Arme ausbreitete, und mich zärtlich beim Namen rief, war der Bann gebrochen. Aufseufzend warf ich mich an seine Brust, und konnte die Tränen nicht mehr halten, die von irgendwo, tief aus meinem Innern hervorstürzten wie ein Strom, der die Dämme, die ihn bislang zähmten, durchbrach und nun eine unkontrollierbare Macht entfesselte. Ich fiel wie bewußtlos in ein Meer schmerzvoller Freude, erschrocken aufschluchzend in längst vergessener Seligkeit. Und wie sich das aufgewühlte Meer nach einem Sturm beruhigt und unter der milden Sonne eines aufklarenden Abends in sanften Wellen die Gestade liebkost, so kam ich zu mir, als ich den ruhigen Atem und den kräftigen Herzschlag des zeitlosen Weisen spürte. Es war wie ein Heimkehren nach einer langen Reise . . . Wie kam es, daß niemand im Dorf von der Anwesenheit des Weisen aus Bagdad wußte?

„Wenn der ganze Himmel mit Wolken bedeckt ist", meinte dieser nur, „dann kann man nicht sehen, ob die Sonne am Morgen, am Mittag oder am Abend steht." Die ganze Nacht verbrachte ich bei ihm. Es gab so vieles, das ich ihm erzählen mußte: der Tod des Großvaters und die Reise zu seinem Begräbnis; dann die Jahre des Lernens, all das, was ich nun aus Büchern und von meinen Lehrern wußte. Die Worte sprudelten nur so aus mir heraus.

Doch als andern Tags Sayed Gilani genauso geheimnisvoll verschwand, wie er gekommen war, blieb eine große Leere und Traurigkeit in mir zurück. Warum war er so schnell wieder gegangen? Wo war er all die Jahre gewesen? In fernen Ländern vielleicht, von denen ich gerade in Büchern las, deren Sprachen ich lernte? Warum hatte er mir gar nichts erzählt? Ach ja, ich hatte ihm ja kaum Zeit zu reden gelassen. Ich hatte ihm ja so viel wichtiges erzählt. Wichtiges? Was ich in den Büchern gelesen hatte?! Vor Verzweiflung hätte ich mir die Haare ausreissen mögen. Wie dumm hatte ich die kostbaren Stunden vertan!

Was aber war der Sinn der seltsamen Worte, die er zuletzt gesprochen hatte:

„Wenn du glaubst, etwas verloren zu haben, so bedeutet das, daß du entweder darüber hinausgewachsen oder darunter gesunken bist."

Was hatte ich verloren?

Dieses Ereignis hat meine Seele erschüttert, nachdem die Jahre wie im Flug vergangen waren. Eine seltsame Unruhe erfüllte mich seit diesem geheimnisvollen Besuch Sayed Gilanis. Plötzlich fand ich keine Befriedigung mehr im Wissen der Bücher. Unruhig schweiften meine Gedanken in alle Richtungen — kaum daß ich mich noch auf den Inhalt meiner Bücher konzentrieren konnte. Leblos, langweilig und trocken erschien mir plötzlich dieses Wissen, das mich bislang so sehr faszinierte. Was sollte mir all das nun? Ich war mit mir selbst nicht mehr eins. Auch mit Torealai, der bisher alles mit mir teilte, konnte ich darüber nicht sprechen, denn wie sollte ich ihm sagen, was ich selber nicht verstand.

Als die kühlen Herbstabende in diesem Jahr anfingen, die ausgedörrte staubige Erde zu erfrischen und die prächtig geschmückten Kamele das gedroschene Getreide stolz zu den Speichern trugen, unternahm ich ausgedehnte Spaziergänge, irrte ziellos über die alten Ruinenfelder vor der Siedlung und versank oft stundenlang in einsame und aussichtslose Grübeleien.

Nun kam es auch immer öfter vor, daß mir die verhüllten Gestalten der Frauen auf dem Markt auffielen, die ich bisher kaum bemerkt hatte, in ihren grauen, ausdruckslosen Schleiergewändern. Und ich dachte darüber nach, wie sie wohl aussehen mochten, wenn sie zuhause das Chador* ablegten, das sie auf der Straße vom Scheitel bis zur Sohle verhüllte, um sie vor der Welt zu verbergen. Und immer öfter glaubte ich, hinter dem dünn gewebten Stoffgitter vor ihren Gesichtern das geheimnisvolle Blitzen dunkler Augenpaare zu ahnen.

Da spukten plötzlich Worte in meinem Kopf herum, die ich bei den Hirtenjungen aufgeschnappt hatte, die in den Nischen der alten Stadtmauern hausten. Sie waren damals sofort verstummt, als sie mich bemerkten, und begannen breit zu grinsen. Worte, die ich nur halb verstand, und die mir ganz seltsam das Blut zu Kopf steigen ließen.

Ich begann, meine Altersgenossen, Söhne einfacher Bauern und Arbeiter oder pfiffige Kerle, die gerade dabei waren, sich den cleveren Geschäftssinn ihrer Väter im Bazar anzueignen — ich begann sie zu beneiden, wie sie so unbeschwert und gedankenlos hineinwuchsen in die gesellschaftliche Rolle ihres Standes, in ihren Beruf, wie sie belanglose Gespräche führten, mit beiden Beinen auf der Erde standen, und einen einfachen klaren Weg zu gehen

* Chador = Glockenförmiges, faltenreiches Schleiergewand, das am Scheitel mit einer Art Kappe beginnt und bis zum Boden die Gestalt der Frau in der Öffentlichkeit verhüllt. In Augenhöhe ist eine Art Sichtfenster ausgespart, das aus dünngewebtem oder durchbrochenem Gewebe besteht.

schienen. Nichts verband mich mehr mit ihnen, die einst meine Spielkameraden gewesen waren. Ja, es fiel mir schwer, mit ihnen zu sprechen, und ich bemerkte eine heimliche Scheu, die sie mir entgegenbrachten. Meine Gefühle schwankten zwischen der Sehnsucht nach Gemeinschaft mit ihnen, einer heimlichen Verachtung ihrer dummen Gedankenlosigkeit und schließlich einem Anflug von Neid um ihr einfaches Leben, in dem sie sich so leicht zurechtzufinden schienen. Gleichzeitig spürte ich in ihren Blicken eine verstohlene Bewunderung, die ebenso schnell in Neid umschlagen konnte, in Neid, daß ich faul in Büchern las und träumte, während sie bereits hart für das tägliche Brot arbeiteten. Ich blickte auf meine feingliedrigen Hände, die bald schmerzten, wenn ich versuchte, in der Karawanserai mitzuarbeiten, und schüttelte ärgerlich den Kopf, als ich an die Blicke dachte, die ich hinter meinem Rücken spürte, wenn man geflissentlich meine Ungeschicklichkeit übersah. Das Leben erschien mir plötzlich sinnlos. Später in Kabul studieren? Wozu? Sollte ich vielleicht ein Leben lang in muffigen Büchern kramen?

Selbst Torealai wurde mir immer fremder, wenngleich ich ihn sehr liebte und für ihn durchs Feuer gegangen wäre. Aber weder konnte ich seine nun plötzlich erwachte Leidenschaft für Tierkämpfe und Reiterspiele teilen, noch seinen politischen Enthusiasmus in der Paschtunistan-Frage* verstehen, auf den er sich zum Leidwesen der gesamten Familie immer mehr versteifte.

Es war ein kalter Tag, und es roch schon nach Schnee. Ich sehe mich vor dem mächtigen Tor stehen, das durch riesige Lehmmauern zu dem Haus führt, in dem Torealais Familie lebt. Ja, ich sehe mich ganz deutlich, wie ich die gelbbraunen Mauern mustere, als gebe es dort etwas zu entdecken. Wie oft war ich in den vergangenen Jahren durch dieses Tor gegangen? — Hier

* Der Paschtunistan-Irridentismus war eine nationalistisch geprägte Bewegung, die für die Paschtun-Stämme einen selbständigen Staat Paschtunistan anstrebte, der sich über Gebiete Pakistans und Afghanistans erstrecken sollte. Dieses Ziel sollte — wenn nötig — mit Waffengewalt durchgesetzt werden.

war mein zweites Zuhause, und hier war es, wo uns die Lehrer zu unterichten pflegten. Große, braune nichtssagende Mauern, ebenso langweilig, wie mir die Bücher jetzt erschienen, die angeblich so viel wichtiges und wissenswertes enthielten. Wozu ging ich überhaupt durch dieses Tor, wenn selbst Torealai, mein Freund und Bruder, Wege ging, die ich nicht verstand?

Halid hatte dieses festungsartige Gebäude errichten lassen, noch bevor sein Sohn Torealai hier geboren war. Halid, einst der Khan großer Karawanen und Besitzer umfangreicher Herden — war in jungen Jahren noch mit seiner Sippe durchs Land gezogen. Jeden Sommer wanderten sie durch Täler und über Pässe tief ins zentrale Gebirgsmassiv des Hindukusch hinein, wo ihre Herden auf hochgelegenen Weiden reichlich Nahrung fanden, während sie im Winter bis hinab zu den fruchtbaren Ufern des Indus kamen. Halid war dort durch den Kontakt mit den Briten zu der Erkenntnis gelangt, das bislang völlig isolierte Afghanistan werde schließlich nicht umhin kommen, sich der Welt zu öffnen. Er, selbst ein Nomade mit Leib und Seele, sah sein Volk mehr und mehr verarmen. Die einzige Möglichkeit zu überleben war für seine Sippe eine Änderung der Lebensweise. Solange das Rad in Afghanistan so gut wie keine Verwendung gefunden hatte — und diese Zeit liegt nicht weit zurück — solange war die Karawane als einziges Verkehrsmittel zweifellos lebensnotwendig für das ganze Land gewesen. Doch seit die ersten Lastwagen über Afghanistans Pisten holpern und man angefangen hat, richtige Straßen durch die Gebirge zu sprengen, schwanden die Bedeutung der Karawanen und die Möglichkeiten des Nomadenlebens immer mehr.

Zudem hatten Halid die ständigen Spannungen in den Grenzgebieten besorgt gestimmt, denn trotz seiner stolzen herrischen Art — er war ein Paschtun und stolz darauf, ein echter Afghane zu sein, liebte er ein friedvolles Leben und ließ sich ungern auf kriegerische Auseinandersetzungen ein. Das war eine seltene Tugend bei einem Afghanen, die ihm nun selbst sein Sohn als Schwäche ankreidete.

Die Liebe zu seinem Volk hatte ihn bewogen, sich mit seiner Sippe im fruchtbaren Norden des Landes niederzulassen, denn nur in der Seßhaftigkeit glaubte er seinen Nachkommen das Überleben sichern zu können. Zu viele Nomadensippen sah er bereits verarmen, zu viele stolze Paschtun in Hunger und Elend geraten. Wird eine Zeit kommen, in der die Karawanen nicht mehr ziehen?

Hier im Norden war der Boden ertrags- und das Klima niederschlagsreich. Hier hatte er — noch bevor Torealai das Licht der Welt erblickte — Ländereien gekauft, groß genug, um die ganze Sippe zu ernähren, und hier lebt nun seine Familie in einer Art mächtiger Lehmburg, um die sich eine Anzahl kleinerer Lehmhäuser und Höfe drängen, in denen jene wohnen, die in den ausgedehnten Besitzungen Halids als Bauern und Viehzüchter arbeiten.

Hier stehe ich nun und starre auf das nichtssagende Braun der großen Lehmmauern im trostlosen Staub des Weges, stehe vor diesen Mauern, vor denen ich mich plötzlich hilflos und klein fühle. Gibt es denn kein Tor, durch das ich meiner einsamen Ratlosigkeit entrinnen könnte?

„Was stehst du denn da wie vom Blitz getroffen?" höre ich da Arifas Stimme hinter mir.

Arifa war eine von Torealais Schwestern und stand damals etwa in ihrem 15. Lebensjahr, wie ich; und genauso, wie Torealai mein Bruder war, sah ich in Arifa meine Schwester. Daher fühlten wir auch nicht die geringste Scheu voreinander.*

Früher hatte Arifa oft mit uns am Unterricht teilgenommen. Sie war begabt im Erlernen von Sprachen und hatte bereits die ersten Bücher verschlungen, als wir noch mühsam jedes Wort buchstabierten. Doch damit hatte sich ihr Lerneifer auch schon erschöpft. Sie wandte sich dann wieder mehr den häuslichen Arbeiten zu und entwickelte im Laufe der Zeit eine bewundernswerte Geschicklichkeit im Weben von Kelims und in der Herstellung von kostbaren Stickereien. So hatte sie beispielsweise all unsere Hemden ganz wunderschön verziert. Oft saß sie dabei, wenn wir über mathematischen Rätseln brüteten, oder uns politische Systeme, wirtschaftliche Strukturen und geographische Gliederungen ferner Länder erklären ließen, während sie still mit ihren Handarbeiten beschäftigt war. Ihre unaufdringliche Nähe verbreitete stets eine wohlige Gemütlichkeit, als wirke ihr ruhiges Arbeiten ausgleichend auf die konzentrierte und geistig angespannte Atmosphäre unseres Studierens. Schweigend ging ich mit ihr ins Haus.

„Wo ist Torealai?" frage ich sie.

* Die engen Moralvorstellungen der afghanischen Gesellschaftsordnung lassen keine Beziehung zwischen Männern und Frauen oder Mädchen und Jungen, die ein bestimmtes Alter überschritten haben, außerhalb der Familie zu.

Der war zusammen mit einem Lehrer zum Buzkashi geritten, das heute in einer Oase nahe bei Mazar-i-Sharif ausgetragen wurde. Wahrscheinlich war es das letzte Spiel in diesem Jahr.

Ich seufzte unwillkürlich. Was fand Torealai so interessant bei diesen wilden Reiterspielen?

„Wie kann man sich nur mit solcher Begeisterung stundenlang um eine tote Ziege prügeln?" meinte Arifa, als hätte sie meine Gedanken gelesen.

Ich blickte versonnen aus dem Fenster, durch das spärlich das Licht eines grauverhandenen Herbsttages drang. Das Haus lag auf einer Anhöhe. Von hier aus konnte man an klaren Tagen in der Ferne die blaue Silhouette der Berge geheimnisvoll schimmern sehen. Der Anblick dieser Berge — ich hatte bisher die Ebenen meiner Heimat nie verlassen — weckte in mir oft jenes drängende Fernweh, erschien mir wie eine Verheißung zum Aufbruch in gänzlich neue, unbekannte Gefilde. Doch heute sah man nur hinab auf die eintönig braunen Mauern und Flachdächer der umliegenden Häuser.

„Du bist so schweigsam in letzter Zeit, Nisam", stellt Arifa fest, während sie im Nebenraum am Samowar hantiert.

Als ich nicht antworte, bringt sie schließlich Tee und süßen Kuchen. Sie hat den Chador abgelegt, der sie in der Öffentlichkeit vor den Blicken der Fremden verbarg — denn schon ab dem 12. Lebensjahr konnten sich Mädchen, die auf Ehre und Ansehen ihres Hauses hielten, nicht mehr unverschleiert außerhalb des Bereiches von Haus und Garten zeigen. Seidig glänzend fällt ihr schwarzes Haar über die Schultern, als sie das Tablett abstellt, und zum ersten Mal bemerke ich ganz überrascht, daß Arifa kein kleines Kind mehr ist. Aus dem kleinen Mädchen, mit dem ich in meiner Kindheit spielte, die ich geneckt, erschreckt und der ich so manchen Streich gespielt hatte, war ein junges Mädchen geworden, ja fast schon eine junge Dame. Vielleicht wird sie bald eine Chanum* sein? Bewundernd beobachtete ich ihre anmutig geschickten Bewegungen und sehe zu, wie sie mit sicheren Handreichungen einladend Tee und Kuchen kredenzt.

* Chanum = Frau, Herrin des Hauses.

Als ich sie gerade daraufhin ansprechen und ihr meine Bewunderung mitteilen will, wendet sie sich mir zu, und ich sehe in ihre tiefschwarzen Augen. Diese tiefen, dunklen Augen . . . Mir ist, als hätte ich sie nie zuvor gesehen. Gebannt, fast magisch angezogen, sinken unsere Blicke ineinander. Es ist, als würde ich aufgesogen von diesem Blick, als fiele ich tief, tief hinein . . .

Wohin? In mich selbst? In Arifa? Mein Atem stockt, und ich empfinde ein Gefühl in meiner Brust, fast schmerzend — sind es Arifas große Augen, die dorthin drangen und nun brennen wie seltsam glühende Sterne? Da sehe ich sie vor mir, diese großen, dunklen Augen — ganz nah, und doch so unerreichbar fern . . .

Eine glühende Sehnsucht läßt alles andere — den kahlen Raum, die Teppiche am Boden, die Kissen, mich selbst, die Gestalt Arifas — in einem goldenen Schimmer zerschmelzen, und da ist nur noch dieses tiefe, dunkle Augenpaar, von dessen glühendem Mittelpunkt Strahlen ausgehen, gleissende Strahlen, die die engen Begrenzungen von Raum und Zeit verbrennen. Und diese Strahlen beginnen, Gestalten zu formen. Gestalten aus meiner Erinnerung? Der Vater? Menschen, Tiere und Landschaften formen sich, gehen ineinander über, bilden stets sich wandelnde Muster. Karawanen ziehen, Sterne flammen auf, Monde kreisen, und hinter all dem glüht dieses geheimnisvolle Augenpaar, zwischen dem ein leuchtender Punkt sich weitet zu einem Herzen. Zu einem Herzen, aus dem züngelnde Flammen schlagen. Golden züngelnde Flammen, sich formend zu brennenden Flügeln. Auf Feuerschwingen entschwebt das Herz an einen weiten Horizont.

'Sind das nicht die Augen von Sayed Gilani?' durchdringt mich plötzlich ein Gedanke, 'aber nein, es ist doch nur Arifa.'

Die leuchtenden Bilder verblassen und weichen langsam wieder dem kühlen Grau des Herbsttages. Es hat angefangen zu regnen, und das monotone Geräusch der fallenden Tropfen dringt angenehm in die seltsam angespannte Stille. Was war geschehn? Wieviel Zeit war verstrichen, seit wir uns

in die Augen sahen? Wortlos setzen wir uns und trinken den Tee, der fast schon kalt geworden ist. Gedankenverloren nehme ich ein Buch, das neben Arifas Stickereien liegt und schlage wahllos eine Seite auf: traurig-schöne Liebeslieder persischer Dichtkunst, Liebeslieder, die Majnun seiner unerreichbaren Laila sang. Lieder, trunken von einer verzweifelten Sehnsucht.

Da kommt endlich Torealai nach Hause. Wie ein Herbst-Sturm bricht er in die zarte Stille unserer Träume. Durchnäßt und kalt, behaftet mit einem Geruch nach Schweiß und Pferden, begrüßt er uns laut und freudig, bevor er sich erschöpft auf die Kissen sinken läßt. Arifa bringt ihm trockene Kleidung, einen warmen Schal und bereitet frischen Tee.

Ein seltsames Gefühl ist in meiner Brust zurückgeblieben, nach diesem Erlebnis mit Arifas Augen. Ein Gefühl, weh und bedrückend zugleich — Keime des Erwachens zu neuen Dimensionen. Aber die ausweglose Traurigkeit der letzten Wochen ist verflogen oder besser, umgewandelt. Jenes unbestimmte Gefühl, das bislang nur ratlose Verzweiflung in mir erweckt hatte, versprach mir nunmehr plötzlich die glückverheißende Erwartung zauberhafter Erfahrungen.

Und plötzlich glaubte ich auch Torealai verstehen zu können in seiner Begeisterung für Politik und wilde Spiele. War es nicht im Grunde das gleiche Feuer, der gleiche unerklärliche Hunger, der in ihm brannte? Was tat es schon, wenn es bei jedem in eine andere Richtung drängte? Standen wir doch alle drei — Torealai, Arifa und ich — an derselben Schwelle von der Kindheit zur Jugend, und ich hatte eben einen Blick getan in Welten neuer Erlebnisse und Erfahrungen. Die Welt stand uns offen — und heute erschien sie mir auch nicht mehr grau und schal. Alles strahlte wieder in einem neuen Glanz, voller Verheißung, und selbst die Bücher wirkten nicht mehr langweilig. Auch sie bargen wieder Geheimnisse. Lächelnd legte ich das Buch beiseite und sah Majnun vor mir, in seiner seligen Verzweiflung, die ihn der Welt entrückte; sah ihn vor mir, in seiner Sehnsucht, die ihn erhob zur Allgegenwart seiner göttlichen Geliebten Laila . . . Ich sah Majnun, für den der neue Mond und die Sterne in Ihrem Haar funkelten, in Ihrem Haar, zu dem die schwarze Nacht geworden war; sah ihn, wie er den Morgentau von der Rose küßte: Tränen der Sehnsucht auf Ihren Wangen . . .

Wie aus weiter Ferne hörte ich Torealais Stimme. Wir hatten uns auf den Kissen ausgestreckt, Kopf an Kopf, und er erzählte begeistert vom Spiel und von den Heldentaten der Tschapanduz, und von den prächtigen Hengsten aus dem Gestüt meines verstorbenen Großvaters.

„Ehrlich, die besten Pferde des ganzen Landes! Du kannst stolz sein auf deinen Großvater. Seine Pferde tragen seinen Ruhm bis nach Kabul. Selbst beim Nationalspiel in der Hauptstadt erzielten seine Pferde die höchsten Auszeichnungen!"

Im Spiel, im Kampf, im Sieg suchte Torealais Leidenschaft ihre Erfüllung . . . Wohin wird sie mich führen?

Allmählich wird es Abend, und damit kommt Leben ins Haus. Halid, Torealais Geschwister und die anderen Mitglieder der großen Familie, versammeln sich zum gemeinsamen Mahl, das auf einem weißen Tuch am Boden ausgebreitet wird.

„Endlich sieht man dich wieder einmal kräftig zulangen, Nisam", meinte Torealais Mutter erfreut und fügte in liebevoller Besorgnis mahnend hinzu: „Gerade in dieser Jahreszeit muß man gut essen, wenn man nicht krank werden will."

Nach dem Essen wird das Tuch von zwei Bediensteten mitsamt dem Geschirr und den übriggebliebenen Resten eingerollt und weggetragen. Und während sich die Frauen mit häuslichen Arbeiten wie Sticken, Spinnen oder Stricken die Abendstunden vertreiben, bringen die Männer die Wasserpfeife in Gang und sprechen bis tief in die Nacht hinein über die Ereignisse des Tages, in deren Mittelpunkt heute natürlich das Buzkashi steht. Halid hat sich inzwischen zurückgezogen, um die Getreideerträge des Jahres zu errechnen.

Immer wieder spüre ich Arifas Blicke verstohlen auf mir ruhen. Wir teilen ein Geheimnis, das wir selbst kaum kennen und erschauern selig, wenn wir die gegenseitige Erwiderung unserer Gefühle ahnen.

Die Nacht verbringe ich — wie so oft — bei Torealai. Ein Diener wird geschickt, um der Mutter meine Anwesenheit mitzuteilen, denn sie soll nicht unnötig besorgt sein. Glücklich schlafe ich diesen Abend ein, froh darüber, daß Torealai, mein geliebter Freund, so anders ist als ich selbst. Froh über seine körperliche Stärke und sein wildes Draufgängertum. Ist nicht ein guter Freund wie eine Erweiterung der eigenen Persönlichkeit? Seine Kraft war auch die meine, und meine Träume – selbst wenn er nichts von ihnen ahnte – gehörten auch ihm ...

Die Tage vergingen nun wie im Flug. Unsere Lehrer lobten meine wiedergewonnene Aufmerksamkeit, und Torealai war glücklich, mich wieder lachen zu sehen. Wenn ich Arifa traf, dann tauschten wir wissende Blicke, und mich durchrieselte ein Hochgefühl, von dem niemand etwas ahnen konnte, außer ihr, Arifa, der Geheimnisvollen. Heimlich hegte ich den Wunsch nach einer Gelegenheit, wieder mit ihr alleine zu sein, wieder in ihre tiefen, großen Augen zu blicken. Es war, als schwebte ich auf Wolken, bis zu jenem Tag ... Bis zu jenem Tag, dessen Ereignisse so nachhaltig auf mein Leben wirken sollten.

Es war ein klarer, sonniger Wintertag. Die schneebedeckten Gipfel der Berge schienen über dem fernen südlichen Horizont zu schweben – unwirklich wie eine Erscheinung, die jeden Moment in der Sonne verdunsten könnte, gleich Eisblumen an einem Fenster. Seit Tagen schon war ich nicht mehr zu Hause gewesen, hatte die Tage und Nächte bei Torealai verbracht. Heute nun war wieder einmal Torealai hinausgeritten zum Gestüt meines verstorbenen Großvaters. Der strahlende Sonnenschein hatte ihm keine Ruhe gelassen, ihn unwiderstehlich hinausgelockt.

Ich hingegen hatte es mir im Haus gemütlich gemacht, wärmte meine Füße am Manghal und vertiefte mich in Bücher. Da erschien auch Arifa, insgeheim hatte ich nur auf sie gewartet. In diesem Moment hatten die Bücher plötzlich jede Aussagekraft verloren. Arifa ließ sich neben mir auf dem Kissen nieder und begann, an irgendeiner Handarbeit zu nesteln, doch ich merkte bald, daß auch sie nicht bei der Sache war. Ich richtete mich auf und suchte ihren Blick, doch sie hielt die Augen gesenkt, so, als wäre ihre ganze Aufmerksamkeit auf das Tuch in ihrer Hand gerichtet.

Ein Sonnenstrahl, der schräg durch das Halbdunkel des Zimmers drang und den Tanz winziger Staubteilchen sichtbar machte, spielte in ihrem schwarzen Seidenhaar, ließ es hier gleißend blau aufblitzen, dort fein rötlich schimmern. Ich war völlig bezaubert. Nie zuvor hatte ich Arifas Schönheit so empfunden. War sie nicht früher meine Schwester gewesen, unauffällig wie ein graues Mäuschen? Was verlieh ihr in der letzten Zeit diesen geheimnisvollen Zauber?

Halb im Scherz begann ich ihr zu schmeicheln, zitierte aus den Werken des persischen Dichters, sagte ihr, daß ihr schwarzes Haar geheimnisvoller sei als die dunkle Nacht, verglich sie mit Laila.

„Ja, wenn Majnun dich gesehen hätte, ich bin fast sicher, er hätte Laila vergessen."

„Hör auf zu schmeicheln, du Lügner", lachte sie verlegen und hob den Kopf. Ich sah ihren lachenden Mund. Ihre weißen Zähne blitzten in der Sonne.

„Siehst du, wie der Schnee draußen in der Sonne schimmert? Noch schöner schimmern deine weißen Zähne."

Alles an ihr begeisterte mich. Ihr schlanker Hals, ihre samtene Haut, jedes Fältchen, jedes Härchen an ihr gab mir Anlaß zur Bewunderung, machte mich zum Dichter. Ihr feingeschwungener Mund war der eines Engels. Und dann diese tiefen, dunklen, großen Augen! Wie sehnte ich mich danach, wieder meinen Blick hineinzutauchen in diese Endlosigkeit! Doch warum verwehrte sie mir diese Erfüllung? Was war es, das ihre Augen so ruhelos umherwandern ließ? Zum Fenster, über den Boden, auf ihre Hände, zum Feuerbecken irrte ihr unsteter Blick.

Warum sah sie mir nicht tief in die Augen? Mein Verlangen danach steigerte sich schier ins Unerträgliche, schnürte mir die Kehle zu und brannte wie Feuer in meiner Brust. Ich schluckte und starrte sie unentwegt an, immer nur von dem einen Gedanken bewegt:

'Arifa! Arifa! Sieh mich an! Schau in meine Augen!'

Da endlich wendet sie sich mir zu. Für Sekunden sinken unsere Blicke ineinander, bevor Arifa die Augen schließt und sich aufseufzend an meinen Hals wirft.

Zuerst weiche ich erschrocken zurück, doch dann, als sich ihr vibrierender Körper an den meinen preßt, wallen ungestüm ganz neue Gefühle in mir auf. Heiß spüre ich ihren Atem an meinem Hals; empfinde den sanften Druck ihrer knospenden Brüste; spüre ihre feingliedrigen Hände sich an meinen Rücken pressen. Scheu streichle ich über ihr wunderschönes Haar und fühle ihre zarten Schultern die Liebkosung meiner Handflächen hingegeben erwidern. Arifa legt ihre Wange an die meine, küßt meine Schläfe, fiebrig sucht ihr Mund mein Ohr.

„Ich liebe dich", flüstert sie bebend.

Doch diese Worte dringen wie Messer in mein Herz, und erschrocken zucke ich zusammen, gepackt von einer unbegreiflichen Angst. Am liebsten würde ich aufspringen und wegrennen. Aus Angst. Wovor? Vor Arifa? Vor ihrer Umarmung? Meine Angst steigert sich zur Panik. Ich meine, mich in Sicherheit bringen zu müssen, um meinem drohenden Untergang zu entrinnen. So etwa muß sich ein Fisch fühlen, wenn er ahnungslos einen Haken verschluckte, und nun verzweifelt gegen den Zug der unsichtbaren Schnur kämpft. Fieberhaft versuche ich mich aus Arifas Armen zu lösen.

Da tritt Torealai in den Raum. Entsetzt springe ich auf, während sich Torealais Augen an das Halbdunkel des Zimmers gewöhnen. Verständnislos starrt er mich an, blickt mit offenem Mund auf Arifa, die mit zerzaustem Haar am Boden liegt und anfängt, herzzerreißend zu schluchzen.

Ohne noch seine Reaktion abzuwarten, renne ich an ihm vorbei zur Tür hinaus, aus dem Haus; renne und renne, ohne mich umzusehen, renne mit heißem Kopf und glühenden Ohren, renne hinaus zu den Ruinenfeldern. Keuchend verlangsamen sich meine Schritte, als die Siedlung schon weit hinter mir liegt. Ziellos stolpere ich über die verschneiten Pfade zwischen den Ruinen, die sich hier unabsehbar weit dahinziehen.

Die Gedanken überstürzen sich in meinem Kopf. Was war denn eigentlich geschehen?

'Ich liebe dich.' So ein Blödsinn! Diese Arifa war doch in Wirklichkeit nur eine dumme Ziege. All meine tiefen, geheimnisvollen Gefühle und Empfindungen mit einem so banalen Satz abzutun, ja zu entweihen: 'Ich liebe dich.' Das war es doch gar nicht, was ich hören wollte. 'Ich liebe dich'. Das sagten sie doch alle, das ist doch gewöhnlich und langweilig.

Hatte denn Arifa nicht erlebt, nicht gesehen, was ich wahrgenommen hatte an jenem Herbsttag, als unsere Blicke sich vereinten? Hatte mich denn verlangt, ihren Körper zu umarmen und zu hören 'Ich liebe dich'? Mein Verlangen ging doch weit tiefer! Hatte ich nicht durch die Fenster ihrer Augen einen Blick getan auf phantastische Wege, die tief hineinführten in die Urgründe des Bewußtseins. Auf diesen Wegen drängte es mich, zu forschen und die geheimen Pfade zu finden, die zu ihrer und zu meiner Seele führten. Ja, ich sehnte mich nach einer Liebe, die dort, so tief drinnen ruht, fein und alles durchdringend. So fein, zart und unaussprechlich, daß die Worte 'Ich liebe dich' für mich grob und rauh wie das Rülpsen eines wiederkäuenden Kameles klangen.

Und dann diese Angst, die ich plötzlich empfunden hatte, als Arifa ihre Arme um mich legte. Plötzlich war das Gefühl über mich gekommen, in eine Falle geraten zu sein und Arifas vorher so weich und lieblich aussehende Arme waren mir plötzlich wie Fangarme eines gefährlichen Ungeheuers erschienen, oder wie Stricke, die mich fesseln und binden wollten, falls ich nicht rechtzeitig entkam. Diese Angst hatte mich schlagartig ernüchtert und all meine schwärmerischen Träume verscheucht.

Sicher waren meine Empfindungen damals nicht so klar, wie ich sie heute hier niederschreibe. Im Gegenteil, im Strudel meines inneren Aufruhrs wurde ich haltlos umhergewirbelt, ohne auch nur einen klaren Gedanken fassen zu können.

Eines aber kristallisierte sich immer mehr heraus: Das hatte ich doch gar nicht gewollt! Wurden so nicht meine tiefsten und heiligsten Gefühle auf die Ebene schaler Alltäglichkeit herabgezerrt und entstellt? Wie konnte das geschehen?

Und was das allerschlimmste war: was mochte Torealai nun von mir denken. Gut, unsere Familien dachten etwas fortschrittlicher und freier als das afghanische Volk im allgemeinen. Was dann aber, wenn diese Schande an die Öffentlichkeit dringen würde? Für Torealai mochte es so ausgesehen haben, als wäre ich über seine jüngere Schwester hergefallen, als hätte ich das Vertrauen der gesamten Familie aufs schändlichste mißbraucht. Jedem anderen Paschtun-Sohn gegenüber hätte das zu einem Kampf auf Leben und Tod führen können. Nach dem landläufigen Recht kam es in solchen Fällen oft bis zur Blutrache, in der sich ganze Sippen über Generationen hin gegenseitig in einem hartnäckigen Kleinkrieg aufrieben, wenn die Mullahs nicht durch ihre Vermittlung einen Vergleich durch die Bezahlung von Blutgeld erreichten.

In den schrecklichsten Visionen stellte ich mir die Ausmaße des Unheils vor, das ich über mich hereinbrechen fühlte, und der kalte Schweiß perlte auf meiner Stirn. Inzwischen war ich bis weit an den Westrand des Ruinenfeldes gelangt, wo die drei Torbögen der verfallenen Masji-i-jami* standen, wie Tore zur endlosen kalten Ebene. Erst jetzt bemerkte ich, daß ich nichts anhatte, als meinen Chelwar und ein leichtes Kamis**, das an der Brust offen war. Bisher hatte ich die schneidende Kälte gar nicht bemerkt, doch nun kauerte ich mich zitternd vor Erschöpfung und Frost in eine windgeschützte Ecke unter dem Torbogen und versuchte nachzudenken.

Es begann bereits zu dämmern, und vom Himmel, der sich inzwischen vollständig in eine grauweiße Wolkendecke gehüllt hatte, schaukelten dicke Schneeflocken, die — von kurz aufbrausenden Windstößen erfaßt —

* Freitagsmoschee

** Landesübliche Tracht Afghanistans: weite Pluderhose (Chelwar), über der ein langes Hemd (Kamis) getragen wird.
(Dazu eine oft reich bestickte Weste. Im Winter, vor allem bei den Turkmenen und Uzbeken des Nordens wattierte Jacken und Mäntel.)

wild anfingen zu tanzen. Krächzend flog eine Schar schwarzer Krähenvögel auf und verschwand im Abendgrauen.

Es gelang mir nicht, meine Gedanken zu ordnen und den Aufruhr meiner Gefühle zu klären. Gab es denn noch einen Ausweg, der Schande zu entrinnen? War nicht allein der Tod, hier zwischen den Ruinen, die einzige Lösung? Ja, alles vergessen! War es nicht leicht, einfach hier sitzenzubleiben, konnte ich doch den klammen, vor Kälte brennenden Körper ohnehin kaum noch bewegen. Ja! Plötzlich wurde ich ganz ruhig. Und wenn die Wölfe, die in der Ferne heulten, dann kämen, mich zu holen, dann würde man mich niemals finden. Ich wäre verschwunden, und keiner wüßte über meinen Verbleib. Keiner würde an meinem Grab sagen können 'Hier liegt Nisam, der die Schwester seines Blutsbruders mißbrauchen wollte!'. Fast glücklich verfolgte ich den Tanz der weißen Flocken. Immer wilder wirbelten sie. Ja, tanzt im Wind! Hhhuuu, wie hingebungsvoll sie sich mitreißen ließen in ekstatische Tänze! Immer größer, immer weißer, immer leuchtender schwirrten sie umeinander und formierten sich zu pulsierenden Kreisen. Hhhuuu, Hhhuuu, Hhhuuu, ja tanzt, tanzt, tanzt!

1956 bis 1963

Sie hatten Männer ausgesandt, mich zu suchen. Schließlich fand man mich halb erfroren und brachte mich heim. Wochenlang muß ich im Fieber gelegen haben, ehe ich anfing, zwischen glühenden Träumen und Phantasien meine Umgebung wahrzunehmen, bis ich wieder zu unterscheiden anfing zwischen Traum und Wirklichkeit, bis ich das liebevolle Gesicht der Mutter erkannte, die sich sorgend über mich beugte. Wie hinter feinen Schleiern, wie in weiter Ferne nahm ich sie wahr. Als ich wieder zu mir kam, fühlte ich mich matt, ausgelaugt, hatte Schmerzen am ganzen Leib. Tag und Nacht betreute mich die Mutter. Scheu sah ich manchmal Torealai am Bett stehen, doch er verschwand jedesmal still, wenn er merkte, daß ich erwachte. Langsam kehrte auch die Erinnerung an die vergangenen Ereignisse zurück. Doch dann fuhr diese Erinnerung wie ein Schock durch meine Glieder und ließ sogleich das Fieber erneut emporschnellen.

Da merkte ich aber, wie sehr man sich um mein Leben sorgte, empfand die liebevolle Pflege wie Balsam auf meinem fieberglühenden, gequälten Körper, und schließlich versuchte ich, zu vergessen. Etwas in mir drängte auf einmal unwiderstehlich zurück zum Leben. Ich genoß es, umsorgt und bemitleidet zu werden, überdeckte die Erinnerung, die wie eine schwärende Wunde in meinem Inneren nagte, mit Selbstmitleid und begann, mir in der Rolle des Märtyrers zu gefallen.

Doch dann, als zum Frühling hin das Fieber gänzlich überwunden und ich wieder ganz bei Kräften war, lastete bleischwer ein Druck auf meiner

Seele. Ich fand nicht den Mut, darüber zu sprechen. Doch brannte ich danach, zu erfahren, was überhaupt geschehen war. Was war mit Arifa? Was hatte Torealai erzählt? Trotzdem brachte ich es nicht über mich, zu fragen oder gar zu Torealai zu gehen, der mich auch nicht mehr besucht hatte, seit ich gesund geworden war. Bestand nun Feindschaft zwischen uns? Das taktvolle Schweigen der Familie in dieser Sache, ihre Freundlichkeit, die fadenscheinig eine heile Welt vorspiegelte, das alles wurde mir immer mehr zur Qual. Es machte mich innerlich rasend, wie sie alle Rücksicht auf mich nahmen! Und doch gab ich mich ruhig und freundlich, so gut ich konnte.

Oh hätten sie mich doch nie gefunden! Wären doch die Wölfe vor ihnen gekommen!

Um mich abzulenken, begann ich, mich in der Karawanserai nützlich zu machen und arbeitete oft bis zur Erschöpfung mit, wenn die Fracht ganzer Karawanen eingelagert oder umgeladen wurde. Bald schon hatten meine Hände Schwielen, und zu meiner eigenen Verwunderung entwickelte ich jetzt sogar Gewandtheit, Geschicklichkeit und ziemliche Körperkräfte. So konnte ich vergessen, wenn ich abends vor Erschöpfung einschlief und in aller Frühe wieder an die Arbeit ging.

Doch trotzdem wurde ich nicht mehr froh. Meine Welt hatte einen klaffenden Riß bekommen, und nichts und niemand war in der Lage, diese Wunde zu heilen. Ich fühlte mich als Verräter, mein Leben war nicht mehr echt, und mein Blick nicht mehr klar. Der Mutter, dem Oheim, allen spielte ich einen Nisam vor, der ich gar nicht war. Aber je deutlicher ich dies erkannte, desto verwirrender und unklarer erschienen mir meine Gedanken, denen ich oft in einsamen Stunden nachhing? War ich dabei, verrückt zu werden? Wer bin ich überhaupt? Und was soll dieses ganze Spiel bedeuten?

„An deinem 15. Geburtstag wurde dir das Leben neu geschenkt, mein Kind, denn das war der Tag, an dem du erstmals wieder aus deinen Fieberträumen erwachtest. So bist du nun eigentlich erst ein paar Monate alt", meinte meine Mutter zärtlich und streichelte mein Haar. Ergriffen kämpfte ich mit den Tränen, doch dann drehte ich mich schnell um und stieg auf das Dach der Karawanserai.

'Wären doch die Wölfe zuerst gekommen', dachte ich wieder und sah auf den Hof hinunter, den gerade eine vollbepackte Karawane verließ. Aufseufzend blickte ich in die Ferne und dachte an Sayed Gilani. Wo mochte er sich befinden? Ach, wenn er von meinem Zustand wüßte. Vielleicht könnte er in seiner Güte und Weisheit mir helfen? Oder würde er mich nur verachten?

Ich erschrak, als mich die Stimme meines Oheims aus meinen Gedanken rief. Er hatte sich ganz unbemerkt an meine Seite gestellt. Ohne mich anzusehen, erkundigte er sich nach meinem Befinden, wollte wissen, ob ich mich wieder gesund und stark fühlte. Warum fragte er wohl? Wollte er eine Aussprache einleiten? Würde er nun gleich anfangen, nach all dem zu fragen, was damals vorgefallen war? Nun gut denn, ich war bereit, sollte meine Schande endlich ans Licht kommen.

Eine Weile schwieg Rasula, bevor er sagte:

"In drei Tagen werde ich mit einer Karawane zu einer längeren Reise aufbrechen. Die Straße nach Herat ist wieder frei. Von dort aber werde ich nicht sofort zurückkehren, sondern nach Kabul weiterziehen. Es kann drei Monate und länger dauern, bis wir wieder zurücksein werden hier in Balch."

„Wir?" Hatte ich richtig gehört?

„Ja, Nisam, fühlst du dich stark und gesund genug, um mitzuziehen? Ich brauche noch einen tüchtigen und verläßlichen Burschen. Von den Büchern scheinst du ja vorerst nichts mehr wissen zu wollen . . ."

Wirklich? Ich sollte mitkommen? Ja! Ja! Seit langem konnte ich wieder zum ersten Mal echte Freude empfinden! Allem hier den Rücken zu kehren und ein ganz neues Leben zu beginnen! Dankbar ergriff ich die starke Hand von Rasula Hakim Bey. Wie ein Engel der Erlösung erschien er mir. Sein gütiger, wissender Blick sagte, daß keine Aussprache nötig sei; er wisse Bescheid; er wisse sogar besser Bescheid als ich; ich solle mich nicht sorgen, auf jede dunkle Nacht folge ein neuer goldener Morgen.

Tief sog ich die würzige Frühsommerluft ein und fühlte, als wäre mir jetzt erst ein neues Leben geschenkt worden; jetzt, und nicht an meinen 15. Geburtstag. Jetzt erst hatte der Oheim gleichsam die Fenster des stickigen Krankenzimmers aufgestoßen, in das ich mich zurückgezogen hatte, und nun strömte Licht und Luft herein und durchflutete belebend Herz und Seele.

Ich dachte an meine erste Reise zur Beisetzung des Großvaters. Sieben Jahre mochten seither vergangen sein; Welten und Ewigkeiten lagen zwischen damals und heute. Wie sehr hatte ich immer den Wunsch gehegt, mit den Karawanen ziehen zu dürfen! Und heute, wo ich schon fast jede Hoffnung hatte fallen lassen, heute erfüllte sich dieser Traum meiner Kindheit. Aber heute war es wie ein Ausweg, wie die Rettung aus dunkler Bedrängnis; wie der Weg in ein neues Leben.

Nun war es endlich so weit. Die Tränen der Mutter am letzten Abend . . . Sie hatte mich in ihr Zimmer gerufen: An der eingerahmten Photografie meines verstorbenen Vaters hing eine Taspi aus Bernstein-Perlen, verziert mit einer dunkelblauen Seidenquaste. Diese Gebetsschnur gab sie mir mit auf den Weg. Der Vater hatte sie stets bei sich getragen.

„Allah schütze dich, mein Liebling. Und vergiß nicht, daß deine liebende Mutter zuhause um dich bangt!"

Sie umarmte und küßte mich zärtlich. Danach war Torealai gekommen. Wie lange hatten wir uns nicht mehr gesehen? Er überreichte mir wortlos einen Dolch, dessen Griff mit feinem Silber verziert war. 'Der Segen Allahs begleite dich auf all deinen Wegen', war kunstvoll in die Klinge graviert. Torealai wich die ganze Nacht nicht von meiner Seite. Seit meiner Genesung war es das erste Mal, daß wir wieder zusammen waren. Wir sprachen nichts, denn unsere Liebe und Freundschaft war größer als Worte. Ich war überglücklich. So hatte Torealai mich also nicht verstoßen nach dem Ereignis an jenem Wintertag. Wir sahen uns an. Sein Lächeln sagte:

„Es war doch alles gar nicht so schlimm, mein lieber, lieber Freund. Denkst du denn, es gäbe irgendetwas, das sich zwischen uns stellen könnte?"

In der Sorge, ich könnte sonst verschlafen, und die Karawane würde ohne mich aufbrechen, hatte ich die ganze Nacht kein Auge zugetan. Torealai hatte mit mir gewacht. Noch heute spüre ich die Empfindungen, die mich durchrieselten, als ich schauernd vor Kälte und Aufregung dem Waziri*-Wallach die Sporen gab, den der Oheim mir für diese Reise zugedacht hatte. Meine Aufgabe war es, die Wasserschläuche aus Ziegenhaut immer wieder zu überprüfen, die seitlich an den Tragestellen mehrerer Kamele befestigt waren. Denn sollte sich ein Verschluß lösen, und diese kostbare, lebensspendende Energie verloren gehen, so könnte dies auf weiten Wüstenstrecken schlimme Folgen haben.

Noch vor Anbruch des Tages waren wir aufgebrochen, als es taufrisch und kühl war. Ich blickte zurück. Mit jedem Schritt entfernten wir uns vom Torbogen der Karawanserai. Die meisten Häuser lagen noch verschlafen da. Hier und da brannte bereits ein Feuer, hockte eine vermummte Gestalt. Ich richtete mich im Sattel auf, sog tief die frische Morgenluft in die Lungen und stieß sie aufatmend wieder aus. Mit jedem Schritt entfernten wir uns von meiner Vergangenheit, betraten wir neues Leben. Es war, als fiele mit jedem Schritt ein Stück dieser Vergangenheit von mir ab, ein Stück dieser Vergangenheit, die mich so dunkel bedrückte.

Angestrengt bohrte ich meinen Blick nach vorne ins Dämmer des anbrechenden Morgens und fühlte den Wind an meinen Wangen. Behäbig wogten die vollgepackten Rücken der Kamele. Leise wehten die losen Turbanenden der Reiter. Allen voran ritt die stolze Gestalt des Oheim. Immer mehr lösten sich die Umrisse aus dem Zwielicht. Was mochte der Tag bringen, der erste Tag meines Weges in die Freiheit, der erste Tag meines neuen Lebens?

* Waziri = eine besonders ausdauernde und leistungsstarke Pferderasse; Kreuzung zwischen arabischen und afghanischen Pferden. Ihr auffälliges Merkmal sind nach innen gebogene Ohrspitzen.

Als wir die Karawanserai schon ein gutes Stück hinter uns gelassen hatten, begann uns alsbald die aufgehende Sonne den Rücken zu wärmen. Stunden waren wir nun schon unterwegs. Meine Knochen schmerzten vom ungewohnt langen Reiten, und mein Allerwertester spürte jeden Schritt, den das Pferd machte. Die Reise begann mich anzustrengen, kaum daß sie begonnen hatte. Der Rausch der morgendlichen Euphorie war verraucht. Ich gähnte. Fast wollte ich Torealai beneiden, der zu Hause geblieben war. Was mochte er wohl tun? Bestimmt war sein Tag nicht so anstrengend.

Das war also die Freiheit? Ich ertappte mich bei diesem Gedanken und verscheuchte ihn. Sei ein Mann, Nisam, ermahnte ich mich selbst und sah mich verstohlen nach den anderen um. Abwesend wirkten die verschlossenen Gesichter der Männer. Jedenfalls ließ sich kein Zeichen von Erschöpfung von ihren Mienen ablesen. Am liebsten hätte ich meinem Pferd die Sporen gegeben und wäre ausgebrochen aus diesem langweiligen Trott, wäre mit einem Aufschrei der Karawane vorangaloppiert, vornübergebeugt, hätte aus meinem Pferd herausgeholt, was nur immer ging. Doch ich wußte, der Tag war lang, und die Reise kein Spiel. Was half es, wenn Pferd und Reiter zu früh ihre Kräfte erschöpften? So trottete ich weiter und weiter — in den Tag hinein, ritt ab und zu die Länge der Karawane ab und überprüfte die Wasserschläuche. Der Oheim blickte sich um und sah mich undurchdringlich an. Spielte nicht in den Fältchen um seine Augen ein verschmitztes Lächeln, als wüßte er um meine Empfindungen? Sollte ich lachen oder mich ärgern?

Mittlerweile war das Tagesgestirn zum Zenith aufgestiegen und brannte fast senkrecht erbarmungslos auf uns herab. Außerdem machte sich nun auch die schlaflose Nacht bemerkbar, und es fiel mir nicht leicht, mich wachzuhalten. Zum Schutz gegen den heißen, trockenen Wind und gegen den Staub, den er mitführte, hatte ich das lose Tuchende meines Turban über Mund und Nase gezogen. Trotzdem brannte jeder Atemzug in meiner ausgedörrten Kehle. Wie hielten die Männer das nur aus? Brannte ihr Mund denn nicht vor Durst? Ich biß die Zähne zusammen. Nein, ich würde mir keine Blöße geben, ich würde nicht um Wasser bitten, bevor wir alle rasteten.

Was waren diese Anstrengungen auch gegen die Pein der letzten Monate? Die Freiheit forderte eben ihren Preis. Nein, ich würde mir nichts anmerken lassen. Schließlich mußte ich auch beweisen, daß die Mutter doch unrecht hatte mit ihrer Befürchtung, ich sei noch zu jung — vor allem aber durch die eben erst überstandene Krankheit noch zu schwach — für die Strapazen einer so langen Reise.

Einschläfernd schlurften die Tritte der Kamele. Und die Schritte der Pferde schlugen den Takt zu der eintönigen Musik der Glöckchen am Zaumzeug der Lasttiere.

„He, Nisam, wirst du auch durchhalten, oder muß ich dich mit der nächsten Karawane, die uns begegnet, zurückschicken? Zu Hause könntest du im Schatten liegen, schlaue Bücher lesen und Griesbrei essen, ha, ha!"

Die rauhe Stimme des Oheim hatte mich hochgeschreckt. Waren mir etwa gar die Augen zugefallen? Ich zwang mich zu lächeln, schüttelte energisch den Kopf und antwortete:

„O nein, Rasula! Ich bin kein bißchen müde!"

Meine Stimme sollte möglichst kraftvoll und überzeugend klingen. Ein wissendes Lachen, in dem ein Hauch versteckter Anerkennung mitschwang, war des Oheim Antwort.

Das Sonnenlicht war jetzt so gleißend, daß ich nicht mehr geradeaus schauen konnte, ohne die Augen zu schmalen Schlitzen zusammenzukneifen. Vor der flimmernden Weite wogten die hochbepackten Kamele, deren gleichmäßiges Schreiten ein einschläferndes Geräusch verursachte. In meiner Vorstellung war ich jetzt nicht Nisam, der in der Handelskarawane seines Onkels Rasula Hakim Bey ritt. Nein, ich war Prinz Nisam, hoch zu Roß, und führte einen Heer-Troß, der siegreich und beutebeladen dem heimatlichen Palast entgegenzog. Mit Gold und Silber war das Zaumzeug der Pferde beschlagen, Samt, Seide, Brokat und Damast waren mein kostbares Gewand. In der Ferne leuchteten schon die Zinnen meines Schlosses, überragt von den Spitzen der Minarette der prächtigsten Moschee des Landes, die ich hatte erbauen lassen zur Ehre Allahs und zum Zeichen meines, Prinz Nisams, Großmut und Gottesfurcht. Dort wogten stolze Palmen im Wind, die Kühlung und frisches, süßes Wasser versprachen.

„Hey Nisam, fall mir nicht vom Pferd, bevor wir den Rastplatz erreichen!"

Die Worte des Oheims schreckten mich aus meinen Träumen. War mir doch tatsächlich das Kinn auf die Brust gesunken, eine wahrlich unwürdige Haltung für einen Prinzen! Mein Blick folgt dem ausgestreckten Arm des Oheim: zwar sind es keine Palmen, die ich dort sehe, doch wehen vor uns tatsächlich die Kronen mächtiger Bäume im heißen Wind, und dahinter ragen braune, zerklüftete Mauern aus der blühenden Ebene.

„Das Wasser dieser Oase taugt heutzutage nur noch für die Tiere. Darum muß jede Karawane, die hier einkehrt, ihren Beitrag zum Trinkwasser leisten. Du, Nisam, lieferst einen Schlauch voll Wasser ab."

Als ich mit dem leeren Wasserschlauch zum Lasttier zurückkehren will, laufe ich dem Oheim über den Weg. Der hält mich an, befühlt den Schlauch, nimmt ihn mir unwillig ab und hält ihn dicht unter meine Nase:

„Du hast nicht aufgepaßt!" sagte er und knickt die spröde Haut des Schlauches.

„Man hat dich übertölpelt, und dir unsere frische, gute Haut mit einer alten brüchigen vertauscht."

Verdutzt sehe ich ihn an.

„Nun sieh zu, daß du diesen schlechten Handel rückgängig machst!" meint er lachend und wirft mir den alten Schlauch zu, der tatsächlich schon ganz brüchig ist. Ärgerlich verschwinde ich mit der Ziegenhaut wieder im kühlen Halbdunkel des Hauses. Nach einigem Hin und Her erhalte ich unseren neuen Schlauch zurück, aber erst, nachdem ich bewiesen habe, daß ich mit Sicherheit in diesem alten, brüchigen Schlauch kein Wasser gebracht hatte: ich füllte ihn an der Tiertränke, worauf — als ich ihn hochhob — aus allen Seiten das Wasser spritzte. Lachend klatschen sich die Männer auf die Schenkel, als ich schließlich — verärgert über die Frechheit dieses Betrugs, aber dennoch triumphierend — die zurückeroberte Ziegenhaut davontrage.

Durch die Jahre brachte mich der Oheim noch oft geschickt in schwierige und unübersichtliche Situationen. Er ließ mich Fehler begehen, mich in so manche Falle tappen, ohne mich vorher zu warnen, um dann von mir eine Wiedergutmachung, eine Lösung zu verlangen. Denn er war der Meinung, man lerne mehr aus den eigenen Fehlern, als aus den Worten eines anderen. So wurde mir allmählich klar, daß es stets galt, auf der Hut zu sein, im rauhen, gefahrvollen Karawanenleben. Treue und Ehrlichkeit lernte ich schätzen als ein kostbares und seltenes Gut. Vor allem aber lehrte mich der Oheim, mich selbst und jeden Menschen immer und immer wieder zu prüfen.

Der Innenhof der armselig wirkenden Karawanserai, die unserer ersten Rast diente, grenzte an die zerklüfteten, aber dennoch gewaltig wirkenden Mauern uralter Ruinen. Als ich schließlich meine Aufgaben doch noch zur Zufriedenheit erledigt hatte, saß ich glücklich neben dem Oheim. Zum ersten Mal fühlte ich mich anerkannt unter den Männern, war einer von ihnen. Im kühlen Schatten schlürfte ich eine duftende Schale erfrischenden grünen Tee und ließ mir Maiszuckerkugeln schmecken. Welch Genuß war so eine kurze Rast, wie herrlich erweckte ein Glas Tee erneut die Lebensgeister! Im behüteten Zuhause hatte ich völlig verlernt, die einfachen Freuden des Lebens zu schätzen.

Durch die Beschäftigung mit der Geschichte unseres Landes, welche die Lehrer uns in den vergangenen Jahren nahegebracht hatten, war archäologisches Interesse in mir geweckt worden. Hatte in Balch das riesige Ruinenfeld unerschöpflichen Forschungen Raum geboten, so stellte ich nun meine Vermutungen über die Entstehungszeit der Wüstenfestung an, an deren mächtige Ruinen sich die kleine Karawanserai schmiegte. Es wunderte mich nicht, daß der Oheim auch hierüber gut Bescheid wußte. Wir verließen den Hof und traten durch einen gewaltigen Torbogen in ein Labyrinth von offenen Gängen und Räumen. Ehrfürchtig berührte ich das graue Gestein der Gemäuer, die in kühler Stille die Geheimnisse vergangener Jahrhunderte hüteten. Zielstrebig führte mich der Oheim zu einem großen, freien Platz.

„Hier befand sich einst eine prächtige Moschee. Goldene Kuppeldächer funkelten damals in der Sonne, und das Blau und Türkis der Kacheln an den Innenwänden, auf das in feingeschwungenen Linien der gesamte Koran geschrieben stand, symbolisierte die endlose Weite des Himmels. Den Boden der Moschee bedeckten kostbare Seidenteppiche aus Kaschmir. — Sieh dort!"

Durch ein Spitzbogenfenster sah ich in eine Mihrab*. Doch bei genauerer Betrachtung entdeckte ich, daß zwischen der vorderen Mauer und der dahinter liegenden Nische zwei weitere Wände lagen, deren Fensteröffnungen genauso groß waren, daß sie von der Mitte des Raumes aus gesehen wie eine einzige wirkten.

„Drei Schleier verbargen hier das ewige Licht in der Mihrab, die jeweils zur Gebetsstunde gelüftet wurden: einer aus grünem Samt, ein anderer aus silberdurchwirkter Seide und ein dritter aus goldbesticktem Brokat. Da entdeckte ich unter dem Staub des Bodens das Bruchstück einer farbigen Kachel.

. . . in diesen Gärten . . ., entzifferte ich die arabischen Schriftzeichen.

„Allah hat ihnen Gärten bereitet, von Wasserläufen durchströmt, und *in diesen Gärten* werden sie ewig bleiben. — Das ist eine große Glückseligkeit", ergänzte Rasula den Vers des Koran. Ja, der Oheim war wirklich ein Hafis**, ein Bewahrer; und er kannte den Koran nicht nur auswendig, nein, er verstand auch den tiefen und geheimen Sinn dieser Worte. Ich sah zu Rasula auf, der den Splitter in der Sonne funkeln ließ. Schließlich blickte er mich an und meinte bedeutungsvoll:

Du bist unter dem Segen ganz besonderer Sterne geboren, Nisam. Es heißt, der Splitter einer Kachel dieser Moschee gewähre seherische Träume. Nicht viele Menschen sind im Besitz eines so schönen Talismans, und du, Glücklicher, findest ihn bereits am ersten Tag deiner Reise."

Rasula reichte mir den Splitter:

* Mihrab: Gebetsnische, die nach Mekka weist.

** Hafis: wörtlich: Bewahrer; islamischer Ehrentitel für jemanden, der den Koran auswendig kennt.

„Hier, hüte ihn gut, denn er birgt ein Geheimnis deines Lebens. Trage ihn während der nächsten Vollmondnacht an deiner Schläfe und achte auf deine Träume.

„Hast auch du so einen Splitter?" fragte ich und sah mich suchend um, denn da ich diesen mühelos gefunden hatte, dachte ich, es sollte doch gar nicht so schwer sein, noch mehr solche Bruchstücke zu entdecken, vor allem, wenn man einen geübten Blick für archäologisch interessante Kleinigkeiten hatte wie ich.

„Nein, obwohl ich schon den ganzen Platz durchsuchte", lachte der Oheim, der mich belustigt beobachtete, „und auch du wirst wohl nicht so schnell einen zweiten finden. Man sagt, ein Dschinn* hüte den Schatz dieser wundertätigen Kacheln, und er läßt sie nur denjenigen finden, den ihm der Prophet selber — Preis und Ehre sei seinem Namen — bezeichnet. Und bedenke, mein Sohn: der Bringer des Heiligen Buches hat eine geheime Botschaft in jedes seiner Worte gelegt. .... *in diesen Gärten* ...., Worte ...., doch wo liegt ihr verborgener Sinn?"

Die sieben vergangenen Jahre, in denen ich mich so eingehend damit beschäftigt hatte, mir Wissen aus Büchern anzueignen, hatten mich einer rationalistischen Weltschau nahegebracht, und so suchte ich hinter allem auch einen natürlichen und logischen Grund, wenngleich ich an die magische Wirkung meines Talisman glaubte. Der Archäologe in mir aber drängte, weiterzuforschen:

„Was war der Grund für den Verfall dieser prächtigen Bauwerke?" wollte ich wissen, als wir wieder auf die Karawanserai zuschritten.

„Der Grund? Unser Land ist voller Ruinen. Gründe dafür? Vielleicht weiß dein Splitter die Antwort. Achte auf deine Träume! Doch jetzt sei wach, denn wir müssen weiterziehen."

Unter den Rufen der Männer nahm unsere Karawane ihre Marschformation wieder an, und auf das Zeichen von Rasula Hakim Bey zogen wir hinaus in die glühende Weite.

* Dschinn; Dschinnen: die Geister. Der Koran, der ihnen eine ganze Sure widmet (Sura Al-Dschinn), verpflichtet die Gläubigen zum Glauben an sie. Manche interpretieren sie auch als psychische Kräfte.

Bei den vielfältigen Eindrücken und den ungewohnten Anstrengungen der Reise waren für mich die Tage bis zum nächsten Vollmond wie im Fluge vergangen. An das rauhe Lagerleben hatte ich mich bereits gewöhnt. Wenn auch Rücken und Beine noch vom ungewohnt langen Reiten schmerzten, so ließ ich mir doch nichts anmerken. Wir hatten Andkhoi erreicht, mit seinem reichen und weitläufigen Teppichmarkt. Zusammen mit Rasula durchforschte ich diesen Basar und beobachtete den Oheim beim Abschluß der Geschäfte. Er kaufte hier viele herrliche Teppiche, und ich lernte dabei, Farbe und Muster einzuordnen und die Qualität von Material und Bearbeitung zu beurteilen.

In dieser Vollmondnacht legte ich mich zur Ruhe, ohne meinen Turban abzulegen. Kühl pochte der Splitter an meiner Schläfe. Länger als sonst hatte heute abend der Blick des Oheims auf mir geruht. Seit jenem Erlebnis mit Arifa hatte ich es stets ängstlich vermieden, irgendjemandem lange und intensiv in die Augen zu sehen. Nun, beim Einschlafen, dachte ich an den tiefen Blick des Oheim. Die Männer waren verstummt, als ich Rasula Hakim Bey gegenüber saß, und unsere Augen sich ineinander versenkten. Was hatte ich dabei wahrgenommen, so seltsam empfunden? Jedenfalls war es, als erwachte ich aus einem Traum, als der Oheim schließlich die Augen senkte. Ich rieb mir das Gesicht; das Schweigen der Männer brachte mich in Verlegenheit. Doch dann brach die rauhe, vertraute Stimme des Oheims die Stille und stellte so wieder eine angenehme Verbindung zur Wirklichkeit her:

„Ja, mein lieber Nisam, allmählich wirst du ein Mann", sagte er und bot mir die Wasserpfeife an. Ich hatte nie zuvor geraucht, und als ich nun einen tiefen Zug aus der Nagila versuchte, fing ich sogleich fürchterlich an zu husten. Das nun brach endgültig den Bann. Die Männer begannen schallend zu lachen, klopften mir wohlwollend auf den Rücken und nahmen ihre Unterhaltungen wieder auf. Beim nächsten Zug war ich etwas vorsichtiger, und schließlich gelang es mir auch, den würzigen Rauch tief in meine Lungen zu saugen. Ich war stolz darauf und fühlte mich endlich als Mann unter Männern. Doch bald schon machten sich die Anstrengungen der letzten Tage bemerkbar. Das ungewohnte Rauchen tat das Seine dazu, und so verabschiedete ich mich und ließ mich müde auf mein Lager fallen. Während noch gedämpft die Stimmen der Männer an mein Ohr drangen, ließ mich die Erschöpfung bald ins Reich der Träume sinken.

„Ist gut, Nisam, ja ... ruhig ... ich bin ja bei dir", suchte mich die Stimme des Oheim zu beruhigen. Verstört blickte ich um mich. Was war geschehen? Wo mochte ich mich befinden? Vor mir sehe ich die ruhigen, tiefen Augen meines Onkels, dessen markante Gesichtszüge im schwachen Schein einer Öllampe weich und golden vor der Dunkelheit des Raumes stehen.

Es dauerte eine Weile, bis ich mich vollständig zurechtfand. Noch ging mein Atem schnell und stoßweise, noch wurde ich von Schluchzen geschüttelt. Rasula nahm mir zärtlich den Turban ab und wischte mir die Schweißperlen von der Stirn. Dankbar sah ich zu dem Gesicht des Mannes auf, der in meinem Leben die Rolle des Vaters übernommen hatte, seit dieser nicht mehr heimgekehrt war.

Ich liebte den Oheim sehr und fühlte mich geborgen bei diesem starken Mann, der nicht mit seiner Stärke prahlte, ja, der mild und gütig sein konnte wie eine Mutter, gleichzeitig jedoch eine Kraft ausstrahlte, die alle fürchteten, die nicht seine Freunde waren. Wie verachtete ich doch das hündische Gebaren, das Menschen an den Tag legten, die sich um des Oheim Gunst bemühten, billiger Vorteile willen, es jedoch nicht ehrlich meinten. Ja, dem kraftvollen Blick Rasula Hakim Beys konnte niemand widerstehen.

Allmählich kam ich zu mir. Ruhe und Kraft strahlten mir aus den Augensternen des Oheims entgegen und durchdrangen mein gesamtes Wesen.

„Komm, Nisam, wir wollen es uns gemütlich machen und uns unterhalten! Morgen kannst du so lange schlafen wie du willst. Wir werden hier in Andkhoi ein paar Tage bleiben."

Dankbar nickte ich und stand auf. Oft schien es mir als gäbe Rasula Hakim Bey direkte Antworten auf meine Gedanken, als könne er buchstäblich meine Wünsche von den Augen ablesen. Denn soeben hatte ich den Oheim in Gedanken gebeten:

'Laß mich jetzt nicht allein. Ich fürchte mich davor, wieder einzuschlafen!'

Und ich brauchte auf seine feinfühlige Antwort nicht zu warten. Auf leisen Sohlen verließen wir den Raum, der erfüllt war von den ruhigen Atemzügen der anderen Schläfer und gingen hinüber zum Teehaus, wo wir den schnarchenden Chaiwala* weckten. Lahori, so hieß dieser alte zaundürre Kauz, knurrte erst unwillig, doch als ihm Rasula eine Geldnote zusteckte, überschlug er sich schier vor Zuvorkommenheit.

„Stets zu Euren Diensten, meine hochverehrten Herren, Tag und Nacht zu Diensten", beteuerte er mit tiefen Verbeugungen, während er Licht machte, seine Decken einrollte und uns Sitzkissen zurechtrückte. Dabei blinzelte er mir kumpelhaft zu, erhielt jedoch als Erwiderung nur einen verächtlichen Blick. Als er mit viel Geklapper den Samowar heizte, machten wir es uns bequem.

„Nun erzähle mir deine Träume, mein Sohn", sagte der Bey und reichte mir den Kachelsplitter aus der verfallenen Moschee, den er an sich genommen hatte, als ich aus dem Schlaf hochgeschreckt war.

Ich achtete darauf, daß meine Hände nicht zitterten, als ich meinen Talisman wieder an mich nahm, denn noch kochte in mir die Erregung, in die mich die Traumbilder versetzt hatten. Bilder von seltener Deutlichkeit begannen nun, meine Vorstellungskraft zu wecken, und während ich meinem Oheim diesen Traum schilderte, erlebte ich ihn gleichsam bewußt noch einmal:

„Zuerst fand ich mich in einem herrlichen Garten, wo ich von Baum zu Strauch, von Busch zu Beet, von Blume zu Kraut schritt. Alles schien meiner Pflege zu warten, jede einzelne Pflanze begrüßte mich wie einen Freund und Bekannten. Es war der Garten des Sultan von Bagdad. Die Zinnen und Kuppeln seines Palastes schimmerten durch die grüne Pracht. Hier fühlte

* Chaiwala = Teehaus-Wirt

ich mich wie im Paradies, hier im kühlen Schatten der Palmen, mitten unter all den kostbar duftenden Gewächsen. Kleine Wasserläufe plätscherten, speisten Springbrunnen und Wasserspiele, in deren alabasternen Becken sich bunte Fische tummelten. Alle Bäche mündeten schließlich in einen stillen, lotosbewachsenen Teich in der Mitte des Gartens. Marmorne Treppen führten ins Wasser, und über eine geschwungene Brücke erreichte man einen zierlichen Kuppelbau, getragen von zwölf Säulen. Dieser luftige Pavillon war bevölkert von Paradiesvögeln, Papageien, gurrenden Brillanttauben und anderen edlen, buntgefiedert schillernden Vogelarten. Die Luft war erfüllt von ihrem Gesang und vom Zirpen der Zikaden.

Hier fühlte ich mich nie allein, selbst wenn kein Mensch bei mir war, denn zu jeder Pflanze empfand ich eine harmonische Verbundenheit und Freundschaft. Durch ihre Farben und Formen sprachen sie gleichsam zu mir, und ich verstand ihre Sprache. So teilten sie mir ihre Bedürfnisse und Wünsche mit, die ich zu erfüllen bemüht war. Sie liebkosten und entzückten mich, fein und leise, und schenkten mir edelste Blüten und Früchte. Doch von ihnen allen liebte ich am meisten einen Strauch, der allerfeinste weiße Rosen hervorbrachte."

Lahori hatte inzwischen Tee serviert, der einen fein-würzigen Duft nach Cardamon verbreitete. Mit offenem Mund war er unserem Gespräch gefolgt und kratzte nachdenklich seinen spärlich behaarten Schädel, als fiele es ihm schwer, der Schilderung dieses märchenhaften Traumes zu folgen. Er schreckte auf, als wir am Tee nippten und dienerte beflissen:

„Oh, hochverehrter Bey, habt ihr noch Wünsche? Nein? Und Ihr, junger Herr?"

Rasula winkte ab und bedeutete ihm, sich wieder zu setzen und ruhig zu sein.

„Diese weiße Rose ...", murmelte ich aufblickend und versank träumerisch in den Augen meines Gegenüber, in denen sich sogleich dieser zauberhafte Strauch spiegelte. In Wirklichkeit war er eine unendlich feine Wesenheit, die sich zu ihrem Schutz mit Dornen umgeben hatte, um rauh zu erscheinen — wenn man seine Oberfläche sah. Doch, so wie ich sie wahrnahm, glich sie einem lieblichen Engelwesen. Selbst die spitzen Dornen wirkten in ihrer kunstvoll-harmonischen Anordnung wie schimmernde Diamantsplitter, die das Licht in seine Farben zerlegten, wenn sie den funkelnden Morgentau auffingen. Knospe um Knospe ließ sie sorgsam reifen und nahm dazu meinen ergebenen Liebesdienst hin. So lockerte ich vorsichtig das Erdreich, häufte den Humus, brachte frisches Wasser und entfernte trockene Zweige.

Der lebendige Geist des Rosenstrauchs jedoch verwandelte die Energien von Sonne, Wasser, Luft und Erde in unermüdlicher Arbeit, ließ langsam die Knospe schwellen und entfaltete schließlich, Blatt für Blatt, eine weiße Rose von unendlich lieblicher Zartheit, die er mir, Nisam, dem Gärtner, darbot. Ihre Farbe war von einer so strahlenden Reinheit, daß sie aus weißem Licht geformt schien, fast ohne Substanz! Dieses Licht strahlte von ihr aus und durchdrang strahlend mein ganzes Wesen. — Versonnen, fast traurig senkte ich den Kopf und sprach wie zu mir selbst:

„Aber solche Rosen gibt es nur im Traum."

„Nur im Traum", echote da mein Oheim etwas unwirsch, „los, erzähl jetzt, was geschah?"

Da fiel mir auf, daß ich die ganze Zeit geschwiegen hatte, während gleichsam das Wesen dieser weißen Rose wieder vor meinen Augen erstanden war. Hatte auch Rasula es wahrgenommen?

Ich rieb mir die Augen und sammelte meine Gedanken. Der Chaiwala schenkte Tee nach und hing dann wie gebannt an meinen Lippen, als ich endlich fortfuhr:

„Ja, diese leuchtende, weiße Rose ..... Während ich sie noch betrachtete, kam der Sultan selbst in den Garten. Ein stattlicher Herr von edler Gestalt, doch bei dem Licht der Rose wirkte er selbst nur wie ein Schatten. Verzückt betrachtete er diese Pracht.

'Ihr seid wahrlich ein Meister Eures Fachs, mein lieber Gärtner. Denn unter all den Schätzen meines Palastes findet sich nichts, was der strahlenden Reinheit Eurer Rose gleichkommt.'

'Verschwendet kein Lob an Euren unwürdigen Diener, edler Herr. Was bin ich anderes als nur ein Wächter hier in Eurem bezaubernden Garten. Die Rose selbst ists, die sich kleidete in dies herrliche Gewand, und Allah schenkt den Stoff, aus dem sie's wob.'

'Doch prächtig gedeiht, was in deine Obhut ich gab. Im ganzen Lande ist kein Garten, der diesem hier gleicht. Drum, lieber Freund, höre, welchen Auftrags ich dich heute für würdig erachte: sieben Derwische sind in unsere Stadt gekommen. Von weit her reisten sie: heilige, ehrwürdige Männer aus dem leuchtenden Reiche Ghiyan. Heute noch, wenn der Tag sich neigt, werden sie unserem Palast die Ehre ihres Besuches zukommen lassen. Ich kenne ihre Botschaft nicht, noch weiß ich ihr Begehr, doch möchte ich gebührend sie willkommen heißen. Da es im ganzen Reich nichts schöneres gibt als diese Rosen, so eile du ihnen entgegen, sobald die Schwelle meines Hauses sie betreten und biete ihnen sieben Blüten dar zum Zeichen meiner tiefen Verehrung für die Männer der Geistigkeit. Sodann mag der Hofstaat sie empfangen und weitere Kostbarkeiten zu ihren Füßen ausbreiten. Glücklich, wer ihre Gunst gewinnt!'

So machte ich mich denn alsbald auf den Weg zum Palast. Alle Handwerker und Künstler, die der Hof beschäftigte, waren erschienen, die hohen Gäste mit einem Zeichen ihres Könnens zu begrüßen. So brachte jeder ein kostbares Geschenk. Allen voran trug ich auf einem Kissen von grünem Samt die sieben Rosen, die ein zauberhaftes Licht verbreiteten und den gesamten Sultanshof in ihren zarten Duft hüllten.

Nach mir kam der Töpfer, um den hochgeehrten Gästen — Männern des Wissens um die mystischen Geheimnisse — eine kostbare Vase zu überreichen: auf golddurchwirktem, türkisfarbenem Grund formten die schwarzen Schriftzeichen geheimnisvoller Worte in ihrer Anordnung Muster und Bilder.

Da erschienen die Derwische und betraten in einfacher Kleidung, ganz ohne Zierrat und Geschmeide den Palast. Der Sultan, der Beherrscher der Gläubigen, in seiner Macht und seinem Prunk, nahte voll Ehrfurcht und küßte die Hände der Sieben. In ihrer Schlichtheit lag eine leuchtende Majestät, die den Glanz des gesamten Sultanhofes in den Schatten stellte, denn sie strahlten eine Weisheit, Schönheit und Würde aus, vor der wir alle unwillkürlich niederfielen. An diesem Abend bestieg der mächtige Sultan nicht den juwelenbesetzten Thron, denn heute waren die Boten einer weit größeren Macht erschienen; einer Macht, vor der Palast und Thron nur wie ein Spielzeug wirkten, Gold und Juwelen nicht mehr waren als buntes Glas, Murmeln mit denen Kinder sich die Zeit vertrieben.

Die Weisen waren in die Mitte des Saales getreten, und ihr Schweigen sagte mehr als tausend Reden. Schließlich formten sie die Worte:

'La ilaha illa Alla hu'.

Nicht von ihren Lippen schien dieses Gebet zu kommen, sondern vom tiefen Grund ihrer Herzen her klang es und durchdrang den ganzen Raum; weitete ihn gleichsam aus, und es war, als beginne die Sichel des neuen Mondes über dem Sultanspalast, die Sterne des weiten Weltraums, die Bäume des Gartens, die Vögel in ihren Zweigen und ...... und unsere Herzen im Rhythmus dieser Worte zu schwingen.

'Hhu...', hauchte es verhallend, wie fernes Donnergrollen, um wieder neu zu erklingen.

'La ilaha illa Alla hu — Es gibt keinen Gott, außer Gott, dem Allgegenwärtigen!'

Da erhoben die Sieben Blick und Hände, drehten sich um die eigene Achse, bis sie sich wieder gegenüberstanden, falteten die Hände vor der Brust und verbeugten sich voreinander in Liebe und Ehrfurcht. Schließlich legten sie die schwarzen Mäntel ab, die ihre leuchtende Gestalt bisher umhüllten wie ein dunkles Grab, und begannen, sich drehend zu tanzen. Das strahlende Weiß ihrer Gewänder und das schimmernde Grün ihrer Turbane zeichneten schwingende Kreise im festlich geschmückten Saal. Sie tanzten, ein verzücktes Lächeln auf den Lippen, eine Hand erhoben, den Segen des Himmels empfangend, mit der anderen an die Erde weitergebend, was sie schöpften aus dem unendlichen Quell grenzenloser Gnade und Seligkeit.

Wie leuchteten ihre grünen Turbane! Wie leuchteten sie, als sie tanzten, wirbelnd wie Sonnenstäubchen in den Strahlen Seiner Allgegenwart. Wie leuchteten sie! Und ihr Licht verschmolz mit dem Strahlen der Schönheit der Rosen und mit dem Strahlen des Feuers der Liebe, das sie in unseren Herzen entfachten. Es war, als würden alle Atome mitgerissen in der Ekstase dieses Tanzes. Wer könnte da noch stille halten? Tanzend wirbelten auch wir in einer einzigen Woge des Glücks und vergaßen alles, was uns voneinander trennte."

Der Chaiwala war inzwischen wieder eingeschlafen und sein rasselndes, Schnarchen zersägt die Stille. Der Oheim räuspert sich lautstark, so daß der alte Lahori erschreckt hochfährt und — Entschuldigungen murmelnd — frischen Tee bereitet.

„Nun, was geschah dann?"

„Nachdem wir uns im Saale wiederfanden, trunken von Seligkeit, schritt der Sultan auf die Derwische zu. Gerührt von Dankbarkeit legte er die Hand auf sein Herz, neigte vor den Sieben sein Haupt und sprach:

'Ihr habt selige Liebe in unseren Herzen entfacht und sie mit Licht erfüllt. Gibt es einen Dienst, den ich Euch tun, einen Wunsch, den ich Euch erfüllen kann, in Eurer strahlenden Weisheit?'

'Ja, Sultan, Beherrscher des Reiches, höre unser Begehr. Wir haben einen Garten im Lande Ghiyan, der in seiner Pracht und Lieblichkeit nicht seinesgleichen findet. Doch mangelts uns an einem tüchtigen Gärtner. Ein Meister muß er sein in seinem Fach, denn nicht jedem ists gegeben, die Mondblume mit gesegneter Hand zu hegen. Doch sahen wir die sieben Rosen aus deinem Garten und erkannten sogleich in ihrer Reinheit das Walten eines Meisters Hand. Sende diesen Mann mit uns, denn wisse, auch seine wahre Heimat liegt im Lande Ghiyan!'"

Ich schwieg, bis ein neues Bild aus meinem Traum vor mir erstand:

„Plötzlich befand ich mich aber in einer kühlen, türkisblauen Moschee. An der Mihrab hinter den drei Fensterbögen erkannte ich jene Moschee, in deren Ruinen wir den Splitter fanden. Die sieben Derwische umringten mich und sprachen:

'Erinnere dich an das Geheimnis der Mondblume und schenke es der Welt!'

Das Leuchten ihrer weißen Gewänder und das Strahlen der grünen Turbane durchdrang den Raum. Alles schien sich in diesem Licht aufzulösen, in dessen Mittelpunkt eine weiße Rose erblühte.

Doch plötzlich brach eine Dunkelheit über mich herein, durchzuckt von fahlen Blitzen. Donnerrollen und verzweifelte Schreie trug der Wind an mein Ohr; ein Wind, der den Geruch von Blut und Feuer mit sich führte. Zuckende Blitze beleuchteten Ruinenmauern .... die Ruinen jener Moschee. Krachen, Tosen und Pfeifen ... ein fürchterlicher Schlag warf mich zu Boden. Meine Hand umklammerte den Kachelsplitter. Von meinen Fingern tropft Blut. Rauch und Staub erfüllen die Luft, während die Mauern der Ruinen in sich zusammenstürzen. Vor Angst und Verzweiflung beginne ich zu weinen und zu schreien, bis, ja bis dann plötzlich dein Gesicht aus der Dunkelheit vor mir auftauchte und ich langsam erwachte."

Still saßen wir da. In unser Schweigen mischen sich die Geräusche der erwachenden Karawanserai: Hahnenschreie verkünden den anbrechenden Morgen. Irgendwo beginnt ein Dieselmotor zu tuckern. Kamele werden in den Hof geführt und beladen. Mit einer seltsamen Empfindung von Unwirklichkeit nehme ich meine Umgebung wahr.

„Bist du jetzt müde, Nisam, oder wollen wir einen kleinen Morgenspaziergang unternehmen?"

Ich verspüre nicht die geringste Müdigkeit, und so gehe ich mit Onkel Rasula hinaus. Fröstelnd ziehe ich den warmen, wollenen Schal um meine Schultern, als wir die Karawanserai verlassen. Noch ist es dunkel. Hier und da hocken Gestalten, in Decken gehüllt, vor einem Feuer oder bereiten den frühen Aufbruch der Karawanen vor. Andere melken Ziegen oder setzen einen Topf aufs Feuer. Ein bewaffneter Reiter bringt sein Pferd im Hof zum Stehen und verschwindet im Gebäude.

Durch das große Tor verlassen wir die Umfriedung der Karawanserai. Ich ergreife die kräftige Hand des Oheim, der mich festen Schrittes in das Dunkel hinausführt. Wir verlassen die Siedlung und erklimmen einen nahen Hügel.

„Kannst du mir meinen Traum erklären? Was bedeuten die weißen Rosen? Was ist das Geheimnis der Mondblume?", frage ich versonnen den Oheim.

Wir setzen uns auf einen Stein und erwarten den Aufgang der Sonne.

„Die Sonne schenkt der Erde Wärme und Licht, doch unser Land hat sie ausgedörrt und verbrannt, so daß hier mehr Dornen als Rosen wachsen .... Ein Geheimnis, mein Sohn, kann man nicht erklären. Es offenbart sich nur dem, der sein Herz öffnet. Ja im Herzen liegt der Schlüssel zu allen Geheimnissen der Welt. Denk an die vielen Sterne! Ein jeder birgt sein Geheimnis; und sogar die Antwort auf das Geheimnis eines jeden Sternes kannst du im eigenen Herzen finden. Doch Worte können Geheimnisse nicht preisgeben...

Was hättest du davon, wenn ich sagte, das Geheimnis der Rose heißt Liebe? Sieh, noch ist es dunkel. Jemand aber, der nur die Nacht kennt und nie das Licht des Tages sah, wird es nicht begreifen, wenn du ihm sagst, das Geheimnis der Sonne sei Licht und Wärme. Doch wenn er erlebt, wie die Sonne in ihrer Pracht emporsteigt, bedarf er schließlich keiner Worte, denn das Geheimnis der Sonne wird ihn ganz durchdringen. Bewahre das Geheimnis deines Traumes in deinem Herzen, so wird dort auch die Antwort reifen."

Ich nicke nachdenklich. Grauviolett färbt sich der östliche Horizont. Ein rasches Farbenspiel wechselt von hellem Türkis in leuchtendes Gold und glänzendes Weiß, als die ersten Sonnenstrahlen den neuen Tag wekken, und das Schwarz des Nachthimmels einem tiefen Blau weicht. Tautropfen funkeln wie Diamanten, und die Morgennebel im Tal steigen auf.

„Bete zu Allah, daß er dein Herz stark macht. Bete um Erkenntnis der Geheimnisse, um Lösung der Rätsel, die das Leben dir stellt. Bete um die Macht, der Welt das Geheimnis der Mondblume zu schenken."

Aufrecht und mit ausgebreiteten Armen steht Rasula da. Ich tue es ihm gleich und spüre mild und stark die Kraft der morgendlichen Sonne an meiner Stirn, an den geschlossenen Augenlidern, an den Handflächen; spüre ihre Strahlen meine Kleider durchdringen und mein ganzes Wesen erfüllen; spüre ihr Licht in meiner Brust, in der es atmet, in der ein Herz den Rhythmus des Lebens schlägt; ich trinke diese Kraft, trinke den Segen Allahs.

„Onkel Rasula", meine ich schließlich, als ich die Arme sinken lasse, „wir haben die vorgeschriebenen Reinigungen vergessen und auch das Gebetsritual nicht richtig ausgeführt."

„Weißt du, Nisam, in Wirklichkeit betet man mit dem Herzen. Die äußere Form ist dann nicht wichtig, denn die tiefsten Gebete sind weit jenseits von Wort und Ritual. Aber dieses Geheimnis kennen nur wenige, und für viele, die gar nicht ahnen, daß sie ein Herz zum Beten haben, ist es besser, sich immerhin dem Ritual zu verpflichten. Darum wäre es sinnlos, solche Geheimnisse zu verraten."

Ich taste nach dem Kachelsplitter in der Tasche meines Kamis.

„Deine Worte, Rasula, wecken eine sehnsuchtsvolle Ahnung in mir, doch sehe ich nichts klar, und die Bedeutung meines Traums ist mir verborgen wie hinter undurchdringlichen Schleiern. Wer waren die sieben Weisen? Wo liegt ihre Heimat? Auch Sayed Gilani von Bagdad sprach oft von jenem geheimnisvollen Lande Ghiyan."

„Die sieben Weisen waren Derwische, Gottestrunkene, erfüllt von Liebe und Weisheit. Doch anstatt sie zu ehren und ihren Segen freudig zu empfangen, hat heute die Welt ihr Herz vor ihrem Licht verschlossen. Die Mullahs, welche Männer des Glaubens sein sollten, fürchten sich vor ihrer geheimen Macht, fürchten um ihren eigenen Rang und suchen deshalb, die

Derwische zu verfolgen. Mit Worten des heiligen Buches schmieden die Mullahs in den Moscheen böse Schwerter gegen die wahrhaft Wissenden. Darum leben Derwische oft unerkannt im Volk. Als einfache Handwerker, als Händler oder Schreiber verbergen sie ihr wahres Wesen vor der Welt und zeigen sich nur dem, der voller Sehnsucht nach wahrem Wissen dürstet. Andere wiederum wandern als arme Pilger durchs Land. Mal sind sie hier, mal dort. Bescheiden ziehen sie auf staubigen Pfaden, doch manchmal sammeln sie das Volk um sich, um Geschichten zu erzählen; Geschichten, die die Menschen tief in ihrem Innersten berühren und manchen wachrütteln aus träger Gleichgültigkeit. Ja, manchmal zeigen sie auch durch ein Wunder einen Funken ihrer Macht und ihres Glanzes, den sie sonst unter ihrer Unscheinbarkeit verbergen.

Bevor die Mullahs aber merken, was geschehen ist, während die Priester noch dabei sind, das Geld der Gläubigen in ihren Truhen zu zählen und neue Pläne zu schmieden, um Macht und Reichtum zu mehren, bevor sie zornentbrannt, das heilige Buch in Händen, die frechen 'Volksverführer' entlarven wollen, sind diese auch schon weitergezogen, mit einer fremden Karawane, verschwunden in der Weite unseres Landes. Oft ziehen sie sich auch zurück in weltabgelegene Einsiedeleien hoch oben in den Bergen, wo sie hehre Gedanken reifen lassen zum Wohle der ganzen Welt und still ihre Liebe ausstrahlen über die Menschheit. — Doch nicht jeder Bettler ist ein Derwisch, vor allem nicht jene, die damit prahlen."

„Mit Sicherheit ist Gilani ein Derwisch. Kennst du seine Bleibe? Weißt du, welche Wege er zieht?"

„Ich werde dich schon bald zu ihm führen. Er wird sich freuen, deinen Traum zu hören."

„Bist du auch ein Derwisch, Oheim?", frage ich scheu.

„In erster Linie bin ich ein Bey, besitze Karawanseraien, habe Handelskarawanen, bin ein schlauer, erfolgreicher Händler und ein Teppichexperte."

„Und in zweiter Linie?"

„In zweiter Linie bin ich nichts als Staub zu Füßen jenes großen Geistes, der die Welt schuf."

Angerührt von einem seltsam traurigen Glücksgefühl kann ich kaum die Tränen zurückhalten. Da klopft der Oheim mir derb auf die Schulter und sagt mit seiner alten, rauhen Stimme:

„Du bist übermüdet, mein Junge, und ich muß zum Bazar. Laß uns zurückgehen zur Karawanserai. Dort legst du dich hin und ruhst dich erst einmal aus. Solltest du mich später suchen, so findest du mich auf dem Markt. Heute ist großer Markttag, und viele Beduinen bieten ihre Teppiche feil, um Werkzeug, Geschirr oder andere Gerätschaften zu erwerben. Was oft auf den ersten Blick wie ein abgewetzter Lumpen wirken mag, kann später in Herat oder Kabul als 'antik' verkauft, enorme Gewinne bringen, denn fürs Ausland können die Teppiche gar nicht alt genug sein."

Verwundert versuche ich, diese Binsenweisheiten des Teppichhandels zu begreifen und folge dem verschmitzt lachenden Oheim den Hang hinunter. Während ich in der Karawanserai verschwinde und bald erschöpft in einen traumlosen Schlaf falle, lenkt Rasula Hakim Bey seine Schritte zum Bazar, um seinen Geschäften nachzugehen.

Bevor wir Andkhoi verließen, um von hier südwestwärts zu ziehen, rüstete der Bey unsere Karawane aufs Sorgfältigste aus. Große Proviant- und Wasservorräte wurden verladen. Die Ernsthaftigkeit, mit der der Oheim diesen Abschnitt unserer Reise vorbereitete, ließ darauf schließen, daß uns eine schwierige und gefahrvolle Wegstrecke bevorstand.

Wir verließen die Karawanserai lange vor Sonnenaufgang. Karger und eintöniger wurde die Landschaft und der stetig wehende heiße Wind spendete keine Erfrischung. Schon bei Sonnenaufgang war die Temperatur erbarmungslos gestiegen. Kein Anzeichen von Vegetation tröstete mehr das Auge in der weiß-gelb-gleißenden Weite, die vor uns lag. Bald verlor sich die Piste, auf der wir zogen in einer gleißenden Sandwüste, verschwand kaum merklich unter immer höher sich auftürmenden Dünen. Mit traumwandlerischer Sicherheit hält der Oheim die Richtung und führt unsere Karawane zielstrebig durch diese endlose Eintönigkeit.

„Viele Religionen haben in der Wüste begonnen", sagte der Oheim unvermittelt zu mir, „denn hier scheint Gott näher zu sein, und das Leben geheimnisvoller."

Von der Höhe der Wellenkämme dieses Sandmeeres blicken wir ringsum in die Weite der stillen Wogen, eines erstarrten Ozeans. Über jeder der sanftgeschwungenen Sicheldünen, die uns zu abertausenden umgeben, schwingt im Wind eine feine Staubfahne. Bilder der Erinnerung tauchen vor mir auf: ein kleiner Junge, der an einem heißen Sommertag am Wegrand sitzt; seine Augen wandern über die gleichmäßigen Formen, die der Wind im Staub der Straße geschaffen hat: eine winzige Dünenlandschaft. Es ist das gleiche Bild, es sind dieselben Formen der uns umgebenden Landschaft. Nur waren sie damals klein wie Spielzeug, und als ich Lust hatte, sie spielend zu zerstören, waren sie im Nu ausgelöscht, nach einem wilden Staubtanz.

Gedanken über Traum und Wirklichkeit hatten damals meinen kindlichen Sinn bewegt. Jahre sind seither vergangen — wie im Traum .... Nun hat sich das Verhältnis umgekehrt: tausendfach vergrößert umgeben mich dieselben Formen; mich, einen winzigen Punkt in der Unendlichkeit. Ja, auch ich selbst war gewachsen, war größer und stärker geworden. Doch diese Formen waren nun weit größer und mächtiger als ich.

So mühen wir uns voran, müssen uns, Schritt vor Schritt setzend, ihrer Macht beugen. Das Lied des Windes begleitet die langsame Wanderung der Dünen. Als Standarten ihrer unaufhaltsamen Wanderung wehen über den Kämmen leise die durchsichtigen Staubfahnen. Kaum merklich hat der Sand die Piste unter sich begraben, um sie irgendwann einmal wieder allmählich zurückzugeben. Was könnte seiner stillen Macht widerstehen?

Eindringlich hatte uns der Oheim gemahnt, uns ja nicht von Müdigkeit übermannen zu lassen, denn wer hier erschöpft durch die Eintönigkeit der mühsamen Wanderung zurückbliebe, den Anschluß an die Karawane und den Weg verlor, fände mit Sicherheit den Tod. Sein Leib würde zur Mumie vertrocknen, bevor Sand und Sonne die Gebeine bleichten. Der Wind verlöscht in Kürze alle Spuren, und wenn die Sonne im Zenith steht und der Schatten des Wanderers tellerförmig unter seinen Füßen schwimmt, weist das Tagesgestirn für Stunden in keine erkennbare Richtung.

Lenken wir unsere Schritte in ein Wellental hinab, dann fließt der Sand unter unseren Füßen, und gleitend sinken wir auf den Grund dieses weiten, mächtigen Meeres, über uns das tiefblaue Band des Himmels, begrenzt vom Kontrast der hellen Sandwände, zwischen denen wir geduldig Fuß vor Fuß setzen. So leicht wir hinabglitten in die Tiefe, so schwer müssen wir uns jedesmal den Weg zum Kamm der nächsten Düne wieder erkämpfen: fast glaubt man, auf der Stelle zu treten, wenn der Fuß im fließenden Sand keinen Halt findet, bis man endlich Widerstand unter den Sohlen spürt, der leise knirschend das Gewicht des Körpers trägt.

Salziger Schweiß brennt auf den Lippen. Sand knirscht im trockenen Mund, durchdringt alle Falten der Gewänder .... Mensch und Tier im Kampf gegen die Natur, Seite an Seite, ein jeder Kraft schöpfend aus dem Beispiel zäher Anstrengung des anderen.

Nicht etwa, daß ich kein Vertrauen in die sichere Führung des Hakim Bey gehegt hätte, aber trotzdem atmete ich auf, als endlich die sichere Piste vor uns langsam wieder erkennbar wird und die Richtigkeit des Weges bestätigt.

„Manchmal ist diese Strecke nach Daulatabad auch ohne so große Anstrengungen passierbar; wenn nämlich die wandernden Sandmassen die Piste freigegeben haben. Doch niemand kennt Gesetz und Ratschluß ihrer Wanderung, und kein Hindernis könnte ihren Weg hemmen", erklärte der Oheim.

Noch zur Hälfte von Sand bedeckt, ragen Mauern einer Karawanserai still und verlassen aus den Dünen. Hier mußte der Mensch ihrer Macht weichen. Der Sand hatte sein Werk verschlungen, es zugedeckt mit Schweigen, bis er es nun wieder still verläßt, es fast unversehrt dem Licht der Sonne zurückschenkt.

Der Sand liegt weit hinter uns. Verloren in der kargen Landschaft: eine Siedlung aus ungebrannten Lehmziegeln. Farben spielen vom hellen Gelb, ähnlich dem der Wüstendünen, über leuchtendes Rotbraun bis zum fast schwarzen Grau der Höhenzüge, die wie eine Herde mächtiger Elefanten, Rücken an Rücken stehend, den Horizont begrenzen.

Endlos scheinende Tage der Wanderung — Rast in kühlen Nächten voller funkelnder Sterne.

Endlich erklimmen wir von Maimana aus die Ketten des Band-i-Turkistan, dessen zerklüftete Hänge vor der Stadt aufstiegen. Wohltuend für Auge und Gemüt wirkt die Vielfalt der Bergwelt nach dem eintönigen Marsch der letzten Tage.

... in diesen Gärten ... — unwillkürlich umfaßte ich meinen Talisman, als vom Gipfel eines Höhenzugs aus der Blick auf die rauschenden Quellflüsse des Murghab fiel, die sprudelnd die Frische der Berge zu Tale tragen und dort ineinander münden, wo sich inmitten einer sattgrünen Oase das Dorf Bala-Murghab in eine Halbinsel schmiegt, umspült von den beiden Flüssen.

Übermütig gab ich dem Pferd die Sporen und sprengte der Karawane voran. Aufjubelnd sprang ich in diesen strömenden Reichtum — wahrlich fließendes Wasser unter sanft im Wind wehendem Grün: eine Ahnung des Paradieses nach dem Marsch durch glühende Wüsten und der mühsamen Wanderung über steinige Gebirgspfade. Süß und frisch schmeckt das Wasser hier, verglichen zum schalen, bitteren Geschmack der Vorräte aus den Ziegenschläuchen.

Fast bedauerte ich es, als wir nach der belebenden Rast eines kurzen Abends und der Ruhe einer stillen Nacht weiterzogen. Im kühlen Schatten ausgedehnter Pistazienwälder führt uns der Weg über sanfte Hügel. Zikadenzirpen und das fröhliche Lied der Vögel in den Abend- und Morgenstunden mischen sich heiter in das Läuten der Kamelglocken und in die monotonen Geräusche der ziehenden Karawane, die mir längst Gewohnheit geworden sind.

Qala-e-Nau lehnt an den Hängen schroff aufragender Bergketten. In steilen Serpentinen windet sich von hier ein steiniger Pfad höher und höher, hinein in eine bizarre Bergwelt, durch schattige Lorbeerhaine und über sanfte Matten, wo Ziegen und Schafe reichlich Nahrung finden, wo der Mensch in mühevoller, geduldiger Arbeit dem steinigen Boden auf kleinen, dornenumrankten Feldern einen kargen Ertrag abringt, sofern Wasser, das kostbarste Gut meiner Heimat, ausreichend vorhanden ist.

Mit steigender Höhe bietet sich dem Blick eine immer weitere Sicht über die Ebene hin, wo in dunstiger Ferne die Befestigungsanlagen der Grenze hier und dort sichtbar werden. Spätnachts erst erreichen wir den Rastplatz bei der Höhe des Sabzak-Passes. Empfindlich kühl erscheint uns die taufrische Bergluft, die wir die brütende Hitze der Ebenen und die stechende Sonne der Wüste gewohnt sind. Saftiges Grün bedeckt den Boden zwischen kühlen, dunklen Felsen. Am nächsten Morgen überwinden wir die Paßhöhe. Tiefatmend spüre ich den Wind der Berge durch meine Brust ziehen, während meine Augen über die Silhouetten der umliegenden Gebirgsketten streifen — ein erhebender Augenblick.

Vor uns senkt der Weg nach Herat sich zu Tale, windet sich um steile Felsnasen bergab, dann wieder sanft bergauf, bis sie endlich vor uns in der Ferne auftaucht: Herat, die große Stadt, das Tor Afghanistans nach Persien.

Herat ... Mehr als ein Monat ist bereits vergangen, seit wir die heimatliche Karawanserai verließen. Mensch und Tier sind erschöpft, als wir sie erreichen, die größte Stadt, die ich bisher in meinem Leben sah, mit ihren ineinandergefügten Kuppeldächern und den engen Gassen zwischen mehrstöckigen Häusern. Eine Atmosphäre von Würde und Vornehmheit durchdringt selbst das bunte Getümmel der Bazare — nicht diese laute Leutseligkeit, die ich von den Märkten meiner Heimat kenne.

Streng blickende Polizisten bewachen in strammer Haltung, Gewehr bei Fuß, jede Kreuzung der gelben, staubigen Straße und grüßen reserviert, wenn sie des Oheim ansichtig werden. Selbst hier in der Fremde, viele Tagesreisen von zu Hause entfernt, ist Rasula Hakim Bey offensichtlich ein wohlbekannter und angesehener Mann.

Ein hoher Torbogen verschluckt unsere Karawane: Mann für Mann, Tier für Tier ziehen in den geräumigen Hof der weitläufigen Karawanserai — der lang ersehnten Ruhepause entgegen.
Hinter der Karawanserai ragen die gelben Gemäuer der alten Zitadelle — mächtiges Zeugnis einer großen Vergangenheit — und aus dieser Richtung dringen Geräusche, die einen großen Viehmarkt vermuten lassen.

Hey! Hoo! Unter dem Rufen der Treiber kommen die Tiere zum Stehen. Diensteifrig herbei eilende Hazarats, drahtige Burschen, die freundlich aus schwarzen, mongolischen Augen lachen, nehmen Lasten auf ihre muskulösen Rücken und folgen den knappen Anweisungen des Oheim. Mit sicheren Handgriffen arbeiten unsere Männer: Jahre des Karawanenlebens sprechen aus ihren Bewegungen beim Entladen und beim Versorgen der Tiere — urwüchsige Kraft eines naturverbundenen Lebens, in das ich mit ihnen nun hineingewachsen bin, auf dem Weg durch Berge und Wüsten. Weiß Gott, welche Pfade noch vor uns liegen!

Doch hier in Herat atmen alle auf. Ein Ziel ist erreicht und ein Ausgangspunkt für neue Wege. Seit Menschengedenken ziehen durch diese stille Metropole des Orients Karawanen aus allen Richtungen, lassen ihre Güter hier und nehmen neue Waren auf, bevor sie weiterziehen, erfrischt und gestärkt ... Und so mancher Reisende, der aus weiter Ferne gekommen war, ließ sich hier nieder, gefangen vom Zauber dieser Stadt.

„Das ist Rasula Hakim Bey", höre ich die Stimme des dicken Wirts. Er stellt dem Oheim einen blonden Hünen vor, dessen Stirn ein Tropenhut beschattet:

„Und das ist Jean Marie van Roy; ein Forscher aus dem fernen Land, das Belgien heißt. Was er braucht, ist ein wegekundiger Führer, der ihn zu seinen Türmen bringt, die er für seine Gesellschaft in Paris in unseren Bergen sucht."

Ich fasse sofort Zuneigung zu dem Fremden. Sein gewinnendes Lachen ermutigt mich, meine Fremdsprachenkenntnisse zu erproben, und so werden wir bald zu Freunden. Er erzählt von seiner Heimat, die so anders ist als Afghanistan. Doch er sagt, er liebt unser Land und er bewundert es. Die Geschichte Afghanistans sei sein Forschungsauftrag, und so sei er auf der Suche nach den Mahnmalen einstiger Größe, in die so mancher Sturm seine Spuren eingegraben hat.

So soll einst Sultan Ghiyat-ad-Din, ein mächtiger Herrscher aus dem Geschlecht der Ghoriden von einer unzugänglichen Gebirgsschlucht aus den Orient bis weit hinein nach Indien regiert haben .... Auf den Spuren der Legenden die Wahrheit erforschen! Mein Herz begann mit der Begeisterung des Forschers zu schlagen. Ja, im Oheim hatte er auch den richtigen Mann gefunden.

Rasula Hakim Bey nickte bedächtig. „Ja, ich kenne den Turm, den du suchst, Fremder. Er erinnert an den Glanz eines großen Reiches, das der grausame Dschingis Khan zerstörte, nachdem Ghiyat-ad-Din, verblendet von Reichtum und Macht, seine Gesandten hatte ermorden lassen."

Jean Marie van Roy versuchte gar nicht, seine Freude und Begeisterung zu verbergen und versprach dem Oheim eine sehr hohe Summe als Lohn für die Führung zu diesem Denkmal der Geschichte, über dessen Existenz die Welt der Wissenschaft bislang noch keinen sicheren Nachweis hatte.

„Unsere Karawane wird in die Weltgeschichte eingehen, wenn das wahr ist, und die Studenten in aller Welt werden erfahren, in welchem Jahr dein

Onkel uns zu diesem Ziel führte. Wir werden photografische Aufnahmen machen, die in allen Universitäten Beachtung finden werden, da sie einen Abschnitt der Geschichte beleuchten, der bislang in Dunkel gehüllt war."

Angesteckt von der Begeisterung meines Freundes fiebere ich dem Aufbruch entgegen, den — wie es mir fast scheinen will — der Oheim mit Absicht hinauszögert. Will er uns auf die Folter spannen? Genießt er unsere Ungeduld? Auf mein Drängen hin meint er:

„Es hat alles eine eigene Zeit. Welchen Sinn hätte es, verfrüht aufzubrechen? Jeder Stern hat seinen Weg — und seine Zeit."

Rätselhafte Worte, doch endlich gibt der Oheim das langersehnte Zeichen zum Aufbruch, und wir ziehen mit kräftigen Tieren, einer Mannschaft, die voller Vorfreude einem ungewöhnlich hohen Lohn entgegenblickt und begleitet von zwei Beamten der Regierung aus Kabul am Ufer des Hari Rud entlang ins Gebirge.

Bald tost der Fluß durch enge, dunkle Schluchten, bald weiten sich die Ufer zu fruchtbaren Tälern, eingebettet in sanfte Hänge und überragt von schneegekrönten Gipfeln.

Oft reite ich neben Jean Marie her, und er erzählt von seiner Heimat, von seiner Arbeit.

„Kennst auch du dieses Minarett, Nisam?" fragt er unvermittelt.

„Nein, Jean Marie, es ist dies meine erste Reise überhaupt. Ich war noch nie in diesem Teil des Landes."

„Weißt du, wie es ist, wenn man durch die halbe Welt gereist ist, um ein bestimmtes Minarett zu finden, das Aufschluß geben könnte über eine Epoche der Weltgeschichte? Klingt es nicht unwahrscheinlich, daß einst ein riesiges Reich von einer unzugänglichen Schlucht aus, die irgendwo hinter diesen Bergen liegt, beherrscht worden sein soll? Und doch, nach all den Forschungen, die ich angestellt habe, müßte es so sein. Firuzkoh war der Name des Ghoriden Reiches, und Firuzkoh heißt heute ein Gebirgsmassiv, das östlich vor uns liegt. Das kann kein Zufall sein. Ich war in Kabul. Niemand kannte das Minarett. Die Professoren der Universität meinten, es gäbe viele Minaretts in den Bergen, und die Mullahs, die ich befragte, antworteten mir, ich solle mich nicht versündigen, sondern lieber die Finger von den Moscheen und Minaretts lassen, denn diese seien zur Ehre Allahs errichtet und nicht zum Vergnügen der Forscher und Wissenschaftler.

So reiste ich nach Kandahar und versuchte mein Glück mit einem Erkundigungsflug. Es war nicht leicht, einen Piloten zu finden, der den Flug übers unerforschte Bergland zum Firuzkoh-Massiv wagte. Schließlich war ein Offizier bereit, mit mir über die Berge nach Herat zu fliegen. Wir entdeckten nichts, da der gute Mann es anscheinend doch mit der Angst zu tun bekam und westwärts drehte, noch bevor wir den Hari Rud erreichten.

Nun, in Herat befragte ich die Karawanenführer, ja alle Leute, die ich traf, und so geriet ich auch an euch."

„Rasula Hakim Bey kennt dieses Land wie seine Westentasche", beruhigte ich ihn. „Du kannst dich auf ihn verlassen. Und er ist nicht etwa ein simpler Kameltreiber!"

Jean Marie lachte.

„Nein, wirklich", beteuerte ich, „er ist ein gebildeter Mann wie du. Er sagt, er kennt das Minarett, das du suchst."

„Du magst recht haben, Nisam, doch selbst wenn dort bei Jam ein Minarett steht, ist es noch nicht gesagt, daß es auch wirklich aus der Epoche der Ghoriden stammt."

Ein tiefer Seufzer entrang sich seiner Brust.

Ich fühle die Anspannung, in der er lebt, die ihn Tag für Tag vorwärtstreibt. Es wäre schrecklich für ihn, sollten sich alle seine Theorien als falsch erweisen; doch einer plötzlichen Eingebung folgend, sagte ich fest und bestimmt:

„Ich bin sicher, daß uns mein Oheim zu dem Minarett führen wird, das wir suchen. Und du wirst mit all deinen Experimenten feststellen, daß deine Vermutungen richtig waren. Du wirst die Geschichtsforschung einen Schritt weiterbringen, und bald sind wir am Ziel, das du schon so lange suchtest."

„Ich danke dir, Nisam", nickt der Belgier mir lächelnd zu.

Endlich nach Tagen hält der Oheim die Karawane an. Sein ausgestreckter

Arm zeigt auf die vor uns sich öffnende Schlucht.

„Dort lag einst Firuzkoh, die Residenz des Beherrschers des großen Ghoriden Reiches."

Jean Marie hebt sein Fernglas an die Augen.

„Oh!", ruft er und gibt dem Pferd die Sporen. In gestrecktem Galopp folge ich ihm. Steine spritzen unter den Hufen unserer Tiere auf dem Weg, den lange vor uns einst schon Ghiyat-ad-Din geritten sein mochte.

Jean Marie sprang vom Pferd, als er den Fuß des Minaretts erreicht hatte, das einsam in den Himmel ragte. Er legte beide Hände an die rauhe Basis des Bauwerks und verharrte so eine Weile, wie um zu fühlen, ob es die Wirklichkeit oder nur eine Luftspiegelung sei. Gedankenverloren sank er auf die Knie, betastete den Boden, erhob sich wieder und maß mit bedächtigen Schritten den Umfang des Turmes, bevor er stehen blieb und langsam seinen Blick nach oben wandern ließ bis zur Spitze dieses Bauwerks, dessen leuchtende Farben im krassen Gegensatz zu den kahlen Felswänden standen, die uns umgaben.

Ich hatte mein Pferd in einiger Entfernung zum Stehen gebracht und ihn von hier aus beobachtet. Ich empfand die erhabene Heiligkeit, die dieser Augenblick für den Forscher bedeutete. Hoch über dem Tal des Hari Rud kreisten zwei Adler. Im Schein der späten Nachmittagssonne schimmerten die blauen Fayencen, als wären noch nicht 700 Jahre vergangen, seit Ghiyat-ad-Din die Moschee errichten ließ, zu der dieses Minarett gehörte. Ringsum keine Spur mehr von der mächtigen Ghoriden-Residenz, die einst das gesamte Tal ausgefüllt haben mochte. Wie ein Wunder mutete es uns an, daß gerade dieser Turm erhalten geblieben ist, zum Himmel weisend, aller Vergänglichkeit zum Trotz. Ehrfürchtig stieg ich vom Pferd und näherte mich Jean Marie.

Lange sah ich in seine leuchtenden blauen Augen, in denen ein unvergleichliches Glück strahlend schimmerte, das keine Worte brauchte. Um die halbe Welt war er gereist, da er ein Bauwerk zu finden hoffte, das Licht auf das Dunkel der vergangenen Jahrhunderte werfen könnte. Oft hatten ihn Zweifel befallen, ob nicht doch alle Mühen vergeblich sein würden, die er auf sich genommen hatte. Dieser Augenblick nun war vielleicht der größte seines Lebens.

Und was er gefunden hatte, waren nicht etwa graue Ruinen oder spärliche Überreste von Spuren vergangener Kultur, nein, was hier stand, fand in seiner Pracht nicht seinesgleichen: zeitloses Leben hatte einen mächtigen Ausdruck gefunden, der die Zeiten überdauerte.

Zärtlich legte Jean Marie seinen Arm um meine Schultern. Dieser Tag hat unsere Freundschaft unverbrüchlich besiegelt. Gemeinsam ließen wir unsere Blicke über die glänzende Oberfläche aus gebrannten Ziegeln gleiten, hinauf in schwindelnde Höhe. Schriftbänder verliefen durch geometrische Muster, verflochten zu einem Netzwerk, dessen Form und Inhalt einander entsprachen. War das nicht ein Wegweiser zum höchsten Ziel, das ein Mensch erreichen konnte?

„Dies ist wahrlich das schönste Bauwerk der Welt", sagte Jean Marie mit einer tiefen Überzeugung, und er mußte es wissen, denn er hatte die Welt bereist. Ich zweifelte keine Sekunde an der Wahrheit seiner Worte. Eine verborgene Kostbarkeit, hier am Ufer des Hari Rud, steht der Turm in schweigender Geduld und in stiller Weisheit da, seit Jahrhunderten dem Lied des Flusses und dem Rauschen des Bergwindes lauschend.

„Nisam, kannst du die arabische Schrift lesen? Vielleicht fällt es dir leichter, sie zu entziffern, als mir?"

Wir gingen einige Schritte zurück, und ich suchte den Anfang eines Schriftbandes.

„Es ist aus dem Koran: 'Im Namen Allahs, des Allbarmherzigen. Kaf Ha Ya Ain Sad. Das sind die mystischen Buchstaben der neunzehnten Sure 'Maryam', Maria. Ja, ich kenne diese Geschichte gut. Die Geschichte Marias und der Geburt Jesu, des heiligen Propheten Allahs."

Wieder sahen wir uns lange in die Augen.

„Hier berühren sich deine Religion und meine", brach Jean Marie schließlich das Schweigen, „Nisam, ich bin sehr glücklich, daß ich diesen Augenblick mit dir erleben durfte."

Nun erreichte der Zug unserer Expedition das Tal. Ein wissendes Lächeln lag auf den Lippen von Rasula Hakim Bey, als er Jean Marie schweigend grüßte.

Noch während das Lager aufgeschlagen wurde, begann der Belgier damit, Messungen anzustellen und Notizen in sein Tagebuch einzutragen. Ich durfte in seinem Zelt wohnen, ließ mir seine Geräte erklären und stöberte in seinen Büchern, die er in einer großen Kiste mit sich führte. Jean Marie zeigte mir, wie man mit Hilfe eines Instruments die Höhe des Turms ermitteln konnte — sechzig Meter hatte er errechnet. Sorgfältig legte er genaue Pläne vom Minarett an, zeichnete seine achteckige Basis und seine Form, die drei aufeinandergestellten, jeweils nach oben sich verjüngenden Säulen glich, maßstabgetreu auf feinem Papier. Unter seinen Büchern entdeckte ich schließlich eine Ausgabe des Korans in deutscher Sprache, die ich einst zu Hause gelernt und die ich seit Herat mit Jean Marie sprechen geübt hatte.

Ich suchte die 19. Sure, und gemeinsam lasen wir, wie das Gebet des Zacharias erhört, wie ihm Yachya, Johannes, zum Sohn geschenkt wurde und die Geschichte Marias: die Verkündigung durch den Engel Gottes, schließlich die Geburt ihres Sohnes Isa* in der Einsamkeit, am Stamm einer Palme; die wunderbaren Gaben des Kindes; und wie ein Bach zu ihren Füßen entsprang, ihren Durst, und Datteln zu ihrem Haupte reiften, ihren Hunger zu stillen.

Anderntags weckte mich der Oheim und bedeutete mir, ihm zu folgen. Wir verließen das Lager. Ich blickte zurück auf das Minarett, das im Licht der Morgensonne einen langen Schatten warf — war nicht dieses Tal eine große Sonnenuhr mit dem Minarett als gigantischem Zeiger? Während ich an der Seite des Oheim schweigend ging, war ich in Gedanken bei Ghiyat-ad-Din und seiner Residenz, stellte mir das prunkvolle Leben seines Hofstaates vor und sah vor mir nicht die Felswände, die dieses karge Tal um-

* Isa = Jesus

schlossen, sondern großartige Bauwerke und reiches Leben — bis wir Jam erreichten, die nahe Ortschaft.

Hier erweiterte sich das Tal. Ärmliche Hütten am Ufer des Flusses; eine kleine, verwahrloste Karawanserai. Hier meckert eine angebundene Ziege, dort scharren Hühner. Ein paar zerlumpte Kinder mustern uns neugierig. Fröstelnd war ich in die Wirklichkeit zurückgekehrt.
Wo sind all die Herrlichkeiten vergangener Tage geblieben? Warum leben diese Menschen in Armut, nur Minuten entfernt von einem Zeugnis größter Kunstfertigkeit aus einer hohen menschlichen Kultur, die belebt war von göttlicher Inspiration?

Scheu und mißtrauisch mustern uns die Dorfbewohner. Rasula Hakim Bey steuert geradewegs auf ein festes Steinhaus zu. Ein weißbärtiger Alter kommt uns freundlich entgegen. Nach der Begrüßung, dem üblichen Austausch von Höflichkeiten und Segenswünschen, erklärt der Oheim den Zweck unserer Expedition. Ein Kreis Neugieriger hat sich um uns gebildet. Der Alte hört interessiert zu und verspricht dem Belgier jede Unterstützung seines Hauses und seines Dorfes.

„Ich rechne es mir zur Ehre an, den Fremden in meinem Haus als Gast begrüßen zu dürfen", sagt er.

„Er ist sehr beschäftigt mit seiner Arbeit, doch vielleicht kommen wir am Abend zu dir", erwidert der Oheim.

„Du weißt, Rasula, dies ist dein Haus. Dein Glück ist unser Glück und dein Leid betrübt unsere Seele. Es ist uns eine Freude, die Arbeit des Fremden zu unterstützen", beteuert der Weißhaarige noch einmal.

„Wo weilt der Alte?" fragte der Oheim den Weißbärtigen.

„Er lebt in seiner Klause sehr zurückgezogen. Zelihan ist am frühen Morgen weggegangen. Sie bringt ihm täglich Joghurt und Milch."

Die Männer unterhielten sich noch über gemeinsame Bekannte und tauschten Erinnerungen aus, bevor wir weiter wandern.

„Allah segne deinen Weg", verabschiedet uns der Rish-Safed*, der ehr-

* Rish Safed = wörtlich 'Weißbart'; ehrwürdiger Alter, der einer Dorfgemeinschaft vorsteht.

würdige Alte mit dem weißen Bart.

„Er schenke dir ein langes Leben in Gesundheit und Kraft", antwortet Rasula Hakim Bey.

Am Ortsausgang rankte ein Rosenstrauch an einer Hauswand. Der Oheim blieb stehen, pflückte eine Blüte, strich zärtlich über ihre feinen Blätter und steckte sie an seinen Kamis. Ich tat es ihm nach, und ein eigenartiges Gefühl von Feierlichkeit überkam mich.

Wir ließen das Dorf hinter uns. Noch war der Morgen taufrisch, doch die Kraft der Sonne kündete einen klaren und heißen Tag an. Wir wanderten nun hangwärts und stiegen zwischen Feldterassen höher. Bald erreichten wir einen lichten Wald. Unter uns lag das Dorf, und etwas weiter entfernt lagerte die Expedition beim Minarett, das in der Morgensonne funkelte. Winzig klein wirkten unsere weißen Zelte und die khakifarbenen des Belgiers, zwischen denen sich die Menschen wie Ameisen bewegten.

Im Schatten des Waldes wurde der Weg steiler und wand sich in Serpentinen bergwärts, bis wir eine freie Lichtung erreichten. Von weitem schon hatten wir die Glocken von Schafen und Ziegen gehört, ihr Blöken und Meckern und die Rufe der Hirten.

Hier lagerten sie: Ziegen rupften wählerisch am Gesträuch, manche waren sogar auf Bäume geklettert, während die Schafe zufrieden grasten. Ein Hund lief uns bellend entgegen und wurde zurückgerufen. Im Schatten am Waldrand hockten zwei junge Hirten. Einer von ihnen war dabei die Wasserpfeife zu bereiten.

„Werdet nicht müde!" riefen sie uns zu.

„Bleibt gesund!" antworteten wir.

„Friede sei mit Euch."

„Ja, Friede und der Segen Allahs mit Euch!"

In meiner Heimat nimmt man sich Zeit für Worte der Freundlichkeit und für Segenswünsche.

Wir setzten uns für eine kurze Rast zu ihnen. Ganz gegen seine Gewohnheit nahm der Oheim, der sonst nur selten, und auch dann nur abends rauchte, einen tiefen Zug aus der dargebotenen Wasserpfeife und reichte auch mir den Schlauch mit einer aufmunternden Geste. Ganz benommen vom ungewohnten Rauchen ließ ich mich zurücksinken und lehnte meinen Rücken an einen Baum. Den ganzen Weg hierher hatten wir recht schweigsam zurückgelegt. Wohin würde der Oheim mich führen, was wollte er mir zeigen? Ich fragte nicht. Ich wußte, Rasula Hakim Bey schätzte Geduld und schweigendes Vertrauen, das man ihm entgegenbrachte, und das er stets zu belohnen pflegte.

Er sprach jetzt mit den Hirten über das Wetter, über den Viehbestand. Die Tiere gehörten den Bauern im Dorf, und die Hirten beklagten sich über die nun bald wieder bevorstehende Ankunft der Kotschi, der Paschtun-Nomaden, die sich als die Herren Afghanistans aufspielten, obwohl sie doch vom Süden her über die Grenze kamen.

Wofür gibt es denn eigentlich die Grenze, wenn die Paschtun sich nicht an sie halten. Sollten sie doch drüben bleiben in Pakistan am Indus! Aber nein, wenn es ihnen dort zu heiß wird, kommen sie jedes Jahr nach Norden und dringen in unsere Berge ein, wie eine Heuschreckenplage. Ihre Herden fressen die Weiden leer, ja verwüsten nachts oft sogar die Felder! Aber, was soll man machen? Und bei aller Mißgunst, verdammt gute Tiere haben sie! Schlau und geschäftstüchtig sind sie! Sie bringen Waren mit und Tiere, die sie verkaufen, schmieden Eisen, reparieren Werkzeuge, und wenn es kalt wird, verschwinden sie wieder und haben letztlich nichts getan, als uns noch ärmer gemacht. Jedes Mal wenn sie fort sind, fühlen wir uns betrogen. Sie nehmen mit, wofür wir ein Jahr lang arbeiten. Aber, was soll man machen, sie sind bärenstarke Krieger, bis an die Zähne bewaffnet.

„Und ihre Weiber!" der eine pfiff durch die Zähne.

„Aber hüte dich, ihnen zu tief in die Augen zu sehen!" meinte der andere, „die Paschtun machen nicht viel Federlesen, wenn du an ihre Weiber ran willst!"

Er lachte laut, streckte die Zunge heraus, verdrehte die Augen und fuhr sich mit der Handkante über die Kehle.

Ja, die Uneinigkeit der vielen Volksstämme Afghanistans, die innere Zersplitterung ist das größte Problem dieses Landes. Und von den Paschtun, der größten Volksgruppe, die sich selbst wieder in viele Stämme aufteilt — zum großen Teil Nomaden-Stämme —, fühlen sich alle anderen unterdrückt. Ja, die stolzen Paschtun hatten das Land in ihrer Hand, und nichts und niemand konnte ihre Macht erschüttern. Manche Stämme haben es zu ausgedehnten Landbesitzungen gebracht, beherrschten ganze Gebiete und hielten die Ansässigen, oft tiefverschuldete Bauern, in lehensähnlicher Abhängigkeit.

In Rasula Hakim Bey hatten die Hirten den Turkmenen erkannt und auch meine Gesichtszüge erweckten Vertrauen in ihnen, obwohl in meinen Adern das Paschtunblut meines Vaters floß.

„Groß ist Allahs Macht, und vor ihm sind alle gleich, ob Paschtun, Tadschik oder Hazara"*, stellte der Oheim fest, „alle sind wir Brüder und könnten ohne einander gar nicht leben. Die Not in unserem Land kommt daher, daß wir nicht einig sind, sondern ständig miteinander streiten. Ein Volk, das eins ist, ist stark und reich und kann den ganzen Erdkreis beherrschen .... Allah, wann werden die Menschen lernen?"

Die Frühlingssonne hat nun ihre ganze Kraft entfaltet. Kräuterduft trägt der Wind über die Lichtung, und über den Stimmen der Tiere, dem Läuten ihrer Glöckchen, dem Summen der Insekten und dem leisen Blubbern der Nagila glaube ich, einen seltsamen Klang zu vernehmen, wie ferne Musik. Überrascht blicke ich zum Oheim, forsche fragend in seinen Augen. Hört auch er es? Kennt er den Ursprung dieser Töne? Zwar glaube ich, in seinen Augen Zustimmung aufblitzen zu sehen .... aber, so angestrengt ich nun

*Die Tadschiken sind die zweitgrößte Volksgruppe Afghanistans. Sie gelten als friedliebend und arbeitsam, leben hauptsächlich in den Städten als geschickte Handwerker, Schreibkundige oder Händler.
Die Hazara sind eine diskriminierte Minderheit mongolischer Abstammung in den zentralen Gebirgszügen des Hazarajat, wo auch das Tal von Bamiyan gelegen ist. Ein sehr armes Volk. In den Städten arbeiten viele zu Hungerlöhnen als Lastenträger.
Die anderen Völker Afghanistans, v.a. die Paschtun, verachten die Hazara wegen ihrer angeblichen Rückständigkeit, die in vielen bösen Scherzen geschmäht wird. Eine angebliche Abstammung von den Horden Dschinghis Khans wird den Hazara zur Last gelegt.

auch horche, die fernen Klänge sind verstummt. Vielleicht war es eine Sinnestäuschung; Klänge der eigenen Fantasie im Ohr, der ich erlag, erschöpft vom morgendlichen Marsch durch die dünne Bergluft und benommen vom ungewohnten Zug aus der Nagila.

Wir verabschieden uns von den Hirten und überqueren die Lichtung. Dann führt unser Weg in den kühlen Schatten des Hochwaldes. Da fällt mir auf, daß uns die Hirten ja gar nicht nach unserem Ziel gefragt hatten. Dies ist doch verwunderlich, bei ihrer Geschwätzigkeit! Nun kann ich meine Neugier aber nicht mehr bezwingen:

„Rasula, wohin führt unser Weg?"

Der Oheim steht still:

„Horch!"

Ja, da ist sie wieder, diese ferne Musik. Eine sehnsuchtsvoll lockende Melodie, verklingend im Rauschen der hohen Zedern.

„Dorthin!" ist Rasulas Antwort.

Immer weiter bergauf führt unser Weg. Manchmal wird die Musik wieder hörbar, immer deutlicher. Sind es Flötentöne, die der Wind mit sich trägt? Da springt uns wieder ein kläffender Hund entgegen.

„Kalu!" ruft der Oheim, und der Hund kommt freudig wedelnd auf ihn zu.

„Kalu! Komm her, du Lump!" ruft eine hohe Stimme, und ein Mädchen taucht vor uns auf. In einer Hand trägt sie einen langen, mit eiserner Spitze bewehrten Wanderstab, in der andern eine Tasche, in der leeres Geschirr klappert. Freudiges Erkennen huscht über ihr Gesicht bei unserem Anblick.

„Sei gesegnet, Zelihan!" begrüßte sie der Oheim.

„Allahs Segen ruhe auf euch, Herr!" antwortet die Kleine und fügt hinzu: „Der Alte wird sich freuen, daß ihr kommt."

Behende springt das barfüßige Mädchen an uns vorbei und verschwindet talwärts.

'Der Alte wird sich freuen? Der Alte ....?'

Eine Ahnung huscht durch meine Gedanken, als wir weitergehen.

'Der Alte?'

Aber nein, lieber wage ich gar nicht zu hoffen, dann kann ich auch nicht enttäuscht werden.

Doch es liegt nicht an der Anstrengung der Wanderung, daß mein Herz plötzlich laut zu pochen beginnt.

Da, ganz deutlich ist nun wieder die Musik zu hören. Klänge der Naf, der einfachen Bambusflöte. Der Alte?

Wer ist es, der seinen Atem durch den Bambus lenkt und dem Rohr dieses sehnsuchtsvolle Lied entlockt? Der Wind in den Bäumen, die Vögel, alles scheint einzustimmen in dieses Lied.

Vor uns lichtet sich der Wald, und der Weg führt in eine liebliche Landschaft: weiße Felsen, Sträucher und Lorbeerbäume verstreut über einen roten Teppich von Heidekraut — und über allem schwebt das Lied der Naf. Zikaden, erst eine hier, dann dort, dann dort, dann dort, stimmen ein in das Lied, bis schließlich ein ganzes Orchester erklingt. Triumphierend erhebt sich die Melodie, ebbt langsam ab in einem langen Ton, der langsam, ganz allmählich, leiser und leiser wird, bis nur noch die Stille klingt — eine absolute Stille — selbst die Vögel schweigen, und die Zikaden sind verstummt.

... in diesen Gärten ... Nur in den lieblichen Gärten des Paradieses kann Musik noch schöner klingen. Wir sind stehengeblieben und lauschen immer noch der Stille.

Dort aber, am Waldrand, erblicke ich nun ein Haus; ein Haus aus festen Steinen gefügt; und von dort nähert sich uns eine weißgekleidete Gestalt. Ja, das ist wirklich Sayed Gilani, der Weise von Bagdad!

Mit einem freudigen Aufschrei renne ich los, höre noch das wohlwollende Lachen des Oheim hinter mir, und schon fliege ich dem Alten in die Arme.

„Na na, nicht so stürmisch junger Mann! Ich bin alt geworden, und du bist nicht mehr so klein wie damals in Balch."

Er hält mich an den Schultern und blickt mir ins Gesicht. Ich bin keiner Worte mächtig. Durch Tränen der Freude hindurch ahne ich seine Gesichtszüge mehr als ich sie wirklich sehe.

„Endlich bist du da!"

Zärtlich streichelt er meinen Kopf. Ein feiner Duft geht von ihm aus, ganz rein, wie von zarten Blütenblättern.

'Die Rose!', kommt es mir in den Sinn. Und zum Zeichen meiner Liebe schenke ich ihm die Blüte, die ich seit dem Morgen an meinem Gewand trage. Auch der Oheim reicht dem Alten die Rose.

„Friede sei mit dir, Rasula. Nun kommt, erfrischt euch von dem weiten Weg."

Wir nehmen auf einem Teppich Platz, der vor dem Haus ausgebreitet ist. Sayed Gilani reicht uns Schalen mit dampfendem Tee.

Diesmal begehe ich nicht den Fehler unserer letzten Begegnung, sondern bezähme meinen Mund und sitze still und geduldig. Ich brauche nicht lange zu warten, bis Gilani sich mir gegenüber setzt. Er greift zur Naf, und während er tief in meine Augen blickt, beginnt er, eine zauberhafte Musik zu spielen: erst kaum hörbare, gehauchte Töne, scheu und zart. — Die Antwort, bekräftigend, doch noch leise und zögernd.

Langsam formt sich ein Rhythmus, die Melodie schwingt sich ein, schwillt an zu einem Lied ....., unwillkürlich wiege ich meinen Körper im Takt.

Formt nicht die Stimme des Gilani Worte im Klang der Flöte? Welche Botschaft isfs, die ihren Ausdruck sucht?

„Liebe ist ein einziger Moment
Für den wir leben
Für den wir sind
Liebe ist das Glück
Jene unendliche Freiheit
Für die wir sind
Wenn die Liebe kommt
Mit ihren weiten Flügeln einer Seligkeit
Hast du sie empfunden
Wenn die Liebe
Ganz tief in deinem Herzen
Mit den Flügeln der Freiheit dich verbindet
Sei frei
Sei frei
Nur die Liebe macht uns frei
Voller Sehnsucht vergehn die Stunden
Und die Tage ziehn dahin
Hast du diese Sehnsucht einmal empfunden
Gibt die Liebe dir den Sinn
Den Sinn des Lebens
Den Sinn der Wirklichkeit
So verliebt
Der Welt entbunden
Schwebst und träumst du durch die Zeit
So verliebt
Der Welt entschwunden
Bist du glücklich und befreit
Sei frei
Sei frei
Nur die Liebe macht uns frei"

Ich sehe Gilani vor mir, und es ist, als käme ich von ganz weit her. In aufrechter Haltung sitzt er da, die Augen geschlossen, neben ihm liegt die Naf. Ich habe es gar nicht bemerkt, als er die Flöte beiseite legte und anfing dieses Lied zu singen, das mich so in seinen Bann zog, daß ich nicht mehr sagen kann, wann es in der Stille verklang. Tief in meinem Innersten hat es mich ergriffen und mir Bilder gezeigt, die ich nicht zu deuten vermochte.

Ich hatte in Gilanis Augen geblickt. Ja, vielleicht formte nicht sein Mund die Worte des Liedes, vielleicht hatten seine Augen gesprochen ....
Es war, als erwachte ich aus einem Traum — oder aber als wäre ich nun wieder zurückgesunken in einen Traum, nach einem kurzen Erwachen zu einer anderen Wirklichkeit.

Ich forschte im Gesicht Gilanis, der still und in sich gekehrt vor mir saß.
Vorhin, als er zu singen anfing, begann dieses Gesicht leuchtend zu strahlen und sich zu wandeln in das eines jungen Mannes. Er neigte sein schönes Gesicht mir zu, und aus seinen Augen sprach so viel Liebe, aber gleichzeitig auch so unendlich viel Traurigkeit ....
Dann tauchten um ihn herum Gesichter auf. Böse, wutverzerrte Gesichter, geifernd und schreiend, haßerfüllt, einander beschimpfend, umgeben von abgrundtiefer Dunkelheit — und inmitten dieser Hölle: dieses aus Liebe leuchtende Gesicht — in gottverlassener Traurigkeit. Traten nicht Tränen in diese Augen?
Da spürte ich: 'er ruft mich, ja er ruft mich ... aber wie soll ich zu ihm kommen?'
Diese Trauer, dieses Leid! Blutspuren in seinem Antlitz. Schreien da nicht Stimmen: „Tötet ihn!"
Blut tropft von seiner Stirn. Die leuchtenden Augen in dem zerschundenen Gesicht brechen schier vor Schmerz und Trauer. Dornen drücken sich in diese edle Stirn.
Doch dann .... Was aussah wie Blut wandelt sich, glitzert golden wie Wein in der Sonne, wie Tautropfen, die erfrischend abperlen, diamanten

funkelnd! Was aussah wie Dornen werden Strahlen aus Licht. — Ein Strahlenkranz um sein Haupt, leuchtend .... Lächeln seliger Erlösung:

„Es ist vollbracht."

Dunkle Wolken tun sich auf, das Licht der Sonne bricht hindurch und erfüllt den Raum — Licht, überall Licht.

Chöre jubeln über das Licht.

Allah Hu Akbar!

Groß ist Gott!

Wunder des Lichts!

Licht der Liebe!

Ich blicke um mich: Das einfache Haus mit dem Kuppeldach, umgeben von einem Garten. Der Ziehbrunnen, Obstbäume, an denen bereits winzige Früchte hängen: Äpfel, Pfirsiche und Aprikosen.

Der weiße Weg nach Ghelmin durch die Heide, der sich oben am Sattel des Passes verliert zwischen Sträuchern und Bäumen. Hinter uns der Wald ... Ein Gefühl von Heimat erfüllt mein ganzes Wesen und von Angekommensein. Als Gilani die Augen öffnet, sage ich zu ihm:

„Es ist so schön hier. Ich habe das Gefühl, schon einmal hiergewesen zu sein."

„Ob du schon einmal hier warst, weiß ich nicht. Aber daß du damals dabei warst, vor fast 2000 Jahren, ist sicher."

Und ohne recht zu wissen, was das bedeutet, antwortet es aus mir fest und bestimmt:

„Ja."

„Wenn wir heute noch zurück zum Lager wollen, dann müssen wir allmählich aufbrechen." meldet sich der Oheim, sieht mich an und sagt: „Du kannst auch bis morgen bleiben, Nisam, wenn du willst und wenn Gilani es erlaubt."

Ich nicke verlegen; wieder einmal hatte der Oheim meinen geheimen Wunsch erraten.

„Doch was wird Jean Marie van Roy sagen, wenn ich einfach hierbleibe? Er wird mich vermissen. Bestimmt würde Jean Marie sich freuen, Sayed

Gilani kennenzulernen." Und zu Gilani gewandt, sage ich: „Du hättest doch nichts dagegen, wenn das nächste Mal Jean Marie mit dem Oheim hierherkäme? Er ist mein Freund, der Belgier."

Schmunzelnd nickt Gilani:

„Schon gut, Nisam, soll er kommen."

Jetzt erst fällt mir ein, daß ich Gilani ja von unserer Expedition noch gar nichts berichtet habe, sprachen wir doch bisher kaum miteinander. Schweigend war die Zeit verronnen, und schon nahte der Abend.

„Zelihan hat mir erzählt, daß gestern eine Karawane eintraf, die beim Minarett lagert, und mein Gefühl sagte mir, daß ich Besuch erhalten werde. Wer lagert schon beim Minarett, dachte ich mir", sagte Gilani.

Der Oheim verabschiedete sich, winkte vom Waldrand noch einmal grüßend zurück und verschwand im grünen Dunkel.

Bis spät in die Nacht hinein fanden unsere Gespräche kein Ende. Am anderen Tag schlief ich, bis die Sonne bereits hoch am Himmel stand.

„Steh auf, mein Junge, wir bekommen Besuch!" sagte Gilani und zeigte zum Waldrand, von wo eine Gruppe Wanderer auf uns zukam.

„Hier oben steckst du also, Nisam", keuchte Jean Marie van Roy außer Atem, als er zusammen mit Rasula Hakim Bey und den beiden Regierungsbeamten bei Gilanis Einsiedelei auftauchte. Die Männer aus Kabul hatten Weisung, ihn überall hin zu begleiten, denn das Landesinnere galt als unsicher, wegen der ständigen Stammesfehden und Kleinkriege zwischen verfeindeten Familien oder Ortschaften.

„Ja, ich bin sozusagen ihr Gefangener", sagte er und klopfte seinen treuherzig dreinblickenden Wächtern lachend auf die Schultern.
Diesmal trugen sie nicht nur ihre Gewehre, nein, sie hatten geholfen, Stative und seine ganze Photo-Ausrüstung bis hierher zu schleppen.

„Ich habe gehört, ihr seid ein großer Gelehrter aus Bagdad", begrüßte der Belgier Sayed Gilani. Zu meiner Überraschung und zu Jean Marie's sichtlicher Freude antwortete Gilani in einer Sprache, die ich nicht verstand. Im Nu waren die beiden in ein Gespräch vertieft, das nach einer fast schon heftigen Diskussion schließlich in einem langen Monolog Gilanis endete. Jean

Marie, der anfangs mit einer gewissen Skepsis, die seiner Natur als Forscher zu eigen war, auf Gilanis Ausführungen reagiert hatte, hing nun gebannt mit leuchtenden Augen an den Lippen des Weisen. Später sagte Jean Marie zu mir:

„Der Gilani ist der wunderbarste Mensch, der mir je begegnet ist. Meinem Gefühl nach würde ich ihn so etwas wie einen Propheten oder zumindest einen großen Weisen nennen. Früher hatte er sogar einen Lehrstuhl als Professor an der Universität zu Paris. Seines biblischen Aussehens wegen hielt ich ihn zunächst für einen weltfremden Sonderling. Doch ich habe mich von der Schärfe seines Geistes überzeugen lassen. Ich sage dir, ein Mensch, der die Welt so gut kennt, ein Mann mit seinen Fähigkeiten, der aber ein solches Leben führt, muß entweder verrückt oder ein Genie oder heilig sein."

„Er ist ein Sufi," antwortete ich.

„So? Ja ich habe von ihnen gehört. Ist das nicht ein geheimer Orden? Der Orden der Derwische?"

„Kann sein, aber ich glaube nicht, daß Gilani irgendeinem Orden angehört, ich weiß nur, daß er ein Sufi ist, und daß er sich vor der Welt verbirgt, weil sie ihn nicht versteht, und er in ihr nicht findet, wonach er sucht."

„Sayed Gilani liebt dich sehr, Nisam, du kannst viel von ihm lernen. Vielleicht wirst einst du seine Weisheit der Welt in irgendeiner Form darbieten, denn er selbst wird wohl kaum mehr zu dem zurückkehren, was wir Zivilisation nennen."

Ich verstand den Sinn von Jean Maries Worten damals nicht ganz, schon alleine deswegen, weil ich gar nicht nachvollziehen konnte, was er unter Zivilisation verstand; doch was tat das schon?

Soviel jedenfalls hatte ich verstanden, daß auch er glaubte, es sei gut, wenn ich ein Schüler von Sayed Gilani werde. Der Alte ließ uns an diesem Abend nicht weiterziehen. Er bestand darauf, uns alle in seiner bescheidenen Hütte zu beherbergen. Eigenhändig zauberte er aus seinen bescheidenen Vorräten und aus Pflanzen seines Gartens ein schmackhaftes Mahl, von dem wir alle satt wurden, als wir es vor dem Haus am lodernden Feuer verzehrten. In eine Decke gehüllt, muß ich neben ihm eingeschlafen sein, als er sich unter dem sternenklaren Himmel noch bis tief in die Nacht hinein mit Jean Marie van Roy unterhielt.

Am anderen Morgen konnte ich mich nicht an den Gedanken gewöhnen, von Sayed Gilani Abschied zu nehmen, denn noch nichts hatte ich ihm erzählt, nichts von all dem, was mir seit seinem letzten Besuch widerfahren war.

Und während ich darüber grübelte, ob ich den Oheim darum bitten sollte, hierbleiben zu dürfen bei dem Weisen aus Bagdad, sagte Rasula Hakim Bey:

„Wir müssen zurück, mein Sohn. Der Belgier hat seinen Auftrag durchzuführen, und darum müssen wir ihn wieder nach Herat bringen. Doch du kannst hier bleiben und dem Gilani zu Diensten sein. Er ist bereit, dich einzuweihen in seine Weisheit. Das ist ein großer Vorzug. Bist du bereit?"

„Ich bin bereit."

„Fürchtest du nicht die Einsamkeit?"

„Wo Gilani weilt, gibt es keine Einsamkeit."

Jean Marie van Roy nahm Abschied von uns, nachdem er mit seinem schwarzen Kasten Bilder von uns eingefangen hatte. Vom Alten, wie er vor seiner Klause saß, von jedem von uns, von uns allen vor der Silhouette der Berge.

„Nun werde ich der afghanischen Regierung in Kabul Bericht über die Ergebnisse meiner Forschungen erstatten und dann so schnell wie möglich nach Paris reisen, wo man schon mit Ungeduld und Spannung auf mich wartet. Vielleicht werden wir uns nie mehr wiedersehen, Nisam, doch wir haben gemeinsam einen historischen Augenblick erlebt. Zur Erinnerung werde ich dir viele Photografien schicken."

Seine Leibwachen warteten schon marschbereit auf den Aufbruch. Jean Marie faßte mich mit beiden Händen an den Schultern, blickte mir fest ins Gesicht und nickte mir noch einmal zu, bevor wir uns mit einer herzlichen Umarmung verabschiedeten.

Es begann für mich eine Zeit der Schülerschaft, die ganz anders war, als die des Lernens aus Büchern und die des Unterrichts bei bezahlten Lehrern. So, wie jeder Mensch mühevoll seinen ganz eigenen Weg zum Licht erringen muß, ob ihn sein Schicksal nun durch die Bergeinsamkeit oder in den Lärm der Märkte führt, so war auch dieser Weg für mich zuweilen voller Mühen, die jedoch von Mal zu Mal belohnt wurden durch lichtvolle Ereignisse.

Die Lehrzeit bei Sayed Gilani berührte alle menschlichen und wissenschaftlichen Bereiche, angefangen von der Zubereitung einer schmackhaften Mahlzeit bis hin zu Naturheilkunde, Biologie, Astronomie und Astrologie; alles von einer geistigen Warte aus gesehen. Hauptzweck der ganzen Lehrzeit jedoch war die Stärkung des Charakters durch Erkennen und Überwinden eigener Schwächen.

Wie erheiterte es doch Sayed Gilani, als ich ihm meine Geschichte mit Arifa erzählte! Er hielt sich den Bauch vor Lachen, und Tränen traten ihm in die Augen.

Doch als er von meiner Flucht vernahm, hemdsärmeln ins verschneite Ruinenfeld und von der nachfolgenden schweren Krankheit, da wurde er ernst und schüttelte besorgt sein weißes Haupt.

„Du dummer Junge!" rief er aus.

Und als ich beteuerte: „Ich habe sie bestimmt nicht geliebt!" schrie er mich ganz ungehalten an:

„Das war dein einziger Fehler, du Dummkopf! Du herzloser Feigling! Was hast du dem armen Geschöpf nur angetan!" und kopfschüttelnd, zu sich selbst gewandt, sagte er: „Allah allein weiß, wozu es gut war."

Erst war ich unfähig, ihn zu verstehen. Allzutief hatten sich die engen und einseitigen Moralvorstellungen unserer Gesellschaft meinem Bewußtsein eingeprägt. Doch auch diese engen Grenzen wußte der Weise zu weiten.

Fast täglich brachte Zelihan, die jüngste Tochter des Rish Safed von Jam, Milch oder andere Gaben zu uns. Sie sah im Haus nach dem rechten, flickte unsere Kleidung, wenn sie einen Schaden daran bemerkte, oder schmückte das Innere des Hauses mit wilden Blüten und Heidekraut.

An einem regnerischen Tag rief Gilani uns zu sich, hieß mich an seiner rechten und Zelihan an seiner linken Seite sitzen, legte seine Arme um uns und zog uns zärtlich an seine Brust.

„Meine beiden jungen Rosen," sagte er und streichelte uns zärtlich die Wangen, „wie sehr ich euch liebe! Die meisten Menschen haben keine Ahnung von der Liebe, und deshalb brauchen sie Gesetze und Waffen. Doch wer sich dem Gesetz verkauft hat, in dem stirbt langsam die Liebe."

Er küßte mich, er küßte Zelihan und fragte dann unvermittelt:

„Liebt ihr euch denn auch?"

Eine Ahnung von Verstehen dämmerte in mir auf. Ich musterte Zelihan, sah in ihr hübsches, jugendliches Gesicht, das von blauschwarz glänzendem Haar umrahmt war, in ihre schwarzfunkelnden Augen, auf ihre zarten Hände...

„Ja," antwortete ich und nahm Zelihans Hand. Ein warmes Gefühl sehnsuchtsvoller Zärtlichkeit durchdrang meine Brust, und im Halbdunkel seiner Klause sprach Gilani über die Natur der Liebe.

„Die Engel Gottes lieben sich, und Liebe ist das Leben unserer Seele. Doch Liebe ist nicht das, was die Menschen dafür halten... Wir müssen unsere Liebe vor den Menschen verbergen. Erst kürzlich ließen die Mullahs in Ghazni eine junge Frau steinigen, der Ehebruch nachgewiesen wurde. Sie starb unter den Steinwürfen des Pöbels, an Händen und Füßen gebunden, und das weiße Tuch, das sie verbarg, färbte ihr Blut rot. — Sie war ihrer Liebe gefolgt, ohne sie zu verbergen. Diese Welt ist ein liebloser Ort. Lasse deine Liebe offenbar werden, und sie werden dich für schuldig erklären, töten, oder in die Wüste jagen.

Sag niemandem, daß es Liebe ist, Zelihan, was dich täglich den Weg hierher finden läßt, nenne es lieber Pflicht, und man wird dich loben.

Wir haben uns auf die Höhen der Gebirge zurückgezogen, weil wir uns über all die Normen der Menschen erheben wollen, weil wir uns aufschwingen wollen, einem Ziel entgegen, dem im Innersten jeder Mensch zustrebt.

Und Liebe ist der Weg zu diesem Ziel. Liebe ist es aber auch, was die Motte sich ins Licht des Feuers stürzen läßt, wo sie verbrennt."

Es geschah, daß mir Worte des Gilani manchmal nach Jahren wieder in den Sinn kamen, und ich erkannte erst dann, welche tiefe Bedeutung in ihnen lag.

Allmählich wurden die Tage kürzer und die Nächte empfindlich kalt. Die Blätter der Laubbäume begannen sich zu verfärben. An einem späten Nachmittag brach Gilani mit mir auf und wir wanderten talwärts. Als wir die Lichtung überquerten, wo ich mit dem Oheim einst bei den Hirten saß, warf die Dämmerung bereits ihre Schatten über das Land, und als wir endlich Jam erreichten, war die Dunkelheit hereingebrochen. Hunde begannen zu kläffen, als wir durchs Dorf gingen. Danach wurde es wieder still. Beim Minarett machten wir Halt. Wie ein dunkler Schatten ragte es in die schwarze Nacht, die nur spärlich von Sternen erhellt war.

Gilani erzählte Geschichten aus dem Leben von Isa, der den Menschen die Liebe predigte, und dem die heuchlerischen Pharisäer mit dem Gesetz antworteten. Gilani erzählte, wie die Priester Isa verfolgten, weil das Volk ihn liebte; wie er unerkannt in den Wüsten lebte, sich immer wieder dem Zugriff der Schergen entzog, wie er sich aber schließlich ihrer Wut auslieferte und sein Herz durchbohren ließ. Wie einen Verbrecher hatten sie ihn abgeurteilt, doch durch die Macht seiner Liebe besiegte er Haß und Tod.

Dieser Turm aber hatte die Jahrhunderte überdauert, weil er gleichsam für Isa stand, für sein Erscheinen in der Welt.

Ich fröstelte, fühlte mich müde und kalt. Doch der Alte mahnte mich, nicht einzuschlafen. Er wies auf eine Stelle, wo man in der Schwärze der Nacht den Sattel eines Berges vermuten konnte, der den Horizont des Tales begrenzte, und hielt mich an, diesen Punkt genau im Auge zu behalten, während er fortfuhr, zu erzählen.

Sinn und Zweck dieser Anweisung verstand ich nicht, doch starrte ich angestrengt auf die bezeichnete Stelle, zumal Gilani nicht versäumte, mich immer wieder aufzumuntern, meine Konzentration nicht ermüden zu lassen.

Nach einer Weile hatte ich das Gefühl, diese Stelle sei heller geworden als der übrige Nachthimmel. Ich schloß die Augen, um sie wieder zu öffnen. Ja, sofort erkannte ich den Punkt, auf den ich mich konzentriert hatte, da ihn offensichtlich eine helle Aura umgab. Sollte ich dies durch meine Konzentration bewirkt haben? Ich stellte eine weitere Probe an, indem ich den Blick schweifen ließ im Dunkel der Nacht. Tatsächlich war genau jene Stelle heller geworden, die ich so intensiv fixiert hatte. Dieses Phänomen faszinierte mich dermaßen, daß ich meine Konzentration noch mehr zu steigern suchte. Tatsächlich steigerte sich auch die Helligkeit an jener Stelle von Minute zu Minute.

Gleichzeitig wuchs meine Spannung — von Müdigkeit oder Kälte war nichts mehr zu spüren —, denn ich fühlte deutlich, daß die Lösung des Rätsels dieses Phänomens nun unmittelbar bevorstand, bis — ja, bis ich fast enttäuscht ausrief: „Der Mond!"

Ja, es war nichts weiter, als die leuchtende Scheibe des Vollmondes, der sich nun hinter dem Kamm der Berge empor schob und sein silbriges Licht über das ganze Tal ergoß.

Doch, was heißt, nichts weiter als der Mond? So wie heute hatte ich ihn noch nie wahrgenommen. Durch das gespannte und konzentrierte Blicken hatte sich meine Sehkraft anscheinend so verstärkt, daß ich ganz deutlich die Kugelform des Mondes erkannte, den ich bisher trotz besseren Wissens stets nur als Scheibe wahrgenommen hatte. Ich war von diesem Anblick des Himmelskörpers förmlich eingefangen. Sein Licht durchdrang mich, und zugleich das Gefühl, gleichsam magnetisch angezogen zu werden. Die Stimme Gilanis sprach davon, daß der Mond das Licht der Sonne widerspiegele, so wie Christus das Licht Gottes, und so wie der Mond die Wogen des Meeres an sich zog, so zog Isa durch seine Liebe die Herzen der Menschen zu sich.

Silberweißes, kühles Licht...

So, wie ein belebender Trunk erfrischenden Wassers den Durst vertreibt, so besiegte es das bedrückende Dunkel der Nacht. Silberweiß schimmerte das Gebirge, der Fluß...

Dieses Licht schien nicht mehr von außen her zu kommen. Ich sah an mir hinab: mein Körper schien ein weißes Schimmern auszustrahlen, und die Felsen, Steine, Sträucher und Bäume ringsum, das Wasser des Flußes, ja alles schien aus sich heraus fluoreszierend zu schimmern, und dieses Schimmern wurde immer leuchtender und klarer. Silberweiß funkelnd blitzte es überall auf. Immer leuchtender und klarer wurde dieses Schimmern. Da wogten Wesen aus weißem Licht auf und näherten sich in lieblichen Bewegungen. Klänge süßer Musik durchdrangen leise vibrierend die Sphären, formten sich zu Symphonien freudiger Extase, in der die lichten Gestalten tanzend ihre Körper wiegten. Auch mich erfaßt da der Rhythmus der Musik, und wie ein Strom durchdringt es meinen Körper. Benommen taumelnd blicke ich zum Himmel. Von oben her fließt weißes Licht. Ich hebe meine Hand diesem Strömen entgegen. Wohlig dringt es in mich ein und erfüllt mich mit einem Überschwang von Seligkeit, die ich kaum zu ertragen vermag. Da findet diese Kraft, die mit der Rechten von oben ich empfange, ihren Weg durch meinen Leib, wo sie sich wirbelnd staut und strahlt dann wieder von mir aus: selige Entladung eines mächtigen Stromes geheimnisvoller Kraft, der mich in den Rhythmus der Musik hineinreißt, und mich tanzen läßt.

„La ilaha illa Alla hu", erklingt der Ruf und hallt wider von den Sternen. Mit den lichten Gestalten in wirbelndem Reigen vereint, tanze ich in selbstvergessenem Glück. Vor meinen Augen gestaltet sich alles: das Tal, die Berge, der Turm, die Sterne, der Mond... zu leuchtenden Kreisen, sich wandelnd in allen Schattierungen des Lichts, aufblühend zu immer neuen Formen...

Wie lange mochte dieser Tanz des Lichts gedauert haben? Ich weiß es nicht. Taumelnd, erfüllt von einem nie zuvor gespürten Gefühl von Glückseligkeit und von einer überschäumenden Liebe, die mich am liebsten die

ganze Welt, ja das ganze Weltall umarmen ließ, fand ich mich schließlich im Kreis von weißgewandeten Menschen. In schimmerndes Mondlicht war getaucht, was zuvor aus sich heraus erstrahlte.

'Im Lande Ghiyan, wenn die Mondblume blüht...' So hatte Gilani, der meisterhaft zu erzählen vermochte, einmal eine Geschichte begonnen, vor Jahren, als ich noch ein kleines Kind war. Unwillkürlich dachte ich an diese Worte. Wir hatten alle dieselbe Heimat. Die Welt bereisten wir als Fremde... Gesichter, aus denen Liebe sprach. Ein silbernes Leuchten, das Leuchten der Mondblume an unserer Stirn war unser geheimes Erkennungszeichen. Wir umarmten uns, bezeigten uns gegenseitig unsere Liebe und ließen uns am Feuer nieder, das am Fuße des Minarett nun flackerte. Ich blickte in die Runde: bekannte Gesichter, und solche, die ich nie gesehen. Da bemerkte ich auch den Oheim, Rasula Hakim Bey. Voll Freude eilte ich zu ihm. Er übergab mir ein Bündel. Ich öffnete es: weiße Kleider, die mir bis zum Boden reichten. Als ich nun in diesem wallenden Gewand da stand, stellte Gilani mich vor und verkündete, daß er mich als würdig und reif erachte, in dem geheimen Bund Aufnahme zu finden. Da sah ich neben Aslama, dem Weißbärtigen, Zelihan stehen, weiß gekleidet, wie die anderen. Sie kam auf mich zu, und überreichte mir eine weiße Rose.

„Im weißen Licht sind alle Farben vereint," sprach sie. Erhobenen Hauptes stand sie im Mondlicht vor mir. Ein hochgewachsener Mann mit braungebranntem Gesicht, offensichtlich aus dem Süden des Landes stammend, stellte einen Korb frischer Datteln ans Feuer. Zelihan entknotete ein Tuch mit duftenden Fladenbroten, und ein anderer legte reife Trauben dazu.

Sayed Gilani nahm eines der Brote, eine Dattel und eine Traube, bot sie dem Himmel dar und opferte sie den Flammen des Feuers. Danach teilten wir die köstlichen Gaben und tranken frisches Wasser dazu. Ich sah, lauschte, war aber so angerührt, daß ich keine Worte fand, mich an den Gesprächen zu beteiligen. Chalid, der Mann aus dem Süden, ließ schließlich unter seinen schlanken Händen die Saiten einer Vina erklingen. Sayed Gilani griff zur Naf, ein anderer schlug die Tabla und Zelihan stimmte mit der Tambura ein. Selbst die Berge schienen der Musik zu lauschen, die sich emporschwang zu den Sternen dieser Nacht, um sich von dort wieder herabzusenken auf das Tal.

Als die Klänge schließlich verhallten und nur noch der Fluß sein Lied der Nacht sang, saßen wir noch lange schweigend da. Den Segen dieser Nacht verspürten wir durch alle Poren unserer Körper, und durch unsere Augen strömte jene allumfassende Liebe. Ein jeder sah im andern dieses Liebeslicht brennen, und gemeinsam fühlten wir, zu verschmelzen zu einer einzigen Flamme.

Vor Sonnenaufgang, noch bevor sich im Dorf das Leben wieder regte, verabschiedeten wir uns voneinander mit einem Gruß der Liebe und Bruderschaft, und jeder zog seiner Wege. Wie im Traum wandelte ich neben Gilani, als wir den Pfad hinauf zu seiner Klause gingen. Im Morgengrauen überquerten wir die Lichtung im Wald.

„Sobald der Mond sich das nächste Mal gerundet hat, erwartet uns Rasula in Herat. Du wirst dann mit ihm zurück nach Balch ziehen," sagte Gilani unvermittelt zu mir.

„Wirst du dann mit uns kommen?" fragte ich.

„Nein, ich werde den Winter im Süden verbringen."

„Dann gehe auch ich nicht nach Balch. Ich werde mit dir ziehen."

„Deine Mutter erwartet dich mit Sehnsucht, und auch Torealai wird sich freuen, dich wiederzusehen."

Gilani hatte recht. Auch ich sehnte mich nach der Mutter, und die Aussicht, sie bald wieder zu sehen, erfüllte mich mit freudiger Erwartung.

„Aber dann mußt auch du nach Balch kommen."

„Oh, mein liebes Kind," seufzte da Sayed Gilani, „du weißt ja gar nicht, wie die Kälte des Winters meinen alten Knochen zusetzt. Gib mich für ein paar Monate frei, die ich im Süden zubringen will. Im Frühling, wenn die Sonne den Schnee in den Bergen schmilzt, werden wir uns hier oben wieder treffen."

Als ich die Mutter wiedersah, bemerkte ich zum ersten Mal an ihrem Gewand eine feingestickte Rose, und in den Strahlen der Wintersonne, die flach über das verschneite Land schien, wob sich ein heller Schimmer auf ihrer zarten Stirn.

Im Frühling erwartete mich der Meister wieder in seiner Klause, dem Ort weltabgeschiedenen Friedens.

Als dort der Herbst schließlich zum dritten Mal nahte, sprach Gilani:

„Das Leben hat zwei Bereiche, die uns wichtig sind. Da ist die innere Erfahrung und die Bildung des Charakters. Drei Jahre warst du nun in meiner Schulung. Doch nun erfolgt darauf die Erprobung des Gelernten in der Welt und die Auseinandersetzung mit den weltlichen Belangen. Vom Kind bist du zum Jüngling herangereift, jetzt geh, und werde ein Mann. Doch sei nicht traurig, wenn wir Abschied nehmen. Welchen Sinn hätte es, dich zu eng an mich zu binden? Frei mußt du dich entwickeln und aus eigener Kraft nun wachsen."

War ich nicht viel zu unerfahren, um in die Welt hinauszuziehen?

„Ja, du bist unerfahren. Doch wie willst Erfahrungen du sammeln? Von wem? Vom Wind, von den Bergen, vom Gras, vom Fluß? Geh hinaus zu den Menschen, geh in die Städte!"

Doch war dies nicht zu früh für mich? Für kurze Zeit zwar vermochten mich die ermutigenden Worte Gilanis aufzurichten, doch dann machten sich wieder bange Zweifel in meinem Herzen breit: war ich der Welt denn auch gewachsen?

Wie sehr hatte ich sonst die klaren Herbsttage genossen! Ich war durch die umliegenden Berge und Täler gestreift, durch Dörfer gewandert, hatte Höhlen erforscht, Tiere beobachtet und nachts den Lauf der Gestirne am klaren Himmel verfolgt.

Doch selbst das geheime Treffen der Vollmondnacht vermochte diesmal den Schmerz meiner Trauer nicht zu mildern. Pracht und Reichtum der herbstlichen Schöpfung erschienen mir so sinnlos. Sinnlos das Leuchten der schneebedeckten Gipfel, sinnlos das Singen der Vögel und sinnlos das Spiel der Blätter im Wind. Meine Verbindung zu den lebendigen Kräften der Natur war unter der Last einer dunklen Traurigkeit verschüttet. Wie eine Mauer stand der nahe Abschied vor mir. Der Abschied von Gilani, von Zelihan, von der Klause, die mir zur Heimat geworden war.

Gesenkten Hauptes lief ich durch den Wald, bis ich die beiden Hirten traf.

„Hey Nisam," riefen sie mich an, „was ist denn los mit dir? Komm her, Junge, rauch mit uns! Ich sags ja immer, der Mensch soll nicht so viel nachdenken, sonst wird er noch ganz krank!"

Das laute, anspruchslose Gebaren dieser einfachen Naturburschen tat gut. So setzte ich mich denn zu ihnen, lauschte dem belanglosen Dorfklatsch neuesten Datums und sog den würzigen Rauch der Nagila tief in die Lungen.

Als die beiden wieder ihres Weges zogen, ging ich zu einer riesigen, freistehenden Tanne mitten in einer einsamen Lichtung. Oft schon hatte ich an ihrem mächtigen Stamm verweilt. Mein Kopf schmerzte von widersprüchlichen Gedanken, und in der lauen Luft des Nachmittags schlief ich ein.

Als ich mich wiederfand, unter der Tanne liegend, über mir den blauen Himmel, begrenzt von Baumwipfeln und den schneebedeckten Höhen des Firuzkoh-Massivs — als ich so erwachte, war eine Veränderung geschehen. Alles war da wie zuvor: die Tanne, die Lichtung, der Wald, die Berge..., doch war nun alles anders: die Materie hatte ihre undurchdringliche Festigkeit verloren. Der borkige Stamm der Tanne war durchscheinend geworden, wie alles andere auch. Ich sah die Wurzeln im Boden sich verzweigen, sich um Steine klammern, Feuchtigkeit aufsaugen. Ich sah die Äste sich nach oben recken, das Grün der Nadeln sich dem Licht entgegendrängen; ich sah den kalten feuchten Strom aus der Erde im Stamm nach oben steigen, sah die Kräfte von Licht, Luft und Wärme durch die grünen Nadeln hineingesogen in diesen Organismus, sah, wie ihre Vereinigung den Stoff ergab, aus dem der Baum seine Gestalt erwachsen ließ; so sah ich das Leben dieses uralten Wesens, wie es beharrlich arbeitete und wob.

Da war es, als spräche dieses Wesen aus dem Innersten seines Seins zu mir. Nicht wie Worte, die von außen an mein Ohr drangen, sondern wie etwas, das tief drinnen mich erreichte, von innen her an mein Bewußtsein seine Stimme wandte:

„Sieh mich an, junges Erdenkind, und vernimm meine Geschichte: vor vielen, vielen Jahren, vor mehr als drei Menschenaltern war es, daß ich als winziger Same langsam reifte, eingebettet in die duftenden Harze eines Zapfens. Der Baum, der mir Vater und Mutter war, sandte seine besten und stärksten Lebenskräfte zu uns. Gehüllt in einen Wachstums-Schlummer wurden wir genährt von Sonne, Licht und Luft, durchtränkt mit Ölen, Äther und Harzen, erfrischt von Wind und Regen und vom Tau der kühlen Nächte.

Doch dann begann um uns herum es auszutrocknen, und die Verbindung zu dem Baum versiegte langsam. Ich war zu einem eigenständigen Lebewesen herangewachsen. Voller Angst versuchte ich mich festzuklammern im trockenen Gehäuse, dessen Schuppen sich zu sträuben begannen in spröder Dürre. Vögel kamen und rupften am Zapfen, zerrten meinesgleichen aus ihren Ritzen, um sie zu fressen; und wenn der Wind an der Baumkrone rüttelte, daß ich meine Artgenossen klappern hörte, beschlich mich ein Gefühl angstvoller Beklemmung.

Was, wenn ich herausfiele? Wer schützt dann mein junges, zartes Leben? Wie sollte ich, ein winziges Samenkorn, denn in der Welt bestehen? Würden auch mich die Tiere fressen?

Aber ich hatte schon zu Anbeginn das Gefühl, auserwählt zu sein, unter den Vielen. Auserwählt für mein ganz eigenes Leben und für dessen Sinn und Zweck.

Doch, wie sollte ich bestehen? Wie meinen Weg finden? Beim nächsten großen Sturm erfaßte mich der Wind und jagte mich über die Wipfel des Waldes, bis ich erschöpft zu Boden sank und liegenblieb. Stickig war die Luft hier unten, und wenig Licht erhellte das moderige Dunkel.

Sollte dies meine Zukunft sein? Dies war doch Tod und Untergang! Welch schreckliches Dasein, verglichen mit dem Leben hoch oben in den Lüften.

Müde und verzweifelt fiel ich in einen Tiefschlaf der Erschöpfung, wurde zugedeckt vom weißen Schnee, und erwachte erst, als der Frühlingswind die Erde wieder wärmte.

Das Wasser der Schneeschmelze spülte mich in eine Felsenspalte. Hier fühlte ich mich sicher und geschützt, und hier erwachte ich zu neuem Leben, trieb Wurzeln ins karge Erdreich zwischen Fels und Fels, und reckte mich dem Licht entgegen.

Als ich ein kleines Bäumchen war, fand mich ein Mensch, der mich dann hierher pflanzte. Es schmerzte sehr, als er mich aus dem Felsen riß. Doch heute weiß ich, daß ich nie mich hätte voll entfalten können im Gestein.

Hier aber ließ mich Gott zu einer mächtigen Tanne reifen, die Vögeln Schutz und Unterschlupf gewährt. Ein Körnchen war ich einst, wie es die Hühner fressen, nicht wert, Beachtung zu finden in der Welt, doch wurde ich auf manchem Umweg zu dem, was ich nun bin, erfülle meinen Dienst, wandle Erde im Licht zum Leben, und Mensch und Tier erfreuen sich an meiner Stärke, die Sein Leben mir verlieh.

Gepriesen sei Allah!

Darum sei ganz zuversichtlich!

Wenn schon aus mir ein Baum geworden, um wieviel mehr werden die Schicksalskräfte dann deinem Leben dienen, um zur Entfaltung zu verhelfen, was deiner Seele innewohnt!"

Als ich mich aufrichtete, erschien der ganze Wald mir wie ein Flammenmeer, denn durch die Rinde der Bäume sah ich das Leben lodern.

Allmählich aber sank ich dann zurück in jene Form der Wahrnehmung, die ich gewohnt war.

Doch diese Begegnung mit dem starken, hoffnungsvollen und zuversichtlichen Wesen der Tanne hatte mir Herz und Gemüt gestärkt.

Laß dich umarmen, liebe Tanne!

Ich breitete die Arme aus und drückte mein Gesicht an ihre rauhe Borke. Sie war so mächtig, daß drei Männer nicht genug gewesen wären, ihren Stamm zu umspannen, und während ich meinen Leib an ihre Rinde preßte, vernahm ich aus dem Dunkel ihres Innern das stete, mächtige Fließen der Lebenskräfte.

Als ich zu Sayed Gilani nach Hause kam, meinte dieser erfreut:

„Nun gefällst du mir wieder besser, mein Junge!"

Und augenzwinkernd fügte er hinzu:

„Machs wie die Bäume, steh fest auf der Erde, strebe stets nach oben, dem Licht entgegen, und laß das Haupt nie hängen!"

Die ersten Nachtfröste bedeckten das Land mit weißem Reif, so daß der Hochwald, als er des Morgens erwachte, aussah als wäre er mit feinem Zucker bestreut. Erst als die Sonnenstrahlen ihn wieder blank geleckt hatten, wagten die Vögel den neuen Tag einzusingen, einen Tag, der strahlte und funkelte, als wolle er die kurze Zeit noch nutzen, bevor der Winter Wald und Flur erstarren ließ.

Wir hatten die Nacht schlaflos verbracht: uns am Manghal wärmend, in Gespräche vertieft oder vereint in schweigender Versenkung, und eine strahlende Macht hatte jedesmal Gilani eingehüllt, wenn er fragte:

„Was sahst du, als du zum ersten Mal hierher kamst?"

Vor meinen Augen erstrahlte erneut die Vision jenes Tages, doch scheute ich mich in Worte zu kleiden, was ich schaute.

Gilani war mein Freund geworden in den Jahren, aß und trank mit mir — gewöhnliche Alltäglichkeiten hatten ihn mir so nahe gebracht, als wären er und ich ganz gleich. Wie sollte ich jene Schau nun in Verbindung bringen mit dem alten Mann, der wie ich seine kalten Finger hier am selben Kohlebecken wärmte? War er nicht ebenso wie ich gefangen in den Gesetzen der Natur? Doch das Geheimnis seines Andersseins...

Sein Gesicht hatte sich damals verwandelt in das jenes Meisters, den wir so sehr verehrten.

Oder war dies eine Täuschung gewesen? Hatte meine eigene Phantasie mir damals einen Streich gespielt, als ich erschöpft von der Wanderung durch die dünne Luft des Hochgebirgswaldes vor Gilani saß?

Doch er fragte heute immer wieder:

Was sahst du, als du zum erste Mal hierherkammst und mir in die Augen blicktest? Was sahst du, als ich dies Lied sang von der Liebe?"

Und jedesmal auf seine Frage blitzten vor meinen Augen Bilder jenes Gesichtes auf und verschwanden schimmernd wieder zwischen unseren Blicken im Halbdunkel des Raumes.

Ganz früh am Morgen war dann Zelihan gekommen. Wir setzten uns zu dritt im Kreis und nahmen uns bei den Händen. So harrten wir ganz still, versenkten uns hinein in die Stille unserer Herzen und lauschten dem leisen Singen der Mondblume dort...

Es strahlte schon das helle Licht der Sonne durch die Ritzen der Läden, als Gilani sich erhob, um Tür und Fenster zu öffnen.

Zelihan bereitete schweigend Tee. Es war das letzte Mal, daß wir hier oben Tee zusammen tranken in der Stille von Gilanis Klause.

Sorgfältig verschloß Gilani dann das Haus, und schweigend wanderten wir nach Jam, wo der Rish Safed uns bereits erwartete. Er führte uns in ein Zimmer, das reich mit Teppichen und Kissen ausgestattet war, und wir brauchten nicht lange zu warten, bis Rasula Hakim Bey den Raum betrat. Zelihan brachte Gemüse, Reis und Brot. Sie bediente uns mit ernster Miene. Ihre Augen schimmerten, doch war keine Traurigkeit in ihrem Wesen. Ihre Blicke sprachen mehr, als Worte zu sagen vermochten, und ich verstand: es war ein Abschied nur auf Zeit.

Unsere Karawane lagerte draußen in der Karawanserai, und am nächsten Morgen würden wir aufbrechen, der aufgehenden Sonne entgegen. Noch sind die Wege passierbar, wenngleich auf mancher Paßhöhe bereits Schnee gefallen ist, wie der Oheim uns berichtete.

Schon bald würde Jam für viele Wochen von der übrigen Welt abgeschnitten sein, werden die Menschen die schwere Last des Schnees von ihren flachen Dächern schieben, und bei Tauwetter den Lehm mit schweren Steinwalzen davor bewahren, von Sonne und Schmelzwasser aufgeweicht zu werden. Wer solche Arbeiten versäumte, dem würde es nicht nur bald durch die Decke regnen, nein, das ganze Haus liefe Gefahr einzustürzen, wenn das Wasser allzutief ins Gemäuer eindränge und die ungebrannten Tonziegel ihre Festigkeit verlören.

Während des Essens sprachen die Männer über die Situation im Land, das gerade dabei war, aus seinem jahrhundertealten Traum zu erwachen. Afghanistan war zum Marsch in die Neuzeit aufgebrochen. Die Großmächte aus Ost und West trafen sich plötzlich hier, am Ende der Welt, und planten gemeinsam Straßen, die Wüsten und Gebirge erschließen sollten. Auf diesen Straßen aber begannen immer mehr Lastwagen zu rollen; Lastwagen, die den Karawanen die Arbeit nahmen, da sie schneller und mehr Güter transportierten.

Rasula Hakim Bey selbst besaß bereits mehrere solcher Lorries. Aber was unserem Land einerseits neue Möglichkeiten erschloß, gereichte andererseits vielen zum Schaden: so manche der kleinen Karawanseraien und Rastplätze, die alle 20 bis 30 Kilometer die Straßen säumten, verarmten mit ihren Besitzern. Werden die Karawanen bald aufhören, unser Land zu durchwandern?

Noch ist der größte Teil des Landes dem motorisierten Verkehr nicht erschlossen, und viele Orte können nur zu Fuß erreicht werden, doch was wird die Zukunft bringen?

Alte und neue Ideen lagen miteinander im Wettstreit: doch weder das fanatische Festhalten an längst überkommenen und erstarrten Formen, noch der Versuch, die Vergangenheit nur von außen her zu verbessern, wird Afghanistan stark machen. Mutig in eine ganz neue Zukunft voranzuschreiten, sich der Welt zu öffnen, ohne dabei durch die fremden Einflüsse völlig überschwemmt und ertränkt zu werden, das bedeutet wahren Fortschritt.

Unsere wollenen Schals eng um die Schultern geschlungen, rüsteten wir uns am anderen Morgen zum Aufbruch. Mit dampfenden Nüstern stehen die Tiere da, und der Atem der Menschen bildet weiße Wolken. Da kommen Zelihan und ihr Vater. Sie bringt uns liebevoll zubereiteten Reiseproviant und versucht zu lächeln, obwohl sie nun doch kaum die Tränen zurückzuhalten vermag. Immer wieder blicke ich zurück und winke zum Abschied. Aus der Ferne sehe ich, wie Zelihan sich an ihren Vater schmiegt und ihr Gesicht an seiner Brust verbirgt.

Schweigend reite ich neben Gilani. Ein langer und beschwerlicher Weg liegt vor uns. Hier im Herzen der Gebirge scheint die Zeit seit Jahrhunderten stehengeblieben zu sein. Oft ist der Weg so schmal und gefährlich, daß wir absteigen und unsere Tiere am Halfter führen müssen. Kleine, kräftige Pferde sind es, die den Anforderungen dieser Gebirgspfade gewachsen sind. Empfindliche Kälte herrscht in den Schluchten, die wir durchwandern, und oft sind die Pfützen auf dem Weg schon mit einer dünnen Eisschicht überzogen, die leise unter unseren Sohlen zerbricht. Ja, selbst an sonnigen Hängen oder auf freien Pässen vermag die Sonne die Luft nicht mehr zu durchwärmen, und des Nachts pfeift ein eisiger Wind um unsere oft recht dürftigen Unterkünfte.

„Wer will noch Tee?" ruft der rußige Alte. Das einzige noch bestehende Gebäude seiner Karawanserai, in der wir die Nacht verbrachten, ist von einem klaffenden Riß durchzogen, durch den die Sterne funkelten. Unsere Pferde und Maultiere sind unter einem Dach aus Blattwerk und Geäst an einen Balken gebunden und drängen sich eng aneinander. Ich reibe meine Hände über dem Feuer.

„Von hier ist es noch eine Stunde bis zur Schotterstraße, die nach Bamiyan führt. Bis heute abend erreicht ihr den Paß — ich bin sicher, dort hat es diese Nacht geschneit. Ich rieche es, wenn es dort oben schneit," sagt der Alte auf meine Frage, hält schnuppernd seine Nase in den Wind und fährt fort: „Aber dort oben braucht ihr nicht zu frieren. Dort gibts ein Steinhaus, und von dort aus fährt sogar jede Woche ein Jeep nach Bamiyan. Früher hatte ich hier auch Häuser, es war eine schöne Karawanserai. Doch seit mein Sohn fort ist, in die Stadt... Was soll ich machen?"

Mit kraftloser Gebärde zeigt er auf die Reste seiner Karawanserai.

Zwölf Tage waren bereits vergangen, seit wir Jam verlassen hatten. Auf der Paßhöhe des Khan Kotal war tatsächlich letzte Nacht Schnee gefallen, wie der Alte richtig vorausgesagt hatte. Doch die Sonne hatte ihn aufgetaut, und den Weg in eine schlammige Pfütze verwandelt.

Die Lasten unserer Tiere waren inzwischen sehr geschrumpft, ja manche waren bereits gänzlich unbeladen. Die mitgeführten Waren hatte der Oheim verkauft auf dem Weg durch die Dörfer und entlegenen Siedlungen. Für die Bergbewohner war die Ankunft einer Handelskarawane jedesmal ein Fest, vor allem wenn sie dem Oheim gehörte, den sie kannten und dem sie vertrauten, von dem sie nicht fürchteten, betrogen zu werden.

Sayed Gilani versprach mir einen Ausflug zu den fünf Seen von Band-i-Amir, während die anderen gleich nach Bamiyan weiterzogen. Nachdem wir einen Treffpunkt vereinbart hatten, verabschiedete sich der Oheim und zog mit seiner Karawane — nun eine fröhliche Herde — auf der breiten Schotterstraße dem Hochtal von Bamiyan entgegen.

Eines unserer Pferde aber ließ er gesattelt in der Karawanserai zurück. War es die Bezahlung für Rast und Bewirtung? Das Pferd wieherte erbärmlich und riß am Halfter, als es seinen Weggefährten nicht folgen konnte.

Wir aber ritten nach Norden, bis plötzlich — eingebettet zwischen schroff abfallenden Kalksteinbarrieren — die azurblaue Wasserfläche des Band-i-Zulfigar vor uns lag. Die Sonne beleuchtete ein Spiel von Farben und Formen, das die Wirklichkeit zu traumhaftem Erleben gestaltete: beigefarben wand sich die Piste durchs ocker-goldene Gestein, das von blutroten Schichten durchzogen war; und wie eine Fata Morgana ragten weiß die Kalksteinstufen auf, wie aus Tropfstein geformt, hinter denen die tiefblaue Wasserfläche wie eine Luftspiegelung schwebte. Über alldem wölbte sich mächtig die Kuppel eines Himmels, der in seiner Tiefe die Weite des unendlichen Alls erahnen ließ, und die auf den höchsten Gipfeln des Koh-e-Baba wie auf mächtigen Säulen zu ruhen schien. Ich erschauerte vor der Majestät der Schöpfung. Gilani aber legte seine Hand auf meinen Scheitel und sprach die geheimnisvollen Worte: „Und das bist du!"

Diese Erhabenheit, diese Empfindung von Freiheit und Klarheit hatte nichts mehr gemein mit den engen Grenzen des menschlichen Lebens. Hier wirkte die Urkraft der Seele, wurde der Funke von Gottes Wesen spürbar.

In einem weiten Bogen führte der Weg von hier aus zu Tale, bis plötzlich in leuchtendem Türkis der Band-i-Haibak vor uns auftauchte. Wir ritten zum Fuß des Kalksteindammes hinab, der auch diesen See steil aufragend begrenzte. In zahlreichen kleinen Kaskaden rauschte das klare Wasser des Sees über die Kalksteinmauer und speiste kleine Bäche, die in den Rissen des Gesteins einander suchten und sich weiter unten munter plätschernd vereinten: wir stiegen ab und führten unsere Pferde über diese Wasserläufe hinüber zum östlichen Ufer, wo still und verlassen eine kleine Moschee zu Ehren Alis stand.

Still und verlassen? Erst als er sich bewegte, konnte ich den weißgekleideten Mann erkennen, der nun auf uns zukam, als sei er plötzlich aus der weißen Wand herausgetreten.

„Friede sei mit euch", grüßte er uns, „ich hoffe, euer Weg war ohne Beschwerden und euere Seele ist froh."

„Sie ist froh, dich wieder zu sehen, Abdu Rahman!"

Ich kannte Abdu Rahman von jenen Vollmondnächten, an denen wir uns beim Minarett von Jam alljährlich trafen. Abdu Rahman hatte seit dem Frühling hier in der Abgeschiedenheit der einsamen Moschee geweilt, die seltenen Pilger bewirtet und Andacht und Gebet im Gotteshaus gehalten.

Aus der Ferne sah man den Band-i-Ghulaman in einem Violett herüberschimmern, das bisweilen wie schwarzer Onyx glänzte. Zwei weitere Seen tauchten auf, wenn man dem Weg von der Moschee aus zu einer kleinen Anhöhe folgte.

Zahlreiche Legenden beschreiben das Entstehen dieser Seen inmitten der eigenartigen Schönheit dieser kahlen Landschaft: auf wunderbare Weise hatte Ali die wilden Wasser der Gebirge hier in weiße Dämme gebannt, um so die bewohnten Täler vor Überflutungen zu schützen.

„Am besten, wir reiten heute noch zurück", meinte Abdu Rahman, „denn die Winterstürme können jeden Moment mit Schnee und Regen einsetzen, und dann wird dieses Ufer durch das Wasser abgeschnitten, denn dann tritt der Band-i-Haibak über seine Dämme. Weiter unten fängt der Band-i-Kumbar diese Wassermassen wieder auf und füllt damit sein

Becken, dessen Spiegel den ganzen Sommer über Tag für Tag beständig gesunken war."

Abdu Rahman hatte kein Reittier. Nun erst verstand ich, warum der Oheim am Ort unserer letzten Rast beim Khan Kotal Paß ein gesatteltes Pferd zurückgelassen hatte.

Während wir langsam dorthin zurückwanderten, die Tiere am Halfter führend, spricht Abdu Rahman von der Wanderung, auf der alle Menschen sich befinden, seit Gott sie aus dem Nichts schuf.

Wie aus dem Nichts erschaffen, wie am ersten Schöpfungstag wirken die Bilder dieser Landschaft, durch die ich heute zum ersten Mal ziehe, während die Worte Abdu Rahmans in mein Bewußtsein dringen. Es sind Worte, die sich nicht an den wenden, der die Annehmlichkeiten dieses Lebens sucht. Es sind Worte, an den gerichtet, der den Wunsch hat, die Glückseligkeit geistiger Betrachtung in anderen Welten zu erleben. Worte an den Reisenden, der jeweils nur für eine Nacht, nur für eine kurze Wegstrecke oder eine Rast der Gefährte eines anderen ist, bevor er weiterzieht. Worte an ihn, dessen Reise auf der Mühsal und der Plage des Lebens beruht, und der bereit ist, Gefahren und großen Schrecken ins Auge zu sehen. Worte an den, der auf Glück und Sicherheit in dieser Welt zu verzichten bereit ist, weil ihn eine unerträgliche Sehnsucht vorantreibt, ihn nicht ruhen läßt, bis er sein Ziel erreicht . . .

Unser heutiges Ziel erreichen wir nach ermüdender Wanderung erst beim Einbruch der Nacht: die Karawanserai bei der Paßhöhe.

„Ihr müßt sehen, daß ihr Bamiyan morgen erreicht. Keine Ausflüge mehr! Sonst kann es euch passieren, daß ihr für Monate im Gebirge gefangen seid. Die meisten Pässe sind den Winter über unbegehbar, und der Winter steht vor der Tür. Bis Bamiyan aber sind noch zwei Höhenzüge zu überwinden. Auch ich werde morgen mit all meinen Leuten und Tieren aufbrechen und diesen Ort verlassen — bis zum nächsten Jahr. Wenn ihr wollt, können wir zusammen reisen."

Mit diesen Worten lud uns der Herr dieses Rastplatzes in windumtoster Bergeinsamkeit ein, und gerne nahmen wir seine Begleitung an.

Mensch und Tier sahen fröhlich der stillen Zeit der Winterruhe entgegen, und so ritten wir schließlich raschen Schrittes ostwärts. An einem Nomadenfriedhof machten wir Rast, ehe wir zum letzten Teil der Strecke zum Hochtal von Bamiyan aufbrachen.

Hatte gestern die majestätische Größe der einsamen Bergwelt, beherrscht von den Naturgewalten, einen tiefen Eindruck in meiner Seele hinterlassen, so war Bamiyan heute ein Zeugnis menschlicher Schaffenskraft, wie sie zu Zeiten glänzender Kulturblüte zu Tage trat. Und stets war es Religion, die mächtige Zeichen hinterlassen hatte im 'Land der aufgehenden Sonne.'

Wir erblickten Bamiyan, als schon der Mond die Riesenbuddhas in silbriges Licht tauchte, die weltentrückt aus ihren Felsnischen hinüberblickten über das Tal zu den eisgekrönten Ketten des Koh-e-Baba.

Hier hatte einst die Tempelstadt gestanden, die der ‚Ewigen Herrlichkeit' geweiht war.

Ich blieb stehen. Empfindungen von Müdigkeit und Kälte fielen von mir ab. Von Bamiyan hatte ich schon viel gehört. Von Bamiyan, das während seiner Glanzzeit unter Konischka dem Großen das kulturelle und religiöse Zentrum der gesamten buddhistischen Welt war. Von hier aus wurde der Buddhismus bis hinein nach China und in den Fernen Osten getragen. Vor fast eineinhalb Jahrtausenden berichtete der chinesische Pilger Huien Tsang in seiner Handschrift von den grünenden Feldern und den blühenden Gärten Bamiyans. Zehn Klöster beherbergte das Tal. Mönche in gelbem Brokat hatten in die 250 Meter hohe kupferfarbene Sandsteinwand, die sich 3000 Meter lang hinzog, eine Unzahl von Nischen und Stupas, ja ganze Tempel- und Klosteranlagen gehauen, und über all dem wachten die riesigen Skulpturen des Erhabenen.

Strahlende Blitze sandten die vergoldeten Gesichter einst herab, wenn die Strahlen der Sonne auf sie fielen, solange bis fanatische Muselmanen die Herrschaft übernahmen und in blinder Wut diese Monumente schändeten. Sie zerstörten Haupt und Füße der gewaltigen Figuren ...

Hier, im einstigen Brennpunkt asiatischer Kulturgeschichte, lag einmal eine grüne Oase inmitten schroff ansteigender Gebirgszüge: das *Tal der Erleuchteten.* Doch wie überall in unserem wilden Land, in dem die gegenwärtige Wirklichkeit bitterster Armut den übermächtigen Zeugnissen großer Vergangenheit gegenüberstand, so war auch hier dieser Kontrast unübersehbar. Mag sein, daß die erstarrte Kahlheit des Spätherbstes diesen Eindruck noch verstärkte: wie armselig drängten sich dort unten windschiefe Hütten am Fluß! War das alles, was heute Menschen noch vermochten? Dahinzuvegetieren im Schatten einer gigantischen Vergangenheit?

Tiefe Traurigkeit durchdrang mein Herz. Ein Schrei schnürte meine Kehle zu, ein Schrei, der die Menschen aufrütteln wollte aus ihren dumpfen Träumen ... doch dieser Schrei blieb stumm. Würden die Menschen diesen Ruf überhaupt vernehmen, in ihrem Schlaf? Und wenn, würden sie seinen Sinn verstehen? Oder würden sie sich die Ohren zustopfen aus Feigheit oder Angst? Nie hatte ich dieses Elend so deutlich gesehen, wie heute, nie zuvor hatte diese Not mein Herz so tief berührt. Ich fröstelte, und tief in meinem Innern tat ich das Versprechen, mein Leben lang nicht zu ruhen, solange diese Not mein Volk, mein Land beherrschte.

Längst waren die anderen weitergezogen, hatten die Talsohle erreicht und näherten sich dem kleinen Bazarflecken, der heute noch den Namen Bamiyan trägt. Nur Sayed Gilani und Abdu Rahman waren mit mir stehengeblieben. Unbeweglich thronten sie auf den Rücken der ruppigen Bergpferde, den Blick in eine Ferne gerichtet, die weit jenseits des vom Mondlicht durchfluteten Tales lag.

Als wir die Karawanserai endlich erreichten, empfing uns Rasula Hakim Bey mit einem dampfenden Mahl. An den Markttagen, die hier in Bamiyan zweimal die Woche stattfanden, verkaufte er sämtliche Tiere unserer Karawane, während ich mit Sayed Gilani das ganze Tal durchforschte. Er zeigte mir die halbverfallenen Hallen uralter Tempel:

„Durch den erhabenen Gautama Buddha kam einst geheimes Wissen über das Land Ghiyan nach Afghanistan. Noch heute erzählen Legenden und Märchen von diesem geheimen Reich, doch kaum jemand ahnt, wovon sie sprechen. Und die fanatischen Mullahs in den Moscheen sorgen dafür, daß dieses Wissen nicht offenkundig wird, denn nur solange das Volk in tiefer Unwissenheit gehalten wird, läßt es sich bequem betrügen."

Wir wanderten über den Bamiyan Fluß hinüber zu einem Hügel, auf dem einst die befestigte Stadt Shar-i-Bamiyan stand. Von hier aus wurde einmal ein großes Reich regiert, das bis nach Kaschmir sich erstreckte. Als Dschingis Khan ins Land einfiel, stand er zuerst in Ehrfurcht vor den großen Göttern und verschonte dieses Tal — obwohl damals die Glanzzeit des Buddhismus schon vergangen und vom Islam abgelöst war. Längst hatten mohammedanische Bilderstürmer die Gesichter der gigantischen Skulpturen zerstört. Trotzdem beeindruckte die mächtige Ausstrahlung dieser Kunstwerke den wilden Dschingis Khan so sehr, daß er das Tal ganz gegen seine Gewohnheit nicht vernichtete bis — ja, bis sein Enkel getötet wurde. Nun nahm er blutige Rache und verschonte kein Leben; weder Mann, noch Frau, noch Kind, noch Tier entging dem Tod. Die Ruinenstadt auf dem Hügel heißt seitdem 'Stadt der Schreie' oder 'Stadt der Schmerzen'. Vor mehr als einem halben Jahrtausend war dies geschehen, doch seither blieb dies Tal verödet. Nur die mächtigen Gestalten des Erhabenen blicken weiterhin von einer Zeitlosigkeit in die andere. Hörte man nicht die Seufzer der unzähligen Ermordeten im Herbstwind, der kalt durch die trostlosen Ruinen brauste?

Hier in Bamiyan nun sollten sich unsere Wege trennen. Während wir nach Norden reisten, würde Sayed Gilani zusammen mit Abdu Rahman nach Jalalabad ziehen, das bereits im Garam Sir* lag.

„Meine alten Knochen lieben die Kälte des Winters nicht", lachte Gilani, „im Winter sitze ich am liebsten unter Palmen und esse Datteln, Mandeln und Rosinen!"

Doch der Abschied stimmte mich nicht traurig. Ich hatte erkannt: Es gab für mich keinen Abschied von Gilani mehr, denn über Raum und Zeit hinweg verbanden uns tiefe Geheimnisse. Es war dies vielmehr ein Abschied von mir selbst, von meiner Jugend, von meinem ganzen bisherigen Leben, und vor mir lag ein neuer Morgen.

Dieser neue Morgen nun begann für mich mit dem Knattern des Lastwagens, in dem wir unsere Reise fortsetzten. Entlang des Bamiyan Flusses führte uns der Weg zwischen kahlen, dunklen und feuchten Felswänden, wie durch einen Eiskeller — und unter uns toste das Wasser des Flusses schäumend über bunte Kiesel. Ächzend arbeitete sich der Lastwagen nach oben, keuchte über Pässe, tastete sich vorsichtig hinab in Schluchten und Täler . . .

Endlich erreichten wir die Hauptstraße, die von Kabul aus nach Norden führt. Wir kamen nun schneller voran. Die Straße war jetzt breiter und Telegraphenmasten, Vorboten der Zivilisation, säumten den Weg. An einigen Ortschaften, wie z. B. in Pul-e-Khumri hatte der Fortschritt schon deutliche Spuren hinterlassen: rauchende Fabrikschlote, weitläufige Wellblechbaracken und dröhnende Hallen. Pul-e-Khumri heißt eigentlich 'Brücke der Tauben', doch nichts wies mehr auf diesen schönen Namen hin.

* Afghanistan läßt sich in zwei Klimazonen einteilen:
Das Garam Sir = wintermildes Land, erstreckt sich auf die Provinzen Kandahar, Chost und Seistan im Süden des Landes und auf das Becken von Jalalabad;
Das Serd Sir = winterkaltes Land, auf die Gebirge und seine Beckenlandschaften und auf das Tiefland des Amu Darya.
Das Garam Sir ist abgesehen von wenigen Ausnahmen ganzjährig frostfrei; hier gedeihen Zitrusfrüchte und Dattelpalmen.
Das Serd Sir hat winterliche Frostperioden und Schneelagen.

Tage waren wir unterwegs, seit wir das Tal von Bamiyan verließen. Die Höhen des Hindukusch waren überwunden, und unser Fahrzeug rollte hinab zum Plateau von Haibak, einer fruchtbaren Hochebene, die dem Zentralmassiv vorgelagert ist. Vorbei an untergegangenen Städten, Klöstern, Burgen und Stupas kamen wir nach Tashqurghan mit seinem malerischen Bazar: weitverzweigte Gassen unter Gewölben und Kuppelgängen. Hier lebte noch der malerische Orient.

Vor uns lag nun endlich wieder die Weite der Baktrischen Ebene. Nach den Monaten im Gebirge und nach dem endlosen Weg durch Schluchten und Täler, über Bergrücken und Pässe fühlte ich, der ich ein Kind der Steppe war, die wohltuende Weite sich endlos vor meinem Auge hinbreiten. Aufatmend ließ ich den Blick in die grenzenlose Ferne schweifen . . .

Morgen, ja morgen schon werde ich in die dunklen Augensterne der Mutter sehen. Das feine Lächeln ihres lieblichen Gesichts . . .

Und ich werde ihr erzählen von den Seen von Band-i-Amir, von Bamiyan . . .

Und an langen Winterabenden werde ich die Naf spielen, wie Gilani es mich lehrte, und meine ganze Seele werde ich in diese Musik hineinlegen. Das Rauschen des Hochwaldes, die Rufe der Hirten und das geheimnisvolle Lächeln Zelihans . . . all das werde ich in die Steppe tragen mit meiner Musik, werde es der Mutter zu Füßen legen.

Und wirklich, an so manchem Winterabend kam im Hudschra das halbe Dorf zusammen und wir musizierten bis in den anderen Tag hinein. Manchmal war auch Kabir Singh dabei, der indische Geschäftsfreund des Oheim mit seiner wohltönenden Stimme und seinem Harmonium. Starker Tee und der süße Rauch der Wasserpfeife belebten uns, bis die Instrumente unseren erschöpften Händen entglitten.

Doch zwischen diesen Nächten, die der Kunst geweiht waren, lagen die Tage, an denen mich der Oheim mehr und mehr in seine Geschäfte einweihte. Er ließ mich die zahlreichen Rechnungen des vergangenen Jahres überprüfen, diktierte mir Geschäftsbriefe, gewährte mir Einblick in Art und Umfang seiner vielseitigen Tätigkeiten, stellte mir Verwalter und Geschäftspartner vor und ließ mich bei allen Verhandlungen anwesend sein. Im Laufe der kommenden Jahre bildete Rasula Hakim Bey mich zu einem Mitarbeiter aus, dem er in eigener Verantwortung manches Geschäft anvertraute. Der Weg dorthin war nicht leicht. Die Ausbildungsmethode des Oheim bestand darin, selbst in kleinen Dingen auf peinliche Perfektion zu achten und kleinste Fehler streng zu ahnden. Wenn ich mich damit rechtfertigen wollte, daß ich Kleinigkeiten daher übersah, weil ich ja mehr an geistigen Dingen Interesse hatte, als an weltlichen Geschäften, so lautete unwirsch seine Antwort:

„Wie denkst du, im Geistigen etwas verwirklichen zu können, bevor du die Welt gemeistert hast? Aber, sie zu meistern, das heißt nicht, vor ihr zu fliehen in Träume und Phantasie! Werde zuvor ein Herr in dieser Welt, wenn du willst, daß deine Entsagung von Wert sein soll! Denn, was hätte schon ein Bettler aufzugeben? Meistere die Welt, denn nicht umsonst bist du hier geboren! Siehst du nicht das bittere Elend deines Volkes? Kannst du dem tatenlos zusehen?"

Ich dachte an die Nacht, als wir Bamiyan erreichten, an das Gelübde, das ich damals in meinem Herzen abgelegt hatte.

Rasula Hakim Bey fuhr fort:

„Wenn du dich in den Dienst der Menschheit stellen willst, um in dieses Jammertal einen Schimmer der göttlichen Liebe zu bringen, einen Schimmer, der den Menschen leuchtet, daß sie einen Schritt nach vorne tun können, hinaus aus der Dunkelheit, dem Licht entgegen, dann mußt du es zu einem hohen Maß an Macht und Perfektion bringen, denn Träumer werden wahrlich keine großen Werke schaffen!"

Auf den Geschäftsreisen durchs ganze Land, die ich nun in des Oheim Auftrag unternahm, war es mir manchmal, als spürte ich die Nähe Gilanis, als müsse er jeden Moment vor mir auftauchen, ein Teehaus betreten oder mir in einer Gasse entgegenkommen, doch die Jahre vergingen wie im Flug, ohne daß ich den Weisen aus Bagdad jemals wieder sah. Und so rückten die Tage der Gemeinschaft mit Sayed Gilani in immer weitere Ferne.

Ich lernte, Erfolg zu schätzen, lernte Menschen für mich zu gewinnen, Einfluß auf sie auszuüben und Verhandlungen zu meinen Gunsten zu entscheiden. Um Freundschaft mit Leuten aus dem Westen zu schließen, hob ich mit ihnen das Glas und trank Wein oder Whisky, während ich mit Landsleuten an der Wasserpfeife zog.

Doch mein Schlaf war unruhig geworden des Nachts. Die Mondblume, das Land Ghiyan? — Waren dies nicht Träume einer allzu regen jugendlichen Phantasie gewesen, die ihren Stoff aus Märchen und Legenden schöpften? Gab es doch für all diese Dinge ganz natürliche Erklärungen.

So legte ich mir ein ganz neues Denksystem zurecht, das mir logisch und bequem erschien in der Welt, und der Oheim ließ mich gewähren, ja er schien zufrieden mit mir zu sein.

Als ich schließlich den Wunsch äußerte, mich ganz selbständig zu machen, mich zu lösen aus dem sicheren Gefüge, in das ich hineingewachsen war, und frei, auf mich allein gestellt, mein Leben in ganz eigener Verantwortung zu gestalten, da unterstützte er mich nur zu bereitwillig und stellte mir eine hohe Geldsumme zur Verfügung, die ich nach eigenem Ermessen verwenden konnte.

„Ich habe gehört, du willst nach Kabul gehen?" fragte Torealai mich eines Tages.

Oh, wie weit hatten wir uns beide auseinandergelebt! Er war ganz Krieger geworden. Fanatisch, halsstarrig und beseelt von einem allzuleicht verletzbaren Stolz. Man sah ihn nie ohne sein Gewehr. Ja, auf ihn traf das Sprichwort zu, das von den Paschtun sagte: 'Sie werfen ihren Mantel ins Feuer, um eine Laus zu töten.' Er war zum fanatischen Anhänger der nationalen Paschtun-Bewegung geworden, die den souveränen Staat Paschtunistan forderte, der sich über Teile Afghanistans und Pakistans erstrecken sollte. Diese Bewegung war dabei, eine eigene Armee aufzurüsten, um, wenn nötig, ihre Interessen gewaltsam zu verwirklichen.

Welten standen zwischen uns. Verständnislos stand ich vor seiner kriegerischen Begeisterung, während er mich wegen meiner offenen und modernen Gedanken einen Verräter an der Kultur unseres Landes nannte.

„Ich bin kein Paschtun. Außerdem glaube ich nicht, daß die Paschtun anderen Menschen gegenüber irgendwelche Vorzüge haben sollten", sagte ich zu ihm.

„In deinen Adern fließt Paschtun-Blut, und an diesem, deinem Blut begehst du Verrat. Wir sind die eigentlichen Afghanen, die Herren dieses Landes, und in unsere Hände ist es gegeben, unser Land wieder erblühen zu lassen. Aus eigener Kraft, ohne Hilfe Fremder. Ich bete täglich zu Allah, daß auch du eines Tages zur Besinnung kommen und an der Seite deiner Brüder kämpfen wirst!"

Torealais Schwester Arifa war inzwischen verheiratet worden und lebte in Mazar-i-Sharif, wo sie ihrem Mann, einem wohlhabenden Paschtun, zwei Söhne geschenkt hatte. Einmal noch sah ich sie, als ich zu Besuch bei Torealai war. Ein leidvoller Zug prägte die Linien ihres Gesichtes, das immer noch von einer bezaubernden Schönheit war.

1963 bis 1970

Bald hatte ich ein Haus im Geschäftsviertel jenes Teils der Hauptstadt gekauft, in dem die meisten Touristen, die allmählich anfingen, unser Land zu entdecken, ihre Wohnung nahmen, bevor sie weiter reisten.

'Hotel Nisam' nannte ich dieses Haus, und bald schon beherbergte ich die ersten Gäste. Zur Straße hin richtete ich ein Geschäft für Teppiche und Kunsthandwerk ein: von den abgetragenen Kleidern der Nomadenfrauen, bis hin zu erlesenem Schmuck aus Silber, Lapislazuli und anderen edlen Steinen, handgeschmiedeten Dolchen, feinbestickten Westen und Turbankappen, alten Truhen, Wasserpfeifen, ziselierten Messingbechern und alten, perlmuttbeschlagenen Vorderladern, die nicht mehr funktionierten, reichte das Angebot, und das Schild *'Oriental Antiques and Carpets'* lockte viele kauflustige Kunden an, die gerne gutes Geld für solche Kostbarkeiten zahlten. Nach einem oft recht kurzen Handel und einem geringen Preisnachlaß schloß man bei Tee, manchmal bei einer Wasserpfeife, Freundschaft. Ja, es waren gute Geschäfte zu machen mit den Ausländern, die selbst wiederum preiswert verkauften oder umtauschten, was hierzulande so begehrenswert erschien: Uhren, Radios, elektrische Geräte und Blue Jeans.

Und immer bunter wurde diese Schar der Reisenden, die sich nicht vergleichen ließen mit den wenigen Fremden aus meiner Kindheit und Jugend, die damals meist recht streng wirkten und kurz angebunden waren; die in militärischem Ernst ihre Aufgaben erfüllten, um wieder abzureisen.

Nun zogen immer mehr junge Leute durchs Land: Träumer mit leuchtenden Augen und langen, goldenen Haaren, die das einfache Leben Afghanistans priesen und vor dem Fluch der Zivilisation warnten, aus der sie kamen. Sie kauften mit Vorliebe buntbestickte Kleidung und liefen teils barfuß wie die Bettler, obwohl sie offensichtlich reich waren. Reich genug, um weite Reisen zu bestreiten, reich genug, um für alles doppelt und dreifach überhöhte Preise zu bezahlen und dann noch zu behaupten, ihr eigenes Land sei viel teuerer als Afghanistan.

Ich unterhielt mich gern mit ihnen, nicht nur, weil es meine Geschäfte förderte.

Viele meiner Landsleute allerdings hielten sie für verrückte Spinner. Man behandelte sie zwar ihres Geldes wegen nach außen hin wie Könige, aber hinter ihrem Rücken schimpfte man über die unmoralische Lebensweise der Fremden, machte sich über ihre Dummheit lustig und hatte kaum mehr als Verachtung für sie übrig.

Das größte Problem, das mit ihnen ins Land gekommen war, waren aber nicht ihre romantischen Träume von Love and Peace, sondern das waren ihre Frauen, die unverschleiert und oft – für afghanische Verhältnisse unerhört spärlich bekleidet – durch die Straßen liefen. Eine Frau, die rauchend und plaudernd im Teehaus unter Männern sitzt, war lange unvorstellbar in unserem Land, in dem die Frau ihr Gesicht nur vor dem engsten Familienkreis enthüllt, und in dem die Vorstellungen von Moral und Tugend der Frau einen fest umschriebenen Bereich in der Gesellschaft abgrenzten.

Nun aber die aufreizenden Bewegungen der Ausländerinnen in hautengen Jeans oder in Kleidern, die die Formen ihres Körpers nur zu deutlich ahnen ließen! Viele von ihnen waren nicht verheiratet, schlossen schnell und gerne Freundschaften und scheuten sich nicht vor körperlichen Berührungen in der Öffentlichkeit, was die Phantasie vieler afghanischer Männer dahingehend anregte, in jeder Ausländerin eine käufliche Dirne zu sehen. Es gab junge Afghanen, die sie eben aus diesem Grund umwarben, doch gerade diese Männer konnten am wenigsten Achtung für sie empfinden. Und fanden sie ihre Gunst, so war dies nur ein Beweis mehr für die Verderbtheit und Gottlosigkeit der Ausländer.

Zwar gab es auch Ausländerinnen, die sich zu kleiden wußten und Umgangsformen hatten, die ihnen Respekt verschafften. Solche, die selbstsicher und auch ohne Schleier die Würde der Frau zu wahren verstanden. Doch das Vorurteil des Pöbels macht bekanntlich keinen Unterschied und sieht nicht den einzelnen Menschen. Dies schadete in gewisser Hinsicht dem Ruf meines Hauses. Doch bekanntlich stopft hierzulande Bakschisch* jedes Lästermaul.

Diese Erfahrungen machte ich während der Jahre des Aufbaus meiner eigenen Geschäfte. Bald schon erweiterte ich mein Unternehmen um eine Taxiflotte, bestehend aus fünf schwarzen Limousinen der Marke Moskwa, die ich von Rasula Hakim Bey importieren ließ und bar bezahlte.

Mein Konto auf der Bank e Melli wuchs nun täglich, fast schon ohne mein Zutun. Ich kaufte das Nachbarhaus und ein Grundstück, das hinter dem Hotel lag. In dem neuen Haus ließ ich mich selbst nieder, richtete Räume für den Oheim und die Mutter ein und Gästezimmer für besonders nahestehende Freunde. Ein Raum war ausgestattet mit einem Schreibtisch und einer reichhaltigen Bibliothek. Auf dem rückwärtigen Grundstück ließ ich einen wunderschönen Garten anlegen, in dem auch die Gäste des Hotels Erholung fanden.

Neben den Fremden aus dem Westen suchten auch immer mehr einheimische Händler, und Kaufleute aus Pakistan und Indien in meinem Haus Herberge. Unter ihnen war auch Balbir Singh, ein Bruder von Kabir Singh, dem Freund des Oheim.

Die letzten Jahre hatten mich so sehr geschäftlich in Anspruch genommen, daß ich unmerklich vereinsamt war. Die Macht der Gewohnheit hatte mein Denken in die Bahnen des Rechnens und Kalkulierens gelenkt. So dachte ich kaum noch über menschliche Beziehungen und Belange nach,

* Bakschisch: Geschenk; im Nahen, Mittleren und Fernen Osten gebräuchlich als Trinkgeld oder Bestechungsgeld.

sondern Begriffe wie Gewinn, Verlust, Investition und Rendite prägten mein Gedankenbild. Als ich das mit einem leichten Erschrecken bemerkte, hatte sich das Verhalten der Menschen mir gegenüber bereits sehr verändert. Während man mir früher Ablehnung oder Liebe aus ganz persönlichen Empfindungen heraus entgegenbrachte, zollte man heute meinem Reichtum den höchsten Respekt.

„Nisam Mohamadi hat etwas aus sich gemacht", sagte man, ohne sich noch zu fragen, ob ich gute oder schlechte Charakter-Eigenschaften habe, ob ich über ein liebenswertes oder ein unangenehmes Wesen verfüge. So war der Mensch Nisam hinter dem Geschäftsmann und Hotelbesitzer verschwunden.

Diese Achtung und Scheu der Menschen vor Besitz und Macht hatte mich in eine unpersönliche Ferne von ihnen gebracht, und die Achtung und Freundschaft, die sie mir entgegenbrachten, war nicht mehr echt, sondern galt den Dingen, die mich umgaben.

Als daher Balbir Singh um meine Freundschaft warb und meine Nähe suchte, sich aber auch vor Kritik nicht scheute, erfüllte dies mich mit großer Freude. Es gab so vieles an diesem Mann, was ich nicht billigte, beispielsweise seine Leidenschaft für Alkohol. Doch wenn er mich schließlich überredet hatte, prosteten wir uns lachend zu, und er erzählte von Indien, jenem bunten, reichen Land, mit seinen Tempeln und Moscheen, vor allem aber mit seinen geschäftlichen Möglichkeiten.

Ja, ich liebte es Geschäfte zu machen, doch es war für mich ein Spiel. Ich liebte das Risiko dieses Spiels und nutzte die Chance, so oft wie möglich zu gewinnen. Doch versklavte ich mich nicht an den Erfolg, sondern nahm ihn gelassen hin. Nie wäre ein noch so hoher Gewinn es mir wert gewesen, Menschen zu betrügen oder zu schädigen.

Daher traf es mich hart, als Balbir Singh schließlich mit einer sehr hohen Geldsumme verschwand, nachdem ich ihm mein ganzes Vertrauen geschenkt hatte. Warum fragte er mich nicht einfach um Hilfe? Auch er ist nicht wirklich mein Freund gewesen, sondern hatte sich offenbar nur des

Geldes wegen bei mir eingeschlichen. So gemein hatte er mein Vertrauen mißbraucht!

Eine tiefe Verbitterung ergriff von mir Besitz. Am liebsten hätte ich meine Geschäfte einfach hingeschmissen und wäre weggelaufen. Aber nun war ich wie mit goldenen Ketten gebunden. Was ich mit Freude und Begeisterung aufgebaut hatte, war mir zur Last geworden.

Nun begriff ich die barsche und grobe Umgangsart des Oheim. Offensichtlich ertrugen die Menschen keine Milde, kein Entgegenkommen und keine Freundlichkeit.

Um meine Enttäuschung zu überwinden, wollte ich wenigstens alle Möglichkeiten meines Reichtums für mich ausnutzen. Ich leistete mir nur die feinsten Speisen, labte mich an den teuersten Getränken — im Sommer eisgekühlt, ließ mein Haus so exquisit wie möglich ausstatten, kleidete mich nach europäischer Mode und kaufte für die Teestube des Hotels eine Stereo-Anlage. Hier, bei den Fremden, ließ ich mich feiern als den modernen, reichen Afghanen, der Verständnis hatte für ihr Anderssein, und großzügige Runden spendierte. Doch danach blieb immer ein schaler Geschmack, eine leidvolle Unerfülltheit.

Immer öfter kam es vor, daß ich mich im leutseligen Kreis der Hotelgäste in meiner Teestube sentimentalen Erinnerungen hingab und in den Blumenkindern aus dem Westen dankbare Zuhörer fand, wenn der Alkohol meine Stimme löste und ich aus meiner Jugend erzählte, von einer Zeit, die nun unwiederbringlich vergangen war, von damals, bevor die Touristen gekommen waren, bevor Fortschritt und Technik über die neugebauten Straßen unser Land zu erobern begannen:

„Als ich zur Welt kam, gab es noch kaum Fahrzeuge in Afghanistan, und die Wege waren so schlecht, daß die Reise einer Karawane im Sommer von Kabul übers Gebirge bis Mazar-i-Sharif ein bis zwei Monate dauerte. Im Winter dagegen waren die Pässe verschneit und die Wege abgeschnitten. Noch vor zehn Jahren brauchte ein Lastwagen über eine Woche für diese Strecke, die wir heute schon in zwei Tagen zurücklegen können . . ."

Doch die Fremden kamen heute und gingen morgen. Und obwohl so manches Augenpaar mir entgegenleuchtete, entstand keine wirkliche Nähe, keine echte Begegnung.

Mit gnädiger Dumpfheit deckte der Alkohol immer öfter meine Empfindungen zu, meine Traurigkeit und die Leere meines Lebens, die mich zu überwältigen drohte. Meine Geschäfte liefen reibungslos, was ich aufgebaut hatte, funktionierte, doch all mein Reichtum konnte mich nicht zufriedenstellen. Manchmal drängten sich mir Erinnerungen auf an die Wanderungen mit der Karawane des Oheim. Doch diese Zeiten waren unwiederbringlich vorbei.

Für Rasula Hakim Bey rollten längst Lastwagen übers Land. Aus seinen Karawanseraien war inzwischen eine 'Transport and Trading Company' geworden. Zwar gab es immer noch Landstriche, die gänzlich unerschlossen und mit Fahrzeugen nicht erreichbar waren. Dort stellten die Karawanen noch eine Lebensnotwendigkeit dar. Doch dort war auch das Leben von einer Kargheit, die mit romantischen Sehnsüchten nichts gemein hat. Die aufreibenden Strapazen des Karawanenlebens kannte ich nur zu gut, und meine Bücher, mein bequemes Leben in der Stadt, meine Gespräche mit den Fremden wollte ich nicht mehr missen.

„Zwei Gäste wollen euch sprechen, Herr", meldete der Hoteldiener.

„Was wollen sie? Sind es Ausländer?"

„Nein, Herr, es sind Afghanen. Ein alter Herr mit seiner Tochter. Sie legen Wert darauf, euch persönlich zu sprechen."

„Ich lasse bitten, aber sag ihnen gleich, ich habe nicht viel Zeit." . . .

„Zelihan!" entfuhr es mir unwillkürlich, als die Frau, die gefolgt von einem weißbärtigen Alten mein Zimmer betreten hatte, den Chador hob, der Gesicht und Gestalt verhüllt hatte, und nun erkannte ich auch den Alten: „Aslama!"

Jahre waren vergangen, seit wir uns in Jam verabschiedeten. Aslama, der Rish Safed von Jam und Zelihan . . . Welch Leuchten sprach aus ihren Augen! Verschwunden waren die traurigen Gedanken, die mich quälten — so wie die Dunkelheit verschwunden ist, sobald man ein Licht anzündet.

Aber gleichzeitig traf mich dieses Licht auch wie ein stiller Vorwurf. Wie ein Vorwurf der Untreue. Heimat leuchtete mir aus diesen Augen entgegen, doch diese Heimat war nicht das Tal im Hochgebirge, in dem wir uns einst begegneten. Diese Heimat lag im Lande Ghiyan, wo das Lied der Mondblume klang. Im Lande Ghiyan, das ich mit ihnen bereist hatte. Doch ich hatte den Glauben an dieses Land verloren und somit war mir der Zugang dorthin verschlossen geblieben für lange Zeit. Das Leuchten in Zelihans Augen und die Kraft in Aslamas Blick aber mahnten mich an die alles durchdringende Gegenwart dieses geheimnisvollen Reiches.

Ich war im Innersten erschüttert. All die Traurigkeit der letzten Monate, die heimliche Sehnsucht, unter der ich unsäglich gelitten hatte, die unerträgliche Leere meines Daseins, die ich selbst geschaffen hatte, weil ich einen wesentlichen Teil meines Seins aus meiner Wirklichkeit verbannen wollte, all dies stürzte in diesem Augenblick über mir zusammen, und wie ein Kind sank ich dem weißhaarigen Alten in die Arme. Doch es waren Tränen der Erlösung, die ich weinte. Es war wie ein Regen, den der Himmel nach einer schrecklichen Dürre der ausgetrockneten, rissigen, lechzenden Erde gnädig schickt. Ich ließ die unerwarteten Gäste, die mit einem Mal wieder Licht und Sonne in mein düsteres Dasein brachten, in meinem Haus unterbringen.

Jahre schon hatte Zelihan hier in Kabul verbracht. Sie hatte bei einer jüngeren Schwester ihres Vaters gewohnt und eine Schule besucht. Als nun unlängst ihre Mutter verstarb, war Aslama zu ihr nach Kabul gereist. Zelihan hatte schon seit langem gewußt, wo ich wohnte, was ich tat und wie ich lebte.

„Ich habe Jam verlassen, weil ich zu alt geworden bin, den Angelegenheiten des Dorfes vorzustehen", sagte Aslama, „sie ließen mich ungern ziehen, doch sie dachten, der Tod meiner Frau würde mich in die Ferne treiben. Aber es ist nicht Traurigkeit über ihren Tod. Ich weiß, sie lebt, sie lebt im Licht des Landes Ghiyan, glücklich und befreit von Leid und Mühsal. Sie brauchte mich, solange sie litt, unter dem Alter und der Schwäche des Körpers. Nun aber will ich meine Gedanken auch nicht mehr an die kleinlichen Alltäglichkeiten des Dorflebens fesseln. 'Geh zu Nisam nach Kabul', hatte Sayed Gilani gesagt, 'er braucht dich, und er wird für dich sorgen wie für seinen Vater. Dein Segen wird sein Haus erfüllen, und er wird dir eine Bleibe geben, bis auch deine Sehnsucht übermächtig wird, alle Begrenzungen hinter dir zu lassen.'"

„Gilani? Wo hält er sich auf?"

„Ich weiß es nicht. Er kam und wanderte nach drei Tagen weiter. Er wollte ins Ausland gehen, um seinen Lebensabend an einem Ort zu verbringen, an dem im Winter kein Schnee fällt. Du kennst ja seine Abneigung gegen Kälte."

„Wußte Gilani von meinem Leben in Kabul?"

„Ja, Nisam, wir sprachen oft über dich. Denkst du, wir hätten dich vergessen? Du gehörst zu uns, auch wenn du dachtest, die alten Zeiten seien vorbei und unsere Träume ließen sich nicht mit deiner Wirklichkeit als Geschäftsmann vereinbaren."

Ich fühlte mich wie ein Verräter. Wie hatte ich so herzlos sein können, daß ich versucht hatte, zu vergessen, was einst mein Herz zutiefst bewegte, und so die Verbindung zu denen abzubrechen, die ich liebte?

„Aber wenn ihr immer wußtet, wo ich war und was ich tat, wenn du, Zelihan, sogar hier in Kabul wohntest, warum habt ihr mich nie zuvor besucht? Warum ist Gilani nicht gekommen?"

„Du hättest nicht tun können, was du getan hast, wenn wir dich gestört hätten, und wir haben nicht das Recht, in dein Leben einzugreifen, wenn du selbst es gar nicht willst. Du hast an uns gezweifelt. Die Mondblume war ein Phantasiegebilde für dich geworden, paßte nicht mehr in dein Weltbild, und so wurde das Land Ghiyan für dich nichts weiter als eine Legende. Daher mußtest du dich erst weit entfernen, um Heimweh zu spüren, mußtest das Dunkel der Nacht erleben, um das Licht des Tages wieder herbeizusehnen. Erst jetzt, wo du uns gerufen hast, kommen wir zu dir."

„Ich habe euch gerufen?"

„Ja", lächelte Zelihan geheimnisvoll, „und weil wir dich lieben, sind wir gekommen. Dein Ruf erreichte unser Herz, und deine Traurigkeit ließ es weinen."

Zelihan und Aslama willigten ein, bei mir zu bleiben. Ich schilderte ihnen die dunklen Täler, die ich durchwanderte, meine Enttäuschung und mein Mißtrauen den Menschen gegenüber.

Langsam genas ich von meinen Seelenschmerzen und konnte wieder glücklich sein.

„Doch", sagte Aslama, „du bist nicht umsonst reich geworden. Wir haben unser Leben bekommen, um den Geschöpfen Gottes zu dienen."

„Ja", stimmte Zelihan ihm zu, „du kennst das Elend unseres Volkes, Nisam. Du bist einer der wenigen, die es geschafft haben, du hast Reichtum erworben und gibst anderen Arbeit und Brot. Doch das ist noch nicht genug."

Ich nickte. Wieder sah ich mich, zusammen mit Sayed Gilani und Abdu Rahman hinabblicken auf das von Mondlicht durchflutete Tal von Bamiyan. Für Jahre hatte ich das Gelübde vergessen, das ich damals in meinem Herzen ablegte, hatte nur noch an mich selbst gedacht — so lange, bis ich mir selbst zu einer schier unerträglichen Last geworden war.

„Aber in diesen Jahren bist du reifer und stärker geworden, und nun bist du mehr denn je in der Lage, etwas für dein Volk und für dein Land zu tun", sagte Zelihan, als antworte sie auf meine Gedanken.

„Ich frage dich nur, wo man anfangen soll, etwas zu tun? Ist die Situation nicht viel zu schwierig, als daß ein einzelner da helfen könnte? Und wie soll man einem Volk weiterhelfen, das auf die fanatischen Mullahs hört? Wie soll man einem Volk helfen, das in sich uneins ist, weil sich seine einzelnen Stämme gegenseitig verachten? Wo soll man ansetzen, bei einer Gesellschaft, die gefesselt ist in ihre verhärteten Formen, in ihren längst überholten, sinnlos gewordenen Regeln?"

„Genau dort, wo die Wurzel allen Übels liegt, und genau dort, wo die Zukunft beginnt", antwortete Aslama.

„Unwissenheit", fuhr Aslama fort, „ist die Wurzel allen Übels. Unser Volk aber lebt in tiefster Unwissenheit, und das ist es, was die Rückständigkeit unseres Landes bewirkt. Im Westen geht jedes Kind zur Schule, lernt Lesen und Schreiben und — was das wichtigste ist — Denken. Nun sind aber die Kinder die Zukunft. Die Zukunft eines Volkes, die Zukunft der Welt."

„Ja, Bildung ist es, was unserem Volk am meisten fehlt", ergriff Zelihan nun wieder das Wort, „und wer am wenigsten die Möglichkeit hat, sich Bildung anzueignen, das sind die Frauen und Mädchen in unserem Land. Sie sind immer noch dazu verdammt, ein Leben hinter dem Schleier zu führen und hinter den Mauern des Hauses. In anderen Ländern ist die Frau dem Mann gleichgestellt. Bedenke, welch ein Potential an Intelligenz hierzulande hinter dem Schleier verkümmert; Intelligenz, die mitwirken könnte, das Elend eines ganzen Volkes zu mildern. *'Das Glück schläft nur, man braucht es nur zu wecken',* heißt das Sprichwort. Laßt es uns wecken! Laß uns dein Vermögen verwenden, um eine Schule zu gründen. Eine Schule für Mädchen. Ich selbst werde diese Schule aufbauen und leiten, wenn du es finanziell ermöglichst."

Bekräftigend nickte Aslama.

Es bedurfte nicht vieler Worte, um mich zu überzeugen, denn der Funke der Begeisterung, welche aus den Augen der beiden strahlte, war längst auf mich übergesprungen und hatte ein wahres Freudenfeuer in mir entfacht. Ich hatte Reichtum erworben, der sonst vielleicht in die Hände von Betrügern und Gaunern gefallen wäre, um nun damit mitzuarbeiten an der Zukunft unseres Volkes. All meine Arbeit, mein ganzes Leben bekam so einen neuen Sinn. Meine Beziehungen in Regierungskreisen, der Einfluß des Oheim und vor allem meine Geldmittel ermöglichten es, alle erforderlichen Genehmigungen zu erwirken. Auch ein geeignetes Gebäude war bald gefunden und der Unterricht konnte begonnen werden. Mit einem unbeugsamen Idealismus machte sich Zelihan an ihre selbstgewählte und schwierige Aufgabe. Nicht nur, daß der Lehrerberuf in Afghanistan alles andere als angesehen war, die Schwierigkeiten, die selbst in Kabul dem Aufbau einer Mädchenschule von den verschiedensten Seiten in den Weg gelegt wurden, waren beachtlich. Doch auch hier half Bakschisch Wunder wirken, und das Gefühl, mit dieser Schule ein Steinchen ins Rollen zu bringen, das vielleicht einmal eine Lawine auslösen würde, das Gefühl, mitzuwirken an einer lichteren Zukunft der Gesellschaft, erfüllte mich mit großer Zufriedenheit, und aus dieser Zufriedenheit floß eine ruhige und klare Kraft.

Rasula Hakim Bey und meine Mutter waren mehr als glücklich, diese Neuigkeit zu erfahren. Doch der Oheim schien nicht einmal besonders überrascht zu sein. War er all die Jahre in Verbindung gewesen mit Zelihan, Aslama, Gilani und anderen, die um das Geheimnis der Mondblume wußten? Rasula Hakim Bey weilte oft für Wochen in meinem Haus, wenn seine Geschäfte ihn nach Kabul führten. Manchmal kam auch die Mutter mit. Doch sie ließ sich nicht dazu überreden für immer hier zu bleiben.

„Wenn meine Augen für lange Zeit die Weite der Steppe missen, dann weint mein Herz."

Der Abend hatte sich über die Stadt gelegt. Seit Aslama und Zelihan bei mir lebten, war kein Wein mehr nötig, um meine Stimmung zu heben. Vor einigen Tagen sind Rasula Hakim Bey und meine Mutter eingetroffen. Ein ruhiges Glück umhüllt uns, als wir beieinandersitzen. Aslama hat die Wasserpfeife in Gang gebracht, und Zelihan bringt dampfenden Tee. Bedächtig nehme ich meine Naf zur Hand. Wie lange schon war sie ganz unbeachtet an der Wand gehangen. Wann hatte sie meinen Atem das letzte Mal zum Klingen gebracht? Staub lag auf der Flöte, die ich einst von Sayed Gilani erhielt. Zelihan enthüllt eine kostbare Vina, die sorgfältig in roten Samt geschlagen war. Vorsichtig und mit Bedacht reinige ich meine Naf vom Staub. Der Oheim rückt seine Tablas zurecht. Das leise Blubbern der Nagila unterbricht die feierliche Stille des Augenblicks. Der Oheim reicht mir die Wasserpfeife. Ich nehme einen tiefen Zug und gebe sie zurück an Aslama, bevor ich das Mundstück der Flöte an meine Lippen setze. Tief schaue ich in die

Augen der Mutter, während duftende Rauchschwaden durch den Raum ziehen. Die endlose Weite der Steppen spiegelt sich in diesen Augen. Es liegt eine eigenartig sehnsuchtsvolle Melancholie über dieser Landschaft, und leise hauchend beginne ich die Melodie eines uralten Liedes zu spielen, das die Mutter schon damals summte, als ich noch als kleines Kind zu ihren Füßen spielte.

Erkennen leuchtet in ihren Augen auf. Ich schöpfe Atem und lege all meine Empfindungen in dieses Lied. Zelihan streicht über die Seiten der Vina, findet die Harmonie und begleitet in sanften Phantasien die Melodie. Mit seinen Tablas gibt der Oheim dem Lied ein festes Gefüge.

Wie das Gras im Wind der Steppe wiegt sich die Mutter leise summend und singt. Worte einer traurigen Sehnsucht, Worte, in denen aber auch selige Gewißheit schwingt:

„Komm es ist Zeit!
Immer wenn sich Schritte
Meinem Zelt nähern
Erbebt mein Herz in der Hoffnung
Du seist gekommen
Doch wage ich nicht
Dir entgegenzueilen
Oh, wenn Du auch tausendmal vorbeigehst
Ich werde auf Dich warten
Und irgendwann wirst Du den Eingang finden
Du wirst die Zeltdecke hochschlagen
Und Deine Augen werden voll Liebe sprechen
Komm, es ist Zeit
Schneller als der Wind
Wird Dein Pferd uns über die Steppe tragen
Und ferne Wege werden unser sein
Wenn Du zu mir sagst
Komm, es ist Zeit".

Wie sagte Gilani einst: 'Was der Dichter in Worten nicht ausdrücken kann, das zeigt der Maler in seinem Bild. Doch was der Maler durch sein Bild nicht mehr vermitteln kann, das legt der Musiker in sein Lied. Denn die Musik ist ein direkter Weg hinein ins Herz der Menschen.'

Musik beseelte unser Haus, seit Zelihan und Aslama bei uns wohnten. Selbst drüben in der Teestube des Hotels schloß die Musik Kreise und überbrückte die Kluften verschiedener Herkunft und Sprachen, wenn an so manchem Abend fremde Menschen sich zusammenfanden, ihre Instrumente stimmten und eine gemeinsame Harmonie anstrebten. Ost und West, Süd und Nord begegneten sich, und selbst so mancher Afghane, der nur aus Neugierde, oder in der Hoffnung, seine Vorurteile den Fremden gegenüber bestätigt zu sehen, die Treppe meines Hotels emporstieg und sich des Abends in den Teeraum setzte, ging dann verwundert seiner Wege. Waren es doch wirklich nette Menschen, diese jungen Leute aus dem Westen, die man dort traf, so seltsam sie auch gekleidet waren, — in keinster Weise vornehm und elegant, wie man sich den Westen vorstellte. Nein, bunt zusammengewürfelte Kostüme sah man da. Doch die meisten dieser Leute waren ruhige und freundliche Menschen und ihre Ansichten — sie mochten ja recht haben...

Der Strom der Reisenden vermehrte sich von Jahr zu Jahr. Mag sein, daß die Fremden in meinem Haus spürten, auch als Menschen Anerkennung zu finden und nicht nur als Devisenbringer — jedenfalls war mein Hotel bald das beliebteste der Stadt.

„In jungen Jahren hast du bereits viel geleistet, Nisam, hast dich bewährt, und aus den Summen, die ich dir zur Verfügung stellte, mehr aufgebaut, als ich dir für die kurze Zeit zugetraut hätte. Das ist gut so. Ich werde alt und habe mein Leben zum größten Teil schon hinter mich gebracht. Ich sah den Wandel der Zeiten, erlebte das Auf und Ab der Welt. Nun ist es an der Zeit für mich, die Wallfahrt nach Mekka anzutreten. Ich habe alles so geordnet, daß es für dich nicht allzuschwer sein wird, meine Geschäfte weiterzuführen, zumindest solange ich in Allahs Namen ziehe. Du kennst meine Mitarbeiter und Verwalter. Fahre einmal im Monat nach Mazar-i-Sharif und nach Hause nach Balch, sieh nach dem Rechten und vertrete mich würdig und stark, denn ich werde erst nach Ablauf eines Jahres wieder hier sein. Dann wollen wir weiter sehen."

Zuerst erschrak ich vor der Bürde, die der Oheim mir damit auferlegte. Doch dann bot ich der Zukunft mutig die Stirn. Inschallah! Mit Gottes Hilfe war ich auch den neuen Aufgaben gewachsen.

Um die monatlichen Reisen schneller und bequemer zu ermöglichen, kaufte ich ein geländegängiges Fahrzeug. Der neue Jeep erregte großes Aufsehen, als er funkelnd vor das Hotel rollte. Da spürte ich zum ersten Mal so etwas wie Mißgunst mir entgegenschlagen. Neid kam auf bei den Nachbarn, die plötzlich in dem Automobil ein Status-Symbol des westlichen Kapitalismus zu erkennen glaubten.

Die überstandene Krise mit Pakistan hatte unser Land dem kommunistischen Einfluß Rußlands geöffnet. Unsere Wirtschaft war aufgrund der pakistanischen Transit-Sperre auf die Luftbrücke angewiesen, mit der die Sowjetunion jahrelang unsere Handelsbeziehungen zu anderen Ländern des Ostens aufrecht erhalten half. Zwar unterstützte auch Amerika Afghanistan durch große Summen, förderte den Aufbau des Verkehrs und Unterrichtswesens, doch war der ideologische Einfluß der roten Weltmacht im Lande groß, zumal sprachliche und kulturelle Barrieren durch die turkstämmigen und mongolischen Völker Rußlands leichter zu überwinden waren. So nutzte man Not und Unzufriedenheit des Volkes für Propagandazwecke. Doch hatte sich das freie Wirtschafts-System der letzten Jahre zu sehr bewährt und unserem Land zweifellos einen Aufschwung beschert. Zudem waren Freiheitsdrang und nationales Bewußtsein bei den Völkern Afghanistans so ausgeprägt, daß eine wirkliche Annäherung an eine fremde Macht nicht zu befürchten schien. Trotzdem beschlich mich damals das erste Mal eine dunkle Ahnung, eine vage Befürchtung, die ich jedoch bald wieder vergaß. Der Klatsch der Leute war noch nie beständig gewesen, und darum gab es keinen Grund für mich darauf zu achten.

Denn vor mir selbst war ich weder ein Kommunist noch ein Kapitalist, sondern ein Mensch, der die Menschen liebte. So gab ich durch mein Werk nicht nur vielen Brot und Arbeit, sondern in meinem Haus vereinigten sich Gegensätze aus Ost und West, sprach man über Fortschritt und Tradition, über Religion und Politik.

Daß wir dazu noch eine Schule unterhielten, die Mädchen zu jungen Frauen heranbildete, ihnen Lesen und Schreiben beibrachte, und sie vor allem zu selbstbewußten Menschen erzog, ahnte kaum jemand von denen, die Anstoß nahmen an meinem augenscheinlichen Reichtum.

Wie sonderbar, daß viele verfluchten, was doch ein Segen war. Die mächtigen Mullahs, die das Volk in Unwissenheit zu halten suchten, sie wurden geehrt und geachtet. Doch wehe dem, der es wagte, den Weg in eine lichtere Zukunft aufzuzeigen.

Maria hieß die junge Frau, die eines Morgens ins Geschäft gekommen war. Sie wirkte fast wie eine afghanische Nomadenfrau, mit ihrem langen, schwarzen Haar und dem reichbestickten Kleid. Die Selbstsicherheit ihres Auftretens stand ganz im Gegensatz zur zarten Jugend ihres Gesichtes. Sie wußte sich so zu kleiden und zu benehmen, daß sie keinen Anstoß erregte, und nicht jeder hätte in ihr sogleich die Europäerin erkannt. Schon an einem der letzten Abende war mir dieses Mädchen aufgefallen, als sie in der Teestube saß und auf ihrer Gitarre spielte. So nutzte ich nun die Gelegenheit zu einem Gespräch mit ihr.

„Ich komme aus Deutschland", erzählte sie auf meine Frage hin, „wo ich ein Geschäft habe, für das ich hier in Afghanistan einkaufe. Orientalische Kunst ist heutzutage im Westen sehr begehrt."

„Für uns ist es ganz ungewöhnlich, daß Frauen Geschäfte machen und alleine reisen."

Sie lachte und erzählte von der Emanzipation der Frau. Ich hörte ihr geduldig zu, und sagte dann in deutscher Sprache unvermittelt:

„Guten Tag, mein Fräulein, wie geht es Ihnen?" Da wir unser Gespräch bisher in englischer Sprache geführt hatten, rief sie nun überrascht aus:

„Oh, wo haben Sie denn Deutsch gelernt? Waren Sie schon einmal im Ausland?"

„Nein, ich bin im Norden Afghanistans aufgewachsen. Aber zusammen mit Kindern aus meiner Verwandtschaft wurde ich zu Hause von Lehrern unterrichtet. So lernte ich auch die deutsche Sprache."

Im Spiel von Frage und Antwort empfand ich Sympathie für diese junge Frau, die selbstbewußt und stark auf eigenen Beinen zu stehen schien.

„Lieben Sie Musik?" fragte ich sie, „ich sah Sie neulich in der Teestube spielen."

„Oh ja, Musik ist eine Leidenschaft von mir, doch leider spiele ich nur laienhaft."

Wir sprachen über die Musik des Ostens, die ebenso eigenartig für westliche Ohren klang, wie europäische oder amerikanische Musik für uns, sprachen über die Kunst der verschiedenen Kulturen, bestellten Tee . . . So vergingen die Stunden in angeregter Unterhaltung.

„Ich habe eine Schwester", erzählte ich ihr schließlich – es schien mir am einfachsten Zelihan meine Schwester zu nennen –, „die sehr gebildet und intelligent ist. Sie ist Lehrerin und hat eine Mädchenschule in Kabul gegründet. Mit Sicherheit wird sie sich freuen, Sie kennenzulernen."

So wurde Maria unser Gast, und Zelihan genoß sichtlich ihre Gesellschaft. Oft besuchte sie uns nun des Abends. Zelihan ließ sich Griffe auf der Gitarre beibringen und erklärte Maria das System des Vina-Spieles. Gerne nahm Maria die Einladung Zelihans an, der Mädchenschule einen Besuch abzustatten und wurde dort begeistert empfangen.

Die Teppiche und all die anderen Kostbarkeiten, die sie in unserem Geschäft entdeckte, bekam sie zu dem Preis, für den ich selbst sie erworben hatte, und als sie sich dann entschloß, wieder in ihre Heimat zu reisen, brachten wir sie selbst zum Flugplatz und überhäuften sie zum Abschied mit Geschenken.

Bald schrieb sie Briefe, in denen sie sich zutiefst für unsere Gastfreundschaft bedankte. Die Waren, die wir ihr nachgeschickt hatten, erreichten sie offensichtlich unbeschadet, und sie konnte gute Gewinne erzielen. Es entwickelte sich ein regelrechtes Exportgeschäft aus dieser Freundschaft; ein Exportgeschäft, das zwar für uns kaum Gewinne abwarf, das aber offensichtlich Maria zu geschäftlichen Erfolgen verhalf und ihr ermöglichte, bald wieder nach Afghanistan zu kommen.

Wir alle sahen ihrem Besuch mit freudiger Erwartung entgegen, doch für mich bedeutete ihr Kommen schon weit mehr, als ich mir eingestehen wollte.

Ahnte auch Zelihan von meinen heimlichen Sehnsüchten, die so unerhört waren, daß ich sie vor mir selbst zu verbergen suchte? Energisch kämpfte ich gegen diesen Gedanken an. Nein, solchen Gedanken durfte ich gar nicht nachgeben. Ich würde mich ja nur lächerlich machen. Lächerlich vor Zelihan, vor Maria und vor mir selbst. Ein Bruder wollte ich ihr sein oder besser noch ein väterlicher Freund, der sie unterstützte und förderte.

Bis ins Herz durchdrang mich der Blick ihrer blitzenden Augen, als wir Maria vom Flugplatz abholten. Ja, jetzt wußte ich, an wen mich ihr bezauberndes Gesicht erinnerte: diese großen, dunklen Augen ... ähnelte sie nicht Arifa?

Fast war mir, als sprächen aus Marias Blicken dieselben Sehnsüchte und Wünsche, die ich in mir niedergerungen hatte.

Als Maria von ihrem Vorhaben sprach, auch andere Städte und Gegenden Afghanistans zu bereisen, und mich deshalb um Rat fragte, lud ich sie ein, mich nach Mazar-i-Sharif zu begleiten, da ich in den nächsten Tagen dorthin fahren mußte.

Erfreut willigte sie ein.

Mit Stolz beobachtete ich ihr Staunen; kein Wunder, daß sie die mächtigen Gebirgsmassive beindruckten, die wir überquerten, wirkten doch die höchsten Berge ihrer Heimat demgegenüber nur wie kleine Hügel. Andächtig stand sie vor dem Heiligtum zu Mazar-i-Sharif. In Balch war immer noch unsere alte Karawanserai, so wie ich sie noch aus meiner Kindheit kannte. Die Gebäude wurden jedes Jahr sorgfältig ausgebessert und in Stand gehalten.

Als wir dort eintrafen, brachte meine Mutter Maria große Aufmerksamkeit entgegen, und Maria fühlte sich wohl in ihrer Gesellschaft. Offensichtlich freute die Mutter sich sehr über die willkommene Abwechslung, und in langen Gesprächen freundeten sie sich an. Als ich die geschäftlichen Angelegenheiten erledigt hatte, schlug ich Maria vor, auf dem Rückweg ins Tal von Bamiyan zu fahren.

„Wie soll ich dir jemals dafür danken, was du alles für mich tust, Nisam? Ich bin zutiefst in deiner Schuld", sagte sie und sah mir in die Augen.

Aufmerksam hörte sie mir zu, wenn ich versuchte, ihr die verschiedenen Völkergruppen und ihre Eigenheiten zu erklären. Da waren also zuerst die Paschtun:

„Sie halten sich für die eigentlichen Afghanen und sind stolze Krieger mit einem unbeugsamen Hang zur Freiheit. Für sie gibt es kein geschriebenes Gesetz. Ihr Gesetz ist der Paschtunwali, ein seit Urzeiten mündlich überlieferter Ehrenkodex, der auch die Blutrache regelt, und die Dschirga, die Ratsversammlung."

„Blutrache?" fragte sie entsetzt, „gibt es heutzutage noch dieses grausame Brauchtum?"

„Ja, Maria, hier ist die Zeit stehen geblieben, und nur in Kabul oder in Ortschaften, in denen Industrie angesiedelt wurde, verspürt man bereits die Neuzeit."

„Und die Blutrache ist gültiges Recht?"

„Ja, auf dem Land und bei den Nomadenstämmen. Wenn keine Einigung erzielt wurde durch Bezahlen von Chun, Blutgeld, dann kam es vor, daß ganze Stämme sich gegenseitig ausrotteten."

„Blutgeld?"

„Ja, das ist so: wenn Anspruch auf Blutrache erhoben wird, dann besteht die Möglichkeit, einen Vergleich zu schließen. Man versammelt sich an einem neutralen Platz und handelt den Blutpreis aus. Das Leben eines Mannes wird mit einem Chun bewertet, und mit mehreren jungen Mädchen oder mit Vieh beglichen."

„Und wie wird das Leben eines Mädchen bewertet?" fragte Maria schaudernd.

„Je nach Alter und Fähigkeiten; vielleicht mit einem Viertel oder einem Halben Chun."

Fassungslos schüttelt Maria den Kopf.

„Und was regelt dieser seltsame Ehrenkodex noch?"

„Zum Beispiel Melmastya, die Gastfreundschaft und die Pflicht der Asylgewährung für Verfolgte; oder Turah, Fairness, Tapferkeit und Ehrlichkeit beim Kampf; aber auch Nanawati, Versöhnungsbereitschaft und Reue."

„Und die Paschtun sind Nomaden?"

„Viele, aber nicht alle. Es gibt auch seßhafte Paschtun, Großgrundbesitzer oder Handelsherren. Bevor aber ein Paschtun verarmt, würde er Haus und Hof verlassen und als Nomade nach neuen Wegen suchen. Seine höchsten Ideale sind Ehre, Ritterlichkeit und Würde und sein wertvollster Besitz ist das Gewehr, dessen Diebstahl mit dem Leben eines Mannes gleichgewertet wird — jeder Paschtun ist ein Krieger."

„Und woher kam dieses Kriegervolk nach Afghanistan?"

„Sie nennen sich Beni Israeli, Söhne Israels, und führen ihre Abstammung der Legende nach auf König Da'ud zurück, den eure Bibel David nennt: nachdem Nebukadnezar Jerusalem erobert und das Volk Israel in die babylonische Gefangenschaft verschleppt hatte, führte Afghana, der Sohn König Da'uds einen der Stämme Israels in die Freiheit und floh mit seinen Getreuen in die hohen Gebirge von Ghor. Seine Nachkommen aber sind die Paschtun, die Afghanen."

„Und zu welchem Volk gehörst du, Nisam?"

„Meine Mutter ist Turkmenin. Dieses Volk stammt aus den mongolischen Steppen, und mein Vater war ein Paschtun. So bin ich also fast ein echter Afghane."

„Gott sei Dank nicht ganz!" lachte Maria, „sonst hätte ich Angst mit dir allein im Jeep zu fahren!"

„Oh, da unterschätzt du aber die Ritterlichkeit der Paschtun."

„Na ja, man hört so manche schlimme Geschichten!" warf sie ein, „und darum halte ich mir die Afghanen lieber möglichst fern."

Sie sprach das Wort 'Afghanen' mit so einer abfälligen, ja verächtlichen Betonung aus, daß ich mich darüber ärgerte.

„Ich finde, daß meistens das Benehmen der Frauen Schuld daran hat, wenn in Afghanistan eine Fremde beleidigt wird oder gar Schlimmeres erleidet. Man muß wissen, wie man sich hierzulande zu kleiden und zu verhalten hat."

„Dann findest du wohl euer verklemmtes System und die damit verbundene Unterdrückung der Frau auch noch richtig?" wollte sie gereizt wissen.

„Nein, aber findest du es richtig, die verklemmten Männer Afghanistans mit nackten Frauenarmen und durchsichtigen Hemdchen völlig aus dem Häuschen zu bringen, wie es diese Hippie-Mädchen tun, wenn sie so aufreizend durch die Straßen turteln?" fragte ich sie ebenso erbost, „ihr seid die Gäste hier in diesem Land! Und wenn ihr euch nicht nach den Gegebenheiten Afghanistans richtet, dann dürft ihr euch nicht wundern, wenn ihr in Schwierigkeiten kommt!"

Ein betretenes Schweigen folgt diesem Wortwechsel, während ich unseren Jeep vorsichtig durchs Gebirge manöveriere. Die gefährliche Straße nimmt meine ganze Konzentration in Anspruch, so daß wir nicht weiter miteinander sprechen. Erst als wir Bamiyan erreichen, entspannt sich die Atmosphäre wieder, und beim gewaltigen Anblick der riesenhaften Buddhastatuen ist der Streit vergessen. Wir fahren weiter nach Westen, hinein ins Gebirge, und mieten schließlich Pferde, um zu den Seen von Band-i-Amir zu reiten. Maria ist restlos begeistert. Als wir am Abend zurückfahren nach Bamiyan steht silbern der Vollmond über dem Tal. Ich halte den Wagen an, und wir steigen aus. Erinnerungen durchwehen mein Herz.

„Hier an dieser Stelle stand ich einst vor Jahren. Auch damals war Vollmond . . ."

Da ließ ich mich hinreißen und begann zu erzählen: von Rasula Hakim Bey, von Sayed Gilani, Zelihan und Aslama. Von Jean Marie, dem Belgier, von dem Minarett zu Jam und von seiner Inschrift, die Maryam, die Mutter Isas, pries. Mit leuchtenden Augen hing Maria an meinen Lippen.

„Es klingt alles wie im Märchen", sagte sie, „doch muß es wahr sein, denn ich sehe dich vor mir, kenne Zelihan und Aslama."

Fast schämte ich mich, daß ich mich zu solchem Überschwang hatte hinreissen lassen, Maria so vieles zu erzählen, worüber ich bisher noch zu niemandem gesprochen hatte. Habe ich zuviel von mir selbst preisgegeben?

Jedenfalls war seither eine Vertrautheit zwischen uns, die mir fast zu eng erschien. So ermahnte ich mich selber, künftig meine Gefühle besser zu kontrollieren.

Wenn ich jedoch spürte, wie Maria mich mit verstohlenen Blicken musterte, sonnte ich mich in ihrer Bewunderung.

Auf der Weiterfahrt, zurück nach Kabul, kam Maria wieder auf unseren Streit zu sprechen:

„Du hast dich über das Verhalten der Hippie-Mädchen beschwert. Doch die Hippies, die Blumenkinder, sind in vieler Hinsicht wie eure Sufis. Sie predigen die Liebe; die Wertlosigkeit materiellen Besitzes, wenn nicht Liebe das Leben erfüllt; die Macht der Gewaltlosigkeit. Genau die Hippies sind es, die euch verstehen können. Sie werden in meiner Heimat verlacht, und das ist der Grund, warum sie in ferne Länder ziehen. Sie sind auf der Suche. Auf der Suche nach Gleichgesinnten, auf der Suche nach einem Sinn in ihrem Leben. Es gibt auch Hippies, die die bunten Kleider ablegten und trotzdem ihrem Wesen treu blieben. Im Stillen gehen sie diesen Weg der Liebe, auch wenn sie sich äußerlich den Formen der Gesellschaft anpassen, in der sie leben."

Schweigend hatte ich ihr zugehört, und ich hatte das Gefühl, Maria wartete auch nicht auf eine Antwort. Natürlich verteidigte sie die Fremden, natürlich idealisierte sie ihr Verhalten, genauso, wie ich die Afghanen in Schutz nahm.

Maria verglich Hippies mit Sufis. Ahnte sie denn überhaupt, was ein Sufi war?

Als wir spät nachts Kabul erreichten, war Maria eingeschlafen. Vorsichtig weckte ich sie, und sie legte zärtlich den Arm um mich, als ich sie in der Dunkelheit zum Haus führte. An der Tür drückte sie sich eng an mich und flüsterte:

„Es war sehr schön, Nisam, ich danke dir!", hauchte mir einen Kuß auf die Wange und verschwand im Dunkel des Eingangs. Verdutzt stand ich da, und es durchrieselte mich ein scheues Glücksgefühl.

Am anderen Morgen bat mich der Oheim, nach Kandahar zu fahren und dort in seinem Auftrag Ankunft und Einlagerung einer Lieferung Weizen zu erwarten. Seit seiner Rückkehr von der Hadsch war er nicht mehr so wie früher ins Geschäftsleben eingestiegen, sondern hatte mir größtenteils die Verwaltung seines Vermögens und seiner Geschäfte überlassen.

„Oh, ich wollte längst schon auch den Süden des Landes kennenlernen!“ ließ Maria vernehmen, als sie von meiner bevorstehenden Reise erfuhr, und ich schlug ihr auch diesmal den Wunsch nicht ab, mit mir zu kommen.

Begleitet von Ali, einem treuen Bediensteten des Hauses, fuhren wir los.

„Was bedeuten dort drüben diese halbzerstörten Brücken? Sie sehen ja aus, wie ganz moderne Konstruktionen?“ wollte Maria wissen, und zeigte zu den eigenartigen Ruinen aus Beton und Stahl am Horizont.

„Das ist gute deutsche Wertarbeit”, lachte ich und erzählte ihr die Geschichte dieses Denkmals einer absurden 'Entwicklungshilfe'.

„Deutsche Ingenieure sollten dazu beitragen, das Straßennetz Afghanistans auszubauen. Sie kamen, maßen, rechneten und planten. Einheimische Baumeister aber hegten Zweifel an der Haltbarkeit ihrer Konstruktionen und meldeten ihre Bedenken an:

'Eure großen Brücken werden der Macht der Wassermassen nicht standhalten', versuchten sie einzuwenden. Doch sie ernteten nur ein müdes Lächeln. Was ahnten diese Halbwilden schon von technischer Perfektion, Statik und so fort? Die Brücken wurden also gebaut, und hielten auch ganz gut — bis zum Frühjahr, bis die Fluten der Schneeschmelze sich aus den Gebirgen zu Tale wälzten. Mit solchen Naturgewalten hatten die braven Deutschen natürlich nicht gerechnet, wie hätten sie auch entsprechende Erfahrungen sammeln können in ihrem kleinen, ordentlichen Land?”

Maria lachte amüsiert und ich erklärte weiter:

„Geduldig richtete man die alten afghanischen Brücken aus Geröll und Balken wieder auf, die seit Menschengedenken schmale Wege über Flüsse und Ströme schlugen. Erst in den letzten Jahren hat Amerika die Straße nach Kandahar ausgebaut, auf der wir jetzt fahren. Seither kann die ganze Strecke innerhalb eines einzigen Tages bewältigt werden.”

„Nisam!“ begann Maria nach längerem Schweigen zögernd.

„Ja, was ist?“ fragte ich aufmerksam.

Draußen zog die weite Landschaft an uns vorbei. Rechts vom Weg, in einer flachen Senke, lagen geduckt schwarze Nomadenzelte und weitverstreut kauten Kamele am kargen dornigen Gestrüpp.

„Ein ganzes Jahr lang habe ich mich danach gesehnt, wieder nach Afghanistan zu kommen. Und weißt du warum?"

„Sag es mir, Maria."

„Weil du für mich Afghanistan bedeutest. Du bist es, nach dem ich mich sehnte, Nisam, und sonst nichts. Oh, wie sehr habe ich den Tag herbeigesehnt, dich wieder zu sehen! Als ich dir dann endlich in die Augen sah, war es mir erst, als fände meine Liebe dort Erwiderung, doch du blicktest gleich darauf zu Boden, und seither ist es, als sei eine große Ferne zwischen uns, über die hinweg wir uns nur Höflichkeiten zurufen . . . Ich weiß, du kannst nicht den geringsten Gewinn erzielt haben mit all den Waren, die du mir bisher verkauftest. Warum tust du das alles?"

Ich versuchte, meine innere Erregung zu verbergen. 'Wenn du ahntest, Maria, wie sehr auch ich dein Kommen herbeisehnte', dachte ich im Stillen, zu Maria aber sagte ich:

„Ich wollte dir helfen, dein Geschäft aufzubauen, sonst nichts."

„Wie grausam du bist! 'Sonst nichts'. Was soll das denn heißen: 'Sonst nichts'? Bedeute ich dir wirklich nur das, 'sonst nichts'? In Bamiyan hieltest du lange Vorträge über die Liebe und den Weg der Sufis, und nun spielst du den reichen Onkel, der es sich leisten kann, auch einmal seinen Gewinn zu verschenken. Aber auf deine materielle Hilfe kann ich verzichten, wenn du meine Gefühle nicht spürst!"

Sie begann zu schluchzen, während sie fortfuhr:

„Ich will mich in Kandahar von dir trennen, denn ich halte es nicht mehr aus, vor Liebe zu vergehen, während du nur hochtrabende Theorien über die Liebe kennst!"

„Maria, bitte hör auf zu weinen." sagte ich. Es fiel mir schwer, weiter zu sprechen.

„Du kennst mich. Auch ich liebe dich sehr und sehnte mich nach dir, während du in Deutschland warst. Doch ich bin Afghane, und es wäre Wahnsinn, würde ich meiner Liebe freien Lauf lassen."

„Was soll mir deine Liebe auch, wenn sie nicht einmal in der Lage ist, sich darüber hinwegzusetzen, daß wir beide aus verschiedenen Ländern stammen. Was ist dein 'Weg der Liebe' denn wert, frage ich dich, wenn du diesen Weg gar nicht kennst! Welche Ahnung kannst du schon von der Liebe haben, die du in hehre Worte kleidest! Du läufst vor ihr fort, verkriechst dich vor ihr feige in deine vornehme Großzügigkeit und in die mittelalterlichen Anstandsregeln deiner afghanischen Gesellschaft! Bei einem orientalischen Dichter habe ich gelesen, die Liebe sei die einzige Freiheit der Welt, denn sie hebe das Wesen der Menschen zu solchen Höhen empor, daß die Gesetze der Menschheit, ja selbst die Gegebenheiten der Natur auf ihren Weg keinen Einfluß mehr haben. Was ist im Gegensatz dazu deine Liebe? Eine trockene Philosophie, mit der du dich vor der Wirklichkeit zu verbergen suchst!"

Maria hatte sich hoch im Sitz des Wagens aufgerichtet. Wütend schleuderte sie mir die letzten Sätze an den Kopf. Tief in meinem Inneren hatte sie eine alte Wunde aufgerissen. Mir war heiß, und das Blut pochte in meinen Schläfen. Ja, Maria hatte recht, ich war vor meiner Liebe geflohen, hatte sie verdrängt, aber doch auch deswegen, weil ich sie nicht in Verruf, nicht in Schwierigkeiten bringen wollte — und weil ich lange Zeit fürchtete, abgewiesen zu werden und keine Erwiderung von ihrer Seite zu finden.

Ich atmete schwer, starrte verbissen auf die Straße, die vor uns lag und wagte nicht, zu Maria hinüber zu schauen. Sie sollte nicht merken, daß ich mit den Tränen kämpfte.

Arifas Augen tauchten vor mir auf, und ich spürte, wie sich damals meine tiefsten Gefühle verändert hatten, als meine Liebe zu ihr erwachte, zur Tiefe ihrer Augen. Doch dann war ich geflohen, hatte meine Liebe verleugnet, und sie verwandelte sich in nichts als Bitterkeit und Leid. Ja, ich hatte meine Liebe zu Arifa verleugnet, selbst dann noch, als ich schon in der Klause des alten Meisters war. Aus meiner Erinnerung klangen von ferne her seine Worte, als er mich wütend schalt: 'Das war dein einziger Fehler, du Dummkopf!'. War ich gerade dabei, denselben Fehler wieder zu begehen?

„Maria, ich liebe dich. Ich habe mich in dich verliebt, als ich dich zum ersten Mal in der Teestube Gitarre spielen sah. Ja, ich liebe dich, aber bitte, laß mir etwas Zeit, Maria, laß mir Zeit!"

Nein! Diesmal würde ich nicht weglaufen vor meiner Liebe. Ein seliger Schmerz durchzuckte meine Brust bei diesem Entschluß. Doch zugleich diese bangen Zweifel. Ist es nicht Wahnsinn, sich auf das einzulassen? Maria ist eine 'Fremde'. Sie werden mit Fingern auf uns zeigen, wenn unsere Liebe offenkundig würde!

Ich faßte den Entschluß, hinauszufahren, in die Einsamkeit, um dort mit Maria allein zu sein. In meinem jetzigen Zustand wäre ich nicht in der Lage gewesen, vor meine Geschäftspartner in Kandahar zu treten.

So richtete ich an Ali einige Worte, die Maria nicht verstehen konnte, und gab ihm Anweisungen für den weiteren Verlauf des Tages.

In Mukur verließen wir den Autoweg und bogen in eine Bazarstraße ab. Ich hielt den Wagen an, ohne Maria von meinem weiteren Vorhaben zu erzählen. Ali schickte ich um Wasservorrat und Proviant. Schließlich verließen wir die Ortschaft in südwestlicher Richtung auf einer Piste, die sich in der weiten Kameldornsteppe verlor.

„Ist das der Weg nach Kandahar?“ fragte Maria.

„Nein”, antworte ich, ohne ein weiteres Wort der Erklärung zu geben, und etwas später:

„Maria!“

„Ja?“

„Ich liebe dich.“

Eine Reihe von Telegraphenmasten, die sich in der Ferne verloren, war unsere einzige Orientierungsmöglichkeit. Unser Jeep ächzte durch tief eingeschnittene trockene Flußbetten. Nach etwa zwei Stunden tauchte endlich vor uns die schimmernde Fläche eines Salzsees auf, der hier inmitten der weiten Steppe lag.

„Das leuchtende Weiß, das die Ufer des Sees umrahmt, rührt von ausgeblühten Salzen her.“ erklärte ich Maria.

Als wir näher kamen, flog eine Schar Wildenten auf, und jetzt konnte man erkennen, daß tausende und abertausende von Wasservögeln den See und sein Ufer bevölkerten. Als ich den Motor des Wagens abstellte, drang ein Gurren und Schnarren, ein Zwitschern und Schnattern aus tausend Vogelkehlen zu uns herüber, zwischendurch immer wieder übertönt von einzelnen heiseren Rufen.

„Oh, wo sind wir hier?“ fragte Maria überrascht.

„Dies ist der Ab-e-Istada,“ erklärte ich, „hier befinden sich die letzten Flamingobrutplätze in ganz Asien. Vor Jahren noch leuchteten die Ufer dieses Sees vom Gefieder abertausender Flamingos, doch die grausame Jagdlust der Menschen brachte diese Tiere dem Aussterben nahe. Aber vielleicht haben wir Glück und sehen trotzdem einige dieser stolzen Vögel.”

Ali wartete nur auf mein zustimmendes Nicken, um mit dem Aufstellen des Zeltes zu beginnen, das wir stets in unserem Fahrzeug mitführten. Ich wanderte mit Maria die Ufer des Sees entlang. Wir hatten die Schuhe ausgezogen, und der warme, salzige Schlick gab weich unter unseren Schritten nach. Schweigend nahm Maria meine Hand, und ich erwiderte sanft ihren zärtlichen Druck. Langsam legte sich der Abend über Steppe und See, und die untergehende Sonne tauchte die Salzkruste der Ufer in goldenes Schimmern.

Da erhob sich drüben, von der Insel des Sees, eine Schar großer Vögel in die Lüfte. Ihr Gefieder hatte die Farbe der sinkenden Sonne und flammte auf in ihren Strahlen — es waren Flamingos, die nun majestätisch ihre Kreise zogen. Wir hörten das Rauschen ihrer Schwingen über unseren Köpfen, dann ließen sie sich ganz nahe am Ufer nieder. Ihr Gefieder schien aus sich heraus zu leuchten, wie sie im flachen Wasser des Ufers standen.

Ali, die treue Seele, hatte mittlerweile das Zelt aufgestellt, einen Teppich davor ausgebreitet, ein Feuer entfacht und war nun dabei, Gemüse in einen Topf zu schneiden. Er nickte uns begeistert lachend zu.

Wir setzten uns auf den Teppich und blickten über den See, hinter dessen weiter Wasserfläche die Sonne rot verschwand. Schattenhaft standen die Gestalten der Flamingos vor dem aufflammenden Horizont. Schon blitzten die ersten Sterne, und schnell wich der blasse Schimmer des Abends dem Dunkel der Nacht.

„Der Sternenhimmel Afghanistans ist unvergleichlich“, sprach Maria, „bei uns zu Hause kann man sich so eine Pracht nicht vorstellen.“

Sie streckte die Arme aus und ließ sich rückwärts auf den Teppich sinken. Ich legte mich neben sie und starrte hinauf zu den Millionen leuchtender Punkte in der schwarzen Nacht des Weltraums.

„Weißt du, bei uns zu Hause sind fast immer Wolken am Himmel und verdecken die Sterne“, fuhr sie fort, „aber selbst in einer klaren Nacht ist es anders als hier. Hier reichen die Sterne ringsum am Horizont bis herab zur Erde. Man fühlt sich mitten im All. Es ist, als wäre hier der Himmel viel näher bei der Erde als bei uns . . .“

Ein feiner Duft wehte von Marias Haar herüber.

„Das Essen ist fertig“, ließ sich Ali da vernehmen und brachte klappernd Teller, in die er dampfenden Gemüseeintopf füllte. Dazu aßen wir Brot, das Ali in Mukur frisch eingekauft hatte.

„Ein königliches Mahl”, lobte Maria Ali, und der erwiderte, als ich ihm ihr Kompliment übersetzte:

„Oh je, aber dann das eines Bettlerkönigs.“

Wir lachten fröhlich.

Nach dem Essen rollte Ali auf dem Rücksitz des Wagens sich in seine dicke Kamelhaardecke, und schon begann er friedlich zu schnarchen.

„Schläft Ali eigentlich immer im Wagen?“ fragte Maria unvermutet.

„Ja, es ist nämlich hierzulande nicht ratsam, einen Wagen unbewacht abzustellen, und sei es nur für Stunden auf dem eigenen Hof. Alis Aufgabe ist von jeher die Pflege und Bewachung des Jeeps. Er ist mein ständiger Reisebegleiter.“

Maria ging zum Wagen und hantierte an ihrem Gepäck. Ali schreckte sofort hoch, stieß einen lauten Ruf aus und leuchtete verdutzt mit seiner Taschenlampe Maria ins Gesicht.

„Oh, Entschuldigung”, stammelte er, bevor er mit uns in lautes Gelächter ausbrach.

Maria kramte aus ihrer Tasche eine breitbauchige Flasche aus grünem Glas hervor. Sie hielt sie in den Schein des Feuers und sagte:

„Ein edler Tropfen deutschen Weines, wie ihr ihn hierzulande nicht kennt.“ Und geheimnisvoll fügte sie hinzu:

„Ich habe diese Flasche für eine ganz besondere Gelegenheit aufbewahrt."

Ali schälte sich verschlafen wieder aus seiner Decke und brachte im Nu zwei Gläser aus dem unergründlichen Wirrwarr seiner Ausrüstung zum Vorschein.

„Trink auch ein Gläschen mit uns, Ali!", lud Maria ihn freundlich ein.

Verlegen winkte er ab. Er war ein frommer Moslem und nahm das Verbot berauschender Getränke ernst. So verschwand er wieder im Innern des Wagens.

Wir setzten uns ans Feuer. Maria füllte die Gläser mit dem golden funkelnden Getränk. Leuchtend zog ein Meteor seine Bahn übers Firmament, als wir die Gläser leerten. Ein Schauern durchlief meinen Körper, doch kam dies nicht vom ungewohnten Geschmack des Weines. Es war wie das Erschrecken vor einem Abgrund. Doch ich werde mich hineinstürzen in diese Tiefe, ungeachtet dessen, daß sie mich für immer verschlingen könnte. Ich wußte, daß es ein gefährliches Spiel war, in das ich mich eingelassen hatte, aber auch dieses Spiel wollte gespielt sein.

Eine unbeschreiblich liebliche Süße lockte mich, doch ahnte ich gleichzeitig die Bitternis, die im Tal auf mich wartete. Ich ahnte die Stürme und Gefahren, denen ich mich aussetzte. War es auch richtig, was ich tat?

Entschlossen fegte ich alle Zweifel beiseite. Komme, was kommen sollte! Das Schicksal ließ mich Marias Weg kreuzen. — Hatte mich Gilani nicht einst einen dummen, herzlosen Feigling genannt, als ich vor Arifa geflohen war?

Diesmal werde ich mich ins Feuer stürzen, und wenn ich verbrennen müßte, wie die Motten!

Ein lauer Abendwind wehte vom See herüber. Er trug einen Geruch von Wasser und vereinzelte Vogelrufe auf seinen leisen Schwingen. Irgendwo begann eine einsame Zikade ihr sehnsuchtsvolles Lied.

Wir sahen einander in die Augen. Weich spielte der Widerschein des Feuers auf Marias Wangen. Mit leiser Stimme, fast flüsternd, brach sie das Schweigen:

„Ganz Afghanistan spiegelt sich in der Tiefe deiner Augen. Ich habe nie einen Menschen wie dich getroffen, Nisam. Du bist so geheimnisvoll wie dein Land."

Mit fast ängstlicher Zärtlichkeit streichelte ich Marias Haar, ihr feines Gesicht . . . Schließlich fanden sich unsere Lippen. Fest schlang Maria ihre Arme um meinen Hals und ich ließ mich hineinfallen in die bodenlose Tiefe dieser Nacht. Die abertausend Sterne begannen tanzend zu kreisen, mein Atem flog wild mit mir davon, wie ein geflügeltes Pferd, und riß Maria mit hinein in eine endlose Weite seliger Entzückung. Immer wieder blitzten ihre großen Augen vor mir auf.

„Oh, Nisam, wie sehr ich dich liebe!" hauchte ihr halbgeöffneter Mund.

„Ich liebe dich auch, Maria", hörte ich mich wie aus weiter Ferne antworten.

Eng umschlungen erwachten wir am nächsten Morgen, als Ali sich klappernd vor dem Zelt zu schaffen machte. Die Sonne schien bereits auf die Zeltwand und hatte die Luft im Innern stickig angeheizt. Ich küßte Maria zärtlich auf den Mund und fühlte ihren Körper matt und erschlafft neben mir. Welch ungeheure Spannung hatte sich in dieser Nacht entladen!

Benommen stand ich auf und stolperte vor das Zelt.

„Der Tee ist längst zubereitet", sagte Ali in vorwurfsvollem Ton.

Er war nicht gewohnt, daß ich auf Reisen so lange schlief. Weinflasche und Gläser lagen umgestoßen vor der Feuerstelle. Längst hatte der durstige Steppenboden den edlen Tropfen getrunken.

Offensichtlich schrieb Ali mein Verschlafen der Wirkung des Weines zu, sammelte umständlich Gläser und Flasche auf und streifte mich mit einem leise strafenden Seitenblick.

'Ein kleines Geschenk wird seine Stimmung bald wieder heben', sagte ich mir und kramte in meiner Tasche nach einem roten Schweizer Taschenmesser, das mit allerlei nützlichem Werkzeug ausgestattet war.

„Komm her, Ali", sagte ich unwirsch und erklärte ihm in barschem Ton die verschiedenen Funktionen dieses kleinen Wunderwerks. Stirnrunzelnd folgte er meinen Ausführungen, bemüht, sich all die komplizierten Möglichkeiten einzuprägen. Er fiel aus allen Wolken, als ich ihm breit lächelnd schließlich dieses Spielzeug schenkte.

„Das kann ich nicht annehmen. Es ist euer eigenes, Herr. Ihr scherzt!" stotterte er.

„Es ist mein Geschenk an dich, mein kleiner Bruder", lachte ich und klopfte ihm auf die Schulter.

Da kam auch Maria aus dem Zelt. Ihre Augen waren klein und sie wirkte übermüdet.

Nachdem wir uns mit Wasser erfrischt hatten, und der Tee unsere Lebensgeister neu erweckte, brachen wir auf zum Weg nach Kandahar, dessen blühende Obst- und Palmengärten wir am Nachmittag erreichten.

„Die Granatäpfel Kandahars sind weit über die Grenzen unseres Landes hinaus berühmt", erklärte ich Maria, als ein Kind mit einem Korb voller köstlicher Früchte auf uns zu eilte, kaum daß ich den Wagen zum Stehen gebracht hatte. Selig rennt der Kleine weg, als wir ihm gleich den ganzen Korb voll abkaufen.

„Ist es nicht sonderbar", frage ich Maria, „wie sich hier in dieser fruchtbaren Oase Ost und West begegnen? Hier, wo die Gebirge absinken zu den Wüsten des Südens, lagern wir russischen Weizen in amerikanischen Getreidesilos. Die Straße, auf der wir von Kabul aus hierher kamen, wurde von Amerikanern angelegt; von hier jedoch weiter nach Herat, waren es die Russen, die den alten Karawanenweg ausbauten und befestigten. Tonnen von Obst werden hier jährlich in der neuen tschechischen Konservenfabrik verarbeitet, und den Strom dazu liefert ein deutsches Elektrizitätswerk, das wiederum von einem See aus die Wasserkraft erhält, dessen nahezu hundert Meter hohen Staudamm Amerika baute. Amerikanischer Hilfe ist es auch zu verdanken, daß große Flächen am Rande der Dasht-e-Margo, der gefürchteten Wüste des Todes, wieder zu grünenden Gärten wurden."

Wir waren müde, als der Abend nahte. Da uns ein Geschäftsfreund meines Oheims beherbergte, dessen Töchter mit rührender Aufmerksamkeit Maria völlig vereinnahmten, während der Hausherr darauf bestand, mit mir die Wasserpfeife zu rauchen, mußten wir uns diesen Abend trennen. Die Mädchen zogen Maria eifrig schnatternd fort, so daß sie mir gerade noch einen sehnsuchtsvollen Blick über die Schulter zuwerfen konnte, bevor sie mit einem hilflosen Achselzucken in den Frauengemächern verschwand. Anderntags ließ unser Hausherr es sich nicht nehmen, Maria zu den untergegangenen Städten am Rande der Wüste zu führen. Staunend stand sie vor dem Torbogen von Qala Bust, der einsam und geheimnisvoll aus dem kahlen Boden ragte. Was mochte einst wohl hinter diesem Tor gelegen haben?

Verlassen ragten die Ruinen am Ufer des Hilmend bei Lashkargah, und mit bilderreichen Worten schilderte unser Gastgeber die einstige Pracht dieser Stadt und die Fruchtbarkeit des Landes, die so lange währte, bis mordlustige Horden Tod und Verwüstung brachten. Schaudernd hörte Maria von den Grausamkeiten Dschingis Khans, der einen Turm aus den Köpfen seiner ermordeten Feinde mauern ließ.

Auch heute verabschiedeten wir uns am Abend und sahen uns erst am anderen Morgen wieder. Nach einem reichlichen Frühstück brachen wir auf, den Wagen über und über mit Obst beladen.

„Kandahar ist eine faszinierende Stadt, doch litt ich große Sehnsucht nach dir, mein Geliebter", seufzt Maria und streichelt zärtlich meinen Arm.

Ich blicke im Rückspiegel auf Ali, der gerade dabei ist, die Möglichkeiten seines Taschenmessers in einer komplizierten Operation an einem Granatapfel zu erproben, was seine Konzentration zum Glück voll in Anspruch nimmt — und gebe Maria einen Wink mit den Augen. Sie versteht und läßt sich aufseufzend in ihren Sitz zurücksinken.

„Muß denn in diesem verdammten Afghanistan alles so kompliziert sein?!" schüttelt Maria ärgerlich den Kopf.

„Sei nicht traurig", versuche ich sie zu beruhigen.

Doch Maria richtet sich mit einem unwilligen Blitzen in den Augen auf und faucht verächtlich:

„Ist unsere Liebe nun vorüber? Hast du mich nur zu einem kurzen Abenteuer in die Wildnis gelockt, du stolzer Afghane!"

„Nein, Maria", versuche ich ihr zu erklären, „versteh doch, wir müssen sehr vorsichtig sein. Wir müssen unsere Liebe verbergen, sonst droht Gefahr für dich wie für mich. Ich liebe dich von ganzem Herzen. Oh, wie ich mich nach deinem Kuß sehne! In Ghazni werden wir in einem Hotel übernachten, dort kennt mich niemand, und dann werde ich zu dir kommen."

Doch Maria scheint immer noch nicht zufrieden, und ihr Mund ist der eines schmollenden Kindes. So versuche ich,sie durch ein Gespräch abzulenken:

„Weißt du eigentlich, woher der Name Kandahar abgeleitet ist?" frage ich sie.

„Keine Ahnung", meint sie.

Noch schwingt ein leiser Ton des Unwillens in ihrer Stimme, doch ihre Neugierde ist geweckt.

„Kandahar kommt von Iskander, den ihr Alexander den Großen nennt. So war diese Stadt einst ein Alexandria, eine der vielen Städte, die damals seinen Namen trugen. Wußtest du, daß Iskander unser Land einst zu großer Blüte brachte?"

„Nein, so genau weiß ich darüber nicht Bescheid. In der Schule lernten wir nur, daß ihn seine Eroberungszüge bis an den Indus brachten, wo ihn dann der Herzschlag traf, als er ins kalte Wasser sprang."

Ich lachte:

„Es ist lustig, welche Halbwahrheiten oft die Schulen lehren. Wenn es dich interessiert, so kann ich dir genaueres über diesen jungen Makedonenkönig berichten, der ein Kind einfacher Hirten war: nicht mit dem Schwert eroberte er die halbe Welt, sondern mit der Macht und Weisheit seines Geistes, denn er zog nicht mordend und plündernd durch die Lande. Sein Wort, seine leuchtende Persönlichkeit, machte die Menschen zu seinen begeisterten Untertanen. Denn er war ein großer geistiger Lehrer. Er sah, wie Krieg und Streit herrschten zwischen den Völkern, und faßte den Entschluß, die Welt unter seiner Krone zu vereinigen, um so dem Blutvergießen ein Ende zu setzen. Nicht Herrschsucht war der Grund seiner Eroberungszüge, sondern seine Liebe zur Menschheit, der er Frieden schenken wollte. Man könnte ihn auch einen Sufi im Herrschermantel nennen, der die Menschheit unter seinem Stab zu einer großen Herde vereinte, um ihr den Weg zu weisen, zu hohen Zielen. So achtete er Kulturen und Religionen der einzelnen Völker, und die Herzen der Menschen flogen ihm zu. Er betete in den griechischen Heiligtümern und hielt seine Andacht in den Feuertempeln der Perser. Er lauschte der Lehre des Zarathustra genauso wie den Worten des Erleuchteten in den Stupas und Klöstern. Es ist ein Gebet überliefert, das er sprach und das er die Menschen lehrte: er betete um die Eintracht zwischen Makedoniern, Persern und allen anderen Völkern. Er bat den Gott, der über dieser Erde wacht, alle Menschen in einem einzigen großen Gefäß der Liebe zusammenzuführen.

'Gib den Menschen gegenseitige Achtung vor ihrem Leben, vor ihren Eigenheiten, vor ihren Ehen, ihrem Hab und Gut und vor ihren Gewohnheiten! Lasse sie die ganze bewohnte Welt als ihr Vaterland betrachten!' betete er und rief den Völkern zu:

'Sucht Schutz und Stärke in meinem Lager! Fühlt euch allen guten Menschen verwandt, aber als Feind alles Bösen!'

Und nur, wo sich ihm Haß und fanatische Bosheit in den Weg stellten, ließ er das Schwert sprechen. So weitete er sein Reich bis an den Indus. Hier in Afghanistan verweilte er besonders lange Zeit, denn er liebte dieses Land. In Balch ließ er sich nieder und nahm sich eine Frau. Doch dann sah er auf die Vergänglichkeit der Welt und erkannte seine Lebensaufgabe als erfüllt. Von nun an strebte er nur noch nach dem Heil seiner Seele — der Welt sein Reich und seine Gedanken als Erbe hinterlassend.

Der Sprung ins Wasser ohne Wiederkehr ist übertragen zu verstehen: Er zog an die Grenzen seines Reiches zur aufgehenden Sonne hin und wanderte stromaufwärts, bis zu den Quellen des Indus hoch oben im Himalaya, wo er zu Füßen großer Seher eintauchte in die Wasser ewigen Lebens."

In Ghazni mieteten wir zwei getrennte Zimmer, doch nachts, als alles ruhig schlief, ging ich hinüber zu Maria. Allzukurz nur währte die Liebesnacht, und so beschlossen wir, noch einen Tag zu bleiben. Wir spazierten durch die engen Gassen der Altstadt, kauften Schmuck aus feinem Silber, und ich erklärte Maria die Bedeutung historischer Bauwerke.

In Ghazni hatte die buddhistische Kultur am längsten dem Ansturm des Islam standgehalten. Danach wurde die Stadt unter Mahmud dem Großen zu einer glänzenden Metropole mit seiner Medresseh, der ersten islamischen Universität. Einsam ragt ein Minarett zum Himmel, das dem von Jam sehr ähnlich ist. Die Pracht der Moschee, zu der es einst gehörte, war so großartig, daß man sie Arus-e-Asman, Braut des Himmels, nannte.

Heute war Ghazni ein Handelsstädtchen, von Paschtun bewohnt und am Knotenpunkt wichtiger Karawanenwege gelegen.

Schaudernd erzählte ich Maria, daß vor nicht allzuvielen Jahren noch in Ghazni eine Frau öffentlich gesteinigt worden war, weil man sie des Ehebruchs überführt hatte.

„Wir müssen sehr vorsichtig sein, in diesem Land, Maria."

Unter dem Schutz der Dunkelheit betrat ich wieder ihr Zimmer.

„Was soll nur aus uns werden?" fragte Maria hilflos, als sie in meinen Armen lag, „was soll nur aus uns werden, wenn wir zurück nach Kabul kommen? Oh, ich liebe dich so sehr, und ich werde meine Liebe nicht verbergen können!"

Schluchzend klammerte sie sich an mich, und ihre heißen Tränen benetzten meine Brust.

„Nisam", sagte sie plötzlich sehr bestimmt, „du mußt mit mir weiterreisen! Es war schon immer mein Traum, einmal nach Indien zu fahren. Von Kabul aus gibt es Flüge nach Neu Delhi."

„Dein Vorschlag kommt so plötzlich und überraschend. Laß mich darüber nachdenken."

„Das Leben ist so kurz! Und was haben wir kostbareres als unsere Liebe! Oder sind dir vielleicht deine Geschäfte wichtiger? Dann ist es besser, ich ziehe alleine meiner Wege und wir sehen uns nie wieder. Du mußt dich entscheiden!"

„Bitte, versuche nicht, mich zu erpressen, Maria!"

„Ich will dich nicht erpressen. Es ist meine Liebe, die nach dir verlangt! Zelihan und Aslama sind ja bei dir in Kabul zu Hause und können dich vertreten, bis wir wieder kommen. Bitte komm mit! Wenigstens für ein paar Wochen!"

„Und was ist danach?"

„Danach? Ich weiß es nicht. In der Liebe gibt es kein Danach, nur ein Jetzt. Vielleicht verändert unsere Liebe unser ganzes Leben!"

„Ja, ich komme mit dir!" sage ich plötzlich fest und bestimmt, doch gleichzeitig erschrecke ich zutiefst vor meinen eigenen Worten, und die leise Ahnung, eine folgenschwere Entscheidung gefällt zu haben, beschleicht mein Herz. Doch ich werde fest zu meinem Wort stehen.

Als ich mein Vorhaben, Maria nach Indien zu begleiten vor Zelihan und Aslama zur Sprache bringe, herrscht zuerst für eine Weile überraschtes Schweigen, bis schließlich Zelihan ganz ungläubig und kopfschüttelnd fragt:

„Aber das ist doch nicht dein Ernst, Nisam!"

„Mein voller Ernst. Wir werden nach Neu Delhi fliegen und in ein paar Wochen wieder hier sein. Ich habe das ganze schon ausführlich mit Maria besprochen."

Wortlos zieht sich Zelihan zurück.

Am anderen Tag geht sie mir sichtlich aus dem Weg und meidet meinen Blick.

Ich wende mich an Aslama:

„Wie denkst du über mein Vorhaben, Aslama?"

„Zelihan liebt dich aus ganzem Herzen, und deshalb schmerzt sie dein Entschluß. Sie hat Ali genau über eure Reise ausgefragt und reimt sich nun natürlich selber ihre Gedanken zusammen. Zelihan hat Maria bestimmt sehr gern, aber sie liebt dich seit ihrer frühen Jugend."

„In Zelihan sah ich immer meine Schwester, meine geliebte Schwester. Aber Maria ist für mich eine Frau."

Nachdenklich stützt Aslama das Kinn in seine Hand und seufzt besorgt:

„Außerdem fürchtet Zelihan, du könntest einen großen Fehler begehen und dich zu sehr an Maria verlieren."

„Und wie denkst du selber dazu, Aslama?"

„Du bist ein Afghane, und Maria ist Deutsche."

„Wir sind Menschen! Menschen, deren Wege sich kreuzten, Menschen, die sich lieben." versuche ich den Alten zu belehren, empfinde aber gleichzeitig die Bedeutungslosigkeit meiner Worte, die ein verlegener und unsicherer Versuch sind, mich vor ihm und vor mir selbst zu rechtfertigen. Irgendwo, ganz tief in mir, fühle ich, daß die Liebe, von der ich sprach, ein Vorwand war, hinter dem sich Verlangen verbarg, ein Verlangen nach der Süße von Marias Umarmungen.

„Ja, ja", winkt Aslama müde ab, „Liebe . . ." und nickt vieldeutig.

Ich seufze schwer. Aber mein Entschluß steht fest, und mit dem nächstmöglichen Flug reisen wir nach Neu Delhi.

Überwältigend bricht das bunte, quirlende Leben Indiens über mich herein, das hier tausendmal reicher pulsiert, als in meiner kargen Heimat. Wir fahren nach Alt Delhi, zum Chandi Chok, jener belebten Bazarstraße, und lassen uns von ihrem überschäumenden Leben aufsaugen: lärmende Taxis, Fuhrwerke, Ochsenkarren, Rikschas, Motorroller, Fahrräder und Menschen schieben und drängen einander.

Maria erliegt dem lockenden Ruf so manchen Ladeninhabers, der um Kundschaft wirbt. Bei einer Tasse Tee sitzen wir im Laden eines Duftöl- und Weihrauchhändlers. Wie eine friedliche Insel wirkte der Laden, vor deren Strand wild das Leben brandete. Still kräuselte sich der Rauch eines Duftstäbchens vor dem bunten Götterbild, während Maria unter verschiedenen Blumenölen ihre Auswahl traf. Dann stürzen wir uns wieder mitten ins Gewühl, lassen uns von der Masse vorwärtsschieben, bis zum Ende der breiten Straße, wo das Lärmen und Drängen leiser wird, und sich schließlich in den Gassen verliert. Da leuchtete zwischen windschiefen Balkonen und vernagelten Fassaden in großen, blauen Lettern eine Schrifttafel: 'Hotel Chandi Chok'.

Das Haus mochte zur Zeit der englischen Kolonialherrschaft ein Prachtbau gewesen sein, war nun aber sehr heruntergekommen und überall notdürftig und unfachmännisch ausgebessert. Der Hoteldiener in der Rezeption verlangt meinen Paß.

„Nisam Mohamadi", murmelt er zwischen den Zähnen und trägt dann in seine Liste ein: Mr. and Mrs. Mohamadi, ohne nach Marias Paß zu fragen.

„Er hat dich für meine Frau gehalten", sagte ich zu ihr, als wir die Tür des Zimmers schließen. Erschöpft läßt sich Maria aufs Bett fallen. Hier ruhen wir aus, bevor wir uns weiter an die Erforschung der Stadt machen.

Nicht fern von unserem Hotel steht wuchtig aus rotem Sandstein errichtet die Jamu Masjeed, die größte Moschee der Stadt. Hier besteigen wir ein seltsames Gefährt, das aus einer von einem bunten Baldachin überdachten Plattform auf zwei Rädern besteht, die an eine uralte schwere Harley Davidson Maschine geschweißt ist. Wir nehmen Platz, und erst als das Fahrzeug mit sechs Passagieren voll besetzt ist, fahren wir tuckernd hinüber zum Connaught Place, dem Zentrum Neu Delhis mit seinen Hochhäusern, Banken, Fluggesellschaften und Hotels. Unter den hohen Arkaden, die das Rondell des großen Platzes umgeben, bleibt Maria plötzlich stehen. Mit einem Ausruf freudiger Überraschung begrüßt sie einen jungen Mann, den sie offensichtlich aus ihrer Heimat kennt. Die beiden unterhalten sich miteinander, doch ihre Worte fließen so schnell, daß ich ihrem Gespräch nicht folgen kann. So stehe ich etwas betreten da, bis mir Maria schließlich Karl vorstellt. Sie kennen sich aus ihrer frühen Jugend, doch haben sie sich seit Jahren nicht mehr gesehen. Nun ist Karl geschäftlich in Indien tätig. Er lädt uns ein, mit ihm essen zu gehen und führt uns in ein sauberes Lokal, das schlicht 'Vegetarian Restaurant' heißt. 'Why kill for food?' — Warum töten um zu essen? — mahnt ein Plakat beim Eingang. Die beiden tauschen Erinnerungen aus, und Karl gibt uns Ratschläge für die Besichtigung von Sehenswürdigkeiten und die verschiedenen Möglichkeiten des Zeitvertreibs in dieser Stadt.

„Wohnen tut man hier nirgends gut in Delhi", sagt er. Ich denke an unser schreckliches Hotelzimmer im 'Chandi Chok', während Karl verächtlich fortfährt: „Die Inder haben keine Kultur, sie sind ein verdrecktes und verlaustes Volk." — Ich ärgere mich über seine oberflächliche Art und seine Überheblichkeit — „Wenn ihr gut wohnen wollt, dann müßt ihr entweder in die teuersten Hotels mit europäischem Standard und entsprechenden Preisen ziehen, oder aber ihr geht nach Meroli."

„Meroli?", fragt Maria.

„Ja, Meroli liegt etwa eine Stunde von hier entfernt, ein Vorort von Delhi, hinter dem sich ein Ruinenhügel hinzieht. Inmitten dieses Ruinenfeldes haben amerikanische Buddhisten verfallene Anlagen eines Palastes wieder errichtet und zu einem Kloster ausgebaut. Dort kann man Zimmer mieten. Außerdem leben verstreut in den Ruinen, die zu dieser Jahreszeit ganz gut bewohnbar sind, Leute aus aller Herren Länder. Ich selber habe ein Zimmer im Kloster. Wenn ihr wollt, kann ich euch schon für morgen eines reservieren lassen."

Diesen Vorschlag nehmen wir gerne an. So kündigen wir unser muffiges Hotelzimmer, froh darüber, der lauten und stinkenden Stadt zu entrinnen, und nehmen Wohnung in Meroli, einem kleinen, friedlichen Bazarflecken, der sich längst an die Anwesenheit der Angresi, der 'Engländer' wie die Inder kurzweg alle Ausländer nennen, gewöhnt hat.

Als wir durch den Bazar spazieren, bricht plötzlich mit Krach und Gepolter eine freche Herde rotbrauner Affen von den Dächern herab in die verträumte Ruhe der schattigen Gasse. Die unverschämten Burschen rauben in Windeseile, was sie an sich raffen können, Kartoffeln, braune Zuckerbrocken, Bohnen . . . und nehmen dann, von den Stöcken der wütenden Ladenbesitzer bedroht, laut schnatternd Reißaus. Eine Meute ausgemergelter Hunde nimmt ihre Verfolgung auf. Ihr Gekläffe verklingt im nahen Wald.

Das Ruinenfeld erinnert mich sehr an meine Heimat. Aus dunklem, schieferartigen Gestein errichtet, mochte einst hier eine große Stadt gestanden haben. Zwischen bewässerten Gemüse- und Zuckerrohrfeldern und den Resten von Palastanlagen und Häusern führt uns der Weg zum Kloster, das von einer hohen Mauer umfriedet ist, hinter der sich ein lieblicher Garten verbirgt.

Eine Atmosphäre friedlicher Gelassenheit ruht über diesem Ort, wo Menschen verschiedenster Herkunft sich eingefunden haben.

Was sollen uns noch die Sehenswürdigkeiten der Stadt? Hier im einfachen Raum mit einem Fenster zum Garten hin verleben wir ungestört die süßen Tage unseres Beisammenseins in Zärtlichkeit, und Maria weiht mich ein in Geheimnisse der Liebeskunst.

„In wenigen Tagen gibt es ein großartiges Vollmondfest", eröffnet uns Karl begeistert. „Drüben beim Ghanapati* Tempel, wo der greise Ganesh-Baba wohnt, mit viel Musik und vor allem mit Bhang-Lassy."

„Was ist Bhang-Lassy?" fragt Maria neugierig.

„Einfache Lassy, das erfrischende Getränk aus Joghurt, Eis und Zucker, kennst du ja bestimmt. Nun, Bhang-Lassy wird hergestellt aus Milch, Mandeln, Zucker, Wasser und erlesenen Kräutern, die eine äußerst belebende und erfrischende Wirkung haben. Ganesh-Baba aber ist ein Meister in der Zubereitung von Bhang-Lassy."

. . . Manchmal erscheint es mir, als sähen Karl und Maria sich allzulange und allzutief in die Augen, als wäre ihre Freundlichkeit zueinander schon allzu vertraut.

Doch Maria beteuert immer wieder:

„Nisam, ich liebe dich wie sonst niemanden."

Und im Rausch ihrer Zärtlichkeiten vergesse ich bald wieder alle meine Zweifel und Befürchtungen.

Das Vollmondfest naht. Karl ist begeistert: Utam, der Tabla-Meister aus Rishikesh und Kabir Singh, der berühmte Sänger, werden kommen. Sogar Om-nama-Shivai Baba, der Lehrmeister von Kabir Singh, hat sich angekündigt. Die ganze Nacht werden sie in Ganesh-Baba's Tempel musizieren.

Ich horche auf. Kabir Singh, der bekannte Sänger? Ist das nicht ein Freund des Oheim? Es kann nicht anders sein. So werde ich also sogar Bekannte treffen bei diesem Fest. Ich weiß nicht recht, ob ich darüber froh sein soll . . .

Endlich ist es soweit. Am frühen Abend schon wandern wir zusammen mit Karl zum Tempel.

Wie vom Blitz getroffen bleibe ich stehen, als ich durch die niedrige Tür eintrete. Ein Gesicht leuchtet mir entgegen, das ich schon Jahre nicht mehr sah: Sayed Gilani! Ich weiß nicht, soll ich lachen oder weinen: Sayed Gilani von Bagdad!

* Ghanapati = Hindu Gottheit

Er sitzt hier im kühlen Innern des kleinen Marmortempels, als hätte er gerade auf mich gewartet. Keine Spur von Überraschung spiegelt sich in seinem Gesicht, und, als hätten wir uns erst gestern das letzte Mal gesehen, nickt er mir freundlich zu.

„Salam aleikum. Komm herein, Nisam." und auf Maria blickend, die hinter mir im Eingang steht: „Und sie hat dich hierhergeführt?" — Er nickt ihr freundlich zu und lädt sie ein: „Komm, und setz dich, mein Kind."

Ich war sprachlos und völlig verwirrt. Irgendwie schämte ich mich, zusammen mit Maria von Sayed Gilani gesehen zu werden. Doch andererseits schien er bereits über alles Bescheid zu wissen. Fragend und voller Zweifel suchte ich seine Augen. Schuldgefühle, Überraschung, Verlegenheit und Wiedersehensfreude kämpften in mir miteinander. Offenbar bemerkte Maria meine Verwirrung. Verwundert blickt sie von mir zu Gilani.

„Das ist Sayed Gilani von Bagdad. Ich habe dir in Bamiyan von ihm erzählt."

„Aha", nickte sie, ohne weitere Fragen zu stellen, die mich nur noch mehr in Verlegenheit gebracht hätten.

Da betrat auch schon Kabir Singh und mit ihm einige andere Männer das Tempelinnere. Er faltete die Hände vor der Brust und verneigte sich vor Gilani:

„Jai Ho, Maharaj — mögest du siegreich sein, hoher Herr." begrüßte er ihn nach indischem Brauch, und zu dem Greis, der neben Gilani saß, bekleidet nur mit einem roten Lendentuch, sagte er:

„Jai Ho, Guru Ji — mögest du siegreich sein, verehrter Lehrer."

Dann erst bemerkte er mich überrascht und eilte freudestrahlend auf mich zu.

„Du hier, Nisam!"

Voll Freude schloß er mich in seine Arme und sagte dann zu Gilani gewendet: „Ich wußte ja nicht, daß Nisam kommen würde."

Ob Kabir Singh von meinem Zwist mit seinem Bruder etwas ahnte? Ich fragte nicht danach. Im Moment hatte ich andere Probleme.

Kabir Singh setzte sich zu den Musikern, die dabei waren, ihre Instrumente zu stimmen.

Nach und nach kamen immer mehr Menschen in den Tempel, Inder, aber auch viele Reisende aus dem Westen. Alle, die den Raum betraten, begrüßten Gilani mit einer ehrfurchtsvollen Verbeugung. Viele Inder berührten seine Füße, legten Blumen und Früchte vor ihm nieder.

Sayed Gilani, der einst mein vertrautester Freund gewesen war, schien mir nun so fern, fast unerreichbar in seiner erhabenen Würde. Wie ein Fremder fühlte ich mich hier, wie einer von vielen, die gekommen waren, im Licht seiner Gegenwart das Vollmondfest zu begehen – während ich früher stets mitten im Geschehen, mitten in Gilanis Leben stand, war ich diesmal wie ein Zuschauer gekommen.

Eifersucht kroch heimlich in mein Herz, doch sobald ich mir dieser Bitterkeit bewußt wurde, kämpfte ich an gegen solche Gefühle. Welches Sonderrecht sollte ich auch verdient haben vor all den anderen, von denen vielleicht viele gerade wegen Sayed Gilani zum Tempel gekommen waren.

In diesem Moment aber trafen sich unsere Augenpaare und im Ineinandersinken unserer Blicke verspürte ich wieder jene Einzigartigkeit unserer tiefen Beziehung, die unter der Oberfläche der momentanen Situation im Verborgenen lebte, und eine machtvolle Schwingung erfaßte mein Herz: das Gefühl von Heimat, wie ich es in der Bergeinsamkeit mit Gilani erlebt hatte.

Langsam, ganz allmählich, war dieses Gefühl schwächer und schwächer geworden, bis es mit den Jahren schließlich beinah ganz verblaßte . . .

Nun rührte es wieder an meiner Seele, schreckte meine Empfindungen und Gedanken wieder auf aus ihren Bahnen, an die sie sich gewöhnt hatten.

Ich schämte mich, fühlte mich der Treulosigkeit schuldig. Wie weit hatte ich mich entfernt von jener Welt, in der Gilani fest verwurzelt war wie ein mächtiger Baum. Von jener Welt, in der die Mondblume blühte, strahlend . . . unsichtbar für die beiden Augen, welche das Hell und Dunkel der Welt erforschten, und dennoch wahrnehmbar in der Mitte des Seins . . .

Einst hatte ich mich verspielt und verträumt in Sayed Gilanis Gegenwart gesonnt, die eine Selbstverständlichkeit für mich darstellte. Nun erst ahnte ich, welcher erhabenen Geistesgröße ich mich in Gilani näherte. Nun erst, nachdem ich Erfahrungen gesammelt hatte in der Welt: wieviele Menschen hatte ich getroffen auf meinen Reisen? Wieviele waren über die Schwelle meines Hauses getreten? Nie fand ich jemanden seinesgleichen. Nun erst ahnte ich, welche Gnade die Jahre mit ihm bedeuteten, nun erst schätzte ich den Wert des Geschenkes, welches das Schicksal mir in meiner Jugend beschert hatte.

Gilani nahm eine wunderschöne Sitar zur Hand und begann leise, eine liebliche Melodie aufzubauen. Der Alte im Lendenschurz fängt an, mit sehnsuchtsvoller Stimme — einer Stimme, die man nicht einmal mehr schön nennen kann, es ist die heisere Stimme eines alten Mannes, die aber von unvergleichlicher Ausdruckskraft erfüllt ist — ein Lied zu singen von Krishna mit der Flöte; von dem lieblichen Jungen, der so gerne von der süßen Sahne naschte und auf dessen Stirn die Liebe Gottes leuchtete.

„So wie er den Milchmädchen die Sahne stahl, so stahl er mir mein Herz", sang er. „Oh Krischna, ich kann dich nicht sehen! Wo hältst du dich verborgen?"

Hingerissen lauschten die Inder, die mit mir auf dem kühlen Boden des Tempels saßen. Inbrünstig stimmten sie mit ein, als er zu einem altbekannten Lied einleitete, das die liebliche Schönheit des Hirtenkindes von Vrindaban pries.

Ich aber konnte nicht recht mitschwingen in der Stimmung des Augenblicks, da ich mühsam versuchte, Ordnung in meine widerstreitenden Gefühle zu bringen. Marias Gesicht zeigte keine Spur von Entrücktheit, kein Fließen mit der Schwingung der Klänge. Stirnrunzelnd saß sie da, als würde sie angestrengt nachdenken. Nachdenken über irgendetwas, das in weiter Ferne liegen mochte. Fern erschien sie mir, unendlich fern. Nun beugte sie sich hinüber zu Karl, flüsterte ihm etwas zu, lauschte seiner Antwort, nickte . . . Offensichtlich vertat sie mit Belanglosigkeiten ihre Zeit und versäumte dabei ein Erleben, das an die Tiefen der Seele rührte.

Sehnsuchtsvoll aufseufzend verklang das Lied. Die Dunkelheit war hereingebrochen, und wir gingen hinaus zum Vorhof des Tempels, den ein mächtiger Banjan-Baum überschattete. Eine blumengeschmückte Feuerstelle war hier vorbereitet, und in der Nähe standen Platten mit Süßigkeiten und bauchige Tongefäße.

Ganesh-Baba entzündete das Feuer und opferte unter Gesang, dem die gläubigen Hindus in gleicher Weise antworteten, Blumen, Wasser und Räucherwerk. Schließlich gab er ein Zeichen, worauf Männer ihm die roten Tongefäße brachten. Der Reihe nach gingen wir alle zu ihm, und schöpften von dem köstlichen Getränk, das würzig nach Mandeln und Kräutern duftete.

„Trink nur, mein Sohn", ermunterte er mich, „du siehst durstig aus. Dieser köstliche Nektar belebt Geist und Phantasie."

Und ich leerte drei volle Becher.

Als die silberne Scheibe des Mondes ihr Licht über Hof und Tempel ergoß, saßen alle Anwesenden in stiller Andacht da.

„Gilani", munterte Ganesh-Baba den Weisen auf, „wir alle wären tief beglückt, wenn du uns eine der Geschichten hören ließest, deren du so viele kennst, und aus deren Bildern tiefe Wahrheit spricht."

Lächelnd ergriff Gilani das Wort:

„Da heute ein junger Mann aus Afghanistan in unserer Mitte weilt, mit dem mich seit vielen Jahren ein inneres Band verknüpft, und dessen Lebensweg ich schon in seiner frühen Kindheit kreuzte, will ich heute eine Geschichte erzählen, die dort, in seiner Heimat, begann. Es ist eine Geschichte aus dem Leben des Scheich Allahudin Sahid. So hört:

"Hinter hohen Gebirgszügen in Mazar-i-Sharif lebte einst der große Scheich Allahudin Sahid. Sein Name war allen Rechtgläubigen ein Begriff und wurde weit über die Grenzen des Landes hinaus in tiefer Ehrfurcht erwähnt. In Mekka galt er als großes Vorbild aller Sufis, und seine Weisheit rühmte man in ganz Arabien. Selbst die Mächtigen der Erde schauten auf zu seinem Wissen und richteten sich in ihren Entscheidungen nach seinem Rat. In der Tat, dieser

Scheich hatte einen äußerst hohen Zustand der Gottverwirklichung erreicht. Er lebte ständig im Lichte der göttlichen Wahrheit und stand in dem Ruf , über große mystische Kräfte zu verfügen. Es hieß, daß, wer die Kraft habe, seinem Blick standzuhalten, ein göttliches Leuchten und Strahlen aus seinen Augen wahrnehme. Dieser Segen sei seine selten gewährte Gnade. Mehr als 700 Schüler hatten sich um ihn geschart und lebten unter seiner huldvollen Führung ein heiligmäßiges Leben.

Da geschah es, daß eines Nachts der ehrwürdige Allahudin Sahid ein Traumgesicht erschaute, in dem er sich in einem fernen Lande befand, wo ihn das Antlitz einer Heidin anblickte.

Um das Geheimnis dieses Traumes zu lüften, entschloß sich der ehrwürdige Scheich, eine Reise zu unternehmen nach Westen, in Länder, die gewöhnlich von den Rechtgläubigen gemieden werden.

222 Sufis und viele seiner engsten Schüler und Vertrauten rüsteten sich, den mächtigen Scheich zu begleiten und, gleich einem göttlichen Heer, angeführt von einem leuchtenden Engel, verließ der Pilgerzug die gesegnete Ebene von Mazar-i-Sharif. Am Mittelländischen Meer angelangt, wurden Schiffe ausgerüstet, welche die gottergebene Schar an die Küste der Meeresenge brachte, welche das Mittelmeer im Westen gegen das große Weltmeer beschließt.

Hier begann eine lange und beschwerliche Reise durch die fernen Länder der Ungläubigen. Harte Strapazen und Entbehrungen rafften so manchen Pilger dahin, aber dank der weisen und umsichtigen Führung des großen Allahudin Sahid erschloß sich auf dieser Reise der Schar der Schüler ein Schatz an Geheimnissen über die Natur der Welt, und alle machten große geistige Fortschritte. Für unseren großen Scheich jedoch blieb das Geheimnis, um dessentwillen er seine gesegnete Heimat verlassen hatte, in undurchdringliches Dunkel gehüllt.

Zwei Jahre lang hatte er nun schon die Länder des Westens durchforscht und war mittlerweile ins Gebiet der Tausend Inseln der Hellenen am Mittelmeer gelangt, von wo aus er erwog, sich einzuschiffen nach Sidon in Phönizien, um dann über Mekka und Medina den Heimweg in den Norden Afghanistans anzutreten.

Als er — in einer hellenischen Hafenstadt weilend, um die Schiffsreise zurück in den Osten vorzubereiten — bei den letzten Strahlen der Abendsonne in göttliche Gedanken und philosophische Gespräche mit seinen Schülern versunken, durch die Gassen und Straßen wandelte, da fiel sein Blick auf das unverschleierte Gesicht einer jungen Frau aus angesehenem Hause, die dort am Fenster stand. Sofort erkannte er das Antlitz aus seinem Traumgesicht, jedoch erschienen ihm die Züge dieser Heidin noch tausendmal schöner und anmutiger als die des im Traum geschauten Mädchens.

Wie angewurzelt blieb er stehen und konnte die Augen nicht von dieser bezaubernden Lieblichkeit wenden, die das Licht der untergehenden Sonne gleichsam mit einem überirdischen Glanz umspielte, während gerade unter ihrem Fenster ein Strauch blutrot glühender Rosen zauberhaften Duft verströmte.

Als seine Schüler bemerkten, worauf der Blick ihres tugendhaften Meisters so lange verweilte, wunderten sie sich sehr und drängten ihn ungeduldig, in seinen weisen Ausführungen fortzufahren. Allahudin Sahid jedoch stand ganz versunken da und schien außer jenem Mädchen nichts mehr wahrzunehmen, sich selbst, die Schüler und die Welt vergessend.

Erst lange nachdem die Schöne — das seltsame Benehmen des greisen Meisters bemerkend — ihm verächtliche Blicke zugeworfen hatte, während sie — sich ihrer Schönheit bewußt — anmutig eine Rose mit der Linken an die Wange führte, um dann im Inneren des Hauses zu verschwinden — erst lange danach löste sich der große Scheich wie aus einer Erstarrung und blickte lange still in den Kreis der Jünger. Als die Dunkelheit hereingebrochen war, und das silberne Licht des Vollmondes die Nacht verzauberte, brach er endlich das Schweigen, schickte die Schüler zurück zum Lager und in die Herbergen, mit der Bitte, alleingelassen zu werden.

Einige seiner Schüler jedoch, die den Scheich sehr liebten und verehrten, beobachteten ihn aus der Ferne und sahen, wie er sich auf die Schwelle vor dem Hause neben dem blühenden Rosenstrauch niederließ und das schlohweiße Haupt schluchzend in die Hände stützte.

Die ganze Nacht verweilte er hier, immer wieder die Hände ringend, sich die Haare raufend, bisweilen schritt er — wie in tiefem Kummer — gebeugten Hauptes vor dem Hause auf und ab.

Als der Morgen hereinbrach näherten sich ihm seine engsten Schüler tief besorgt, um nach seinem Befinden zu sehen. Er jedoch hieß sie schweigen und schickte sie fort, entfernte sich aber nicht von der Schwelle des Hauses und hielt den Blick stets auf jenes Fenster gerichtet. Die Schüler waren zutiefst verwirrt vom sonderbaren Verhalten ihres geliebten Meisters und baten um eine Erklärung.

'Ich bin in tiefster Liebe zu dieser jungen Lotosblüte entflammt, deren Schönheit die des vollen Mondes bei weitem übertrifft. Wenn ihr mich verstehen könnt, dann helft mir, ihre Liebe zu gewinnen, wenn nicht, dann laßt mich in Frieden!'

'Ist dieses Verhalten denn eines erleuchteten Meisters, wie ihr es seid, würdig? Eines Scheich, der alles Weltliche längst hinter sich gelassen hat?' wollten sie wissen, doch er antwortete nur:

'Ach, was wißt ihr schon von der Liebe!' und scheuchte sie fort.

Er begann, seine Geliebte in Gedichten und Liedern zu verherrlichen, flehentlich nach ihr zu rufen, um dann wieder in lautes Schluchzen auszubrechen.

Schließlich schickte die Angebetete ihre Diener und ließ ihm antworten, er solle sich fortpacken und sie nicht in Verruf bringen vor den Nachbarn, ja vor der ganzen Stadt, durch sein törichtes, verrücktes Benehmen, das einem angeblich weisen, alten Manne wie ihm gar nicht anstünde.

Allahudin Sahid jedoch ließ sich nicht zur Vernunft bringen, sondern er beteuerte, selbst wenn man versuchte, ihn durch Prügel von hier zu vertreiben, würde er nicht weichen. Selbst wenn er niemals ihre Liebe würde erringen können, so würde er wenigstens den Staub küssen, den ihre Füße berührt haben, jegliche Schmähung erdulden und lieber hier sterben, als ohne sie weiterzuleben. Dann warf er sich weinend zu Boden und küßte die Schwelle des Hauses.

Die gesamte Schülerschaft war äußerst peinlich berührt von einem derart aufsehenerregenden Gehabe ihres Lehrers. Manche begannen zu vermuten, er habe tatsächlich im greisen Alter den Verstand verloren und zogen enttäuscht von dannen.

Die anderen jedoch, die noch ihre Treue zu ihm bewahrt hatten, drängten ihn immer wieder mit beschwörenden Worten, doch endlich zur Vernunft zu kommen und wie besprochen schleunigst die Schiffe nach Phönizien zu besteigen, um in Richtung Arabien zu reisen.

Er aber winkte nur müde und traurig ab, mit der Bitte, ihn gewähren zu lassen und hörte nicht auf, um die Gunst seiner Geliebten zu flehen. Nach wenigen Tagen war in seinen Augen ein Flackern zu sehen wie bei wilden Tieren, und nun fingen selbst die treuesten unter seinen Schülern an, an seinem Verstand zu zweifeln.

Oft hörte man ihn nachts Rufe der Verzweiflung ausstoßen, und als auf diese Weise die Wochen verstrichen, und der Mond sich wieder rundete, trat die Heidin verschleierten Hauptes vor ihn, tadelte ihn gestrengen Tones ob seines ungebührlichen Verhaltens und versuchte, ihm die Unsinnigkeit seines Unterfangens zu verdeutlichen.

'Denkst du', sprach sie voller Hochmut und Verachtung, 'ich fände Gefallen an alten Männern, ich, nach der die Jünglinge sich voller Begehren umdrehen? Ich habe gehört, du seist ein großer Gelehrter und Weiser aus dem Land der Muselmanen, aber offensichtlich hattest du doch nicht den rechten Glauben, denn er konnte dich vor verrückter Tollheit nicht bewahren. Du lebst im Staub der Straße wie ein Hund, deine Augen flackern irre in ihren tiefen Höhlen, das Haar steht dir wirr zu Berge, und dein Lachen ist das eines Narren. Denkst du wirklich, so könntest du meine Gunst erringen? Gib auf dein sinnloses Tun und schere dich hinweg von meiner Schwelle! Dein anstößiges Gehabe wird mich noch meinen guten Ruf kosten. Zudem trägst du Tracht und Zeichen eines fremden Glaubens. So hebe dich hinweg von hier und verschwinde aus dem Gesichtskreis meiner Augen!'

Allahudin Sahid jedoch küßte voller Hingabe den Saum ihres kostbaren Kleides und sprach mit flehentlicher Stimme:

'Oh du Rose meines Herzens, du Traum meiner Stirne, nicht eher werde ich von hier weichen, als bis ich mein Ziel erreicht und deine Liebe gewonnen habe.

Lieber will ich mit den Hunden im Staub deiner Füße leben und an der Pein und Schmach meiner Liebe zugrunde gehen, als ohne dich diesen Ort zu verlassen.'

Nachdem auf diese Weise wieder ein Mond vergangen war, sprach die Schöne voller Spott zu ihm:

'Alter Narr, merkst du noch immer nicht, wie die ganze Welt über dich lacht? Fast alle Getreuen haben dich verlassen. Nicht genug, daß du alt und verrückt bist, aber denkst du wirklich, ich würde meine Gunst je einem Andersgläubigen schenken? Nur dann, wenn du deinen Sufi-Mantel ablegst und zerreißt, deinen Gürtel im Staub der Straße zertrittst und deinen Wanderstab zerbrichst, nur dann, bar der Zeichen deines Glaubens könnte je ich dich lieben.'

Sogleich kam der Sufi ihrem Wunsche nach. Als seine Schüler jedoch dies frevelhafte Tun aus der Ferne sahen, stürzten sie voller Entsetzen herbei und flehten ihn um Einsicht und um Einhalt in seinem wahnwitzigen Handeln. Er aber antwortete ihnen müde, sie wüßten nichts von der Macht der Liebe, und, da sie ihn nicht verstehen könnten, sei er von nun an nicht mehr ihr Lehrer. Sie mögen daher getrost in ihre Heimat zurückkehren und ihn vergessen.

So vergingen die Wochen, und nur wenige seiner engsten Schüler waren geblieben und versuchten immer wieder, ihren scheinbar so tief gefallenen Meister zurück auf den Pfad des wahren Glaubens zu bringen, doch der Scheich sprach nur von seiner Liebe, und war, wie es fast schien, keines vernünftigen Wortes oder Gedankens mehr fähig.

Voller Genugtuung sah das Mädchen, wie ihn auch seine letzten Schüler verließen und sprach: 'Die äußeren Zeichen deines Glaubens hast du abgelegt, doch wie soll ich in dein Herz hineinsehen? Nur wenn du heute abend mit mir Wein trinkst, was in deiner Religion verboten ist, das Kreuz meines Gottes küßt und dich ihm unterwirfst, könnte ich in Erwägung ziehen, dich zu lieben.'

Er antwortete: 'Deine Nähe ist berauschender als jeglicher Wein!' trank mit ihr die halbe Nacht, sang selige Lieder, pries in Gedichten ihre Schönheit und küßte das Kreuz und die Ikonen ihrer Heiligen.

'Mit Leib und Seele
Gebe ich Dir mich hin,
Denn Deine Schönheit ist berauschender als Wein.
Die schwarze Nacht des neuen Mondes,
Das ist Dein Haar.
Oh, wie beneide ich den Wind,
Der nach Belieben darin spielt;
Des Mittags helles Licht ist Deine Stirn,
Der Morgenröte Anmut
Nur ein Widerschein
Des Zaubers Deiner Glieder.
Doch das Geheimnis
Deiner Augen unsagbar tiefen Glühens
Ist es, was den Verstand mir hat geraubt.
So seh ich nur noch Dich,
Wo immer ich auch bin,
Verloren ganz
In ewiger Sehnsucht
Nur nach Dir.
So wie das dürre Land nach Regen lechzt,
Und wie die Blume
Braucht den Sonnenschein,
So kann ich ohne Dich
In alle Ewigkeit nicht sein.'

Am nächsten Tag kam sie zu ihm mit den Worten:

'Deinem Glauben hast du abgeschworen, doch woran soll ich erkennen, ob deine Liebe auch wahrhaftig ist? Ich will dich auf die Probe stellen! Wenn du zwei Jahre lang bei meinen Hunden arbeitest, sie pflegst, das Futter bereitest und bei ihnen schläfst, kann ich mir deiner Liebe wirklich sicher sein.'

Der Sufi aber nahm diese Schmach voller Freude auf sich. So hatte sie ihn zu ihrem niedrigsten Diener gemacht und sich somit vorerst seiner Zudringlich-

keiten entledigt. Die zwei Jahre bei den Hunden dachte sie, würden dem alten Narren die Flausen schon aus dem Kopfe treiben . . .

Als seine Anhänger die Ebene von Mazar-i-Sharif erreicht hatten, berichteten sie dort dem engsten und vertrautesten Schüler, den der Scheich in seiner Klause zurückgelassen hatte, von den Geschehnissen an der hellenischen Küste, und wie der Meister dort dem wahren Glauben abgeschworen habe. Nachdem er nachdenklich diese Kunde vernommen, sagte er unwillig:

'Narren seid ihr, und nichts habt ihr begriffen! Wie konntet ihr ihn gerade jetzt verlassen? Sieht so eure Liebe und eure Treue aus? Zu ihm, der euch aus Dunkel und Unwissenheit erweckt hat, zu Licht, Erkenntnis und rechtem Glauben?!'

Mit einer auserwählten Schar brach er auf zum mittelländischen Meer. Als er in der hellenischen Hafenstadt ankam, und den erniedrigten Zustand des Meisters sah, versuchte er nicht, ihn zu überreden, von seinem Tun Abstand zu nehmen, sondern bezeigte ihm seine Ehrerbietung und zog sich dann mit der Schar der Schüler in eine Bergeinsamkeit zurück. Hier verbrachten sie die Tage in tiefster Versenkung und in Gebet und flehten unablässig zu Gott, sich des geliebten Meisters zu erbarmen und ihn wieder an den Pfad der Rechtgläubigen zu erinnern, während täglich einer von ihnen bei ihm weilte und ihm schweigend bei seiner schweren Arbeit half.

Da geschah es, daß ein Engel Gottes in großer Glorie und Macht im Traum den Scheich aufsuchte, ihn segnete und ihm befahl, zurückzukehren zu den Schülern. Mit einem Male war der Liebeswahn von ihm abgefallen, als wäre nichts geschehen. Seine Augen leuchteten, und die Macht des Geistes verlieh ihm wieder die alte Würde. Das Glück und die Seligkeit seiner Schüler kannte keine Grenzen.

'Bevor wir nun aufbrechen zur Heimreise,' sprach er, 'wollen wir uns zurückziehen und sieben Tage und sieben Nächte für die Seele beten um deretwillen ich soviel Schmach ertragen habe.'

Und sie verbrachten eine Woche fastend und betend im Gebirge.

In der siebenten Nacht nun zeigte der Herr sein grenzenloses Erbarmen und sandte einen lichten Engel zur Heidin. Dieser segnete sie und öffnete ihre Augen für die Wahrheit des rechten Glaubens. Sie erkannte nun plötzlich die Größe und Heiligkeit Allahudin Sahids, erschrak über ihr einstiges Verhalten und wurde von unendlicher Reue erfaßt. Weinend stürzte sie zum Hundezwinger, fand ihn jedoch zu ihrem großen Entsetzen dort nicht mehr vor. Als sie vernahm, daß er schon vor sieben Tagen die Stätte seiner Schmach verlassen hatte, verhüllte sie ihr Haupt mit einem Schleier und irrte schluchzend durch die Gassen der Stadt, ständig seinen Namen flüsternd.

Als sie sich in ihrer Verzweiflung entschlossen hatte, im Meer den Tod zu suchen und zur Küste eilte, gewahrte sie, wie in der Ferne der Scheich sich anschickte, mit seinen Schülern das Schiff zu besteigen. Sie rannte hinzu, fiel ihm in Tränen aufgelöst zu Füßen und bat inständig um Vergebung. Voller Liebe hob er sie auf und nahm sie mit auf das Schiff, wo er sie in den Grundsätzen des rechten Glaubens unterrichtete. Mit liebender Hingabe hing sie an seinen Lippen, doch an ihrem Herzen fraß die Reue, — ihres an ihm begangenen Frevels wegen.

Gram und Reue zehrten sie aus, und nach ihrer Landung in Sidon erkrankte sie und verschied, den Namen des Allmächtigen auf den Lippen.

Im Augenblick des Todes jedoch schien es allen Anwesenden, als hörten sie das Klingen silberheller Glocken, und der Scheich, der in tiefster Versenkung bei ihr geweilt hatte und in dessen Augen ihr Blick bis zuletzt in Seligkeit geruht hatte, erklärte später seinen Schülern dies als ein Zeichen dafür, daß sie nun im höchsten Paradiese Einheit in Gott erlangt habe.

An ihrem Grab errichteten sie einen Gedenkstein, der heute noch in einem Palmenhain bei Sidon an diese Begebenheit gemahnt: 'Der Weg der wahren Liebe führt schnell in die Unendlichkeit zu Gott, doch kann Verstandesdenken diesem Pfad nicht folgen.'

Der Scheich zog mit seinem Gefolge dann weiter nach Mekka, Medina und kehrte von hier schließlich zurück zu seiner Klause bei Mazar-i-Sharif, wo er noch lange weilte und wirkte zum Segen aller Gläubigen und der ganzen Welt."

Stille folgte seinen Worten und über diese Stille legte sich schließlich das Lied der Naf, die Gilani nun an seine Lippen setzte. Die anderen Instrumente stimmten ein, die Musik schwoll langsam an, türmte Wellen und Wogen auf, die sich zu einer Kaskade von Tönen steigerten. Alle wurden mitgerissen, viele klatschten begeistert im Takt oder sangen selig und entrückt. Das Lied verebbte langsam, rauschte wieder und wieder auf um schließlich leise zu verklingen.

Doch lange währte die Stille nicht, in der man leise das Knistern des Feuers vernahm. Immer wieder fand einer der Musiker den Weg zu neuen Melodien, und immer wieder stimmten die anderen mit ein und verloren sich im Reich schwingender Töne.

Fast graute schon der Morgen — die Zeit war unbemerkt verflogen — als Inderinnen heißen Milchtee servierten. Ich beobachtete die grazilen Bewegungen dieser braunhäutigen Frauen in den wallenden Falten ihrer Saris — Inbegriff einer vornehmen Weiblichkeit — und dachte an die harte Strenge Afghanistans, die die Frau unter der dunklen Glocke des Chador verbarg.

Es war angenehm, den heißen Tee zu schlürfen, nach dieser langen Nacht. Gespräche kamen auf und einige der Anwesenden begannen, sich zu verabschieden. Ich wandte mich zu Maria, — ich hatte gar nicht mehr an sie gedacht, während ich versunken den Liedern gefolgt und mit den Tönen gereist war.

In der Hoffnung, daß auch Maria die Schwingung dieser Nacht verspürte, fragte ich sie:

„Wie gefiel dir dieses Vollmondfest?"

„Es war ganz interessant", antwortete sie — doch sie sprach aus ihrem Verstand und nicht aus ihrem Herzen — „aber ich finde den Personenkult des Orients nicht richtig."

„Personenkult?"

„Ja, warum muß man sich vor diesen Männern verbeugen? Sie sind auch nur Menschen und keine Götter! Ich finde, alle Menschen sind gleich. Du selbst hast gesagt, daß in jedem Menschen Gott wohnt. Wieso also diese Privilegien?"

Der Intellekt hinderte Maria daran zu verstehen, denn solange ihre Gedanken mit Erklärungen beschäftigt waren, konnten Geist und Herz nicht die Ruhe der Betrachtung finden, um die Atmosphäre des Augenblickes aufzunehmen. Wie aber sollte ich ihr nun erklären, was dem Orientalen ganz natürlich erschien?

So sagte ich schließlich:

„Eben, weil Gott in jedem Menschen wohnt, kann man sich ruhig vor einem Menschen verbeugen! Man ehrt dadurch Gott." und lächelte sie dabei entwaffnend an.

Offenbar wußte sie darauf keine Antwort, denn sie sah unschlüssig drein und meinte dann gähnend:

„Darüber können wir ja morgen weiterdiskutieren. Ich bin müde. Es muß wohl schon sehr früh sein. Wollen wir nicht nach Hause gehen?"

Ich fühlte mich aber noch hellwach, und so schloß Maria sich einer Gruppe von Leuten an, die ebenfalls im Kloster wohnten.

„Bleib nicht mehr zu lange, Geliebter!" flüsterte sie mir zum Abschied noch ins Ohr, „Komm bald!" und verschwand mit den anderen im anbrechenden Morgengrauen.

Schmerzlich erkannte ich, welche Kluft zuweilen zwischen Marias und meinem Denken lag.

'Doch', dachte ich, 'wozu ist Liebe da, wenn nicht um Welten zu verbinden, um Brücken zu schlagen, über die Klüfte zwischen Mensch und Mensch.'

Und ich dachte an die süßen Stunden mit Maria.

Die meisten, die noch hiergeblieben waren, hatten sich inzwischen wieder ins Tempelinnere begeben, von woher nun der Ruf eines Muschelhornes und Glockenklänge drangen. Der Duft von Weihrauch mischte sich in die kühle Luft des Morgens. Männer und Frauen waren vom Dorf her gekommen, die nun am Tempeleingang andächtig stehen blieben. In der Feuerstelle schimmerte noch ein leichtes Glühen, leuchtete rot auf, als der Morgenwind hineinfuhr und graue Asche emporwirbelte.

Ich saß mit Sayed Gilani allein unter dem Banyanbaum. Wieder beschlich mich ein unbestimmt bedrückendes Gefühl. Endlich brach Gilani das Schweigen:

„Du bist sehr in Maria verliebt, Nisam?"

„Ja."

Gilani brach in schallendes Gelächter aus.

Ich war verärgert. Wurde ich etwa nicht ernst genommen, ich und meine Liebe?

„Ich hoffe, du weißt, daß nun dieser Traum zu Ende ist", sagte der Alte plötzlich wieder ganz ernst.

„Wieso?" wollte ich erschrocken wissen.

„Du bist ein Afghane und sie ist eine Deutsche. Glaubst du, daß das gut gehen würde?"

„Aber wir lieben uns. Ist denn Liebe nicht allmächtig?"

„Wovon redest du denn überhaupt? Von Liebe? Für Maria ist es nichts weiter, als nur *ein* Abenteuer von vielen. Ein besonderes Abenteuer zugegebenermaßen: ein orientalisches Märchen. Aber sobald sie wieder in Deutschland ist, wird sie aufseufzend das Buch *Tausendundeine Nacht* zuschlagen und sich sagen 'Oh, es war eine schöne Geschichte'. Doch sie ist eine ganz normale Deutsche und nicht eine Märchenprinzessin!"

„Aber sie sagt, sie liebt niemanden so wie mich", erwiderte ich ganz verzweifelt.

„Na und? Sie liebt eben jeden anders! Außerdem darf man die Sprache der Verliebten nicht mit der Wirklichkeit vergleichen, denn sie leben in einem berauschenden Traum. Und bei dir, mein Junge, wird es Zeit, daß du nun allmählich wieder nüchtern wirst!"

Eine hilflose Wut packte mich. Damals hatte Gilani mich gescholten, weil ich vor Arifa geflohen war. Nun war ich meiner Liebe gefolgt, und es war ebenso falsch?

„Nein, Nisam, es ist gut, daß du deiner Liebe gefolgt bist, denn sie hat dich hierhergeführt. Doch inzwischen bist du erblindet. Was weißt du denn schon von Liebe? Deine Liebe ist wie eine Krankheit, die sich zwischen Gebein und Fleisch ansiedelt. Doch es gibt eine Liebe, die im Schoß des Himmels ihren Ursprung hat. Und diese Liebe ist mit nichts anderem zufrieden, als mit ewiger Unsterblichkeit. Nichts verehrt sie, als die Gottheit selbst. Du aber bist gerade dabei, mitten im Sumpf der Vergänglichkeit zu versinken! Die Früchte wahrer Liebe wirst du erst ernten können, wenn du einen traurigen Abschied hinter dir hast, der dich bis ins Innerste erbeben läßt; wenn du bitterste Not in verzweifelter Geduld ertragen hast!"

Obwohl etwas in mir, tief drinnen den Worten Gilanis zustimmte, konnte ich ihren Sinn doch nicht verstehen und lehnte mich mit allen Kräften gegen seine Weisung auf. Fieberhaft und mit heißem Kopf arbeitete ich an Entschuldigungen und Rechtfertigungen für mein Verhalten. War es nicht so, daß Gilani Maria gar nicht kannte? Er hielt sie für ein ganz gewöhnliches Ausländermädchen. Dabei hatte ich mit ihr doch über die wahre Bedeutung der Liebe gesprochen! Hatte sie nicht mit großen Augen zugehört, als ich von tiefsten Geheimnissen sprach, damals in Bamiyan?

Als hätte er meine Gedanken erraten, sagte Sayed Gilani:

„Und glaube nicht, Maria hätte begriffen, was du ihr alles erzählst. Sie hört dir andächtig zu, weil sie dich, ihren Märchenprinzen liebt und bewundert, im Rausch ihrer Verliebtheit, doch wenn der erst einmal verflogen ist, wird sie all deine Worte schnell vergessen! Sie ist ganz bestimmt ein sehr guter Mensch, aber sie ist nicht wie du. Denkst du, du seist der erste Mann, den sie abgöttisch liebt? Keineswegs! Aber sie ist deine erste Frau, und dabei bist du älter als sie! Warte, schon bald wird dir ihr Verhalten große Schmerzen bereiten!"

Meine ganze Persönlichkeit wehrte sich gegen die Worte des Weisen aus Bagdad und klammerte sich an meine Liebe zu Maria. Nein, ich würde nicht so einfach auf das verzichten, was mir kostbarer und süßer erschien als alles in der Welt! Mit beiden Händen wollte ich mein Glück festhalten. 'Vielleicht verändert unsere Liebe unser ganzes Leben', hatte Maria gesagt.

Wenn in meiner Heimat sich unser Glück nicht verwirklichen ließ, vielleicht würde ich sogar mit ihr nach Deutschland gehen...

„Das Leben lehrt jeden von uns seine Lektion, so oder so. Es liegt an uns, welche Wege wir einschlagen. Doch wenn uns etwas nicht zusteht, so müssen wir es hergeben, so oder so. Entweder lösen wir freiwillig den Griff, oder das Schicksal schlägt uns solange auf die Hände, bis wir sie vor Schmerzen öffnen."

So sprach Gilani zu mir. Doch dann meinte er:

„Nun lassen wir dieses Thema. Wir wollen einen Spaziergang machen, und du erzählst mir von zu Hause. Was geschah alles, seit wir in Bamiyan Abschied nahmen?"

Arm in Arm schlenderten wir die Straße zum Dorf hinaus, und während wir durch einen lichten Baumbestand wanderten, plauderte ich über die vergangenen Jahre, von meiner Arbeit unter des Oheim Leitung und schließlich vom Aufbau der eigenen Geschäfte; vom Kommen Zelihans und Aslamas und von Zelihans Schule. Gilani hörte mir aufmerksam zu, nickte hin und wieder bedächtig, stellte manche Fragen. Es war ein langer Spaziergang, und als wir den Vorhof des Ghanapati Tempels wieder erreichten, war ich gerade dabei, meine Begegnung mit Maria zu schildern, bis hin zu unserem Entschluß, gemeinsam nach Indien zu reisen.

„Nun gut", meinte Gilani schließlich milde lächelnd, „dann laß uns abwarten, was die Zukunft bringen wird. Doch hör zu, Nisam, ich habe da noch eine ganz andere Idee. Heute abend werde ich zusammen mit Utam und Om-Nama-Shivai Baba nach Rishikesh reisen. Rishikesh liegt am Ganges und in den Bergen des Himalaya. Wie wäre es, wenn ihr mitkommen würdet? Es ist sehr schön dort, nicht so heiß wie hier in Dehli und außerdem leben dort interessante Menschen."

War Gilani nach meiner Schilderung nun milder gestimmt als zuvor? War er etwa nun gar nicht mehr so sehr gegen meine Verbindung mit Maria? Seine Einladung machte mich glücklich. Nun erst glaubte ich, die alte Liebe wieder zu verspüren, die uns seit je verband, und zaghaft baute ich wieder Vertrauen auf.

Wie anders war alles geworden. Die Welt hatte mich ein Mißtrauen gelehrt, das sogar vor Gilani nicht Halt machte.

Karl und Maria saßen im Garten und waren in Gesprächen vertieft, als ich zurück zum Kloster kam. Offensichtlich genoß Maria es, sich wieder fließend in ihrer Muttersprache zu unterhalten. Sie wirkte abwesend, als sie mich auf die Wange küßte, nachdem ich mich zu ihr gesetzt hatte. Möglicherweise hatte sie nur wenig geruht, und so mochte ihr die lange Nacht zu schaffen machen.

Als ich von der Einladung Gilanis erzählte, mit nach Rishikesh zu kommen, antwortete sie nicht sofort, sondern sah fragend zu Karl hinüber.

„Rishikesh ist ein guter Platz," sagte der, „und ein geheimnisvoller Ort. Sein Name bedeutet *Ort der Seher.* Wenn ihr fahrt, würde ich mit euch kommen, denn ein Bekannter von mir lebt dort, den ich längst wieder einmal besuchen wollte. Er heißt Emil und hat dort ein Entwicklungshilfeprojekt aufgebaut."

„Oh ja", stimmte daraufhin Maria zu, „laß uns dorthin fahren!" und nahm meine Hand.

'Warum sie wohl diesen Karl für so wichtig nahm', dachte ich etwas verärgert. Laut aber sagte ich zu ihr:

„Ich bin ziemlich müde und werde mich jetzt schlafen legen. Weck mich bitte rechtzeitig auf, damit wir den Bus nicht versäumen. Gilani, Utam und der Om-Nama-Shivai Baba erwarten uns um sieben Uhr abends am Eingang zum Bahnhof von Alt Dehli."

Ich ging hinüber zu unserem Zimmer, wo ich sogleich erschöpft einschlief.

Am Abend schließlich trafen wir uns an der vereinbarten Stelle. Utam besorgte Tickets und besetzte uns drei zweisitzige Bänke in dem Fahrzeug, das sich Bus nannte, und dessen rotlackierter Aufbau hauptsächlich aus Sperrholz und Aluminium bestand. Die kleinen Scheiben der Fenster waren so trüb, daß man kaum hindurch sah.

„Die Reise wird leider nicht so bequem werden, wie in unserem Jeep", sagte ich zu Maria.

„Dafür aber um so abenteuerlicher", entgegnete sie, und kletterte in den Wagen.

„Setz dich zu mir her, Junge", forderte Gilani mich auf, „Wer weiß, wieviel Zeit uns noch bleibt, miteinander zu sprechen."

Maria nahm den Platz hinter mir ein, und Karl setzte sich neben sie.

„Karl hat einen alten Bekannten in der Nähe von Rishikesh", sagte ich zu Gilani.

Der nickte bestätigend:

„Ja, Emil, ich kenne ihn auch. Er lebt in Laxmanjhula. Er ist sozusagen ein geborener Entwicklungshelfer: als Daseinssinn hat er sich die Aufgabe gestellt, die Menschheit in ihrer Evolution zu fördern.

Bepackt mit prall gefüllten Tüten keucht Utam endlich in den Bus, als der Fahrer bereits die Hupe ertönen läßt, um die letzten säumigen Passagiere an ihre Plätze zu rufen.

„Reiseproviant", meint er im gewichtigen Ton, „Obst und Erdnüsse."

„Utam denkt wieder einmal nur ans Essen", spottet der Baba, „und dabei wird er doch nicht fett!"

Der Fahrer, dem wir uns für diese Reise anvertrauen, ist eine abenteuerliche Gestalt, die ihrem Äußeren nach recht gut zu Ali Babas vierzig Räubern gepaßt hätte. Grimmig hängen die schwarzen Enden seines Schnurrbartes, der sein Gesicht unter einer verwegenen Hakennase ziert, nach unten. Nun schlingt er ein speckiges Tuch um seinen Kopf, knetet schwarzes Räucherwerk zu einem Kegel, opfert diesen vor einem Götterbild, das eine blaue Gestalt in weltentrückter Versenkung darstellt, die inmitten einer mondlichtdurchfluteten Landschaft sitzt. Vor diesem Bild neigt er sich mit gefalteten Händen, als weiße Rauchschwaden emporwallen. Das nächste, was der Kerl in Brand steckt, ist eine Zigarette. Als sie schief in seinem Mundwinkel hängt, scheint er endlich vollends für die Fahrt gerüstet, denn er rückt sich umständlich in seinem zerschlissenen Sitz zurecht. Nun macht sich unser Pilot an lose herumbaumelnden Kabeln zu schaffen. Funken sprühen, und unter Ächzen und Getöse springt der Motor dröhnend an.

Durch die offenen Schiebefenster wehte lau der Fahrtwind, als wir durch die belebten Straßen der nächtlichen Stadt hinausrollten in die Ebene, die still im Mondlicht dalag.

Verglichen mit Afghanistan ist Indien ein reiches und fruchtbares Land mit viel Grün und majestätisch im Wind wehenden Palmen.

Ich war mit Gilani in Gespräche vertieft, als Utam uns seine Erdnüsse anbot. Maria war offensichtlich eingeschlafen. Ihr Kopf ruhte auf Karls Schulter und ihre Hand lag in der seinen.

Ein Schmerz durchzuckte mein Herz und eine unsinnige Wut ließ mich erbeben. Am liebsten hätte ich Karl von seinem Sitz hochgerissen. Doch ich besann mich und versuchte, meine Gefühle zu beherrschen; schließlich saß Gilani neben mir. Bemerkte er, was in mir vorging? Wie das ferne Rauschen eines Baches hörte ich seine Worte nur noch, ohne mehr ihren Sinn zu beachten. Abwesend stierte ich aus dem Fenster und unser Gespräch erstarb.

Mitten in der Nacht erreichte unser Bus seine Endstation Haridwar, die *Tür zum Himmel,* an den Vorbergen des Himalaya-Massives gelegen. Wir stiegen um in ein Taxi, das uns bis Rishikesh brachte. Maria war anscheinend zu müde, um meine Niedergeschlagenheit zu bemerken, und in der Enge des Wagens war jetzt nicht die Zeit für ein ernsthaftes Gespräch. Als wir in Rishikesh ankamen, lud Utam uns ein, die Nacht bei ihm zu Hause zu verbringen, da es um diese Zeit nicht mehr einfach sei, noch eine andere Unterkunft zu finden. Sein Haus lag etwas außerhalb der Ortschaft am Fuß eines dschungelbewachsenen Hanges unter hohen Bäumen. Unweit glitzerte wie ein silbernes Band der Ganges im Mondlicht und am gegenüberliegenden Ufer ragten dunkel hohe Berge auf.

Vor Utams Haus schliefen sämtliche Mitglieder seiner Familie, zugedeckt mit dünnen Tüchern.

„Im Sommer ist es besser, im Freien zu schlafen", erklärte er.

Seine Frau erwachte, als wir ankamen. Utam sprach zu ihr einige kurze Worte, worauf sie lautlos ins Haus huschte und mit gefütterten Decken wiederkam, aus denen sie im Nu bequeme Lager für uns bereitet hatte.

Ich war zu aufgewühlt, um einzuschlafen, und als ich die ruhigen Atemzüge der anderen vernahm, stand ich auf und ging hinunter zum Ufer des

Flusses. Klagend, wie das Schluchzen einer Mutter, die man ihrer Kinder beraubte, wirkte sein Rauschen in der Nacht.

Schließlich übermannte mich doch eine bleierne Müdigkeit, und ich streckte mich auf meinem Lager aus. Sogleich fiel ich in einen tiefen Schlaf, von dem ich erst erwachte als die Sonne bereits hoch am Himmel stand.

Verwundert blickte ich mich um, bis ich begriff, wo ich war. Die anderen waren längst aufgestanden. In einiger Entfernung saßen Gilani, Maria und Karl im Schatten eines Baumes. Sie waren in ein Gespräch vertieft. Lange schien Gilani zu reden, und während die beiden zuhörten, blickte Maria des öfteren zu mir herüber. Sprachen sie über mich?

Der Schlaf in der heißen Luft des Vormittags hatte mich nicht erfrischt. Ein dumpfer Druck lastete auf meinem Kopf. Ich stand auf und ging zum Fluß. Bevor ich mich zu den anderen begab, wollte ich erst einmal richtig wach werden.

Der Fluß, dessen kristallklare Fluten nun im hellen Schein der Sonne gleißten, wirkte jetzt nicht mehr traurig, wie in der Nacht. Glitzernd und funkelnd sang er ein freudiges Lied. Trost und Friede gingen aus von seiner milden Kühle. So legte ich Chelwar und Kamis ab, und tauchte in diese erfrischenden Fluten. Kühl umarmten mich die Wellen des Ganges und ich trank in vollen Zügen von dieser lebensspendenden Köstlichkeit, während ich hinausschwamm. Jeder Zug, der mich vom Ufer wegführte, brachte mich gleichzeitig ein Stück heraus aus meinem Leid. Es war als würde alles Alte abgewaschen von den Fluten bis schließlich ein ganz neues Leben durch meine Adern pulste. Ein erhebendes Glücksgefühl, das ich mir gar nicht erklären konnte, erstrahlte in meinem Innern. Übermütig begann ich um mich zu schlagen und gischtendes Wasser nach oben zu werfen.

„Ja, ich werde dich ganz naß spritzen!" rief ich der Sonne zu, die über mir lachte.

Ich war schon ein gutes Stück stromab getrieben und rechter Hand lagen hinter einem breiten Strand, der übersät war mit rundgeschliffenen Steinen, verborgen von Gebüsch und Kakteenhecken die Hütten und Häuser von Rishikesh. Vom anderen Ufer herüber winkte kühl und still das schattige Grün eines Berghanges, während weiter flußaufwärts, die Türme und Kuppeln von Laxmanjhula über die Baumwipfel ragten. Ich schwamm ans Ufer und setzte mich fröstelnd auf einen Stein. Schnell leckten die Sonnenstrahlen die Wassertropfen von meiner Haut.

Ich sah die Welt nun wieder mit neuen Augen. Was sollte schon sein? Liebte Maria mich doch so sehr...

Wie oft hatte sie es mir versichert!

Es war ja auch kein Wunder, daß niemand unsere Liebe verstand, selbst Gilani nicht.

Ich, ein Afghane, und sie, eine Deutsche — doch was tat's? Auch meine Mutter war Turkmenin und mein Vater war ein Paschtun. Zwar waren hier die Gegensätze nicht so groß gewesen, aber es waren immerhin auch verschiedene Völker, verschiedene Sprachen und Kulturen. Gut, Deutschland und Afghanistan lagen in jeder Hinsicht viel, viel weiter auseinander, doch lebten wir auch in einer ganz anderen Zeit. Ja, mir waren aus Kabul sogar Fälle bekannt von Afghanen die Ausländerinnen geheiratet hatten; Männer aus vornehmen und angesehenen Häusern. Zwar redete der Pöbel im Bazar und die Mullahs ereiferten sich darüber. Doch dies war nur natürlich und richtete nicht wirklich Schaden an. Was interessierte mich das Geschwätz im Bazar? Was hatte ich mit den Mullahs zu schaffen? Und Karl?

Was sollte da schon sein? Selbstverständlich tat es Maria gut, hier in der Fremde wieder einmal richtig deutsch sprechen zu können, und meine Sprachkenntnisse reichten eben nicht aus, um spontan und unüberlegt zu plaudern. Und gestern abend im Bus? Was sollte schon sein? Wußte ich denn nicht, daß die Ausländer es nicht so ernst nahmen mit körperlichen Berührungen? Sie hatte es sich eben ganz zwanglos bei Karl bequem gemacht, und das war alles. So beschloß ich, sie gar nicht daraufhin anzusprechen. Möglicherweise hätte sie nicht einmal gewußt, wovon ich redete.

Und wenn Gilani erst einmal sah, wie liebevoll und harmonisch unsere Beziehung war, wenn er Maria erst einmal richtig kannte, ihr Gitarrenspiel hörte... Dann würde auch er unsere Liebe segnen.

Da kam Maria das Ufer entlang auf mich zu. Ihr langes weißes Kleid leuchtete in der Sonne.

„Du siehst bezaubernd aus, Maria!" begrüßte ich sie.

„Ich habe dir deine Kleider mitgebracht. Ich dachte schon, du wärst nach Dehli zurückgeschwommen!" rief sie lachend und fügte hinzu: „Ich glaube, hier sieht uns niemand. Ich würde zu gerne auch ein wenig schwimmen!"

„Dann komm! Und selbst wenn uns jemand sähe, wir sind in Indien und hier kennt uns kein Mensch."

Als sie das Kleid abgestreift hatte, war die Blöße ihres schlanken Körpers nur spärlich bedeckt. Lächelnd streckte sie mir ihre Hand entgegen, und wir liefen zusammen ins Wasser.

„Kein Wunder, daß dieses Wasser den Hindus heilig ist", rief sie und tauchte in den blitzenden Fluten unter.

Später, als wir durch die Bazar-Gassen schlenderten, begann Maria:

„Nisam, ich muß einmal ganz ernsthaft mit dir sprechen..."

Was nun folgte, ließ Welten für mich einstürzen:

...wir sollten gute Freunde bleiben, doch müsse unsere Liebe andere Formen annehmen. Wir könnten nie als Mann und Frau zusammen auf die Dauer glücklich werden, da wir zu verschieden seien. Es wäre eine unvergleichlich schöne Zeit gewesen, zusammen mit mir, und wir sollten sie in Freundschaft beenden...

Ich kämpfte mit aller Macht darum, nicht die Fassung zu verlieren, hier in der Öffentlichkeit. Hin und her gerissen zwischen Wut und Verzweiflung war es, als bräche ein Orkan in meinem Inneren los. Ich blieb stehen und stützte mich an eine Hauswand. Der Boden schien unter meinen Füßen zu schwanken. 'Karl', schoß es mir durch den Sinn, 'Karl hat ihr den Kopf verdreht!'

„Was ist mit Karl?" fragte ich wütend und verächtlich, ohne sie anzusehen, „Du liebst ihn wohl nun auch 'wie sonst niemanden'?"

„Du siehst das falsch, Nisam, man kann dies gar nicht vergleichen. — Bei uns in Deutschland..."

„Erzähle mir nichts von Deutschland! Ich will wissen, ob du mich wegen Karl verlassen willst!"

„Nein, Nisam, so kann man dies wirklich nicht sagen..."

„Gut, Maria, dann werden wir beide heute noch weiterreisen. Wir beide und sonst niemand."

„Wohin denn, Nisam? Hör zu, ich werde demnächst mit Karl zurück nach Deutschland fliegen."

„Dann verschwinde!" schrie ich sie an, drehte mich um und eilte mit großen Schritten die Straße hinunter. Ich kochte innerlich. Maria lief neben mir her und redete auf mich ein. Ich hörte nicht hin, was sie sagte. Dann durchzuckte mich plötzlich ein Gedanke, der mir schmerzhaft, wie ein Schwert, ins Herz fuhr. Ich blieb stehen und stierte ins Leere: Gilani..... Ja, Sayed Gilani hat das alles angerichtet. Heute morgen, als ich noch schlief, hat er mit Maria gesprochen.

Ich kannte Gilanis Macht, Menschen zu beeinflussen. Bestimmt hatte seine hypnotische Kraft Maria zu diesem Entschluß gebracht. Hatte nicht alles Unglück damit begonnen, daß wir *ihm* begegneten? Von diesem Moment an stand etwas zwischen Maria und mir.

„Nisam, so hör doch zu!" vernahm ich Marias Stimme wie aus weiter Ferne. „Nisam, ich liebe dich!"

Doch ich hörte sie kaum. Ich sah sie an, ohne sie wirklich zu sehen. Nichts hatte mehr Wirklichkeit als dieser Orkan in meinem Inneren.

Gilani..., begann es in meinem Hirn zu arbeiten, und wenn er noch so viel Gutes für mich getan hat, wie konnte er so mein Glück zerstören? Ich muß zu Gilani! Ich werde zu ihm gehen.

Ohne mich weiter um Maria zu kümmern, setzte ich mich in Bewegung.

„Halt, Nisam! Wo willst du denn hin?" hörte ich Maria hinter mir herrufen. Ihre Stimme schmerzte mich. Ihre Stimme, die mir vor kurzem noch die süßesten Zärtlichkeiten gesagt hatte; jetzt traf mich jedes ihrer

Worte wie ein Schlag ins Gesicht. Ich konnte diese Stimme nicht mehr ertragen und begann zu rennen. Wie auf der Flucht rannte ich durch Rishikesh.

Als ich mich umblickte, stand Maria dort, ihr weißes Kleid zeichnete sich leuchtend vom schmutzigen Grau der Gasse ab. Sie starrte mir ratlos nach. Aber ich rannte weiter und blieb erst vor Utams Haustür stehen.

„Wo ist Gilani?" brachte ich keuchend hervor.

„Sayed Gilani ist in Laxmanjhula bei Emil, dem Berliner Entwicklungshelfer."

„Wie komme ich auf dem schnellsten Weg dorthin?"

...Ich stieg die schmalen Stufen zu Emils Ashram* empor, den er am dschungelbewachsenen Berghang errichtet hatte. Wie eine Festung wirkten die mächtigen Mauern, die das Erdreich stützten, und so einen terrassenförmigen Garten trugen. Umgeben von einem rotgepflasterten Hof lag im Hintergrund ein weißes Steinhaus mit Türmchen, Arkaden und Terrassen.

Den ganzen Weg über hatte ich mir Argumente zurechtgelegt, die ich Gilani vorhalten wollte. Eine Gruppe indischer Kinder spielte im Garten. Sie hockten am Boden und waren so in ihrem Tun beschäftigt, daß sie gar nicht aufsahen, als ich an ihnen vorüberging.

Gilani saß auf einer Steinbank vor dem Haus. Sein Blick schweifte über das Gangestal, das gegenüber in Terrassen anstieg bis hin zum Fuß mächtiger Gebirgsketten. Ein entwaffnender Friede lag über dem Garten...

Nun, da ich vor Gilani stand, waren all die Worte, die ich mir zurecht gelegt hatte, wie weggeblasen. Nichts vermochte ich gegen diese stille Kraft, die aus Gilanis Blick strahlte. Tränen traten in meine Augen, und wie durch einen Schleier hindurch spürte ich seine Gegenwart mehr, als ich seine Gestalt sah.

* Ashram = spirituelles Zentrum

Da hüllte mich diese Gegenwart ganz ein, so wie eine Mutter ihr weinendes Kind in die Arme nimmt und tröstend wiegt. Mein letzter Widerstand schmolz dahin, und es war, als würde ich emporgehoben über das Tal, über die Welt mit all ihren Freuden und Leiden, mit dem ewigen Auf und Ab, hinein in eine Atmosphäre voll Licht und Frieden. »Das Land Ghiyan...« war mein letzter Gedanke, ein seliger Schmerz das letzte Empfinden, bevor ich aufging in diesem Sein, wie Zucker, der sich in einem Krug funkelnden Wassers auflöst. Klänge von unerhörter Lieblichkeit verwoben sich mit zarten Farben aus Licht.

Ich weiß nicht, wie lange ich in diesem Zustand verharrte. Als ich jedoch wieder zurückkehrte von dieser Reise und mit den beiden Augen verwundert um mich sah, begriff ich zuerst gar nicht, wo ich war, und was um mich herum vorging. Verwundert starrte ich auf meine Hände, bewegte die Fin-Finger, ballte sie zur Faust: dies waren also meine Hände..., blickte an mir herab: das war also Nisam?

Erschöpft sank ich zu Boden, kauerte zu Gilanis Füßen.

„Die Mächte des Lichts und der Dunkelheit kämpfen in jedem Menschen, Nisam. Und es ist ein langer Weg, bis daraus Erkenntnis erwächst. Erkenntnis aber ist der Sinn des Daseins und der wertvollste Schatz, den man auf Erden erwerben kann. Weil du ein reines Herz hast, wurde dir viel Licht gezeigt, doch um diese Erfahrungen nun in deinem Leben zu verwirklichen, mußt du zuvor große Dunkelheit überwinden. Niemand wird diesen Weg für dich gehen können. Doch die lichten Kräfte sind bereits so tief in dein Herz eingedrungen, daß du ans Ziel kommen wirst, noch in diesem Leben. Es ist alles nur eine Frage der Zeit. Und selbst, wenn dunkler Nebel dir die Sicht versperrt, wenn düstere Wolken sich vor die Sonne schieben, oder wenn du im Dunkel der Nacht den Weg verlierst, am Ende steht das Licht, das alles Leid verwandeln wird, und dann ist die Zeit für dich gekommen, einen Funken dieses Lichtes weiterzugeben, so wie ich ihn dir weitergegeben habe.

Es ist heute das letzte Mal, daß wir uns in diesem Leben treffen, doch in einem anderen Reich wird mein Wirken noch weit mächtiger sein als hier.

Und mögen auch die tosenden Wogen des Lebens dich zu verschlingen drohen, so werden stets meine Augen über dir wachen. Endlich, wenn du deine Aufgaben auf Erden erfüllt haben wirst, wird es auch dir freistehen, im Lande Ghiyan deine Wohnung zu nehmen und wir werden in grenzenlosem Glück vereint sein. Doch erst dann, wenn du das Geheimnis der Mondblume weitergegeben hast an einen Menschen, der diesen Funken des Wissens in seinem lebendigen Herzen aufbewahrt; denn dieses Feuer darf auf Erden nie erlöschen."

Ich trank seine Worte mit durstiger Seele, ohne über ihren Sinn nachzudenken und bewahrte sie in meinem Herzen auf.

„Ich werde nun zurückkehren nach Afghanistan", sagte ich nach langem Schweigen.

„Geh in Frieden mein Sohn", antwortete Sayed Gilani.

Ich reiste ab, ohne mich von Maria zu verabschieden. Zu aufgewühlt war mein Inneres.

Sie kannte mein Haus, falls sie mich wiedersehen wollte.

Doch lange und leidvolle Jahre sollten vergehen, ehe wir uns einst wieder trafen.....

Für den Weg zurück nach Dehli charterte ich ein Taxi. Ich wollte mit mir alleine sein. Die Fahrt, eingepfercht auf einem engen Sitzplatz im Bus, wäre mir unerträglich gewesen.

Erfüllt von Traurigkeit und Melancholie traf ich schließlich in Kabul wieder ein. Ich spürte eine tiefe Erschöpfung, als ich mein Haus betrat, und mein gesamtes Wesen war zutiefst erschüttert. Für Tage nahm ich kaum Nahrung zu mir und entzog mich jeder Konfrontation mit der Welt. Zelihan und Aslama stellten keine Fragen, drängten sich nicht auf. Doch Zelihan war in diesen Tagen stets für mich da und las mir jeden Wunsch von den Augen ab. Offensichtlich hatte sie alle Verpflichtungen der Schule gegenüber abgebrochen. Tat sie dies nur für mich, oder hatte sie Urlaub genommen, um auch selber einmal in Ruhe von den Sorgen des Alltags Abstand zu gewinnen und sich im Schutz ihrer vier Wände von den Anstrengungen zu erholen? Jedenfalls war ihre unaufdringliche Nähe Balsam für mein wundes Herz.

Eine unsägliche Verwirrung hatte sich meiner Gefühle und meiner Gedanken bemächtigt: von einer tödlichen Sehnsucht nach Maria und bittersten Vorwürfen gegen Gilani, bis hin zu Verbitterung und Haß gegen die Geliebte, die mich getäuscht hatte und deren Gefühlskälte Gilani mir offenbarte. So stürzte mein Denken von einem Extrem ins andere und riß all mein Empfinden mit sich. Dazwischen dämmerte die Wahrheit von Gilanis Worten in mir auf, die er in Emils Garten gesprochen hatte.

Aber meine unsteten und aufgewühlten Gedanken konnten nicht lange dabei verweilen, trieben hin und her und gerieten immer wieder in den Bannkreis brennenden Verlangens nach Marias Liebe.

'Zelihan liebt dich von ganzem Herzen ... sie liebt dich seit ihrer frühen Jugend', hatte Aslama vor unserer Indien-Reise zu mir gesagt. Immer öfter ertappte ich mich nun dabei, daß ich das Begehren, das Maria in mir erweckt hatte, auf Zelihan richtete. Doch strafte dies nicht meine Liebe zu Maria und ihre Einzigartigkeit Lügen?

Zelihan sollte nicht zum Ersatz für Maria werden!

Doch welcher Trost war es mir, in ihre stillen und verständigen Augen zu sehen. Lag hier nicht all das, was ich bei Maria so verzweifelt versucht hatte zu finden?

Gerade in den Tagen, in denen ich glaubte, meine Stärke langsam wieder zu finden, gerade in diesen Tagen erreichte ein Brief unser Haus. Dieser Brief war abgeschickt aus Indien von Sayed Gilani und an Zelihan gerichtet. In diesem Brief rief Gilani Zelihan zu sich. Er erwähnte mich mit keinem Wort. Auf jedes überflüssige Wort hatte Gilani in diesem Brief verzichtet.

Und Zelihan rüstete sich ohne viele Worte zum Aufbruch. Sie ordnete noch einige Angelegenheiten, ihre Schule betreffend und verteilte die Zuständigkeiten auf eine Gruppe verantwortungsvoller Mitarbeiter. Das Werk, das sie gegründet hatte, mußte nun ohne sie auskommen.

Nachdem sie das Haus verlassen hatte, war es mir, als wäre mit ihr ein Teil meiner selbst gegangen. — Für immer verloren?

Am Tag nach Zelihans Abreise trafen im Hotel Touristen aus Amerika ein. Leute von der Sorte, denen man schon von weitem die Dollar-gefüllte Brieftasche ansah. Sie schleppten turmhohe Leichtmetallrahmen-Rucksäcke und desinfizierten jeden Schluck Wasser mit Chlor-Tabletten. Ja, und vor allem besaßen sie mehrere Flaschen Whisky, die sie mir gleich nach ihrer Ankunft zum Verkauf boten. Ich zahlte einen guten Preis und öffnete zu ihrem Einstand gleich die erste Flasche. Bis zum Abend war ich sinnlos betrunken. Wie ich schließlich spätnachts von der Teestube in meine Wohnung gelangte, weiß ich nicht. Meine Erinnerung setzt erst wieder ein, als ich am anderen Morgen todkrank erwachte.

Ich beschloß, mich für einige Tage zurückzuziehen. Da traf völlig unerwartet Torealai ein. Er ist vollkommen überrascht, mich anzutreffen, da Mutter ihm die Nachricht hatte zukommen lassen, ich sei nach Indien gereist und er möge deshalb nach dem Rechten sehen.

Stattdessen fand er mich hier, am Boden zerstört, an einem Tiefpunkt meines Lebens angekommen. Wie mochte dieses Bild auf ihn wirken?

Erschöpft und traurig, aber doch voll Unruhe — was mochte er über mich, seinen Bruder, denken?

Torealai begrüßte mich aufs herzlichste, setzte sich zu mir auf die weichen Teppiche, stopfte sich ein Kissen hinter den Rücken und legte seinen Arm freundschaftlich um meine Schulter.

Sein kameradschaftliches Verhalten war die denkbar beste Medizin für mein Leiden und vermittelte mir eine urwüchsige Kraft, so daß es war, als würde ein Zimmer gelüftet, dessen Fenster schon lange nicht mehr geöffnet waren und in das nun endlich wieder frische Luft einströmte. Torealai bezeigte mir aus vollem Herzen seine Zuneigung, als er merkte, daß ich seine Hilfe nötig hatte.

„Wenn ein Mann stürzt und sich verletzt, ist es keine Schande sich von einem Freund wieder aufrichten zu lassen.“ sagte er.

Als er hörte, daß Zelihan nun in Indien war, und nicht ich, wie er es erwartete, brach er in ein schallendes Gelächter aus und wollte kopfschüttelnd wissen, wie es dazu kam. Voll Geduld und Verständnis hörte er zu, als ich anfing, zu erzählen.

Es waren inzwischen Jahre vergangen, seit wir uns das letzte Mal sahen — damals, noch bevor ich mich in Kabul niedergelassen hatte. Und ich berichtete ihm alles, was seither geschah . . . .

Schließlich meinte Torealai: „Sei mir nicht böse, Nisam, wenn ich das sage, doch ich wußte, daß du einmal zur Besinnung kommen mußtest, so oder so. Und da du nicht freiwillig den vorgeschriebenen Weg deiner Bestimmung betratst, fordertest du das Schicksal heraus und ludst es ein, Unglück über dein Haupt herabzurufen, denn in der Not lernt der Mensch, auf Allahs Ratschluß zu lauschen.“

Zum ersten Mal seit unserer frühen Jugend war ich bereit, auf Torealai zu hören. Seine Worte schienen mir auf einmal vernünftig.

„Jedes Kind weiß es doch, mein lieber Nisam, daß die Fremden nichts als Unglück in unser Land bringen, wenn wir unsere Eigenart verleugnen und uns ihnen anpassen. Statt den Verlockungen des Fortschritts zu erliegen, müssen wir aus uns selbst heraus, aus unserer eigenen Kraft ein lebenswertes Dasein schaffen.

Auf das größte Übel des Westens aber, auf die Zuchtlosigkeit der Weiber, bist du hereingefallen. Dadurch hast du dich selbst in tiefstes Unglück gestürzt. Du dachtest, die Schrift und die uralten Regeln unserer Gesellschaft anzweifeln zu können. Die Regeln, die unsere Kulturen erblühen ließen. Die Not unseres Volkes kommt aus dem Verlust der Einigkeit unserer Stämme. Zur Einheit aber finden wir nicht zurück, indem wir uns noch weiter zerstreuen, indem wir die eigene Kultur verleugnen und anzweifeln. Verstehst du nun, wieso ich den Chador befürworte, der die Frau vor den Blikken der Öffentlichkeit verbirgt?

Weil die Frauen nur Unglück anrichten, wenn sie Küche und Haushalt verlassen!

Wir haben eine vollkommen andere Natur als die anderen Völker, und es ist nur schädlich für uns, ihr Verhalten nachzuahmen. Unsere Gesellschaftsordnung entspringt uralter Überlieferung, bewährter Tradition und den Worten des Koran. Sie ist unser Privileg, und ihre strikte Befolgung allein ist es, was unsere Probleme lösen kann. Die Strenge der Mullahs, die die Bevölkerung zur Ordnung rufen, ist der Ruf Allahs an die Menschheit, ein rechtes Leben zu führen.

Die mystischen Strömungen aber, für die du schwärmst, bergen eine große Gefahr. Nicht umsonst warnen die Mullahs in den Moscheen davor, aus den vorgeschriebenen Regeln auszubrechen. Träumer aber, wie Sayed Gilani, sind zwar in der Lage, wunderschöne Geschichten zu erzählen und durch verschiedene Übungen geheime Kräfte zu erlangen. Doch wozu sind diese Kräfte gut, wenn sie dir zwar außergewöhnliche Erfahrungen vermitteln können, aber dabei dein Lebensglück beeinträchtigen?"

Ich war mit mir selbst im Zwiespalt. Zum Teil hatte Torealai bestimmt recht. Wäre ich strikt den Regeln unserer Gesellschaftsordnung gefolgt, so hätte ich Maria nicht verfallen können, und alles Unglück wäre mir erspart geblieben. Gilani aber hatte mich zu Offenheit, zu wacher Kritikbereitschaft und zu eigenständigem Denken erzogen. Er hatte die Gesetze, die in unserer Tradition das Zusammenleben der Menschen regelten, als unvollkommen hingestellt, genauso wie es der Oheim getan hatte und mir die Idee vermittelt, nach ganz neuen Wegen zu suchen. Ohne diesen Einfluß hätte ich vielleicht gar nicht erst versucht, aus den Normen der Gesellschaft auszubrechen.

War dieser Versuch von Anfang an zum Scheitern verurteilt gewesen?

„Danke Allah dafür", sagte Torealai, „daß er dich nun zur Besinnung ruft, bevor es zu spät ist."

Unter seiner freundschaftlich sorgenden Hand gelangte ich seelisch und körperlich wieder zu Kräften. Mehr und mehr war ich geneigt, seinen Worten Glauben zu schenken und mich seiner Meinung anzuschließen.

Wie eine Krankheit, die sich am Körper ausgetobt hat, Spuren hinterläßt und nur langsam überwunden wird, so heilte mein leidendes Gemüt nicht von einem auf den anderen Tag.

Ich beschloß also, das Opfer auf mich zu nehmen, meine Freiheit bewußt zu begrenzen und innerhalb dieser Grenzen zu leben: innerhalb der strengen Grenzen unseres Rechts und unserer Überlieferung. Ja, in vieler Hinsicht hatte Torealai wirklich recht gehabt.

Und da gebildete und selbständige Frauen offensichtlich nur Verwirrung und Schaden anrichteten, beschloß ich, auch die Mädchenschule Zelihans nicht mehr zu unterstützen. Wenn Mädchen ihren Bildungsdrang befriedigen wollten, war ihnen das auch zu Hause in ihren vier Wänden möglich, wie man am Beispiel meiner Mutter oder Arifas sah.

1970 bis 1977

Die Sehnsucht nach Maria, die trotz allem immer wieder in mir erwachte, deutete Torealai als Symptom einer Gemütskrankheit, welche endgültig ausgeheilt werden mußte. Daher versuchte ich mit aller Energie, meine Gedanken nicht mehr in diese Richtung wandern zu lassen. Um Gefühle und Gedanken aber zu zügeln, um Ablenkung zu finden und dies quälende Sehnen zu vergessen, stürzte ich mich Hals über Kopf in die geschäftlichen Möglichkeiten, die mir offenstanden. Der Erfolg ließ in doppelter Hinsicht nicht auf sich warten: einerseits dachte ich immer seltener an Maria und andererseits zeichneten sich auf meinem Konto immer höhere Gewinne ab. Meine inneren Kämpfe verloren langsam an Tragik und Heftigkeit, und mit der Zeit kam ich dahin, wirklich ein streng geregeltes Leben zu führen: die Gebetszeiten und die erforderlichen Waschungen bestimmten meinen Tagesablauf, der ansonsten ausgefüllt war mit Arbeit. Meine Bücher verstaubten. Nur das Buch der Bücher, den Koran, nahm ich an den Abenden zur Hand, studierte Kapitel für Kapitel, und jeden Morgen besuchte ich die Moschee, die nun als Spende erhielt, was ich zuvor für die Mädchenschule ausgegeben hatte.

Wenn in der Frühe der Muezzin zum ersten Gebet rief, noch bevor die Sonne über den Horizont emporgestiegen war, dann erwachte das Leben in der Stadt. Geräusche wurden in den Häusern laut.

Es kostete Überwindung, jetzt einfach aufzustehen, vor allem im Winter, doch man hörte von hier, von dort, von dort . . . von allen Seiten her, wie die Menschen erwachten, und bald schon knarrten die ersten Haustüren, Schritte klangen von der Straße herauf.

Wenn man dann selber auf die Straße trat, waren schon Menschen unterwegs. Man schloß sich dem Strom der Gläubigen an, und während man im Gehen Zeit hatte, allmählich richtig wach zu werden, kamen immer mehr. So erreichte man beim ersten Morgengrauen die Moschee. Die Moschee war nicht sehr groß, und weil so viele Menschen nicht in ihr hätten Platz finden können, blieb man vor der Moschee und stellte sich, das Gesicht gegen Mekka gewendet, in eine Reihe.

— Wir Orientalen sind solze Völker, vor allem wir Afghanen. Ein Mann ist stolz und frei, und so geht er seinen Weg, seinen ganz eigenen Weg.

Wenn nun zum Beispiel jemand versuchen würde, dafür zu sorgen, daß wir an einem stark belebten Platz der Stadt die sogenannte Verkehrsordnung einhalten, so wird ihm dies nicht leicht fallen, denn ein jeder von uns geht in seinem Stolz seinen ganz eigenen Weg. Vor der Moschee aber ist niemand nötig, um für Ordnung zu sorgen: wie mit dem Lineal gezogen ordnen sich die Reihen, in denen jedermann seinen Gebetsteppich vor sich ausbreitet.

„Du sollst dich keinem Menschen unterwerfen", heißt es im Koran, „nur Gott allein sollst du folgen". Und vor Gott allein beugen wir unser stolzes Haupt. Ihm legen wir unseren Stolz zu Füßen, ihm unterwerfen wir uns, denn Gott ist groß — Allah hu akbar.

Unterwerfung vor Gott — das ist Islam.

Es liegt eine große Kraft im einmütigen Ritual des Gebetes, in dem hunderte von Männern Gott, dem Einen Gott ihren Stolz opfern.

Und diese Kraft des Glaubens ist wie die Kraft der Sonne, die jeden Morgen neu empor steigt, Licht und Leben spendet, den Tag scheidet von der Nacht — ewiger Ordnung folgend.

Immer mehr richtete ich mein Denken und mein Leben nach konservativen Ideen und Richtlinien aus — leitete sich 'konservativ' nicht ab von 'bewahren'? Ja, und wertvolles mußte bewahrt werden. War denn nicht 'Hafis' — Bewahrer — ein hoher Ehrentitel?

Wie mit einem undurchdringlichen Panzer, dessen Wände mein Inneres schützen sollten, hatte ich mich mit dieser Lebenseinstellung umgeben, und so stützte ich mich auf die fünf Pfeiler des Islam: das Bekennen des wahren Glaubens, die Einhaltung der vorgeschriebenen Gebete, das Spenden von Almosen, das Einhalten der Fastenzeit und die Wallfahrt nach Mekka, die ich in diesen Jahren zusammen mit Torealai unternahm. Dieser strengen und klaren Linie folgend, begann ich alles abzuwerten, was nicht gerade auf diesem Weg lag und bei der Verurteilung der mystischen Bewegungen war mein schlagkräftiges Argument die Tatsache: ich kannte sie aus eigenster Erfahrung: sie gefährden den Menschen durch ihre Gaukelei, die ihn der Realität entfremdet. Ohne aber einen festen Halt in der Wirklichkeit zu haben, lief man Gefahr, ins Unglück zu stürzen und dabei auch noch andere mit sich zu reißen.

Klar waren dagegen die Worte des Koran, wenn man sie genauso nahm, wie sie geschrieben standen. So, wie der Prophet sie erhalten hatte, so mußten sie bewahrt werden. Wozu auch mit Deutungen experimentieren?

Dieses 'Zwischen-den-Zeilen-lesen' der Sufis, war es nicht eine Flucht vor der strengen Klarheit des Wortes, vor seiner eindeutigen Forderung, hinein in ein verspieltes Interpretieren?

Gut, es mag so manchen Weisen auch unter ihnen geben, doch war nicht die Gefahr groß, durch möglichst bequeme Deutungen allzuleichte Wege zu beschreiten und zu rechtfertigen?

Aslama wiederum war der Ansicht, gerade die Buchstabentreue wäre der bequemste Weg, eine Folge von Faulheit oder Angst. Doch, war dies nicht eine Ausrede und noch dazu grundfalsch? War es denn leicht, die Buchstaben getreulich zu erfüllen? Tag für Tag?

„Ich sehne mich nach der Bergeinsamkeit", sagte Aslama schließlich eines Tages zu mir, „was kann ein alter Mann wie ich dir hier noch nützen? Für den Rest meines Lebens werde ich mich in die Klause zurückziehen, in der einst Gilani seine Sommer verbrachte". Der Abschied von diesem väterlichen Freund schmerzte mich sehr, doch war ich inzwischen gewohnt, Schmerz gelassen zu tragen. War Aslama es leid geworden, mit mir über Glaubensfragen zu diskutieren? Dabei war mir doch seine Widerrede von so großem Wert gewesen! Ach, hätte er mich doch überzeugt! Er hatte eine ganz leise, feine Stimme aus meinem Innern vertreten, war ihr Anwalt gewesen. Diese leise Stimme meines Herzens klang jedesmal in seinen Worten, wenn Aslama meine eigenen Zweifel am erstarrten Gefüge meines Lebens laut aussprach. Nun, als niemand mehr dieser Stimme zum Ausdruck verhalf, verstummte sie mehr und mehr, wurde gleichsam erstickt unter der Übermacht der Logik, die ich ihr entgegenstellte.

Niemand mehr verteidigte nun die Gleichwertigkeit der verschiedenen Pfade. Niemand mehr widerlegte meine Argumente, die ich gegen die Sufis erhob, mit denen ich das Verhalten Sayed Gilanis kritisierte: war er in Meroli nicht im heidnischen Tempel gewesen? Beteten dort die Menschen nicht zu einem dickbäuchigen Götzenbild mit Elefantenkopf? Was hatte das denn noch mit dem wahren Glauben an den Einen Gott zu tun?

Seit Aslama nicht mehr hier war, seit ich diese Gedanken nicht mehr laut aussprach, taten sie umso stärker ihre Wirkung und fraßen sich wie ein ätzendes Gift in meine Seele. Immer mehr versperrte ich mich einem offenen Verstehen.

Damals, als Zelihan fortgegangen war, kam Torealai. Seine innige Freundschaft richtete mich wieder auf, in meiner Einsamkeit und meinem Leid. Doch für den Verlust des stillen Aslama fand sich in meinem Leben kein Ersatz. Nichts als Einsamkeit trat an seine Stelle. Eine traurige Einsamkeit, an die ich mich schließlich gewöhnte.

„Was denkst du davon", meinte Torealai, als ich diese Einsamkeit einmal erwähnte, „eine Familie zu gründen, zu heiraten?"

Ich lachte bitter. Heiraten? Nichts lag mir ferner als dieser Gedanke.

Nach den bitteren Erfahrungen meines Lebens, fühlte ich mich von der Vorstellung, eine Familie zu gründen,nicht gerade angezogen. Außerdem war die Affäre mit Maria von einer orthodoxen Sichtweise aus eine Schande, die ich keiner ehrbaren afghanischen Frau hätte aufbürden wollen.

Obwohl nach außen hin mein Leben in ganz geregelten und ruhigen Bahnen lief, waren Frieden und Harmonie mir fremd geworden. Aufgewühlt aber von innerer Unruhe und Unzufriedenheit — wie hätte ich da Frau und Kindern Geborgenheit schenken können?

Ich selbst sehnte mich nach Geborgenheit und war doch in meinem Innern ein ruheloser Wanderer. Wie die Karawanen ihre Zelte heute aufstellen, morgen aber wieder weiterziehen, so fand ich keine Ruhe, keine Heimat — nicht einmal in den Worten des Koran.

Wohin immer ich blickte, sah ich Unvollkommenheit und Not. Wie fadenscheinig war doch die Ordnung meines kleinen, unbedeutenden Lebens dagegen! Wie sollte da Zufriedenheit möglich sein? Beim Anblick der wachsenden Not unseres Volkes entstand in mir wieder der Drang, nicht für mich selbst zu leben, sondern dazu beizutragen, unser Land einer Zukunft entgegenzuführen, die seiner Vergangenheit an Größe gleichkam, heraus aus der leiderfüllten und notgeprägten Gegenwart.

Den Weg dorthin aber glaubte nun auch ich zu sehen in einer Rückbesinnung auf die Tradition und in der Bewahrung der überlieferten Gesellschaftsordnung vor zersetzenden fremden Einflüssen.

So fand Torealai immer mehr ein offenes Ohr für seine Ideen: die einzelnen Volksgruppen Afghanistans sollten sich auf ihre Eigenheiten besinnen, um von da zu innerer und äußerer Stärke zu gelangen. In ihren jeweiligen Stammes-Gebieten sollten sie autarke und selbstverwaltete Kleinstaaten bilden, die in ihrer Föderation eine starke Gemeinsamkeit entwickeln könnten, ähnlich der Einheit der einzelnen Finger einer Hand, die in ihrem Zusammenspiel Kraft und Geschicklichkeit des Menschen ausmachten.

Das stärkste Volk Afghanistans nun, der Stamm der Paschtun, mußte den Anfang machen, als Vorstreiter dieses Ideal verwirklichen, dann würden die übrigen bald diesem Beispiel folgen.

Der heutige Verlauf der Grenze zwischen Afghanistan und Pakistan war vollkommen widernatürlich — ein Werk der Willkür englischer Kolonialmacht. Die Paschtunistan-Bewegung, der Torealai mit Leib und Seele angehörte, strebte ein freies und unabhängiges Paschtunistan an, das teils auf pakistanischem, teils auf afghanischem Staatsgebiet lag und sich im Süden über Belutschistan bis hin zum Meer erstreckte. Dieses Ziel sollte — wenn nötig durch Gewalt — verwirklicht werden, denn — so war Torealais Ansicht — was unserem Volk und Land gewaltsam aufgezwungen wurde, kann möglicherweise auch nur durch Gewalt überwunden werden. In diesem Punkt konnte ich nicht mit ihm übereinstimmen. Über Krieg und Gewalt hatten wir noch völlig gegensätzliche Meinungen.

Trotzdem stellte ich Torealai des öfteren sogar große Geldsummen zur Verfügung, die möglicherweise auch der militärischen Aufrüstung seiner Bewegung zukam. Torealai war mir in der Not treu geblieben, hatte mir Trost gespendet als ich am Boden zerstört war und mir wieder auf die Beine geholfen. Darum erfüllte ich die Bitten des Freundes und Bruders, ohne Fragen und Bedingungen zu stellen.

War es nun meine eigene Verbitterung, oder entsprach es einer objektiven Beobachtung der Dinge, daß alles um mich herum sich verhärtet hatte? Waren die Fremden, die Unterkunft im Hotel nahmen, oder ihre Zeit in der Teestube verbrachten, nun nicht mehr die sanften Blumenkinder von einst, oder hatte sich nur meine Sichtweise verändert? Ja, selbst die Musik, die sie auf Bändern und Platten mit sich brachten, schien mir so ganz anders als früher. Waren jene neuen Klänge nicht geprägt von wilder Aggression, verglichen mit den verträumten Liedern vergangener Jahre?

Hatten sich alle Fronten verhärtet?

Standen nicht die vielen Touristen, die mittlerweile durch unser Land strömten — die 'Saison' war inzwischen zu einem allerorts bekannten Begriff, ja zu einem wirtschaftlich außerordentlich bedeutenden Faktor geworden – standen nicht diese vielen Touristen der geschlossenen Front der Einheimischen gegenüber, die nur noch auf ihr Geld warteten und auf sonst nichts? Wird denn Afghanistan den Anschluß an die Neuzeit aus eigenen Kräften schaffen?

Bis hin zu einer eigenen Fernsehstation gab es in Kabul nun fast schon alles, was man auch in den anderen Hauptstädten der Welt vorfand, und längst begaben sich moderne afghanische Frauen hier unverschleiert und europäisch gekleidet in die Öffentlichkeit ... Doch Kabul ist nicht Afghanistan.

1977 bis 1984

Die Gegensätze im Innern des Landes waren mit den Jahren nicht kleiner geworden, sondern hatten sich zu äußersten Extremen verstärkt. Die Schulen hatten mittlerweile eine Schicht von Intellektuellen herangebildet, die in den Halbheiten ihres Wissens meist nur neunmalkluge Besserwisser waren. Nur zu sehr sah ich Torealais Theorie bestätigt, daß ein westliches Bildungs-System für unser Volk und unsere Gesellschaft gänzlich ungeeignet war. Zu allem Überfluß fühlten sich aber viele dieser Intellektuellen auch noch dazu berufen, auf das Geschick unseres Landes einzuwirken. Jedoch offensichtlich in den seltensten Fällen aus selbstloser Sorge um Afghanistan, sondern wohl meistens aus Wichtigtuerei und Geltungsdrang.

So schossen in der politischen Landschaft die Parteien wie die Pilze aus dem Boden, eine gegen die andere rivalisierend, und eine jede schwor auf ihre eigene Patentlösung sämtlicher Probleme des Landes. Ob man den Nomaden, in deren schwarze Filzjurten bitterste Not, Krankheit und Elend Einzug gehalten hatten, Versprechungen machte, die nie eingehalten wurden, oder ob man den verarmten Bauern und Landarbeitern falsche Hoffnungen machte — immer neue Pläne wurden geschmiedet, neue Programme aufgestellt, die am andern Tag auch schon zunichte waren. Extrem konservative Richtungen standen fortschrittlichen Bestrebungen gegenüber, und kommunistisch ausgerichtete Gruppierungen suchten die Schuld für alle Probleme Afghanistans beim Einfluß imperialistischer Mächte.

Protestkundgebungen gegen herrschende Mißstände waren in Kabul an der Tagesordnung, und bald schon explodierten die ersten Bomben.

Bald wußte die Regierung sich nicht mehr anders zu helfen als den Ausnahmezustand zu verhängen. In Kabul herrschte von Sonnenuntergang bis Sonnenaufgang immer wieder für Wochen, ja Monate, Ausgangssperre.

Noch funktionierte der Transit, doch schon begannen sich westliche Investoren zurückzuhalten . . ., während sowjetische 'Berater' der Regierung im Nordwesten des Landes auf Erdöl- und Gasvorkommen gestoßen waren.

Der Tourismus flaute merklich ab, seit durch die Weltpresse gegangen war, daß unverschleierte Ausländerinnen in Afghanistan von Fanatikern mit Steinen beworfen worden waren und eine von ihnen dabei lebensgefährlich verletzt wurde. Zum ersten Mal blieben während der Saison in meinem Hotel Betten leer.

„Es wird Krieg geben, Nisam", sagte Torealai, „wir müssen auf alles vorbereitet sein. Die beste Investition, die du jetzt noch machen kannst, sind Waffen, denn nichts werden wir bald nötiger haben. Zumindest aber tust du gut daran, noch so viel wie möglich von deinem Vermögen ins Ausland zu schaffen."

„Du kennst meine Ansichten, und weißt, daß ich prinzipiell gegen Gewaltanwendung bin. Deshalb werde ich mein Vermögen nicht in Waffen investieren, doch ansonsten magst du wirklich recht haben."

Torealai hatte viele Verbindungen nach Pakistan, da die Paschtunistan-Bewegung dort schon seit Jahrzehnten ihre Stützpunkte hatte.

Ich verkaufte mein Taxiunternehmen und leitete Verhandlungen ein, die die Veräußerung des Hotels betrafen. Mein Haus zu verkaufen zögerte ich jedoch.

„Was willst du mit einem Haus in Kabul?" wollte Torealai wissen, „mach gutes Geld daraus, verkaufe auch in Balch allen Besitz, den du nicht dringend brauchst und komm zu mir! Der greise Oheim wird dir keine Steine in den Weg legen. Mischt er sich doch schon seit Jahren nicht mehr in die Geschäfte. Und, hat er nicht selbst damals den gesamten Besitz seines Vaters

— all die riesigen Herden von Hadschi Ibrahim Hakim Khan — einfach verkauft? Schick deine Familie ins Ausland, bevor es zu spät ist, denn dort ist man sicher, wenn es los geht."

Ich reiste nach Balch und sprach mit Mutter und dem Oheim. Auch sie sahen den Ernst der Lage. Der Oheim setzte sich mit Kabir Singh in Verbindung und bereitete die eventuelle Übersiedlung nach Indien vor. Irgendetwas hielt mich davon ab, vorerst im Norden zu bleiben, und so entschloß ich mich, das Haus in Kabul noch zu behalten und von hier aus alles zu regeln.

Doch die Lage spitzte sich allzuschnell gefährlich zu: der Sommer verging, der Herbst nahte . . . und schließlich kam jener verhängnisvolle Winter. Das Volk hatte erkannt, daß die Regierung nunmehr vollends zum verlängerten Arm Moskaus geworden war, und suchte sich diesem Zugriff wieder zu entziehen.

Sprengstoff-Attentate, Anschläge, Sabotage-Akte und Schießereien in der Stadt . . .

Da eilte die sowjetische Armee der Regierung zu Hilfe, um sie gegen 'lokale Banditen' und 'ausländische Imperialisten' zu schützen. Krieg . . . Tagelange Ausgangssperre, nächtliche Verdunkelung der Stadt, blutige Gefechte in verschiedenen Stadtteilen, russische Soldaten in den Straßen, tägliche Verhaftungen . . .

Auseinandersetzungen auch in Mazar-i-Sharif und Balch. Gerüchte über heftige Kämpfe und blutige Auseinandersetzungen im Norden des Landes.

Seit Wochen hatte ich nichts mehr von Torealai gehört, die privaten Telefonverbindungen waren schon seit Tagen unterbrochen. Ich holte die Sondergenehmigung ein, aus geschäftlichen Gründen ins nördliche Grenzgebiet zu fahren. Panzer rollten übers Gebirge und kilometerlange Militärkonvois. Endlich erreichte ich Balch. Unsere Karawanserai war militärisches Sperrgebiet, Stacheldraht und MG-Posten....

„Sie sind der Besitzer? Es ist Krieg. Wenden Sie sich an den Lagerkommandanten!"

Doch der ist vorerst nicht zu erreichen. Schlimmste Befürchtungen lösen sich ab mit vagen Hoffnungen. Wo mögen der Oheim und die Mutter sein?

Ich komme zu den Besitzungen von Torealais Familie: ein Trümmerfeld....

„Banditen hatten sich hier verschanzt, um sich den Ordnungskräften bei der Befreiung des afghanischen Volkes in den Weg zu stellen."

„Was geschah mit ihnen?"

„Der Widerstand wurde niedergerungen."

— Aufräumarbeiten hinter Stacheldraht, Schüsse, gebrüllte Kommandos . . .

Dort, wo einst Torealais Wohnhaus stand, haben Raupen den Schutt beiseite geräumt, werden Wellblech-Baracken errichtet. Wie ein schrecklicher Traum mutet dies alles an.

Was haben sie aus meiner Heimat gemacht? Was bedeutete dies alles? Wozu sollte das gut sein?

Eine schreckliche Ahnung beschlich mich, und ein Gefühl von Angst und Ratlosigkeit machte sich in mir breit. Es war ein kalter Tag. Ich ging zum Dorf zurück, um vielleicht bei Bekannten Näheres zu erfahren. Die Dukane der Bazarstraße sind mit Holzläden verschlossen, öde und leer liegen die sonst so belebten Straßen und Gassen da. Ich fühle die mißtrauischen Blicke der Soldaten-Posten, die an jeder Ecke stehen. Die verhüllte Gestalt einer Frau huscht in einen Hauseingang. Aus einer Seitengasse kommt ein Mann auf mich zu, geht einige Schritte neben mir her und murmelt: „Nisam, es ist gefährlich für dich, hier zu sein. Gib dich nicht zu erkennen! Komm schnell nach Aq Kupruk.", und verschwindet ebenso wie er kam.

Ich hatte in ihm einen Freund des Oheim erkannt.

Als ich mich meinem Jeep näherte, der am Ortseingang abgestellt war, sah ich schon von weitem zwei Soldaten das Wageninnere begutachten. Ich zögerte, doch dann ging ich entschlossen auf das Fahrzeug zu. Die Soldaten traten beiseite, als ich kam, und gaben ungefragt den Weg frei. Es waren afghanische Soldaten, die der Regierung dienten, welche den Nachbarn aus dem Norden zu Hilfe gerufen hatte, um die 'Sicherheit des Landes wieder herzustellen'.

Ich lenkte den Jeep auf einen schmalen Feldweg südwärts in den grauen Tag hinein und war froh, als das Dorf hinter mir im Dunst verschwand. Aus der Ferne Schüsse, das Knattern eines Hubschraubers irgendwo über mir im Nebel . . .

Aq Kupruk ist ein kleines Dorf in den Bergen. Die Piste windet sich zwischen Felsentrümmern bergauf, wird enger und holpriger, führt an einer Schlucht entlang, in deren Tiefe das Wasser eines Wildbaches tost. Schließlich komme ich an eine schmale Hängebrücke. Hier ist der Weg für den Jeep zu Ende, also gehe ich zu Fuß weiter.

Die Dunkelheit bricht herein. Ich kenne die Gegend kaum und habe Mühe, in der Nacht nicht vom Weg abzukommen. Ist es noch weit bis zum Dorf? Oder hatte ich mich vielleicht längst schon verlaufen und irrte im Kreis? Sollte ich wieder zurückgehen zum Jeep und morgen weiter sehen? Was wollte ich eigentlich hier oben in den gottverlassenen Bergen? Konnte ich dem Mann vertrauen, den ich im Bazar zu Balch getroffen hatte?

Er war ein Vertrauter des Oheim. Ja, in seinen Worten schwangen aufrichtige Sorge und Wohlwollen. Und solange der Weg bergauf führte, konnte er eigentlich nur richtig sein. So ging ich weiter und hoffte, daß diese Entscheidung richtig war.

Endlich tauchten vor mir in der Dunkelheit die ersten Häuser auf. Aus wenigen Fenstern fällt schwacher Lichtschein auf den Weg.

Da, ein Ruf aus der Nacht: „Halt!"

Erschrocken bleibe ich stehen.

„Wer bist du?" werde ich gefragt.

„Nisam Mohamadi"

„Warte!"

Nach einer Weile nähern sich Schritte. Der Strahl einer starken Lampe blendet mich. Dann scheint der Lichtkegel vor mir auf den Weg.

„Komm!"

Zwei bewaffnete Männer treten aus der Dunkelheit und nehmen mich in die Mitte. Bin ich nun ihr Gefangener?

Sie bringen mich zu einem Haus. Ich atme auf, als Zadik, ein Verwandter aus Torealais Familie mir entgegentritt. Er begrüßt mich herzlich, doch sein Blick ist sehr traurig. Die Kälte der Winternacht sitzt mir in den Knochen, und ich bin froh, nun endlich wieder ein Dach über dem Kopf zu haben. Zadik führt mich in einen Raum, in dem sich beim Schein einer Petroleumlampe etwa zwanzig Männer versammelt haben. Als sich meine Augen an das schwache Licht gewöhnt haben, erkenne ich Bekannte und Freunde unter ihnen, Bewohner von Balch und Mazar-i-Sharif. Tröstlich finde ich nach den Ereignissen des Tages die Anwesenheit dieser Männer, doch liegt ein bedrückender Ernst über der Versammlung.

„Salam aleikum", grüße ich.

„Valeikum Salam . . . Salam . . . Salam", antworten die Männer kopfnickend.

Zum ersten Mal wird mir die Bedeutung dieses Grußwortes richtig klar. Ja, Friede . . . dieses kostbare Gut!

Wir lassen uns nieder.

„Wo ist Torealai?" frage ich Zadik.

„Torealai ist tot."

Fassungslos starre ich ihn an. Schmerz schnürt meine Kehle zu. Ich schlucke und kämpfe darum, meine Haltung zu bewahren.

„Und wo sind meine Mutter Nabila Mohamadi und mein Oheim Rasula Hakim Bey?" presse ich zwischen den Zähnen hervor.

„Wir wissen es nicht, sie wurden verhaftet, und sind in der Gewalt der Schurawi*."

„Aber was hat meine Mutter getan? Und was hat Rasula Hakim Bey jemals Böses getan?!"

* Schurawi = Russen

Erschrocken über den Klang meiner eigenen Stimme blicke ich in die Runde. Von wem wollte ich Antwort erwarten? Wahrscheinlich haben viele von denen, die hier sitzen bereits Angehörige und Freunde verloren.

„Die Schurawi, diese Schweine, haben niedergeschossen, was ihnen in den Weg kam“, sagte einer und spuckte auf den Boden. „Viele sind in eure Karawanserai geflohen. Rasula Hakim Bey hat die Verfolgten beschützt, wie Ehre und Pflicht es von jedem anständigen Menschen verlangt, und verriegelte den Eingang. Die Soldaten, die kamen, wollten nicht verhandeln. Sie drückten das große Eingangstor mit einem Panzerwagen auf. Es kam zu einer Schießerei, doch ich weiß, daß Rasula Hakim Bey und deine Mutter lebten. Sie wurden auf einen Lastwagen zu vielen anderen gepfercht. Ich weiß nicht, wo man sie hingebracht hat.”

Schwer atmend habe ich seinen Worten zugehört. Ich kann nicht begreifen, daß Torealai tot sein soll.

Die Männer besprechen die Lage. Fest steht, daß sie alle kämpfen wollen. — Nein, die Schurawi werden unser Land nicht bekommen. Ihre Panzer rollen nur auf den wenigen breiten Straßen. Aber von der Wildnis her, von den unwegsamen Bergen aus werden wir sie in den Städten aushungern, ihnen die Nachschubwege abschneiden . . .

Meine Gedanken überstürzen sich. Kaum, daß ich in der Lage bin, den Gesprächen der Männer zu folgen, die ihre Vorschläge über die Organisation des Widerstandes darlegen.

Ich bin in Gedanken bei Torealai, bei Rasula und der Mutter. Eine hilflose Wut kocht in mir. Was werden sie mit dem Oheim und meiner Mutter anstellen? Diese Teufel, die mordend und raubend in unser Land eindrangen! Teufel wie einst Dschingis Khan und seine Horden! — Wozu war ich hierher gekommen? Rief Allah auch mich zum gerechten Kampf gegen die Mörder, die unser Volk überfielen? Sie haben Torealai getötet. Torealai und unzählige andere. Sollte ich tatenlos mitansehen, wie sie ihr Morden fortsetzten? Was war mein Leben denn noch wert, wenn alle, die ich liebte,fort waren? Getötet, verschleppt? Wenn die Freiheit meines Landes zerschlagen wurde? Wenn man die Guten und Edlen verfolgte? War es da nicht besser, im Kampf zu sterben? Im Kampf gegen Ungerechtigkeit, im Kampf für die Freiheit . . .

„Du bist ein viel zu reicher und einflußreicher Mann in Kabul", sagte Zadik zu mir, „als daß du dich aus dieser ganzen Affäre heraushalten könntest. Die Regierung wird früher oder später anfangen, sich für dich zu interessieren, zumal bekannt werden wird, daß deine Verwandten keineswegs Regierungstreue bewiesen. Und dann bleiben dir noch genau drei Möglichkeiten. Entweder du bist gegen sie, und gehst in den Widerstand; oder du bist für sie und bestärkst sie in ihrem Terror; oder du bist gegen sie, und fliehst ins Ausland."

Verbittert antworte ich mehr zu mir selbst, als zu Zadik gewendet:
„Und soll ich dann vom Ausland zusehen, wie unser Volk abgeschlachtet wird? Wie man unsere Familien verschleppt und blutrote Fahnen hißt?"

„Nein, Nisam", Zadik nimmt meinen Arm und schaut mir eindringlich in die Augen: „Nein Nisam, du sollst kämpfen! Torealai hat zu oft von dir gesprochen. 'Nisam wäre unser fähigster Mann', sagte er immer, 'eines Tages wird er mit uns kämpfen und unter seiner Führung werden unsere Männer siegreich sein'."

„Was redest du", rief ich. „Ich habe keine Ahnung vom Krieg."
„Du bist gebildet und intelligent, das genügt. Deine Intelligenz ist es, womit du kämpfen wirst. Als erstes wirst du nach Pakistan gehen. Dort wirst du instruiert werden und alles erfahren, was nötig ist. All diese Männer hier und viele hundert mehr werden dir folgen. Dies ist das Erbe, das Torealai dir hinterlassen hat. Nur du bist würdig, es zu empfangen."

Erst jetzt bemerke ich, daß die Männer alle verstummt waren und gespannt unser Gespräch verfolgten. Zustimmendes Nicken von allen Seiten.

Woher kam das Vertrauen, das diese Männer in mich setzten? Es war ungeschriebenes Gesetz der Dschirga*: Wenn niemand laut einen Einspruch erhob, dann galt ein Vorschlag als angenommen.

Ich blickte in die Runde. Alle Augenpaare sind voller Erwartung auf mich gerichtet. Auf Zadiks Wink stellt ein Junge Fladenbrot, Salz und einen Krug Wasser vor mich hin. Ich weiß, was das bedeutet. Sollte ich nach altem Brauchtum die Brüderschaft mit diesen Männern vor Gott und den Menschen unverbrüchlich besiegeln? Atemlose Stille steht im Raum.

Endlich entschließe ich mich und verteile Brot und Salz, fülle meinen Becher und reiche das Wasser weiter.

„In Allahs Namen!"

All meine Entschlußkraft lege ich in dieses Wort.

„In Allahs Namen . . . In Allahs Namen . . .", echot es und mit Begeisterung in den Augen verzehren wir gemeinsam das symbolische Mahl.

Alle erheben sich. Ich sehe nacheinander in zwanzig Augenpaare, umarme zwanzig Männer. Wie eine ungeheure Kraft fühle ich ihr Vertrauen in mich einfließen.

„Niemand soll aber denken, daß ihr nun hungern müßt, Freunde!", rief Zadik schließlich, als reichlich Essen aufgetischt wurde. Danach zog ich mich mit ihm zurück und wir besprachen die nächsten Schritte.

Am Morgen ruft der Muezzin zum Gebet. Schnee war gefallen des Nachts und hatte still und weiß das Land bedeckt. Er dämpft unsere Schritte, als wir zur Moschee gehen. Aus den Häusern treten vermummte Gestalten ins Morgengrauen, wollene Schals um Kopf und Schultern geschlungen gegen Wind und Kälte.

* Dschirga = Ratsversammlung

Nach dem Gebet spricht der Mullah vom heiligen Krieg gegen die gottlosen Feinde, die in unser Land eindrangen. Vom heiligen Krieg zur Befreiung unseres Volkes. Vom heiligen Krieg im Namen Gottes.

„Im Namen Gottes!", rufe ich laut mit den Mujahidin*, „Allah ist groß!"

Grimmige Entschlossenheit und wilde Begeisterung liegt in unseren Stimmen, die über das weiß verschneite Land hin klingen.

* Mujahidin = Krieger im Befreiungskampf

Im Schutz der Dunkelheit zogen wir auf Karawanenpfaden nach Pakistan, wo man mich im Partisanenkrieg ausbildete. Alle finanziellen Reserven, über die ich noch verfügte, verwendete ich für die Bewaffnung und Ausrüstung meiner Männer. Wir nutzten die Vorteile der natürlichen Gegebenheiten unseres Landes, die die russischen Berufssoldaten nicht kannten, und unsere Männer waren fest entschlossen, Afghanistan zum 'Grab der Schurawi' zu machen.

Die Überlegenheit des Gegners an Waffen und Kriegsmaterial wurde ausgeglichen durch genaue Ortskenntnisse und eine viel bessere Beweglichkeit unserer todesmutigen Mujahidin.

Doch in ihrer grimmigen Begeisterung waren die verschiedenen Gruppen und Bewegungen, die sich am Jihad* beteiligten, kaum zu koordinieren. Ja, der Geheimdienst brachte es sogar fertig, verschiedene Einheiten fanatischer Freiheitskämpfer mit Agenten zu unterwandern und so gegeneinander aufzuhetzen, daß sie sich schließlich gegenseitig aufrieben. Erst später, unter Mahmud wurde unsere Front einheitlicher und unser Widerstand zwang Moskau empfindlich in die Knie.

Die Sowjetbesatzung blieb stets auf Städte und auf isolierte Stützpunkte beschränkt.

Am Kampfesmut der schlechtausgerüsteten Mujahidin scheiterten immer wieder entscheidende Operationen der Truppen der Besatzungsmacht und der Einheiten der Regierung, die ihr angeschlagenes Heer bald durch regelrechte Menschenjagden nachrekrutieren ließ. Die Kampfmoral dieser 'regierungstreuen' Soldaten war entsprechend.

* Jihad = Heiliger Krieg.

Hier als äußerer Verteidigungskrieg im Sinne islamischer Glaubensausübung, bei den Sufis auch im Sinne des "Heiligen Krieges" gegen das "Ich" verstanden.

Ich will nun nicht das Grauen dieses Krieges beschreiben, das vielen Kämpfern ins Gesicht geschrieben war, wenn Leuchtspurgarben über den Grabenrand fegten und wenn unsere Stellungen unter Beschuß standen, sodaß es glatter Selbstmord gewesen wäre, den Kopf zu heben; wenn die Krieger, einfache Bauern und Arbeiter, denen niemand befohlen hatte zu kommen, die schlecht ausgebildet und bewaffnet, aber mit einer heiligen Begeisterung in den Jihad gezogen waren, wenn sie nun zusammengekrümmt und zitternd in ihren Löchern hockten und zu den kreisenden Hubschraubern emporstarrten, die fauchend ihre Bombenlast fallen ließen.

Ich will nicht beschreiben, wie als Vergeltungsschläge für unsere Aktionen oder wegen Verdachts auf versteckte Guerillastützpunkte ganze Landstriche mit einem Bombenteppich belegt, wie Dörfer zu Schutt und Asche geschossen wurden, in denen nur noch Frauen und Kinder lebten.

Die Weltöffentlichkeit beobachtete den verzweifelten, todesmutigen Kampf der Mujahidin, doch selbst die schrecklichsten Schilderungen und die gräßlichsten Aufnahmen geben nicht einen Bruchteil dessen wieder, was wirklich geschah.

Bald empfand ich nichts mehr beim Getöse krepierender Geschütze, beim Anblick verblutender Menschen, bei ätzendem Brandgeruch oder dem Gestank verwesender Menschenleiber, wenn man eine zerschossene Stellung fand, in der niemand den feindlichen Angriff überlebte, oder wenn man in ein Dorf kam, dessen Bewohner niemand rechtzeitig warnen konnte, bevor Hubschrauber ganze Gegenden mit einem Gasteppich bedeckten; wenn man in die Häuser kam, nachdem der dicke, sägemehlfarbene Giftschleier nach Tagen verweht war. Normale Empfindungen oder menschliche Regungen hätten nur zu Verzweiflung und Wahnsinn geführt.

Der Kriegsalltag hatte mich meiner Natur inzwischen so sehr entfremdet, daß ich manchmal eine Art grimmiger Erfüllung verspürte, wenn der Boden vom Krepieren der Minen dumpf erzitterte und Wolken aus Rauch und

Staub emporwirbelten. Doch entsprangen diese Gefühle nicht meinem eigenen Wesen.

Es war eine Art Mitfühlen mit meinen Männer; eine Verbrüderung in ihrem Groll.

Wenn ich jedoch in stillen Stunden — die sehr selten waren — mich besann, dann beschlichen mich die tiefsten Zweifel: Welchen Sinn hatte dieser Krieg? Machten wir uns denn überhaupt ein Bild von der Großmacht, der wir uns in den Weg stellten? Konnte sie nicht für jeden unserer Krieger hunderte von Soldaten an die Front schicken? Sollte Afghanistan vielleicht nicht das Grab der Schurawi, sondern das des afghanischen Volkes werden?

Mein Gott! Wie viele meiner Männer hatte ich schon begraben in den Jahren! Und wie oft schon hatte ich die toten Kameraden beneidet! Wie widerte mich dieser Krieg in Wirklichkeit an!

Doch wie könnte ich meine Männer jetzt im Stich lassen? Außerdem würde dieser Kampf gekämpft — ob ich nun fortlief oder blieb. So harrte ich an dem Platz aus, den das Schicksal mir zugewiesen hatte. Und hoffte auf Erlösung, während sich immer öfter Erinnerungen an meine Kindheit in mein Bewußtsein drängten.

Wir liegen auf vorgeschobenem Posten am Rande der Dasht-e-Laily und sehen von einem Hügel hinab auf die Wüste, die gerade förmlich unter den Einschlägen der Geschosse kocht.

Ich denke daran, wie ich einst als Junge in der Karawane durch diese Wüste zog . . .

Die Luft ist erfüllt vom Schwirren der Geschoße, und immer wieder prallen Kugeln in die Barrikade aus Sandsäcken, hinter denen wir liegen.

Der Tod vor Augen ist zur Alltäglichkeit geworden. Ich erinnere mich noch weiter zurück, an meine Kindheit ... Wieder sehe ich die Formen im Staub der Straße, auf die ich damals gedankenverloren starrte ...

Damals war ich Herr über diese Formen und zerstörte sie in kindlichem Spiel.

Das Feuer hat nachgelassen. Ich blicke auf die Wüste hinunter. Hier und da noch vereinzelte Einschläge. Wolken aus Rauch und Staub wallen auf und werden vom Wind zu länglichen Fahnen zerweht ... Die gleichmäßige Struktur der Dünen ist zerstört, zernarbt liegt die Wüste da. Ist es nicht wie damals, nur in viel größeren Dimensionen? Ist es alles nicht auch nur ein kindliches Spiel ohne rechten Sinn?

Ich fühle mich staubig und müde — wie damals.

Ja, ich habe dieselbe enttäuschte Empfindung — und am liebsten würde ich diesem ganzen Spiel den Rücken zeigen und nach Hause gehen — wie damals.

Doch dies ist keine Miniaturwüste im Staub des Weges. Dieses Spiel ist blutiger Ernst. Ich trage die Verantwortung für meine Männer, und der Krieg ist mein Zuhause geworden.

....oder ist dies alles nur ein böser Traum?

Meine Erinnerung wird immer deutlicher. Ein Lächeln legte sich auf mein Gesicht, ja auf mein Herz ... Welche Gedanken kreisten damals in meinem Kopf? Gedanken über Traum und Wirklichkeit ...

Welche Verzweiflung hatte damals von meinem ganzen Wesen Besitz ergriffen als ich den Verlust meiner blauen Steintierchen im Traum für Wirklichkeit hielt! Und heute ließ mich die Gefahr des Todes kalt. Was hatte ich nicht alles verloren, seither! Kopfschüttelnd verjage ich diese Gedanken, die nichts taugen für einen Krieger,der ich doch nun einmal war.

Tage später. Wir liegen in einem Unterschlupf, den die Mujahidin irgendwo zwischen dem Gemäuer uraler Ruinen unweit von Balch gegraben haben. Die Nacht ist empfindlich kühl. Ein seltsames Gefühl raubt mir den Schlaf und treibt mich hinaus. Ich gehe das ganze Lager ab, spreche kurz mit den Wachen und schlendere ziellos durch die Ruinen, die gespenstisch im Mondlicht daliegen.

Ich bleibe stehen. Woher kannte ich diesen Torbogen? Lag dort vorne nicht einst jene kleine Karawanserai, die uns zur Rast diente, zur ersten Rast auf meiner ersten großen Reise? Hatte ich nicht hier einst jenen Kachelsplitter gefunden?

Ich möchte dieser Erinnerung gar nicht nachgehen, würde sie viel lieber einfach wegwischen, doch sie ist an die Oberfläche meines Bewußtseins gedrungen, aufgetaucht aus längst vergessenen Tiefen, und nun läßt sie sich nicht mehr vertreiben.

So, wie ein Korken an der Oberfläche des Wassers schwimmt und sich nicht versenken läßt, sondern immer wieder emporschnellt, sooft man ihn auch zurückzudrängen sucht auf den stillen, dunklen Grund.

Fast gegen meinen Willen gehe ich zu dem großen freien Platz, auf dem einst die Moschee stand. Die Nische . . . Nichts hat sich verändert, spurlos sind die Jahre hier vorübergegangen.

Mein Herz hat angefangen wild zu schlagen, ohne daß ich weiß warum.

Da, welches Geräusch dringt aus der Ferne an mein Ohr? Ich klettere auf eine Mauer und suche mit den Augen die Umgebung ab. Von Osten her wird ein Knattern und Brummen hörbar. Es ist eine Patrouille Kampfhubschrauber, die sich dröhnend nähert. Auch die Wachen sind aufmerksam geworden.

Ein Routineflug? Vorsichtshalber gebe ich den Befehl zur Bereitschaft. Der Pulk donnert heran, fliegt über uns hinweg — ein Aufatmen — und zieht weiter westwärts. Es sind mindestens zehn Maschinen. Da drehen sie eine Schleife, um uns nun in geringerer Höhe ostwärts zu überfliegen. Doch, anstatt nun im Osten zu verschwinden, drehen sie noch einmal um und nähern sich zum dritten Mal unserem Lager.

'Eigentlich sind wir so gut getarnt, daß man uns von oben nicht ausmachen kann', denke ich noch, bis plötzlich Magnesiumbomben die ganze Umgebung in fahles Licht tauchen.

War unser geplantes Vorhaben, der Angriff auf die sowjetischen Nachschublager in Balch und Mazar-i-Sharif bekannt geworden? Hatte jemand unsere Stellung verraten?

Nun geht alles mit rasender Geschwindigkeit. Bevor die überraschten Mujahidin das Feuer eröffnen können, schlagen schon die ersten Bomben ein und reißen Krater in das Ruinenfeld. Ich suche Deckung unter einem Torbogen als mich die Wucht einer Detonation zu Boden schleudert. Es riecht nach Feuer und Erde. Steinbrocken zischen durch die Luft. Ein stechender Schmerz in meiner Rechten, Blut sickert aus meiner Faust.

„Das ist das Ende", denke ich ganz ruhig. Meinen Körper aber durchfährt ein Schrecken, schmerzhaft scharf. Ist es instinktive Todesangst, unter der der Körper erbebt, ohne daß das Bewußtsein daran Anteil nimmt?

Plötzlich wird mir klar: Genau diese Situation habe ich schon einmal durchlebt, durchlitten. Im Traum, in jener Vollmondnacht . . . Es war das Ende eines langen lichten Traumes — dann plötzlich dieses Entsetzen, diese Dunkelheit, bis ich erwachte und in Rasulas tröstende Augen sah. Ja, es ist genau, wie es in diesem Traum war, und fast warte ich darauf, jeden Moment zu erwachen . . .

Da schlägt unweit von mir ein Treffer in den Boden. Eine ungeheure Wucht schleudert mich rückwärts an die Mauer. Der Knall der Explosion zerreißt mir schier das Trommelfell. Dann . . .

Stille — eine absolute Stille, und wie aus weiter Ferne ein Singen und Klingen.

Es wird strahlend hell um mich herum. Vorbei sind die Schrecken des Krieges. Ich spüre keinen Schmerz, fühle mich leicht und frei, atme tief süße, frische Luft ein. Es ist wie ein würziger, kräuterduftender Bergwind. Schwirrende Lichtpunkte bilden kreisende Formen, erblühen zu leuchtenden Mosaiken, aus denen ein Gesicht auftaucht. Es sind die Augen Gilanis, die mich anblicken, wissend lächelnd.

„Erkenne das Geheimnis der Mondblume und schenke es der Welt!" höre ich seine Stimme. Ich blicke auf seine lichte Gestalt, die umgeben ist von anderen Wesen. Dann, mit ausgebreiteten Armen, läuft die Mutter auf mich zu. Sie kommt einen Weg herab, einen Weg zwischen Rosensträuchern, dessen Blüten zauberhaft duften und in allen Regenbogenfarben schimmern. Ich sinke in ihre Arme.

Aufschluchzend lasse ich mich hineinfallen in diese tröstliche Umarmung. Mein Schluchzen und meine Tränen erzählen der Mutter all mein Leid, meine tiefsten Empfindungen, meine bittersten Schmerzen und meine geheimsten Sehnsüchte. Und die Liebe der Mutter trocknet meine Tränen, nimmt mich bei der Hand und führt mich diesen Weg, hinein, *. . . in diese Gärten . . .*

Weiße Gestalten kommen auf mich zu: Ich erkenne Abdu Rahman, Aslama, . . .

„Endlich bist du gekommen, Nisam. Wir haben so lange auf dich gewartet. Siehst du die Karawane dem Licht entgegenziehen?"

Ich blicke hinab in ein Tal. Eine Karawanserai liegt da im Dunkel der Nacht. Fackeln beleuchten den Aufbruch der Karawane.

Dann sehe ich wieder in die Augen Gilanis. Klänge treffen mein Ohr: Ein zartes Flötenspiel, und die Stimme Gilanis singt, während die Karawane in die Nacht hinaus wandert:

„Gehen wir alle auch die gleiche lange Straße
In eine Welt, die grau ist und so leer
Gehen wir alle einen Weg
Können wir alle auch nicht bestehn
Es ist ein Weg, so kurz und voller Leiden
Es ist ein Weg, durch die materielle Welt
Es ist die Zeit, sie läßt die Seele leiden
Es ist die Zeit, die uns täuscht
Es ist ein Weg durch die Zeit, die Vergänglichkeit
Es ist ein Weg durch vergangene Zeiten . . .
Jeder Moment liegt hinter dir . . ."

Da steigt leuchtend der Feuerball der Sonne auf, und sein warmes Licht flutet über unendliche Weiten, über schneebedeckte Gipfel und liebliche Täler. Die Karawane folgt ihrem Weg, der sich höher und höher windet, zu den Klängen des Liedes:

„Vor dir liegt dein Erwachen, dein Morgen
Vor dir liegt dein Morgen bereit
Vor dir liegt eine Welt, frei und ohne Sorgen
Vor dir liegt eine Welt im Licht der Ewigkeit
Vor dir liegt eine Welt im Licht, ein Zuhause
Vor dir liegt eine Zeit, in der du niemals mehr vergehen mußt
Vor dir liegt ein Land aus Licht . . .
Und ohne Sorgen, frei, frei schwebst du dahin . . ."

Mein Blick schweift über die Silhouette lieblicher Hügelketten, schmiegt sich an die wunderbare Harmonie dieser Linien.

Es ist, als weite sich mein Bewußtsein ringsum, als würde ich all diese Formen mit meinem Wesen umschließen. Eine Schwingung feiner Klänge durchwebt diese Welt, und ich schwinge ein in einen kosmischen Reigen, in dem lichtvolle Gestalten sich wiegen, die mich aufnehmen in ihren Kreis.

Ich erkenne die sieben Weisen. Sie tragen die Gesichtszüge von Gilani, Rasula, Aslama und anderen, die ich traf in meinem Leben . . . in meinem Leben . . .

Die himmlische Musik verklingt, und so wie Blätter, die im Herbstwind tanzten, still und sanft zu Boden schwanken, wenn der Wind sich legt, so schwingt unser Reigen aus, und wir finden uns wieder im Vorhof einer prächtigen Moschee. Würdevoll schreiten die sieben Weisen voran, in die kühle, von türkisfarbenem Licht durchflutete Halle. Sie führen mich vor die Mihrab, deren Inneres die drei Schleier verbergen.

Da tritt Rasula vor, lichtet den ersten Vorhang, der wie aus grünem Licht gewebt schimmert und spricht dabei die Worte:

„Allah enthülle dir die Geheimnisse seiner Macht."

Danach lüftet Aslama den zweiten Schleier, der wie aus silbernem Mondlicht gewirkt ist, erhebt segnend seine Hände und spricht:

„Möge der Geist der kosmischen Mutter dir das Licht Seiner Weisheit offenbaren."

Als Dritter aber kam Gilani, sah mir tief in die Augen, legte seine Hand an sein Herz und sprach, während er den letzten Vorhang hob, der golden schimmerte, wie das Licht der Sonne:

„Das Licht deines eigenen Selbst durchdringe dich mit dem Feuer seiner allumfassenden Liebe!"

Aus der Mihrab aber strahlte dieser dreifache Segen in mich ein, wie das Licht der Sterne, des Mondes, und der Sonne und ich erkannte, wie durch die Allgegenwart Gottes der gesamte Kosmos in meinem Herzen verborgen war, umhüllt von den drei Segenskräften.

„Du bist nun eingeweiht in unseren Kreis, und es steht dir frei, das Land Ghiyan zu betreten und zu verlassen, wann immer es dir beliebt. So fragen wir dich, Nisam, bist du bereit, wieder zur Erde zurückzukehren, um unseren Auftrag zu erfüllen, ungeachtet des menschlichen Leides, das dort deiner harrt?" fragt mich Gilani.

„Ich bin bereit", antworte ich aus ganzem Herzen und Gilani fährt fort:

„So höre unseren Ratschluß, Nisam, und sieh die wahre Bedeutung deines Kampfes auf Erden: Erkenne die Bedeutung Afghanistans in dieser Welt, an den Kreuzungen uralter Wege, die Ost und West, die Nord und Süd des Erdballs miteinander verbanden. Hier liegt dieses Land mit seinen Gebirgen, seinen fruchtbaren Tälern, Wüsten und Oasen.

In längst vergangenen Zeiten lebte dort, wo du geboren warst, einst Zarathustra. Er stieg hinauf auf die Höhen der Berge, blickte über die weiten Ebenen hin und brachte den Menschen sein hehres Wissen, aus dem die Kulturen Persiens erblühten.

Vom Osten her jedoch wurde Indiens uralter Wissensschatz der Veden über die Gebirge in dies gesegnete Land getragen, das nun den Namen Chorasan erhielt, das Land der aufgehenden Sonne.

Und wieder ging ein neuer Tag auf über seinen schneegekrönten Gipfeln, und eine neue Sonne:

Der erhabene Buddha senkte das Licht seiner Erkenntnis über dieses Land,und die ganze Welt stand in Ehrfurcht vor der Größe Afghanistans.

Da hielt vom Westen her Iskander seinen Einzug und brachte die Liebe zur Weisheit und zur Schönheit der Form, wie die Griechen sie entwickelt hatten.

Unter ihm nun schmolzen diese Strömungen zu einer Einheit zusammen, die diesem Land zu einer nie zuvor gekannten Blütezeit verhalf. Die mächtigen Skulpturen Bamiyans sind nicht die einzigen Zeugen, die heute noch von dieser Glanzzeit sprechen.

Beni Israeli aber nennen sich die stolzen Paschtun, Söhne Israels.

Und gemäß heiliger Ordnung hat der Prophet nach Allahs Ratschluß die Überlieferung der Juden gereinigt, und die Unterwerfung unter Gott, unter den Islam gelehrt. Diese Lehre von der Unterwerfung unter den Einen Gott nun verbanden die Sufis mit den anderen Weisheitslehren, indem sie alles mit dem allumfassenden Liebeslicht durchtränkten, dem Isa sein Leben weihte.

So entstand aus sieben Kräften das Lichtreich Ghiyan, indem die höchsten und reinsten Wahrheiten von sieben Religionen zu einer Einheit verschmolzen.

Dieses Wissen jedoch ist so erhaben und groß, daß es verborgen bleiben mußte vor dem Fanatismus der Menschen und ihrer Engstirnigkeit. Nur in geheimen Orden der Sufis wurde diese Weisheit bewahrt und weitergereicht von Generation zu Generation.

Afghanistan aber ist eine Wiege des Sufitums und die Wiege dieses Wissens um höchste Geheimnisse, aus denen das Lichtreich Ghiyan erstrahlte.

Ein jeder, der in diesem Land geboren ist, spürt in seinem Innersten die große Bedeutung seiner Heimat, wenn auch die wenigsten nur darum wissen. Daher rührt der Stolz des afghanischen Volkes, das sein Haupt nicht beugt, selbst wenn es in tiefster Not und Bedrängnis lebt.

Verstehst du nun die wahre Bedeutung von Afghanistans Kampf um seine Freiheit?

Die Welt ahnt nichts davon, denn das Land Ghiyan ist ein geheimes Wissen.

Du aber sollst mit deinem Leben ein Zeugnis ablegen für dieses Lichtreich, das in Afghanistan entstand. Schenke der Welt das Geheimnis der Mondblume, schenke ihr das Licht Afghanistans.

Die eiskalte Hand des Kommunismus droht wieder einmal ein Volk zu ersticken, um es auszusaugen, um einem Land die Bodenschätze zu rauben und seinen eigenen perversen Machtapparat zu stärken, der in seiner Gleichmacherei den Menschen zu Material herabwürdigt, den Menschen, der geistigen Ursprungs ist und dem geistige Bestimmung innewohnt.

Es ist ein Kampf der dunklen Kräfte gegen die Kräfte des Lichts.

Der Kampf Afghanistans um seine Freiheit ist nicht ein Kampf um den Besitz von Bergen und Tälern, Wüsten und Oasen. Es ist der Kampf des Glaubens an die Einzigartigkeit eines jeden Volkes, an die Einzigartigkeit eines jeden Menschen, ja der Kampf des Glaubens an einen Gott, der im Herzen eines jeden Menschen wohnt, gegen die materialistische Gleichmacherei des Kommunismus.

Du bist hinabgestiegen in die tiefsten Abgründe des Menschseins und hast dort gekämpft. Dann hast du dich erhoben zu den Gipfeln der Erkenntnis im Lichtreich Ghiyan. Nichts gibt es nun mehr, was fremd dir wäre zwischen Himmel und Erde.

Nun wirst du nicht mehr kämpfen müssen auf dem Schlachtfeld des Blutvergießens, auf dem die Mujahidin ihr Leben opfern.

Die Geschichte deines Lebens wird jetzt deine Waffe sein. Du wirst Afghanistan verlassen, doch Afghanistan wird in dir leben und das Erbe Afghanistans, das Lichtreich Ghiyan wird mit dir sein.

Schenke der Welt dieses Erbe und rüttle die Menschen wach mit der Geschichte deines Lebens!

Hadschi Ibrahim Hakim Khan, dein Großvater, mußte einst fliehen vor der waffenstarrenden Gewalt Rußlands. Er verließ seine Heimat, um in Afghanistan ein Leben in Freiheit zu verbringen. Doch nun schlug diese kalte Macht ihre eisernen Pranken auch in den neuen Lebensraum, den er für sich und die Seinen erwählte. Kriegslärm tost um sein Grab, und nun bist du es, der fliehen muß.

Doch dein Weg in die Welt ist bereitet.

Feine Fäden, die am Webrahmen der Vergangenheit gespannt sind, verflechte zu einer lichten Zukunft mit der Kraft deines Lebens in der Erfüllung deiner Aufgabe.

Wo immer du sein wirst in der Welt, werden Menschen zu dir kommen, die verbunden sind in ihrem Herzen mit dem Lichtreich Ghiyan.

Drum wisse, daß wir stets mit dir sind und über deine Wege wachen.

Senke Funken des Feuers, das in dir brennt, in jedes offene Herz.

Nicht mehr mit Gewehren oder Granaten wirst du kämpfen, sondern mit der Geschichte deines Lebens und mit dem Licht des Landes Ghiyan, das deinen Geist durchdringt. Nicht mehr um einen Flecken Erde wirst du kämpfen, sondern um das Verstehen der Menschen, denn Wissen ist Macht.

Und wenn du die Augen vor der äußeren Welt verschließt, so wirst du durch das Licht der Mondblume uns im Land Ghiyan erblicken, und in deinem Herzen wirst du unserer Stimme Ratschluß vernehmen.

So gehe hin, gewappnet mit dem dreifachen Segen und erfülle deine Aufgabe, bevor du für immer bei uns deine Wohnung nehmen wirst."

Noch vieles erfuhr ich von den Weisen im Lande Ghiyan, bevor ich Abschied nahm und schweren Herzens in einer tiefen Dunkelheit versank. Langsam erwachte ich wieder in meinem Körper, in dem dumpfe Schmerzen pochten.

Als ich schließlich meine Augen öffnete, und voller Traurigkeit in die starre Begrenztheit menschlichen Wahrnehmungsvermögens zurückkehrte, beugte sich ein lichtes Gesicht über mich. Die Mondblume leuchtete unsichtbar an seiner Stirn, und ich wußte voller Dankbarkeit, daß die Weisen aus dem Land Ghiyan sorgsam meine Wege lenkten.

„Wo bin ich?" fragte ich verwundert.

„Wir sind in einem Lazarett in Rawalpindi, mein lieber Nisam", antwortete Zelihan, die in weißem Gewand an meinem Lager stand, „sie haben dich hierhergebracht, nach Pakistan, weil du sehr schwer verwundet wurdest bei einem Bombenangriff."

Mühsam nur fand ich zurück zu dieser Welt. Immer noch stand das Licht Ghiyans vor meinen Augen. Verglichen dazu war alles hier so grau und schäbig, so ohne Glanz und schmerzhaft in seiner körperlichen Grobheit.

Afghanistan, der dunkle Krieg — das alles erschien mir wie ein böser Traum. Doch dieser böse Traum, er stand mitten zwischen zwei lichten Träumen: erst wich das Licht der Dunkelheit, doch schließlich siegte das Licht.

„Wie sonderbar", sagte ich zu Zelihan, „einst fand ich einen Kachelsplitter. Er führte mich im Traum in das Land Ghiyan. Doch dann fiel Dunkelheit über mich, und ich erwachte. Die Jahre vergingen, und es war genau wie in dem Traum: ich kam nach Jam und zu Gilani, wo auch wir uns fanden. Es war eine Zeit im Licht. Doch dann geriet ich immer tiefer in den Bannkreis dunkler Mächte, bis ich wieder genau an diese Stelle kam, an der ich einst den Talisman erhielt. — In tiefste Dunkelheit war ich jedoch geraten. Mit einem Schlag aber, ja wahrlich mit einem gewaltigen Schlag erreichte ich von hier aus wieder das Land Ghiyan.", und lächelnd fuhr ich fort: „Was macht es schon, daß dieser Schlag versehentlich meinen Körper zerschmetterte. Wenn ich aber heute zurückblicke, so erscheinen mir die langen Jahre nur wie ein kurzer Traum zwischen zwei Augenblicken des Lichts."

„Es wird alles gut werden ", sagte Zelihan.

„Es ist bereits alles gut", antwortete ich und während ich auf meinen zerschundenen Körper sah, sagte ich zu ihr: „Die bunte Fassade der Welt hat für mich Risse bekommen und, so wie bei einem Gemälde, bei dem die Farbe brüchig wird, die Struktur der Leinwand durchschimmert, so sehe ich die Struktur der Welt, auf der das Schicksal die Bilder des Lebens malt: ganz gleich, ob die bunten Farben ein grausames Schlachtfeld oder ein verliebtes Paar darstellen, es ist immer ein reiner weißer Grund, auf dem die Bilder des Seins gemalt sind.

Ach, wenn die Menschen doch um die Vergänglichkeit der Farben wüßten, mit denen sie ihre Bilder malen!"

Auf Zelihans Stirn und in ihren Augen leuchtete Verstehen. In liebevoller Hingabe versah sie ihren Dienst und pflegte die Verwundeten aus dem Freiheitskampf Afghanistans.

„Was war der Grund", wollte ich von ihr eines Tages wissen, „aus dem Gilani dich damals zu sich rief?"

„Gilani sagte damals zu mir: 'es hätte keinen Sinn, wenn Nisam sich aus Verzweiflung oder Liebeskummer in deine Arme flüchten würde, denn den Trost, den er sucht, den muß er in sich selber finden. Doch der Weg, der ihn dorthin führt, wird so schwer und schmerzhaft sein, daß du, Zelihan, nicht mit ihm gehen könntest. Du würdest daran zerbrechen. Laß ihn alleine den Weg durch die Dunkelheit finden. In einer schweren Stunde wirst du dann einst seine Wunden pflegen'."

Meine Knochenbrüche begannen bereits zu heilen, als ich eine dunkle Macht spürte, die sich wie ein Ring um das Hospital legte. Ich warnte vor einer drohenden Gefahr. Schließlich wurde das Lazarett bei Nacht und Nebel evakuiert, da man Hinweise auf ein geplantes Attentat erhalten hatte. Tatsächlich entdeckte man noch rechtzeitig einen Sprengsatz in dem Saal, in dem auch mein Bett stand. Man schrieb den versuchten Anschlag kommunistischen Terrorgruppen zu, die verhindern sollten, daß wichtige Männer des afghanischen Widerstandes erneut einsatzfähig würden.

Mit Besorgnis im Gesicht kam Zadik an mein Lager.

„Was", fragte er, „gedenkst du weiter zu tun?"

„Ich werde nicht mehr in den Krieg ziehen, Zadik. Sieh mich doch an. Mit Sicherheit werde ich nie wieder völlig gesund werden. Was hülfe euch schon ein humpelnder Krüppel?" lachte ich, „Nein, Zadik, ich werde mit dem Schwert der Liebe weiterkämpfen! Ich werde als Derwisch ziehen und meine Lieder singen."

„Sprich nicht so, Nisam! Derwische sind verrückte Bettler, und außerdem bist du kein Krüppel. Schon jetzt kannst du wieder aufstehen, obwohl deine Verletzungen noch lange nicht ausgeheilt sind."

Ich wurde wieder ernst und sagte zu Zadik:

„Mein brüderlicher Freund, du hast recht, die Lage ist zu ernst für Scherze. Meine Anwesenheit hier gefährdet hunderte von Menschenleben. Ich muß fort. Geh nach Islamabad und beantrage Asyl für mich im Westen. Doch ich werde nicht aufhören, zu kämpfen, wenn ich mich künftig auch auf andere Weise für die Freiheit Afghanistans einsetzen werde. Ich werde das Augenmerk der Welt auf unseren verzweifelten Kampf lenken und mich um die Unterstützung der Weltöffentlichkeit bemühen, denn dieser Krieg wird nicht nur mit Waffen geführt."

Mein Freund und Kampfgenosse erledigte all die nötigen Formalitäten und wich ansonsten nicht von meiner Seite. Ständig bewachten und kontrollierten einige unserer Männer das Gelände des Hospitals, doch es war nur eine Ehrenwache, denn ich spürte, daß keine Gefahr mehr drohte.

Meine Asylbewerbung in der Bundesrepublik Deutschland wurde genehmigt.

„Ich habe hier meine Aufgabe gefunden.", sagte Zelihan, und es lag keine Trauer in unserem Abschied. Wir kämpften denselben Kampf und hatten dasselbe Ziel vor Augen.

Lange versanken unsere Blicke ineinander, bevor wir unserer Wege gingen, und es lag eine tiefe Verheißung in dieser Augen Blick. Die Verheißung einer Liebe, die nicht verging. Mochten alte Farben abblättern, und neue Bilder mit neuen Farben gemalt werden. . . . Diese Liebe würde immer neu ihren Weg finden, würde immer wieder siegreich sein. Diese Augen würden immer wieder — durch Tränen der Freude oder des Leids hindurch — das Licht der Sonne schauen.

Schließlich saß ich im weißgepolsterten Sitz einer Verkehrsmaschine, die gen Westen flog.

„Haben Sie Bekannte in Deutschland, Herr Mohamadi?" wollte die freundliche Betreuerin des Sozialamtes wissen, die ins Asylantenheim kam, in dem ich mit mehreren Landsleuten vorerst untergebracht worden war. Sie unterhielt sich mit jedem von uns, stellte Fragen und notierte unsere Antworten gewissenhaft in ihre Akten.

„Ja, in dem Hotel, das ich einst in Kabul besaß, lernte ich eine Deutsche namens Maria Allmann kennen. Wir waren über Jahre gut befreundet."

Sorgfältig vermerkte die Dame Marias Adresse. Die Tage vergingen, und ich erwartete geduldig den weiteren Verlauf der Dinge. Der Verlauf der Dinge aber war in diesem Land so streng geregelt und ordentlich, daß ich manchmal im Stillen über die kleinliche Besorgtheit der Menschen lächeln mußte. Allzu vorsichtig, ja ängstlich, erschienen sie mir in ihrer Ordnungsliebe. Doch ich war bemüht, Benehmen und Äußeres meiner Umgebung anzupassen, so weit es ging.

Die Zeit nutzte ich, um meine deutschen Sprachkenntnisse aufzufrischen, und bald war ich in der Lage, die tägliche Zeitung zu lesen:

'Die Kämpfe in Afghanistan dauern an', las ich, *'Sowjetische Flugzeuge belegten das Panschir Tal mit Bombenteppichen'*, oder *'Sowjetische Offensive in Afghanistan — Luftangriffe forderten hohe Opfer unter der Zivilbevölkerung'*.

Wie fern und fremd hier solche Nachrichten wirkten, wenn die Zeitung sauber auf dem Frühstückstisch lag und es nach frischem Kaffee duftete.

Wer mochte wohl darüber nachdenken, wieviel Blut diese Zeilen durchtränkte, nur ein paar Flugstunden von hier entfernt?

Die schmerzenden Beine und das Stechen in meiner Brust gemahnten mich stets an meine Aufgabe, an das Versprechen, das ich Gilani und den Weisen gegeben hatte. So begann ich damit, die Geschichte meines Lebens aufzuschreiben und versetzte mich zurück in meine Kindheitstage, bis jene freundliche Dame vom Sozialamt wieder auftauchte.

Sie saß mir gegenüber und blickte mich ernsthaft durch ihre Brillengläser an, während sie in ihrer Akte blätterte, sich verlegen räusperte . . .

„Nach unseren Unterlagen, Herr Mohamadi, die wir hier haben . . .", begann sie zögernd.

Offensichtlich hatte sie Probleme entdeckt, wo in Wirklichkeit gar keine waren, wie das bei vielen Menschen hierzulande eine Gewohnheit war.

„Ja bitte", munterte ich sie höflich auf, fortzufahren.

„Nach unseren Unterlagen, Herr Mohamadi, haben Sie aller Wahrscheinlichkeit nach einen Sohn hier in Deutschland."

„Was!" rief ich aus und prustete los.

Aber ich hatte wieder einmal nicht mit meinem körperlichen Zustand gerechnet: stechende Schmerzen zuckten beim Lachen durch meinen Brustkorb und ließen mich schnell wieder dem Ernst der Lage in die Augen sehen.

„Ja, einen Sohn. Sehen Sie hier", meinte sie und schob mir eine Akte zu, „sein Name ist Frank Allmann. Er kam 1968 zur Welt, nachdem seine Mutter, Maria Allmann, deren Adresse Sie mir gaben, von einer Orientreise zurückkehrte. Sie sind als der Vater des Kindes eingetragen. Hier, das ist doch die Adresse Ihres Hotels in Kabul, wenn ich nicht irre."

Lächelnd gab ich mich Erinnerungen hin. Längst vergangene Bilder tauchten wieder vor mir auf: der Salzsee Ab-e-Istada, die sternklare Nacht . . . unser gemeinsames Bad im Ganges bei Rishikesh . . . noch einmal empfand ich die Tragik des Abschieds, meine bittere Enttäuschung . . .

1984 bis ...

Leidvolle Jahre waren vergangen, seit ich Maria in Rishikesh so überstürzt verlassen hatte, und Welten lagen zwischen uns, als wir uns endlich in Berlin wieder gegenüber standen. Der Alltag des Lebens hatte aus Maria eine selbständige Geschäftsfrau gemacht, die mit beiden Beinen auf dem Boden stand.

Ich hingegen, der ich mich damals in einer gesicherten Position wähnte, hatte alles verloren, was ich einst besaß, war durch Höllen gewandert, aus meiner Heimat vertrieben und hier aufgenommen worden, in diesem Wohlfahrts-Staat, hier, wo sich Ärzte darum bemühten, meinen geschundenen, schmerzenden Körper, wieder zu heilen.

Doch in meinem Herzen war ich frei, und eine übermächtige Liebe glühte dort, eine Liebe, deren lebendiges Feuer aus meinen Augen sprach. Marias Augen aber wirkten matt und müde, wenngleich ihr Körper noch voller jugendlicher Kraft war. Sorgenvolle Schatten lagen auf ihren Gesichtszügen, obwohl sie in Wohlstand und Sicherheit lebte.

„Es gibt nicht viel zu berichten", sagte sie. „Was seither geschah? Oh, ich habe mein Geschäft so weit aufgebaut, daß ich mittlerweile dieses Haus hier kaufen konnte . . ."

Ich hörte ihr ernsthaft zu, wenn sie über die Belanglosigkeiten des Lebens sprach.

Ja, auch ich besaß einst Häuser, hatte Geschäfte aufgebaut — aber dabei vergaß ich so vieles, was wesentlich war, was mir erst bitterstes Leid wieder ins Gedächtnis gerufen hatte . . .

„Aber Maria, wo ist unser Sohn?" konnte ich nicht länger an mich halten, zu fragen.

Die Schatten auf ihrem Gesicht wurden noch tiefer.

„Frank macht mir die allergrößten Sorgen. Er ist ein Phantast, ein Träumer; macht hundert Pläne, die er aber doch nicht ausführt, sondern immer wieder über den Haufen wirft. Wahrscheinlich fehlte ihm eben die starke Hand des Vaters," — ein verlegenes Lächeln, ehe sie fortfährt: „Nun hat er noch dazu die Schule hingeschmissen, will aber auch keine vernünftige Lehre anfangen. Seit Tagen hat er sich schon nicht mehr zu Hause blicken lassen. Weiß Gott, wo der sich wieder rum treibt! — Gut, auch wir waren einmal jung. Meine Eltern waren dagegen, als ich damals nach Afghanistan flog. Herrje, was gab das für einen Trubel in unserer Familie damals . . . Doch ich übernahm Verantwortung für das, was ich tat. Aber so, wie Frank sich das vorstellt . . .". Sie verstummte und schüttelte ratlos den Kopf.

Ich schenkte meinem Sohn zur Begrüßung eine afghanische Wasserpfeife, nachdem ich herausgefunden hatte, wo er steckte. Frank hatte schulterlanges, leicht gewelltes Haar, und aus seinen dunklen Augen sprühte eine ungebändigte Kraft. Er war wie ein übermütiges Fohlen, dessen vielversprechende Eigenschaften erst durch einen erfahrenen Reiter, der das Tier zähmt, ausgebildet werden.

Vom ersten Augenblick an fühlte ich eine große Liebe zu Frank. Nur zu gut verstand ich seinen Freiheitsdrang, der ihn aus der Enge der bürgerlichen Welt hatte ausbrechen lassen. Doch ich wußte auch um die Gefahren, die daraus erwuchsen.

Es war kein Wunder, daß Maria ihren Sohn nicht verstand, hatte sie doch damals auch mich nicht verstanden.

Gilani hatte recht behalten, als er meinte, sie würde meine Worte schnell vergessen. So war es auch. Sie wußte nichts mehr von den Geheimnissen, die ich ihr anvertraut hatte. Niemals hatte sie wirklich einen Blick hinter die Oberfläche der Dinge getan.

Frank jedoch war nicht zufrieden mit dem Leben, wie es geregelt und logisch in alltäglichen Bahnen dahinplätscherte. Er gab sich nicht zufrieden mit Gewöhnlichem.

'Kaputt' nannte er die bürgerliche Gesellschaft, und sein Motto war: 'Bevor ich mich von der Gesellschaft langsam aber sicher kaputt machen lasse, tue ich das lieber selber; dann habe ich wenigstens was davon!' Darum brach er aus, aus den hergebrachten Normen.

In seinen Adern floß Nomadenblut, er war ein Wanderer. Und in seinem offenen Herzen war Raum für jenen Funken geheimen Wissens. Er sehnte sich danach.

Doch niemand kannte eine Antwort auf das, was ihn so sehr drängte, was ihn trieb und nicht ruhen ließ.

Ablehnung, die sich bis zu Haß steigern konnte, hatte er aufgebaut gegen das 'Spießertum', das seinem Freiheitsdrang nach allen Seiten hin Hindernisse in den Weg stellte. Er war geflohen und hineingeraten in eine verhängnisvolle Welt von Alkohol, Nikotin und schmutzigen Drogen.

Um sein Herz, das einsam und leidend in seiner Brust pochte, hatte er eine Mauer aus Mißtrauen mit einer Fassade von Stärke und Unabhängigkeit errichtet, hinter der sich sein zartes und verletzbares Wesen versteckte, das niemand sehen sollte. Er hatte den Stolz eines Afghanen. Er mußte stark erscheinen und durfte sich keine Blöße geben.

Hilflos stand dem Maria gegenüber. In ihrer liebevollen Großzügigkeit versuchte sie ihn zu verstehen, ihm alle Wünsche zu erfüllen, doch das, wonach er wirklich suchte, konnte sie ihm nicht geben — und Frank konnte nicht danach fragen, da er es selbst nicht wußte.

Er stürzte sich in die Jagd nach Liebe, doch seine Sehnsucht wurde immer wieder enttäuscht. Nur zu oft war er auf das freundliche Gehabe oberflächlicher Gesten hereingefallen. Vertrauensselig und hoffnungsvoll . . .

Kalt und brutal traf es dann — wie unerwartete Schläge — seine junge Seele, wenn man ihn plötzlich nicht mehr brauchte . . . Bis zum nächsten Mal . . . Wenn man ihn wieder einmal betrogen hatte. So war Mißtrauen zu seiner zweiten Natur geworden, und diesen Panzer mußte ich durchbrechen.

Was mag Frank empfunden haben, als plötzlich ein afghanischer Freiheitskämpfer in der Tür stand, der sein Vater war? Ich war in afghanischer Tracht erschienen, was vielleicht seinem jugendlichen Drang nach Extravaganz entgegenkam.

Wir sahen uns tief in die Augen, und, nachdem ich ihm mein Geschenk überreicht hatte, füllte ich den Kopf der Wasserpfeife mit einer original afghanischen Mischung aus Tabak und Kräutern. Der würzige Rauch erfüllte den Raum. In dieser Atmosphäre erzählte ich ihm von meiner Heimat. So gewann ich sein Herz. Im Laufe der Jahre wurde daraus eine tiefe und innige Beziehung, die durchsonnt war vom kristallklaren Licht des Landes Ghiyan.

Als der erste Winter nahte und eine Mischung aus Nebel und Rauch stickig über der Stadt stand, als wochenlang die Sonne nicht mehr durch diesen tristen Schleier drang, und eine nasse Kälte in alle Ritzen kroch, begann mich das Grau der Stadt zu bedrücken. Ziellos ließ ich mich durch die kalten Häuserschluchten treiben. Als im Dämmerlicht die ersten Leuchtreklamen aufblitzten, war es wie ein Erwachen. Farbige Lichtpunkte brachten Leben in das kontrastlose Grau.

Der Tag, der sich müde durch die Stunden geschleppt hatte wie ein altes, lahmendes Kamel, erstarb, und an seiner Statt erwachte das Leben der Nacht . . . Wie sonderbar.

So hatte ich mir den Westen nicht vorgestellt, als ich noch unter dem Sternenhimmel Afghanistans mein Haupt zur Ruhe legte. Während ich meinen Gedanken nachhing und so versonnen ins Straßenbild schaute, bemerkte ich an einem alten Haus ein Schild, das die Form eines orientalischen Fensters hatte.

Teestube Khan-Mandhu stand dort in einer verspielten Schrift. Liebevoll war dieses Schild bemalt und stand in seiner Schlichtheit in einem eigenartigen Kontrast zu den grellen Lichtern der Stadt . . .

Eine Atmosphäre von Ruhe und Frieden wehte mir entgegen, als ich den gemütlichen Teeraum betrat. Ganz von selbst legte ich meine Schuhe ab, noch bevor ich die kleine Hinweistafel entdeckte, die darum bat. Und kaum hatte ich mich – den Klängen orientalischer Musik lauschend – auf den dicken Teppichen niedergelassen, blickte ich in ein Augenpaar, aus dessen Tiefe mir eine Vertrautheit entgegenstrahlte, eine Vertrautheit, die ganz ungewohnt war in dieser Stadt der oberflächlichen Begegnungen. Als ich dann sogar noch wie ein alter Bekannter begrüßt wurde, konnte ich meine Verwunderung kaum noch verbergen. Es war Emil, dem ich hier zum ersten Mal begegnete, Emil, in dessen Garten in Laxmanjhula ich Gilani damals verlassen hatte. Durch Emil war eine Verbindung wieder hergestellt, ein Kreis in meinem Leben geschlossen. In ihm hatte ich den Menschen getroffen, der mir bei der Erfüllung meiner Lebensaufgabe zur Seite stand, und der in seinem Leben die Weisheit und Liebe Gilanis verwirklichte.

Emil war ein Lichtblick in der grauen Welt dieser von Mauern umgebenen Stadt. Er war aus Indien zurückgekehrt und machte sich nun mit ungebrochenem Optimismus und einer unvergleichlichen Energie daran, mit gleichgesinnten Freunden eine Gemeinschaft aufzubauen, die ganz auf die Prinzipien und Ideen selbstvergessener Liebe ausgerichtet ist.

„Die Gesellschaft ist krank, weil ein jeder gegen den anderen kämpft", waren seine Worte. „Solange die Menschen ihre Herzen und ihre Türen voreinander verschließen, werden sich auch die großen Probleme in der Welt nicht bewältigen lassen. Unsere Lebensform wird zum Modell für eine ganz neue Gesellschaftsordnung werden. Unsere Botschaft heißt Liebe, und unser Weg ist geprägt vom Füreinander und Miteinander. Die Sprache aber, in der wir zu den Menschen sprechen werden, ist die Sprache der Kunst. Als Musiker, Sänger, Maler und Dichter werden wir an die verschlossenen Türen der menschlichen Herzen pochen."

In dieser Atmosphäre blühte Frank auf wie ein Palmenschößling, den man vom Rand der Wüste an das grüne Ufer eines Teiches in der Oase verpflanzt. Er ist mit den Jahren vom ausgeflippten Außenseiter herangereift zu einem verständigen jungen Menschen, der seine Begabung für Medizin und Naturheilkunde entdeckt hat. Ein Heilwesen, das auf gezielter Beeinflussung verschiedener Energieströme im menschlichen Körper beruht, ist sein Spezialgebiet. Sein ausgeprägter Forschergeist arbeitet an einem Projekt, dessen Aufgabe in der Erkundung der Wirkung bestimmter Klangschwingungen auf den menschlichen Körper und Geist besteht.

Die Schatten in Marias Gesicht sind inzwischen gewichen, und sie blickt mit Stolz auf ihren Sohn.

Der Funke ist in Franks Herz gelegt und unter Emils Obhut wird dieser Funke zu einer mächtigen Flamme heranwachsen.

Meine Aufgabe ist erfüllt.

Wenn ich die Naf an die Lippen setze und meinen Atem durch sie erklingen lasse, dann brennt meine Brust wie Feuer. Die Wunden des Krieges sind nicht mehr verheilt, und ich wünsche nichts mehr, als herauszutreten, aus dem engen, dunklen Gefängnis in eine wohlverdiente, lichtdurchsonnte Freiheit.

Der süßeste Trost auf Erden ist mir die Musik geworden, doch die allersüßeste Musik ist das Lied der Mondblume. Ihr Lied könnte die Welt heilen, wenn die Menschen hineinlauschen würden in ihr Herz, denn die Mondblume singt von selbstvergessener Liebe.

Afghanistan schenkte der Welt das Singen der Mondblume und das Geheimnis vom Lande Ghiyan. Doch das Regime, das vor Zeiten Hadschi Ibrahim Hakim Khan aus seiner Heimat vertrieb, machte am Amu Darja nicht Halt. Vorbei an seinem Grab, das als Mahnmal seiner Flucht am Grenzfluß steht, streckte es wie ein gefräßiges Ungeheuer seine Klauen aus und krallte sich fest in Afghanistans schroffen Bergen. Doch das afghanische Volk darf nicht hingemordet werden. Diese Kultur darf nicht untergehen.

Helft den Weg bereiten für eine neue Zeit der Liebe, deren Macht größer ist als Waffengewalt! Einer Liebe, die auch die unzähligen Wunden heilt, aus denen Afghanistan blutet.

Liebe ist der Weg, der einzige Weg!
Liebe statt Krieg!
Liebe für Ost und West, Nord und Süd!
Liebe für alle Menschen!
Liebe ist der Weg.

„Suchen wir nicht gerade einen Namen für unsere Musikgruppe?" meinte Frank zu Emil nachdenklich, nachdem er die letzten Seiten der Übersetzung von Nisams Handschrift beiseite legte. „Nennen wir sie doch einfach *Mondblume.*"

„Gar keine schlechte Idee", entgegnete Emil.

Ein Sonnenstrahl hat den Weg durch den Hinterhof in die Küche gefunden und spielt im Grün der Pflanzen, die am Fenster stehen. Emil beobachtet, wie der Dunst duftenden Kräutertees weiß und durchsichtig aus den Schalen steigt und verspielte Formen ins Licht zeichnet.

„Ja", nickt Emil versonnen, *„wenn die Mondblume singt . . ."*

FORTSETZUNG FOLGT

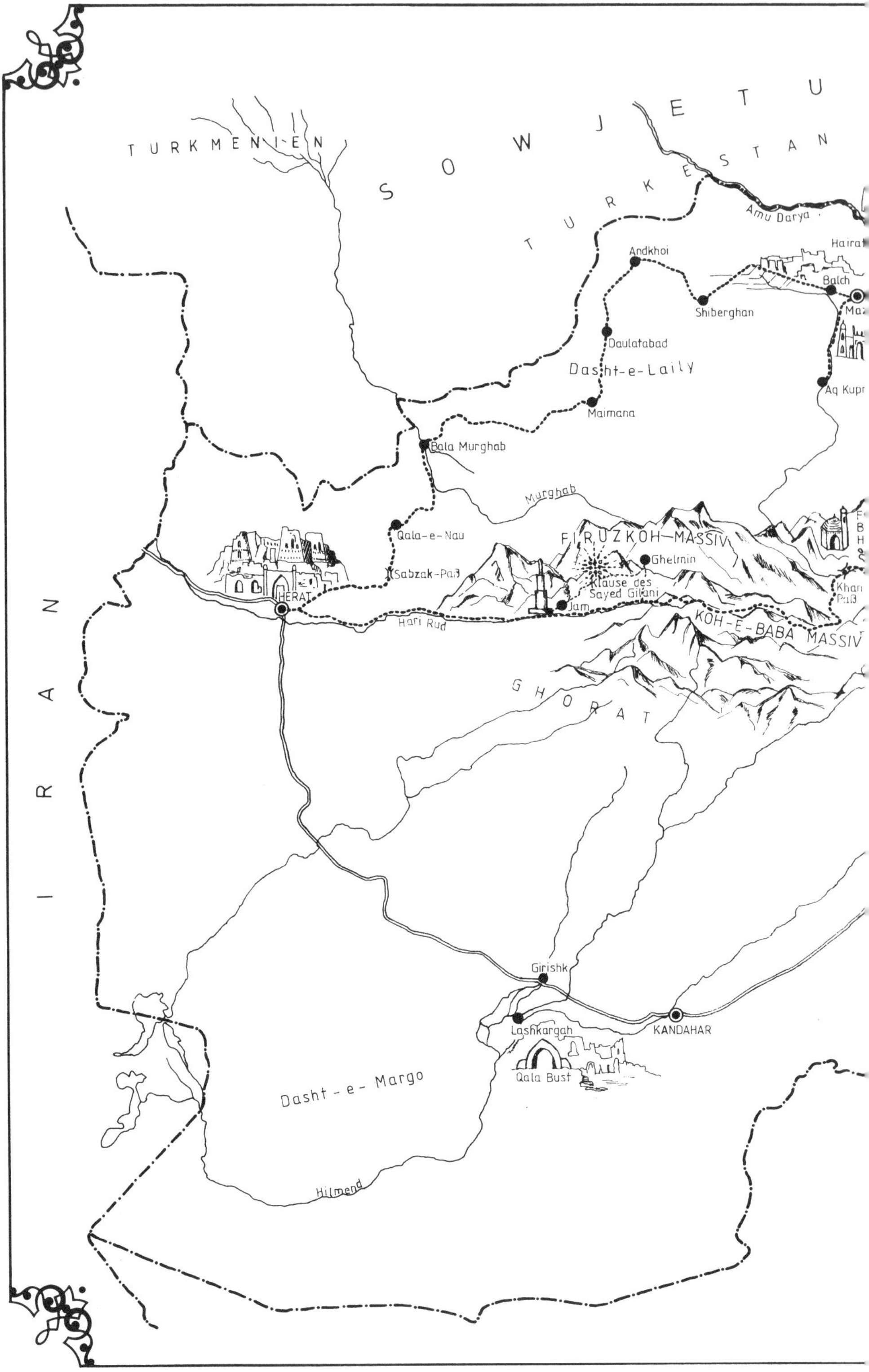

TURKMENIEN
SOWJETU
TURKESTAN
Amu Darya
Hairat
Andkhoi
Balch
Shiberghan
Daulatabad
Dasht-e-Laily
Aq Kupr
Maimana
Bala Murghab
Murghab
FIRUZKOH-MASSIV
Qala-e-Nau
Ghelmin
Sabzak-Paß
Klause des Sayed Gilani
HERAT
Jam
Khan Paß
Hari Rud
KOH-E-BABA MASSIV
IRAN
GHORAT
Girishk
Lashkargah
KANDAHAR
Qala Bust
Dasht-e-Margo
Hilmend